Mörderische Maskenspiele in Carnuntum

Peter Lukasch

Mörderische Maskenspiele
in Carnuntum

Historischer Kriminalroman

Die Deutsche Nationalbibliothek verzeichnet diese Publikation in der Deutschen Nationalbibliografie; detaillierte bibliografische Daten sind im Internet über dnb.d-nb.de abrufbar.

© 2020 Peter Lukasch
Umschlaggestaltung: Peter Lukasch unter Verwendung eines Motivs von Cesare Mariani (1826 –1901): „The Mask Seller, A Roman Street Scene"
Herstellung und Verlag: BoD – Books on Demand, Norderstedt
ISBN: 9783751982047

Mein besonderer Dank gilt meiner Frau Theresia, die mich bei der Entstehung dieses Buches unterstützt und das Manuskript nicht nur kritisch gelesen, sondern auch korrigiert hat.

Soweit Persönlichkeiten, die tatsächlich gelebt haben, in dieser Geschichte eine Rolle spielen, habe ich mich bemüht, nahe an der historischen Überlieferung zu bleiben. Im Übrigen sind die Handlung und ihre Personen frei erfunden.

Der Autor

CR ED

Das Theater erfreute sich in der römischen Kaiserzeit neben Wagenrennen und Gladiatorenkämpfen großer Beliebtheit. Bei den Komödien handelte es sich primär nicht um reine Sprechstücke, die aus der Mode gekommen waren, sondern oft um getanzte, von eingängigen Musikstücken begleitete Darstellungen verschiedenster Themen, wobei die gesprochenen Texte auf ein Minimum beschränkt waren. Während die Hauptdarsteller immer unmaskiert waren, verwendeten typisierte Nebencharaktere bisweilen Masken, wie man sie schon aus dem griechischen Theater kannte. Am ehesten ließe sich dieser als Mimus bezeichnete Theatertyp mit burlesken Musicals vergleichen.

Im Gegensatz zu Amphitheatern mit ihrem geschlossenen Rund besaßen Theatergebäude für szenische Aufführungen einen halbkreisförmigen Zuschauerraum, der auf eine Bühnenarchitektur mit dahinterliegenden ‚Garderoben‘ ausgerichtet war. Die vorgelagerte, nach griechischen Vorbildern runde Spielfläche, wurde als Orchestra bezeichnet, handelt es sich dabei aber um eine Arena, spricht man von einem Semi-Amphitheater.

Die Schauspieler gehörten, ähnlich den Gladiatoren, zu einer minder geachteten gesellschaftlichen Gruppe, was nichts daran änderte, dass die erfolgreichen von ihnen gut verdienten, oft höchste Protektion genossen und sich bei der Damenwelt großer Beliebtheit erfreuten, woraus sich so manche Skandalgeschichte ergab. Ebenso wie siegreiche Gladiatoren oder Wagenlenker waren sie die von ihren Bewunderinnen frenetisch verehrten Stars ihrer Zeit.

Decimus Iunius Iuvenalis, ein römischer Satirendichter des 1. und 2. Jahrhunderts, nimmt das ausufernde Unterhaltungsbedürfnis der Römer aufs Korn und schreibt:

„Längst schon, seitdem wir unsere Stimmen niemandem mehr verkaufen, hat das Volk jedes Interesse (Anm.: an der Politik) von sich geworfen; denn einst verlieh es Befehlsgewalt, Rutenbündel, Legionen, alles sonst, jetzt hält es sich zurück und wünscht ängstlich nur zwei Dinge: Brot und Spiele."

(Decimus Iunius Iuvenalis, Saturae / Satiren : 10, 77-81)

.

Römisches Mosaik aus Hadrumetum (heute Sousse, Tunesien), Provinz Africa Proconsularis: Dichter und Schauspieler, nach anderer Deutung: Tragödien- und Komödiendichter; Museum Sousse.

Prolog

Die folgenden Begebenheiten ereigneten sich im Jahr des Konsulates des Lucius Aurelius Gallus in Carnuntum, kaiserliches Hauptquartier an der Donaufront und Hauptstadt der Provinz Oberpannonien.
174 n. Chr. (Frühjahr)

Die Feldzüge Kaiser Marc Aurels zur Sicherung der Donaugrenze gingen in ihr fünftes Jahr. Die anfänglichen Erfolge der Germanen, die eine ganze römische Invasionsarmee aufgerieben und im Gegenschlag die Donauprovinzen verwüstet hatten, waren wie eine Schockwelle durch das Land gelaufen und hatten es wirtschaftlich schwer geschädigt. In der Folge war es Kaiser Marc Aurel gelungen, die Donaugrenze zu stabilisieren und die Germanen weit ins sogenannte Barbaricum zurückzuwerfen. Dennoch war die Bedrohung noch nicht vorüber. Denn im Inneren des Barbaricums schlossen Germanenstämme Bündnisse gegen die Römer, und der Kaiser bereitete neuerlich eine Offensive vor, um ein Erstarken der Gegner zu verhindern.

Der Krieg zeitigte eine unerwartete Wirkung: Die Grenzstadt Carnuntum, die der Kaiser zu seinem Hauptquartier gemacht hatte, erholte sich nicht nur von der Germaneninvasion und den abgeschnittenen Handelswegen in den Norden, sondern erlebte geradezu einen wirtschaftlichen Aufschwung. Das war darauf zurückzuführen, dass Carnuntum durch die Anwesenheit des Imperators zeitweise zum Zentrum des Reiches wurde, und im Umland mehrere Legionen ins Winterquartier gegangen waren. Das spülte Geld in die Stadt. Teils wurden ansässige Handwerksbetriebe zur Belieferung der Legionen herangezogen, teils gaben die Legionäre ihren Sold in der Stadt aus. Es war eine deutliche Zunahme an Schenken zu verzeichnen, wo man auf vielfältige Weise sein Geld loswerden konnte, und mindestens drei neue Bordelle hatten während des Winters ihren Betrieb aufgenommen.

Der Krieg schien weit weg zu sein und hing dennoch wie eine vage Bedrohung über der Stadt. Die Bewohner von Carnuntum genossen trotzdem den trügerischen Frieden, machten gute Geschäfte und verlangten nach Unterhaltung.

Der Kaiser war nicht abgeneigt, diesen Wunsch zu erfüllen. Denn wie viele Herrscher vor und nach ihm wusste er, dass das Volk besonders in Krisenzeiten durch leichte Unterhaltung bei Laune gehalten werden musste, damit sich keine defätistische oder gar aufrührerische Stimmung breit machte. Also ermutigte Marc Aurel hohe Beamte und reiche Mäzene dazu, Spiele zu finanzieren. Auch er selbst stellte, um ein gutes Beispiel zu geben, aus seiner Privatschatulle Mittel dazu bereit, wobei er sich als sparsamer Mann auf die Finanzierung von Theateraufführungen beschränkte und überdies die Gagen der Schauspieler begrenzte. Theateraufführungen waren nämlich weitaus billiger als Gladiatoren-kämpfe, bei denen der stets mögliche Verlust eines erfolgreichen und daher sehr teuren Gladiators ein erhebliches Kostenrisiko darstellte.

Carnuntum verfügte über kein eigenes Theatergebäude, weshalb auch die Theateraufführungen im Amphitheater stattfanden. Die milde Witterung hatte es in diesem Jahr gestattet, die Spielsaison bereits im April zu eröffnen.

An dem Tag, an dem unsere Geschichte beginnt, wurde im Amphitheater der Zivilstadt die Komödie ‚Die Versuchung des Actaeon‘ gespielt. Das Schicksal des unglücklichen Helden, der von der Göttin Diana in einen Hirsch verwandelt und von seinen eigenen Hunden zerrissen wurde, hätte eher den Stoff für eine Tragödie abgegeben. Aber der Stückeschreiber hatte dem Drama so manch heiteren Aspekt abgewinnen können und daraus ein Singspiel mit vielen Tanznummern und heiteren Einlagen gemacht. Das fand höheren Ortes Zustimmung. Eine Aufführung, welche die Zuschauer nur traurig und bedrückt aus dem Theater entlassen hätte, konnte man in Zeiten wie diesen nicht brauchen.

Die Vorstellung war gut besucht und das Theater bis auf den letzten Platz gefüllt. Auch wenn der Eintritt kostenlos war, so konnte man sich doch nicht hinsetzen, wo man wollte. An die Zuschauer waren schon vor Tagen Metallplättchen ausgegeben worden, die ihnen einen Rang zuwiesen, der ihrer gesellschaftlichen Stellung entsprach.

Der Schmuckhändler Spurius Pomponius hatte einen ausgezeichneten Platz in einem Sektor, der hohen Würdenträgern vorbehalten war, und zu dem er üblicherweise keinen Zutritt erhalten hätte. Das Privileg, hier sitzen zu dürfen, verdankte er seinem Freund, dem Verleger und Buchhändler Quintus Pacuvius, der es seinerseits dem Autor verdankte, der unerschütterlich hoffte, Pacuvius werde die missratenen Früchte seiner Dichtkunst verlegen. Natürlich hätte Pomponius als Offizier der Frumentarii, des Geheimdienstes der Legionen, auch auf anderem Weg zu dem begehrten Plättchen kommen können, aber es widerstrebte ihm, seine Stellung im Zivilleben auszunutzen, wodurch er sich deutlich von den meisten seiner Zeitgenossen unterschied.

„Schade, dass Aliqua nicht mitkommen konnte", bemerkte Quintus Pacuvius zu Pomponius. „Ich hoffe doch, es geht ihr gut?"

Aliqua war ebenfalls Mitarbeiterin des militärischen Geheimdienstes und die Geliebte des Pomponius. Das Verhältnis der beiden glich der Reise auf einem unberechenbaren Meer, bei der man nie wusste, ob ein günstiger Wind das Schiffchen ihrer Liebe in den Hafen, oder ob es ein wütender Sturm zum Kentern bringen werde. Zurzeit – um bei diesem Vergleich zu bleiben – herrschte Windstille über dem glatten Wasser und Pomponius hoffte auf ein baldiges Ende der Flaute. „Es geht ihr gut", versicherte er. „Sie hat nur sehr viel zu tun."

Quintus beugte sich vor und flüsterte vertraulich: „Ein neuer Auftrag?"

Er gehörte zu den wenigen Menschen, die wussten, dass sich hinter dem harmlosen Schmuckhändler Pomponius und seiner Freundin Aliqua, der allseits beliebten Verkäuferin von Wachsartikeln, Agenten der Frumentarii verbargen.

Pomponius seufzte und nickte. „So ist es. Früher wurden wir ja immer gemeinsam eingesetzt, aber seit sie zum Offizier befördert wurde, arbeiten wir meist an verschiedenen Fällen. Sie fehlt mir, ich meine als Mitarbeiterin."

„Vielleicht tut es eurer persönlichen Beziehung ganz gut, wenn ihr beruflich nicht so eng aneinanderklebt", meinte Quintus tröstend. „Schau, der Statthalter ist eingetroffen. Ich glaube, es geht gleich los."

Eine Abteilung der Garde des Statthalters bezog Stellung hinter dessen Loge. Leider kam es bei Theateraufführungen immer wieder zu Zwischenfällen. Erst unlängst hatten einige Dutzend weiblicher Fans die Arena gestürmt und versucht, ein Souvenir von dem verehrten Mimen zu ergattern. Der Bedrängte konnte sich schließlich in jenen Gang retten, durch den ansonsten verwundete oder getötete Gladiatoren hinausgetragen wurden. Der Umstand, dass er dabei fast nackt war, weil man ihm praktisch die Kleider vom Leib gerissen hatte, steigerte nur die allgemeine Begeisterung.

Die Garde hatte nicht die Aufgabe, bei solchen Begeisterungsausbrüchen einzuschreiten. Ihre Anwesenheit beschränkte sich darauf, den Statthalter zu beschützen, falls Zuschauer mit den Darbietungen unzufrieden waren und dies dem Veranstalter des Spiels auf ungebührliche Weise zur Kenntnis bringen wollten.

Ein Trompetensignal ertönte und forderte Gehör. Basseus Rufus, der Statthalter Oberpannoniens, erhob sich, gab einige sorgsam eingeübte Phrasen von sich und betonte, dass diese Aufführung durch die Großzügigkeit seiner Erhabenheit, des Imperators Marcus Aurelius Antoninus Augustus, ermöglicht wurde. Der Kaiser selbst war nicht anwesend. Er hielt sich zurzeit bei den Truppen in Savaria auf. Dennoch brach das Volk – wie es sich gehörte – in Beifall und Hochrufe auf den Kaiser aus. Dann konnte die Vorstellung beginnen.

Um die Zuschauer in Stimmung zu bringen, traten zuerst Akrobaten auf. Sie stellten die Tiere des Waldes dar und ahmten deren Verhalten mit verschiedenen Kunststücken, wie hohen Sprüngen, Überschlägen und Purzelbäumen nach. Ein Hornsignal war aus der Ferne zu hören. Die Tiere stutzten und ergriffen die Flucht. Eine Tanzgruppe erschien und führte eine Art Ballett auf. Es war die Göttin Diana, die, begleitet von ihren Gefährtinnen, jagend durch den Wald streifte.

Die Szene wechselte. Man befand sich jetzt am Hofe des Prinzen Actaeon, der sich auf einen Jagdausflug vorbereitete. Das bot Anlass für heitere Einlagen. Die Diener Actaeons trieben allerhand derbe Späße, verwickelten sich in Streitereien, die handgreiflich ausgetragen wurden, und hatten größte Schwierigkeiten, die übermütigen Hunde ihres Herrn zu bändigen.

Pomponius begann das Interesse an diesem Unfug zu verlieren und ließ den Blick über die Zuschauerränge gleiten. Dann stutzte er und stieß Quintus in die

Rippen. „Schau", raunte er. „Dort drüben, auf der anderen Seite, direkt neben dem Mast, der das Sonnensegel trägt, ist das nicht Aliqua?"

Quintus kniff die Augen zusammen und schaute in die angegebene Richtung. „Ich weiß nicht", antwortete er dann zögernd. „Sie könnte es sein, aber sie hat das Gesicht halb hinter einem Schleier verborgen. Nein, sie ist es eher nicht. Deine Sinne spielen dir einen Streich, mein Pomponius. Du siehst Aliqua auch an Orten, an denen sie gar nicht ist, weil du ständig an sie denkst."

„Sie ist in Begleitung", konstatierte Pomponius. „Kennst du den Mann, neben dem sie sitzt und mit dem sie flüstert?"

Neuerlich kniff Quintus die Augen zusammen. „Ja, den kenne ich. Das ist der Legat Marcus Nonius Macrinus, ein enger Vertrauter und Berater des Kaisers. Abgesehen davon ist er Priester des göttlichen Lucius Verus, der bis zu seinem frühen Tod Mitregent unseres verehrten Princeps war. Es wundert mich, dass er nicht in der Statthalterloge sitzt. Nun, vielleicht liegt es daran, dass er als Weiberheld gilt, zumal seine Ehe nicht besonders glücklich sein soll. Mag sein, dass er sich mit seiner Begleiterin nicht auf offizielles Terrain begeben will."

„Was hat Aliqua bloß mit so einem Mann zu schaffen?", murmelte Pomponius beunruhigt.

„Das ist nicht Aliqua", erklärte Quintus fast unwillig. „Mach dich doch nicht verrückt, Pomponius. Jetzt schau dir lieber die Aufführung an."

Die Szene hatte neuerlich gewechselt. Actaeon streifte, begleitet von seinen tollpatschigen Dienern und seiner Hundemeute, durch den Wald und stellte dem Wild nach, was Anlass zu weiteren komischen Zwischenfällen und Tanzeinlagen bot. Plötzlich war betörender Gesang zu hören.

„Das ist sicher Aliqua", erklärte Pomponius, der die Vorgänge auf der anderen Seite der Arena weit aufmerksamer als das Stück verfolgte, entschieden. „Dabei hat sie erklärt, sie könne uns nicht ins Theater begleiten, weil sie zu tun habe."

Quintus war sichtlich genervt. „Und wenn schon", antwortete er. „Wahrscheinlich ist sie dienstlich hier. Hat sie dir über ihren aktuellen Auftrag nichts erzählt?"

„Nur so viel, dass sie mit ihrem Team den Überfall auf einen Geldtransport aufklären soll, der den Sold für die Legionen gebracht hat. Du hast wahrscheinlich davon gehört. Die Banditen konnten in die Flucht geschlagen werden und haben nichts erbeutet, weil die Eskorte wachsam war. Aber zwei Mann der Begleitmannschaft wurden bei dem kurzen Gefecht getötet. Ungewöhnlich war, dass die Angreifer Masken getragen haben, so wie man sie auch auf dem Theater verwendet." Pomponius deutete mit dem Kinn nach der Arena.

„Na also. Das erklärt ihr Interesse an Theatermasken, wenn das wirklich Aliqua ist."

„Sie kann doch nicht ernstlich darauf hoffen, die Banditen unter einer Theatertruppe zu finden", nörgelte Pomponius. „Und erklärt es auch ihr Interesse an Macrinus? Hast du das gesehen? Jetzt hat er sie lang und zärtlich auf die Schulter geküsst, und sie hat sich das gefallen lassen!"

„Ich schließe daraus, dass die Frau dort drüben nicht Aliqua ist. Sie würde sich gewiss keine Zärtlichkeiten von einem fremden Mann gefallen lassen, noch dazu in der Öffentlichkeit. Beruhige dich, Pomponius. So kenne ich dich gar nicht. Bist du etwa eifersüchtig?"

„Ich doch nicht", leugnete Pomponius und wandte seine Aufmerksamkeit demonstrativ wieder der Aufführung zu.

Actaeon hatte sich dazu entschlossen, dem Gesang nachzugehen, obwohl ihn seine Diener und Begleiter daran hindern wollten und mit lautem Klagen um ihn herum tanzten. Die Göttin Diana und ihre Nymphen erschienen auf der Bühne und stellten pantomimisch eine Badeszene dar. Die dramaturgische Notwendigkeit, dass sie dabei fast nackt waren, rief Begeisterungsstürme vor allem bei den männlichen Zuschauern hervor. Dann erblickte Diana den Lauscher. Die Musik schwoll an und mit einer dramatischen Geste schleuderte die Göttin einen Fluch gegen den Unglücklichen.

„Jetzt gehen sie", sagte Pomponius. „Sie warten nicht einmal das Ende ab."

Die Frau, die er für Aliqua hielt, und ihr Begleiter waren aufgestanden und verließen den Rang durch einen Arkadengang.

Actaeon tanzte mit graziösen hohen Sprüngen umher und imitierte einen Hirsch. Er sprang hoch in die Luft, bog den Rücken zu einem Bogen, spreizte die

Beine weit auseinander, landete mit einem Kniefall, kam wieder hoch und drehte sich auf den Zehenspitzen. Seine Bewunderinnen brachen in lautes Geschrei aus und riefen immer wieder seinen Namen: „Accius! Accius!"

Die Szene näherte sich ihrem Höhepunkt und bewegte sich Richtung Statthalterloge. Actaeon wurde von seinen Begleitern und den Hunden verfolgt. Diese Nebendarsteller trugen im Gegensatz zu den Hauptakteuren Masken. Die einen solche, die Hunde darstellen sollten, die anderen solche, die ihren komischen Part betonten. Während die Hunde versuchten, Actaeon zu fassen, wollten sie dessen Diener zurückhalten. Gleichzeitig führten Diana und ihre Begleiterinnen im Hintergrund einen Tanz auf, wobei sie die Hunde anfeuerten.

Fast schon hatten die Hunde ihr Opfer erreicht, das in dramatischer Pose vor der Loge des Statthalters zu Boden gesunken war. In letzter Not hoben drei der maskierten Diener Actaeons ihre Bögen, in einem vergeblichen Versuch – wie alle dachten – ihren Herrn zu retten. Die Pfeile schnellten von den Sehnen. Es dauerte einen Augenblick, bis die Zuschauer mitbekamen, was geschehen war. Manche merkten es auch gar nicht gleich, sondern wurden erst durch die Schreckensrufe der anderen aufmerksam. Basseus Rufus hatte sich halb erhoben und sank wieder in seinen Sitz zurück. In seiner Brust steckten zwei Pfeile, der dritte hatte sein Ziel verfehlt und war einem der Gardisten in die Schulter gefahren. Währenddessen verließen die drei maskierten Schützen ohne besondere Eile die Arena. Sie verschwanden in dem Bogengang unter der Statthalterloge, der in die Eingeweide des Theaters führte, und waren außer Sichtweite. Das Publikum wurde unruhig. Während die einen wie gebannt sitzen blieben, versuchten andere, das Theater zu verlassen und drängten zu den Ausgängen. Panik begann sich auszubreiten.

„Was war das?", stammelte Quintus.

„Ein Mordanschlag auf den Statthalter, du hast es doch gesehen", antwortete Pomponius grimmig. „Das wird noch großen Ärger geben. Komm, lass uns von hier verschwinden, ehe die Garde ihr Versagen durch nachträglichen Eifer gut zu machen versucht und sich an unschuldigen Zuschauern vergreift."

Sie hätten es auch fast geschafft, unbehelligt aus dem Theater zu kommen. Aber inzwischen hatten Soldaten begonnen, die Arena zu zernieren. Das war im Grunde genommen eine sinnlose Maßnahme, weil die Besuchermassen, die aus dem Theater strömten, mit diesen geringen Kräften nicht im Zaum zu halten waren, und die meisten erfolgreich das Weite suchten. Pomponius und Quintus liefen dennoch einer Gruppe von drei Gardisten in die Hände, die sie mit gezogenen Schwertern aufforderten, stehen zu bleiben.

Pomponius zögerte nicht. Er schlug seinen Umhang zur Seite, damit die Soldaten das silberne Abzeichen sehen konnten, das er darunter verborgen hatte: Eine Fibel in Form eines Schwertes, um das sich zwei Schlangen wanden, und das ihn als Offizier der gefürchteten Frumentarii auswies. „Tretet beiseite und erzürnt mich nicht", befahl er streng. „Ihr werdet früh genug Gelegenheit bekommen, euch für euer Versagen zu verantworten."

Die Gardisten hielten sich zwar für nahezu unantastbar und in jedem Fall Angehörigen der Legionen für überlegen, aber mit dem Geheimdienst wollten sie sich lieber nicht anlegen. Sie salutierten halbherzig und ließen die beiden Freunde passieren.

„Es hat auch seine Vorteile, wenn man zu den Frumentarii gehört", sagte Quintus erleichtert, während sie das Theater hinter sich ließen.

„Ich weiß nicht recht", meinte Pomponius zweifelnd. „Das kommt darauf an, wie mein Vorgesetzter auf diesen Vorfall reagieren wird. Hoffentlich erfährt er nicht, dass ich praktisch Augenzeuge war. Ich habe nämlich gar keine Lust, mir schon wieder so einen heiklen Fall aufhalsen zu lassen."

Es muss leider gesagt werden, dass Pomponius, obwohl er als einer der erfolgreichsten Ermittler der Frumentarii galt, oft den wünschenswerten Diensteifer vermissen ließ. Das lag nicht zuletzt daran, dass er ursprünglich zwangsweise zu den Frumentarii rekrutiert worden war. Wenn er nur Aliqua dazu überreden könnte, mit ihm zu kommen, hätte er schon längst seinen Dienst quittiert und wäre nach Rom zurückgegangen, um dort, wie vor seiner Verbannung, als Anwalt zu arbeiten. Der Kaiser hätte ihm diese Bitte wegen seiner Verdienste bei früheren Fällen wahrscheinlich nicht abgeschlagen. Aber

Aliqua wollte nicht. Im Gegensatz zu ihm hatte sie sich dem Dienst bei den Frumentarii mit Haut und Haaren verschrieben und ohne Aliqua wollte Pomponius nicht gehen.

Wie sich zeigte, waren seine Sorgen nicht unbegründet. Denn bereits etwa eine Stunde später ließ sich Masculus Masculinius, der Centurio frumentarius und Kommandant des militärischen Geheimdienstes, von seinem Sekretär Apollonarius ausführlich über den Vorfall im Theater berichten. Er stand am Fenster seines Arbeitszimmers im obersten Stockwerk des Statthalterpalastes und blickte, wie es seine Art war, wenn er nachdachte, über den großen Strom hinüber in die Wälder des Barbaricums.

„Wie geht es ihm?", fragte er, nachdem Apollonarius geendet hatte.

„Er wird wahrscheinlich durchkommen, wenn sich die Wunden nicht entzünden", antwortete der Sekretär. „Man war klug genug, den Arzt Claudius aus der benachbarten Gladiatorenschule zu holen. Der kennt sich bestens mit solchen Verletzungen aus."

Masculinius nickte. „Das Ganze ist mir rätselhaft. Aber wie auch immer, ich möchte, dass diese Sache rasch aufgeklärt wird, möglichst bevor der Kaiser aus Savaria zurückkommt. Welchen unserer Leute können wir damit betrauen?"

„Ich weiß, wen du meinst", antwortete Apollonarius, der es gelernt hatte, die Gedanken seines Herrn zu erraten. „Aber Pomponius hat bei seinem letzten Einsatz einiges abgekriegt und wäre fast umgebracht worden. Wenn ich mich recht erinnere, hast du ihm einige Wochen Ruhepause versprochen. Er wird keine Freude haben, wenn du ihn aus seinem Genesungsurlaub zurückrufst und ihm jetzt diesen Fall gibst. Vielleicht sollten wir an seiner Stelle …"

„Ich bin nicht dazu da, um meinen Agenten Freude zu bereiten", knurrte Masculinius. „Wenn es die Sicherheit des Staates erfordert, wird Pomponius eben seinen Müßiggang unterbrechen müssen. Ruft mir den Burschen her, aber rasch!"

Apollonarius verbeugte sich: „Es wird sogleich geschehen, Gebieter."

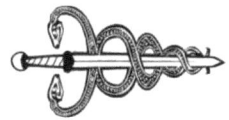

I

„Krixus", schrie Pomponius. „Wo steckst du? Dein Herr ist nach Hause gekommen!"

Krixus war der Sklave des Pomponius. Wollte man ihn mit wenigen Worten beschreiben, würde das etwa so ausfallen: arbeitsscheu, vorlaut, durchtrieben, verfressen und seinem Herrn mit absoluter Loyalität ergeben. Diese eigenartige Mischung an Charaktereigenschaften erklärt auch das eigenartige Verhältnis der beiden Männer zueinander. Krixus strapazierte die Geduld seines Herrn zwar aufs Äußerte, er gehörte aber andererseits zu den ganz wenigen Menschen, denen Pomponius rückhaltlos vertraute. Außerdem wusste Krixus bestens Bescheid über sämtliche Gerüchte, die in der Stadt kursierten, was Pomponius bei seinen Ermittlungstätigkeiten schon öfter zugutegekommen war.

Es gab eigentlich nur zwei Personen, denen gegenüber sich Krixus artig verhielt. Die eine war Mara, eine ältliche Sklavin, die Pomponius den Haushalt führte, und die als Herrin der Küche darüber entschied, ob und wieviel Krixus von den Köstlichkeiten bekam, die sie zuzubereiten wusste, und andererseits Aliqua, die von Krixus heimlich verehrt wurde, und in der er die künftige Herrin des Hauses sah. Einmal hatte Pomponius, genervt von den Ungezogenheiten seines Sklaven, diesem sogar angeboten, ihm die Freiheit zu schenken, aber Krixus hatte das entschieden abgelehnt. Er habe, so erklärte er, keine Lust für sich selber zu sorgen und auch Pomponius würde ohne seine Unterstützung und guten Ratschlägen völlig verloren sein.

Die Rufe des Pomponius hatten schließlich Erfolg. Krixus wankte aus der Küche und rieb sich schlaftrunken die Augen. „Wie schön", sagte er ohne jede Begeisterung. „Mein Herr ist endlich nach Hause gekommen. Was willst du?"

„Warum bist du nicht im Laden?", fragte Pomponius streng und setzte sich in seinen Sessel.

„Ich bin den ganzen Vormittag im Geschäft gestanden und habe einige gute Verkäufe getätigt", erklärte Krixus. „Am Nachmittag kommen ohnehin keine Kunden, weil die Leute im Theater sind."

Pomponius hielt es für sinnlos, das Thema weiter zu verfolgen. „Bereite mir ein Fußbad", befahl er, „und dann möchte ich eine Kleinigkeit essen."

Mara, die Krixus gefolgt war, stieß diesen derb in den Rücken. „Du hast gehört, was der Herr befohlen hat", sagte sie. „Warmes Wasser findest du in der Küche." Sie nahm die Sandalen, die Pomponius abgestreift hatte, und begann sie sorgfältig zu reinigen.

Angelockt durch die plötzliche Unruhe trabte Ferrox, der Haushund, herein. Er lief im Kreis, verlangte von jedem gestreichelt zu werden, und ließ sich dann mitten im Zimmer nieder. Dieses Untier von einem Hund hätte man eigentlich in einem Zwinger halten müssen. Aber seit er Pomponius das Leben gerettet und einen Meuchelmörder totgebissen hatte, genoss er Vorrechte, die er weidlich ausnützte, und dabei die Geduld seines Herrn ebenso strapazierte wie Krixus. Gleich diesem verehrte auch er Aliqua, die ihn einst auf der Straße aufgelesen und im Haus des Pomponius untergebracht hatte, als seine heimliche Herrin.

Krixus kam mit dem Fußbecken zurück und ging mit lautem Stöhnen und Ächzen vor Pomponius in die Knie. „Das ist der Unterschied zwischen Herrn und Sklaven", klagte er. „Während die einen ihren Vergnügungen nachgehen und Theateraufführungen besuchen, müssen die anderen schuften. Was hast du mit deinen Zehen gemacht? Die schauen ziemlich lädiert aus." Er goss warmes Wasser über die Füße seines Herrn.

„Mir sind ein paar Idioten auf die Füße getreten, als sie in größter Eile das Theater verlassen haben", erklärte Pomponius.

„War das Stück so schlecht?", fragte Krixus und massierte vorsichtig die Füße seines Herrn.

„Das Stück war schlecht, aber Panik ist deshalb ausgebrochen, weil ein Mordanschlag auf den Statthalter verübt wurde."

„O Elend", rief Krixus erschrocken. „Das gibt sicher Ärger. Hoffentlich wird keine Ausgangssperre verhängt. Ist der Kerl tot?"

„Ich weiß nicht. Ich wollte von dort nur rasch wegkommen. Bei solchen Gelegenheiten bekommt man rasch eins übergezogen, ehe man erklären kann, dass man zu den Guten gehört."

„Eine weise Entscheidung", lobte Krixus.

„Mir ist vorgekommen, dass auch Aliqua im Theater war", bemerkte Pomponius nach einigem Zögern. „Aber wahrscheinlich habe ich mich geirrt."

„Wahrscheinlich hast du dich nicht geirrt", antwortete Krixus und trocknete die Füße seines Herrn mit einem Tuch. „Sie wollte mit einem gewissen Macrinus hingehen."

„Woher weißt du das?", fragte Pomponius verblüfft.

„Ein Sklave des Macrinus hat es mir gegenüber am Markt erwähnt. Müßiges Sklavengeschwätz, wie du immer zu sagen pflegst, aber sie soll mit Macrinus recht gut bekannt sein."

„Und wieso wusste ich nichts davon? Weshalb hast du es mir nicht gesagt?"

„Ich dachte, du wüsstest es ohnehin, weil sie es dir erzählt hat. Sie ist immerhin deine Geliebte."

„Die Annahme, dass eine Frau ihrem Liebhaber immer alles erzählt, ist ein weitverbreiteter Irrtum", antwortete Pomponius griesgrämig. „Weißt du mehr über diese Bekanntschaft?"

Krixus schüttelte den Kopf und begann, die Füße seines Herrn zu salben. „Ich kann versuchen, mehr herauszufinden, obwohl es mir widerstrebt, Aliqua nachzuspionieren. Warum fragst du sie nicht selbst? Wenn du meine Meinung hören willst, du vernachlässigst sie in letzter Zeit, und wenn du so weitermachst, darfst du dich nicht wundern, dass sie sich mit anderen Männern trifft. Du musst dir mehr Mühe mit ihr geben."

„Ich will deine Meinung aber nicht hören", fauchte Pomponius. „Schnür mir lieber die Sandalen zu."

Jemand hämmerte gegen die Tür. „Das wird sicher Aliqua sein", rief Pomponius hoffnungsvoll. „Lass sie herein, Mara!"

Nach wenigen Augenblicken kam Mara zurück. „Es ist nicht Aliqua", meldete sie mit düsterer Miene, „sondern dieser Ballbilus, der immer schlechte Nachrichten bringt."

Ballbilus war gleichfalls Mitarbeiter der Frumentarii und hatte schon öfter mit Pomponius zusammengearbeitet. Er war ein altgedienter Soldat mit einem

Gesicht wie ein verwitterter Fels und einer Neigung zu blumigen Umschreibungen, wenn er Pomponius schlechte Nachrichten brachte. Ohne darauf zu warten, ins Zimmer gerufen zu werden, trat er ein. „Ave Pomponius", grüßte er respektvoll. „Unser Kommandant, der edle Masculus Masculinius versichert dich seines immerwährenden Wohlwollens und seiner väterlichen Zuneigung. Er bedauert, dich stören zu müssen, und würde sich freuen, wenn du ihm ein wenig deiner kostbaren Zeit opfern könntest."

Pomponius seufzte tief. „Auch ich grüße dich, Ballbilus. Was hat er wirklich gesagt?"

„Bringt mir den Burschen sofort her, es gibt Arbeit für ihn, und sagt ihm, dass ich keine Ausflüchte dulde", berichtete Ballbilus.

„Er hat mir doch eine Ruhepause versprochen", protestierte Pomponius. „Ich fühle mich noch immer schlecht."

„Bei allem Respekt, der dir als meinem vorgesetzten Offizier gebührt", erwiderte Ballbilus ungerührt, „aber du wirst dich bald noch viel schlechter fühlen, wenn du noch länger säumst. Masculinius ist ziemlich übellaunig, und er hat gesagt, du sollst sofort kommen."

Pomponius erhob sich widerwillig. „Wenn es denn sein muss ...", er wandte sich an seine Hausgenossen. „Ich bin bald zurück."

„Ich glaube nicht, dass du bald zurückkommst", murmelte Krixus, nachdem sein Herr und Ballbilus das Haus verlassen hatten. „Ich muss sofort in die Stadt und mich umhören, was so geredet wird. Außerdem wird es gut sein, wenn ich mit Aliqua spreche."

Pomponius und Ballbilus eilten inzwischen durch die Stadt zum Statthalterpalast. Es war ungewöhnlich viel Militär auf den Straßen zu sehen. Die Soldaten hielten immer wieder Passanten auf und befragten sie. Wie nicht anders zu erwarten, war keiner der Befragten im Theater gewesen, hatte etwas gesehen oder gehört, oder wusste sonst etwas. Pomponius und sein Begleiter blieben unbehelligt. Ballbilus trug nämlich die Rüstung eines Legionärs und die Rangabzeichen eines Unteroffiziers. Ein Blick in sein vernarbtes, hartes Gesicht genügte, damit die Soldaten, meist junge Burschen, spontan salutierten und ihnen den Weg freigaben.

„Weißt du, was Masculinius von mir will?", fragte Pomponius.

„Das ist doch wohl offenkundig", antwortete Ballbilus. „Ein Mordanschlag auf den Statthalter, noch dazu in aller Öffentlichkeit und während einer Theateraufführung, die vom Kaiser persönlich gesponsert wurde, ist keine geringe Sache. Masculinius will, dass du die Ermittlungen übernimmst."

„Lebt Basseus Rufus?"

„Ja, er lebt. Er ist erstaunlich glimpflich davongekommen."

„Aber warum gerade ich? Masculinius hat doch genug andere Leute!"

„Er hält dich für den Besten."

„Du weißt, dass das nicht stimmt. Ich hatte bisher bloß Glück und tatkräftige Hilfe."

„Das Ergebnis zählt. Die Gunst der Götter und dein Geschick bei der Auswahl deiner Mitarbeiter machen dich eben zum Besten."

„Wenn das so ist, will ich, dass du in dieser Sache mit mir zusammenarbeitest."

„Es wird mir eine Ehre sein", antwortete Ballbilus mit unbewegter Miene.

„Außerdem will ich Aliqua in meinem Team."

„Das wird nun wiederum nicht möglich sein. Du weißt doch, dass sie jetzt ihr eigenes Team hat und an einem Fall arbeitet. Versuche erst gar nicht, Masculinius damit zu kommen. Er hat ganz bewusst entschieden, euch vorläufig nicht mehr gemeinsam einzusetzen."

Pomponius seufzte. Ballbilus sah ihn von der Seite an. „Das wird schon wieder", sagte er und hielt es nicht für notwendig, näher auszuführen, was er meinte.

„Offenbar weiß schon jeder, welchen Kummer mir meine verfahrene Beziehung zu Aliqua macht", dachte Pomponius frustriert. Laut sagte er: „Da wir schon davon sprechen: Mir kommt vor, dass ich Aliqua heute im Theater gesehen habe. Sie war in Begleitung des Legaten Marcus Nonius Macrinus. Weißt du zufällig etwas darüber?"

„Macrinus ist dafür zuständig, die Geldtransporte zur Besoldung der Truppen zu organisieren. Ich nehme an, Aliqua ist deshalb an ihm interessiert, weil sie den Raubüberfall auf einen solchen Transport aufklären soll."

Pomponius ließ jede Zurückhaltung fallen und sprach aus, was ihn bekümmerte: „Und warum muss sie deswegen mit ihm ins Theater gehen und sich von ihm auf die Schulter küssen lassen? Würde es nicht genügen, ihn in dienstlicher Eigenschaft aufzusuchen und ausführlich zu befragen?"

„Das würdest du so machen", antwortete Ballbilus. „Aliqua hingegen scheint eigene Ermittlungsmethoden zu entwickeln." Er kommentierte seine Bemerkung nicht weiter und überließ es Pomponius, sich auszumalen, was er damit gemeint haben könnte.

Sie hatten inzwischen den Platz, der dem weitläufigen Palast des Statthalters vorgelagert war, erreicht. Ihm gegenüber befand sich die Kaserne der Garde, aus der man laute Kommandostimmen hörte. Rechts schloss sich an den Palast ein weiterer großer Platz an, während linker Hand einige Bauwerke nahe an den Palast rückten und eine Gasse bildeten, die durch eine Mauer abgesperrt war. Ein Tor, groß genug, um einen Wagen durchzulassen, war fest verschlossen. Eine kleinere Tür daneben war mit dem Symbol eines Schwertes, um das sich zwei Schlangen wanden, geschmückt und verriet dem Eingeweihten, dass er hier vor dem Quartier der Frumentarii stand. Als sie näherkamen öffnete sich diese Tür vor Pomponius und Ballbilus, ohne dass sie klopfen mussten, und wurde hinter ihnen wieder fest geschlossen. Sie durchschritten den Hof, der durch Mannschaftsunterkünfte auf einer Seite und von der Flanke des Palastes auf der anderen begrenzt wurde. Durch eine gleichfalls bewachte Pforte betraten sie den Palast und stiegen die Treppen hoch in das oberste Stockwerk, in dem Masculinius residierte.

II

Etwa zur gleichen Zeit saß Aliqua im Empfangszimmer eines Stadthauses nahe der großen Therme und knabberte an einem Honiggebäck. Sie war eine großgewachsene Frau mit rabenschwarzen Haaren, einer göttlichen Figur, wie ihr Geliebter Pomponius zu sagen pflegte, und einem Gesicht, das zwar nicht den Idealen der klassischen Schönheit entsprach, aber von eigenartigem exotischen Reiz war.

„Persisch", dachte der Mann, der ihr gegenüber saß. „Unter ihren Vorfahren muss ein Angehöriger dieses streitbaren Volkes gewesen sein. Manche sagen ja, dass es bei den Persern oder auch bei den Parthern ungewöhnlich schöne Frauen geben soll."

„Du bist eine bemerkenswerte und sehr begehrenswerte Frau, Aliqua", bemerkte er spontan.

Aliqua senkte bescheiden die Augen. „Du schmeichelst mir, edler Marcus Nonius Macrinus. Es ist für mich eine unverdiente Ehre, dass mir ein Mann deiner Bedeutung seine Aufmerksamkeit schenkt. Du weißt, dass ich nur eine einfache Witwe bin, die ein kleines Geschäft mit Wachsartikeln betreibt, um sich über Wasser zu halten."

„Wenn ich nur das wüsste, liebe Aliqua", antwortete Macrinus melancholisch, „und nicht mehr, wenn ich nur glaubte, du hättest Gefallen an mir, oder meinetwegen auch nur an meinem Reichtum gefunden, würdest du jetzt schon in meinen Armen liegen, und wir würden uns den Freuden der Liebe hingeben."

„Ach ja? Und welchem Umstand verdanke ich deine Zurückhaltung?"

„Dem Umstand, dass du unter deinem Gewand einen Dolch verborgen hast und ein silbernes Abzeichen."

„Wie kommst du denn darauf?", fragte Aliqua und ärgerte sich, dass sie durchschaut worden war.

„Weil ich mich nach unserer ersten Begegnung über dich erkundigt habe. Es mögen zwar nicht viele Menschen um deine wahre Profession wissen, aber in den höheren Rängen bei Hof ist dein Name gut bekannt. Immerhin wurdest du vom

Kaiser persönlich ausgezeichnet und zum Offizier befördert: Zum einzigen weiblichen Offizier der Armee, der zwar in keiner Stammrolle aufscheint, der dafür aber in eingeweihten Kreisen umso bekannter ist. Jetzt frage ich mich, was die Frumentarii von mir wollen, und weshalb du versucht hast, mich zu umgarnen, was dir unter anderen Umständen zugegebenermaßen leicht gelungen wäre."

„Ich wollte dich nicht umgarnen, sondern mir nur einen persönlichen Eindruck von dir verschaffen, ehe ich dich um einige Auskünfte bitte."

„Aha. Und welchen Eindruck hast du von mir gewonnen?"

„Du bist ein kluger Mann mit angenehmen Umgangsformen, dessen respektvolle Zurückhaltung Frauen gegenüber ich zu schätzen weiß."

„Ich verstehe. Du meinst, dass die Zeit des Schäkerns vorbei ist, und wir uns ernsthafteren Dingen widmen sollten. Sage mir eines, Aliqua: Hätte ich mich weiter unwissend gestellt, wie weit wärst du bei der Erforschung meiner Person noch gegangen? Hättest du dich willig von mir in mein Schlafzimmer tragen lassen oder hätte ich plötzlich deinen Dolch an der Kehle gehabt?"

„Das werden wir jetzt wohl nie mehr erfahren, Macrinus. Lass uns lieber über mein eigentliches Anliegen reden. Ich wurde damit beauftragt, den versuchten Raubüberfall auf einen unserer Geldtransporte aufzuklären. Man hat mich unterrichtet, dass auch dieser Transport in deinen Verantwortungsbereich fiel, und dass du bereits eigene Untersuchungen angestellt hast."

„Also darum geht es. Ich fürchte, mit diesen Ermittlungen wirst du wenig Erfolg haben. Meiner Meinung nach war es ein dilettantisch durchgeführtes Unternehmen, das von Anfang an keine Aussicht auf Erfolg hatte. Die paar Mann, die da plötzlich aus dem Hinterhalt angegriffen haben, waren der Begleitmannschaft zahlenmäßig und auch von der Bewaffnung her weit unterlegen. Sie haben dann auch sehr rasch wieder die Flucht ergriffen und sind verschwunden. Es war eine armselige Räuberbande, wie es so viele in der Gegend gibt."

„Nicht nur eine armselige Bande, sondern auch eine idiotische, wenn sie sich auf so ein aussichtsloses Unternehmen eingelassen hat. Daher zweifle ich daran, dass es ihnen darum gegangen ist, das Geld zu rauben. Wie ich erfahren habe, wurden zwei Mann der Eskorte getötet, während die Angreifer ohne Verluste entkommen sind."

„Das ist richtig", bestätigte Macrinus. „Der Kommandant der Eskorte, ein Centurio namens Cassius, und ein Soldat wurden durch Pfeilschüsse niedergestreckt."

„Was weißt du über diesen Cassius?"

„Gar nichts", antwortete Macrinus. „Er war ein unbedeutender Mann."

„Was kannst du mir sonst über diesen Geldtransport berichten?"

„Er war zur Besoldung der Truppen in den Donauprovinzen bestimmt. Es hat sich um Münzen gehandelt, die sämtliche aus der kaiserlichen Münzprägung in Rom stammen, hauptsächlich Denare und Aureii.[1] Der Gesamtwert liegt etwa bei einer Million Sesterzen. Die Münzen wurden in mehrfach versiegelten Fässern auf Ochsenkarren transportiert. Die Begleitmannschaft wurde bereits in Rom zusammengestellt und nicht gewechselt. Mit der Auswahl dieser Männer hatte ich nichts zu tun. Den größten Teil der Reise haben sie gemeinsam mit einer Abteilung der Legio III Augusta, die nach Vindobona entsandt wurde, um beim Wiederaufbau des Legionslagers zu helfen, zurückgelegt. Erst für den letzten Teil des Weges waren sie auf sich allein gestellt, und da hat dann auch der Überfall stattgefunden, etwa auf halbem Weg zwischen hier und Vindobona. Meine Aufgabe hat lediglich darin bestanden, den Geldtransport in Rom anzufordern und hier in Empfang zu nehmen, wobei ich auch für die Verteilung an die einzelnen Truppenverbände zuständig bin."

„Angeblich waren die Räuber ungewöhnlich maskiert."

---

[1] Der Denar war eine Silbermünze, die den Wert von vier Sesterzen hatte. Das entsprach etwa dem Tageseinkommen eines Handwerkers. Der Aureus war eine Goldmünze im Wert von 25 Denaren oder hundert Sesterzen. Der Sesterz selbst bestand aus einer messingähnlichen Legierung und fungierte lange Zeit als Hauptrecheneinheit der römischen Währung. Der Wert sämtlicher offiziellen Münztypen, die im Umlauf waren, konnte daher als Vielfaches oder Teil eines Sesterzes ausgedrückt werden.

„Das stimmt. Man hat mir berichtet, dass sie Masken trugen, ähnlich jenen, die wir auch heute im Theater gesehen haben, und die von den Schauspielern getragen werden, die den komischen Part übernehmen."

„Ja", meinte Aliqua. „Das war auch einer der Gründe, warum ich deine Einladung ins Theater angenommen habe, natürlich abgesehen von der Freude, die mir deine Gesellschaft bereitet."

Macrinus schüttelte den Kopf. „Abgesehen von der Freude an meiner Gesellschaft wirst du nicht viel davon haben. Du kannst doch nicht im Ernst annehmen, dass sich Komödianten als Straßenräuber betätigen und dabei ihre Masken tragen, damit man ihnen umso rascher auf ihre Spur kommt. Nein, das sind ganz harmlose Leute."

Es klopfte an der Tür. „Komm herein!", rief Macrinus unwillig.

Ein Sklave trat ein, verbeugte sich vor Macrinus und reichte ihm ein Wachstäfelchen.

„Vom Hauptquartier", murmelte Macrinus, brach das Siegel auf, öffnete das Täfelchen und begann zu lesen.

Eine Weile war es ganz still im Raum, dann klappte Macrinus behutsam das Täfelchen zu und starrte Aliqua an.

„Was ist denn?" fragte Aliqua. „Was hast du? Schlechte Nachricht?"

„Kurz nachdem wir gegangen sind, wurde im Theater auf den Statthalter ein Mordanschlag verübt. Zum Glück hat er überlebt", antwortete Macrinus.

„Das ist ja schrecklich", rief Aliqua. „Wer hat das getan?"

„Offenbar drei Schauspieler, die ebenso maskiert waren, wie die Räuber, denen du nachspürst. Gleich diesen haben sie Pfeil und Bogen verwendet und direkt aus der Arena auf Basseus Rufus geschossen. Auch ihnen ist es gelungen, zu entkommen."

„Das ist kein Zufall", stieß Aliqua hervor.

„Basseus Rufus, der in Abwesenheit des Kaisers das Kommando führt, hat bereits deine Leute, die Frumentarii, mit der Aufklärung dieses fluchwürdigen Verbrechens beauftragt. Man berichtet mir, dass zu diesem Zweck ein gewisser Pomponius, der die Ermittlungen leiten soll, in den Statthalterpalast beordert wurde. Kennst du den Mann?"

„Pomponius? Ja, ich kenne ihn recht gut", sagte Aliqua leise. Sie betrachtete ihr Gegenüber nachdenklich. „Eine Frage drängt sich mir auf, Macrinus. Weshalb hast du darauf bestanden, dass wir kurz vor Ende des Stückes und kurz bevor es zu dem Anschlag gekommen ist, das Theater verlassen?"

„Das Stück war schlecht und das Ende ohnehin vorhersehbar", antwortete Macrinus leichthin. „Ich wollte vermeiden, in den Trubel zu geraten, sobald die Zuschauer das Theater verlassen, und ich hatte den Wunsch, mit dir allein zu sein, um dir meine Zuneigung zu bekunden."

„Ist das so? Obwohl du bereits wusstest, wer ich wirklich bin, und du daher kaum hoffen konntest, dass ich deine Zuneigung erwidere? War es nicht vielleicht so, dass du nicht in eine Panik geraten wolltest, wenn es zu einem Anschlag auf den Statthalter kommt?"

„Aber Aliqua!", rief Macrinus empört. „Willst du etwa andeuten, dass ich davon wusste, dass ich etwas damit zu tun habe?"

„Ganz gewiss nicht, mein Freund", sagte Aliqua besänftigend. „Wie käme ich dazu? Dafür gibt es nicht den geringsten Beweis. Nein, das war nur so ein flüchtiger Gedanke, der mir durch den Kopf gehuscht ist, und den ich bereits wieder vergessen habe." Sie stand auf. „Ich muss mich jetzt von dir verabschieden, Macrinus. Hab Dank für deine Freundlichkeit und einen unvergesslichen Theaterbesuch. Aber die neuesten Entwicklungen erfordern meine ungeteilte Aufmerksamkeit, das wirst du gewiss verstehen."

„Natürlich", antwortete Macrinus und begleitete Aliqua zur Tür. „Darf ich hoffen, dich wiederzusehen?"

„Aber sicher", versprach Aliqua. „Ich bin mir ganz sicher, dass wir uns schon früher als du erwartest wiedersehen werden. Bis dahin bleib mir gewogen." Sie beugte sich vor und küsste Macrinus flüchtig auf die Wange.

Macrinus sah ihr nach, wie sie die Straße hinuntereilte. „Das war kein verheißungsvolles Versprechen, sondern es klang eher nach einer Drohung", murmelte er nachdenklich. „Könnte es wirklich sein, dass sie mich verdächtigt? Es wird wohl nötig sein, ihren Tatendrang in andere Bahnen zu lenken." Er schüttelte den Kopf und kehrte ins Haus zurück.

Auch Aliqua ihrerseits machte sich Gedanken über Macrinus. Sie fand ihn faszinierend. Sicherlich, er war nicht mehr der Jüngste, sie schätzte ihn auf etwa fünfzig Jahre, aber er sah gut aus, war durchtrainiert und strahlte eine vitale Männlichkeit aus, von der sie sich angezogen fühlte. Die humorvolle und gleichzeitig respektvolle Art, mit der er sie behandelte, gefiel ihr. Sie wusste, dass er zum innersten Zirkel der Macht gehörte und als Begleiter und Vertrauter des Kaisers galt. Auch das imponierte ihr. „Nein, mein Freund", dachte sie. „Ich bin mir gar nicht sicher, ob du meinen Dolch am Hals gehabt hättest, wenn du versucht hättest, mich in dein Schlafzimmer zu tragen. Trotzdem bin ich froh, dass es nicht dazu gekommen ist." Sie dachte unwillkürlich an Pomponius. „Man kann diese beiden Männer nicht miteinander vergleichen", entschied sie. „Sie sind viel zu verschieden."

Aliqua war noch nicht weit gekommen, als ihr Krixus über den Weg lief. Kurz nach dem Weggang seines Herrn hatte auch er das Haus verlassen und war durch die Stadt gestreift, um die neuesten Gerüchte aufzuschnappen. Da er sich in den Gassen und Straßen der Stadt bestens auskannte, gelang es ihm mühelos, den Militärpatrouillen, die noch immer unterwegs waren, aus dem Weg zu gehen. Nur einmal wurde er angehalten und gefragt, wer er sei und wohin er wolle. Er hatte überzeugend dargelegt, dass er nur ein elender Sklave sei, der unter der Strenge seines Herrn zu leiden habe, und Anstalten gemacht, den Soldaten ausführlich sein Leid zu klagen. „Das interessiert mich wirklich nicht", hatte der Anführer der Legionäre unwillig gesagt. „Scher dich fort, du Tagedieb, dein Herr wird schon seine Gründe haben, wenn er dich täglich verprügelt."

Krixus hatte lediglich in Erfahrung bringen können, dass der Statthalter wahrscheinlich noch am Leben war, dass die Attentäter noch nicht gefasst waren und dass man vorsorglich die gesamte Theatertruppe samt ihrem Prinzipal, und weil man schon dabei war, auch den Dichter in Haft genommen hatte. Die allgemeine Meinung ging dahin, dass der Dichter an dem Attentat wahrscheinlich unschuldig war, die Qualität seiner Dichtkunst aber eine Haftstrafe rechtfertige. Dann hatte ihn der Zufall, oder auch sein Instinkt, der dem eines Jagdhundes glich, in jene Gasse geführt, in der Macrinus wohnte.

„Krixus!", rief Aliqua. „Was für ein Zufall! Was führt dich in diese Gegend?"

„Der unausgesprochene Wunsch meines Herrn, über die Stimmung in der Stadt unterrichtet zu werden, und eine glückliche Fügung, die mich dich treffen ließ", antwortete Krixus und küsste ehrerbietig den Saum von Aliquas Umhang.

„Lass das, du Schlingel", lachte Aliqua. „Hast du etwa nach mir gesucht?"

„Aber nein", antwortete Krixus. „Warum sollte ich dich ausgerechnet in einer Gegend suchen, in der auch der edle Marcus Nonius Macrinus wohnt?"

„Aha! Daher weht der Wind. Pomponius hat mich im Theater also doch erkannt. Ich habe mir schon so etwas gedacht, weil er ständig zu uns herübergestarrt hat. Was hat er gesagt?"

„Mir kam vor, er war etwas irritiert. Es war die Rede davon, dass dich dieser Macrinus in aller Öffentlichkeit auf die nackte Schulter geküsst hat. Ich halte das natürlich nur für ein unglaubwürdiges Gerücht, aber die Leute reden halt."

„Kein Mensch redet darüber", entgegnete Aliqua leicht verärgert, „außer Pomponius. Er hat keinen Grund, eifersüchtig zu sein."

„Das solltest du ihm vielleicht selber sagen." Krixus seufzte tief. „Ich bin ja nur ein elender Sklave, den die Liebesangelegenheiten seines Herrn nichts angehen, zumal mir Pomponius regelmäßig Ohrfeigen androht, wenn ich davon anfange."

„Damit hat er wahrscheinlich recht."

„Andererseits", fuhr Krixus ungerührt fort, „geht es mich ja doch etwas an, weil es auch mich betrifft. Denn Pomponius wird zunehmend unleidlich, wenn du dich rar machst, so wie in letzter Zeit. Und wer hat darunter zu leiden? Natürlich nur ich! Du weißt, Aliqua, dass es mein Wunsch ist, dich als meine Herrin in unserem Haus begrüßen zu dürfen. Also mach diesem ständigen Hin und Her ein Ende und versöhne dich mit Pomponius."

„Jetzt gehst du entschieden zu weit!", rief Aliqua, die nicht wusste, ob sie lachen oder zürnen sollte. „Du führst Reden, die dir nicht zustehen!"

„Das tu ich doch ständig und ich wollte, man würde auf meine Ratschläge hören."

„Es ist nicht so leicht, wie du dir das vorstellst. Ich habe viel zu tun. Mein Beruf nimmt mich voll in Anspruch."

„Leider gilt das auch für meinen Herrn, dem man wieder einen Fall angehängt hat, der jede Menge Ärger verspricht."

„Ich habe davon gehört", sagte Aliqua nachdenklich. „Es wäre sogar möglich, dass die Fälle, an denen wir zurzeit arbeiten, zusammenhängen."

„Oh, ich bin mir ganz sicher, dass es so ist", bestätigte Krixus, obwohl er keine Ahnung hatte, wovon sie sprach. „Das Beste wird sein, du kommst jetzt gleich zu uns und besprichst die Sache mit Pomponius."

„Vielleicht hast du recht", meinte Aliqua zögernd.

„Das habe ich doch meistens", erklärte Krixus selbstgefällig. „Und sieh! Was für ein Zufall! Unser Weg hat uns direkt vor das Haus des Pomponius geführt. Tritt ein, meine künftige Herrin, und sei willkommen."

Aliqua versetzte ihm überraschend eine Kopfnuss, aber sie folgte seiner Einladung. Während sich Krixus zufrieden grinsend den schmerzenden Kopf rieb, wurde Aliqua von Mara und Ferrox stürmisch begrüßt.

„Pomponius ist nicht zu Hause", berichtete Mara. „Dieser schreckliche Ballbilus hat ihn abgeholt. Aber ich denke, er wird bald zurückkommen. Darf ich dir eine Erfrischung bringen, während du wartest?"

Aliqua nickte und ließ sich in einem der bequemen Besuchersessel nieder. Ferrox legte ihr sofort den Kopf auf die Knie und verlangte nachdrücklich danach, gestreichelt zu werden. Das Anerbieten des Krixus, ihr ein Fußbad zu bereiten, lehnte sie lächelnd ab. Sie war aber sichtlich gerührt über die Zuneigung, die ihr von den Hausgenossen des Pomponius entgegengebracht wurde. „Ich werde auf Pomponius warten", erklärte sie. „Ich bin schon neugierig, wie es ihm bei Masculinius ergangen ist."

III

„Warum hat das so lange gedauert?", fragte Masculinius, als Pomponius eintrat. Er war ein korpulenter älterer Mann, dem man den erfahrenen Soldaten ansah. Seine reguläre Dienstzeit war längst vorüber. Er hatte zuletzt in der Provinz Noricum die Aufsicht über die Erzgewinnung und Waffenproduktion geführt. Als der Tag seiner ehrenvollen Entlassung aus der Armee näher rückte, hatte er Jupiter einen Altar gestiftet, um ihm dafür zu danken, dass er viele Schlachten unbeschadet überstanden hatte, und sich auf die Abreise nach Rom vorbereitet. Er gedachte, mit seiner Abfindung eine Schenke in der Nähe des Kolosseums zu errichten.

Trotz des Weihegeschenkes für Jupiter hatten die Unsterblichen anders über seine Zukunft entschieden. Bisweilen dachte Masculinius, er hätte auch der Diana Nemesis, der Herrin über das Schicksal, opfern und sie um eine glückliche Reise nach Rom bitten sollen. Vielleicht hätte sie sich seiner erbarmt. Jetzt war es zu spät. Am Tag vor seiner Abreise ereilte ihn eine Botschaft des Imperators. Marc Aurel, der in Carnuntum sein Hauptquartier einrichtete, berief ihn auf den Posten des Kommandanten der Frumentarii in der Provinz Oberpannonien. Er wollte nämlich in seiner unmittelbaren Nähe einen vertrauenswürdigen, erprobten Mann auf dieser heiklen Stelle haben. Abzulehnen wäre einer Majestätsbeleidigung gleichgekommen. Also hatte Masculinius dem Kaiser demütig für das in ihn gesetzte Vertrauen gedankt und seine neue Tätigkeit aufgenommen. Inzwischen hatte er sich damit abgefunden, dass er seine Tage wahrscheinlich nicht im sonnigen Italien, sondern in diesem kalten, kriegsgebeutelten Land beschließen würde. Glücklich war er über diese Aussicht nicht, aber er tat seinen Dienst mit der größten Gewissenhaftigkeit, so wie er es sein ganzes Leben schon getan hatte.

„Ich bin so schnell gekommen, wie mich meine geschwächten Beine tragen konnten, Herr", rechtfertigte sich Pomponius.

„Ah, pah, komm mir nicht so. Ich sehe doch mit einem Blick, dass du wieder dienstfähig bist", wies ihn Masculinius schroff zurecht. „Alles was dir fehlt, ist eine Aufgabe, die dich wieder in Schwung bringt und dir Gelegenheit gibt, deine Ergebenheit gegenüber Kaiser und Staat unter Beweis zu stellen."

„Ich nehme an, du wirst mir gleich sagen, du hättest erst unlängst wieder mit Faustina über mich gesprochen", warf Pomponius verdrossen ein.

Die Geschichte mit Faustina verhielt sich so: Zu jener Zeit, als Pomponius noch in Rom zu den kommenden Männern gezählt wurde und erfolgreich als Anwalt tätig war, hatte er eine Geliebte namens Valeria, die als Tochter eines Senators zu den Vertrauten der Kaisergattin Faustina gehörte. Diese Valeria verfasste nun aus Gründen, die nicht ganz geklärt sind, wahrscheinlich war es Übermut, gepaart mit einer tüchtigen Portion Bosheit, ein Spottgedicht auf Faustina, das sich mit deren angeblichen amourösen Beziehungen zu Gladiatoren befasste. Das Gedicht gelangte an die Öffentlichkeit und fand in den Gassen Roms rasch Verbreitung.

Faustina war vor Wut außer sich und forderte, dass der Urheber dieser Schmähschrift ausgeforscht und strengstens bestraft werde. Es wurden Nachforschungen angestellt, und die Schlinge um Valeria zog sich immer weiter zusammen. Der Kaiser, der bestens informiert war, befand sich deswegen in arger Verlegenheit. Denn er wusste längst, wer sich da als Dichterin betätigt hatte, aber er zögerte, Valeria zu bestrafen. Er bereitete nämlich bereits seinen Feldzug gegen die Germanen vor und suchte dafür die Zustimmung des Senates, der von der Notwendigkeit einer so aufwendigen Militäraktion nicht überzeugt war. Ein Konflikt mit Valerias Vater, der im Senat großen Einfluss besaß, war das Letzte, was er brauchen konnte.

In dieser Situation fasste Pomponius den heroischen und von Krixus als blödsinnig bezeichneten Entschluss, Valeria zu retten. Er nahm die Urheberschaft an dem Gedicht auf sich, warf sich dem Kaiser zu Füßen und flehte um Gnade.

Marc Aurel war sehr erleichtert, auf diese Weise aus der Zwickmühle zu kommen und akzeptierte ohne weitere Untersuchungen das Geständnis des Pomponius. Dieser behielt seinen Kopf und wurde zur Strafe nur an die äußerste Grenze des Reiches, nach Carnuntum, verbannt. Faustina hielt diese Strafe für viel zu gering, aber Carnuntum war weit weg und Pomponius vorläufig in

Sicherheit. Wenn er allerdings damit gerechnet hatte, Valeria werde ihm voller Dankbarkeit in die Verbannung folgen, sah er sich enttäuscht. Dazu liebte Valeria das Leben in Rom viel zu sehr. Sie dankte Pomponius für ihre Rettung, verließ ihn und nahm sich bald darauf einen anderen Geliebten.

In Carnuntum baute sich Pomponius eine neue Existenz als Schmuckhändler auf und begann sich nach und nach mit seinem Schicksal abzufinden. Denn es ließ sich schließlich auch in Carnuntum gut leben, wenn man nicht darauf bestand, ein Leben, wie es nur Rom bieten konnte, zu genießen. Bis an den Tag, an dem Faustina nach Carnuntum kam, um ihrem kaiserlichen Gatten in seinem neuen Hauptquartier Gesellschaft zu leisten. Als sie erfuhr, dass auch Pomponius noch in der Stadt weilte, äußerte sie den spontanen Wunsch, seinen Kopf auf eine Lanze gespießt zu sehen. Abgesehen davon, dass Pomponius deswegen die Klagen und Vorwürfe seines Sklaven Krixus zu ertragen hatte, befand er sich in großer Sorge. Denn es konnte gut sein, dass jemand den Wunsch der hohen Frau als Befehl auffasste, und sich beeilte, ihr dienlich zu sein.

Zu diesem Zeitpunkt war allerdings auch Masculus Masculinius, der neu ernannte Kommandant der Frumentarii, auf Pomponius aufmerksam geworden und hatte beschlossen, ihn für seine Organisation zu rekrutieren. Er ließ also Pomponius zu sich rufen und legte ihm überzeugend dar, dass ihn auf Dauer nur der Einfluss des Geheimdienstes vor Faustinas Rachegelüsten schützen könne. So wurde Pomponius unfreiwillig ein Agent der Frumentarii.[2]

Masculinius hatte keinen Grund, seine Entscheidung zu bereuen. Pomponius war bei den Aufgaben, die man ihm stellte, überaus erfolgreich und wurde sogar zum Offizier befördert. Dennoch ließ – wie bereits erwähnt – sein Engagement bisweilen sehr zu wünschen übrig, und immer, wenn er sich widerspenstig zeigte, zögerte Masculinius nicht, ihn mit dem Zorn Faustinas zu drohen.

„Faustina?", fragte Masculinius. „Nein, ich habe in letzter Zeit nicht mit ihr gesprochen, und es kommt mir vor, sie beginnt dich langsam zu vergessen. Aber du hast recht, das war ein Versäumnis von mir. Sobald ich sie wiedersehe, werde

---

[2] Siehe: Die Carnuntum - Verschwörung

ich die Rede auf dich bringen und mit ihr erörtern, inwieweit du es noch verdienst, meine Protektion zu genießen."

„Das wird nicht notwendig sein, Herr", erklärte Pomponius ergeben. „Was darf ich tun, um dir meinen Diensteifer unter Beweis zu stellen?"

„So gefällst du mir schon besser", meinte Masculinius zufrieden. „Komm setz dich und hör mir zu. Du ahnst wahrscheinlich schon, weshalb ich dich rufen habe lassen?"

„Ballbilus hat es erwähnt. Es geht um den Anschlag auf den Statthalter, der sich heute ereignet hat."

„So ist es. Wann hast du davon erfahren?"

„Ich habe ihn selbst miterlebt. Ich war im Theater."

„Du warst also Augenzeuge! Ausgezeichnet! Welchen Eindruck hast du gewonnen?"

„Meiner Meinung nach war diese Tat sorgfältig geplant und wurde mit größter Kühnheit durchgeführt. Es ist ein Wunder, dass Basseus Rufus überlebt hat."

„Ein Wunder, das seiner Vorsicht zuzuschreiben ist. Er hat unter seiner Toga einen leichten Panzer getragen. Der wurde zwar von den Pfeilen noch durchschlagen, es wurden aber offenbar keine lebenswichtigen Organe verletzt."

„Sieh da, wie umsichtig! Hat Rufus einen Anschlag befürchtet?"

„Er sagt, er habe keinen Grund gehabt, Derartiges zu befürchten. Der Panzer war nur eine allgemeine Sicherheitsmaßnahme."

„Eigenartig", murmelte Pomponius. „Was ist mit den Mitgliedern der Theatertruppe geschehen?"

„Sie befinden sich in der Kaserne der Garde in Haft. Bei einer ersten Befragung haben sie folgendes angegeben: Vor ein paar Tagen sind drei ihrer Mitglieder plötzlich spurlos verschwunden. Zum Glück haben kurz darauf drei arbeitslose Mimen beim Prinzipal der Truppe wegen eines Engagements nachgefragt. Weil sie sich anstellig gezeigt haben, wurden sie als Ersatz in die Truppe aufgenommen. Wie du sicher errätst, waren das die drei Männer, die den Anschlag durchgeführt haben."

„Das bestätigt meinen Eindruck, dass die Tat sorgfältig geplant war. Ich gehe davon aus, dass die drei ursprünglichen Mitglieder der Truppe beseitigt, vielleicht auch nur bestochen wurden, um zu verschwinden. Die Attentäter müssen auch die Choreografie des Stückes gekannt haben. Sie wussten, dass sich gegen Ende der Aufführung die mit Theaterbogen bewaffneten Diener des Actaeon unmittelbar vor der Loge des Statthalters befinden würden, was sie in eine ideale Schussposition brachte. Sie haben auch gewusst, dass der Statthalter bei der Aufführung persönlich anwesend sein würde. Allerdings haben sie wahrscheinlich nicht gewusst, dass er sich mit einem Körperpanzer schützte. Hat man ihre Masken gefunden?"

„Das hat man. In dem Gang, durch den sie geflüchtet sind, hat man sowohl ihre Masken als auch ihre Waffen und Kostüme gefunden. Sie müssen sich dieser entledigt und dann als normale Theaterbesucher gekleidet unter die Menge gemischt haben, die aus dem Theater flüchtete. Bisher fehlt jede Spur von ihnen."

Pomponius seufzte. „Das ist wie die Suche nach einer Nadel im Heuhaufen. Sie können längst über alle Berge sein oder aber sie halten sich unerkannt in der Stadt auf. Wie auch immer, es hat wenig Sinn, nach ihnen zu suchen, solange man keinen konkreten Anhaltspunkt hat. Ich werde mich besser auf die Suche nach ihrem Auftraggeber machen und der Frage nachgehen, wer ein Motiv gehabt haben könnte, Basseus Rufus zu töten."

„Tu das", antwortete Masculinius. „Aber mit der gebotenen Diskretion. Solltest du den Verdacht haben, dass es sich um eine Verschwörung handelt, die in höhere Kreise reicht – was wir nicht hoffen wollen – informiere mich, ehe du wieder unüberlegte Aktionen setzt."

Pomponius nickte. „Es wäre hilfreich, eine entsprechende Vollmacht zu haben. Die Garde des Statthalters, die sich durch den Anschlag herausgefordert fühlt, scheint der Sache selbst nachgehen zu wollen. Sie haben überall in der Stadt Patrouillen, die nur Unruhe stiften. Es könnte sein, dass dieses hochnäsige Pack nicht kooperativ ist. Ich möchte mich nicht ständig mit Kompetenzstreitigkeiten herumärgern."

Masculinius griff schweigend in eine Schatulle, die auf seinem Schreibtisch stand, und schob ein Schriftstück zu Pomponius hinüber. „Von Basseus Rufus persönlich unterfertigt und gesiegelt", sagte er. „Das dürfte genügen, um alle

Missverständnisse auszuräumen. Welche unserer Leute soll ich dir als Team zuteilen?"

„Ballbilus", antwortete Pomponius „und wenn es möglich ist …"

„Ballbilus kannst du haben", unterbrach ihn Masculinius. „Er wird sich morgen früh bei dir melden. Aber wenn du an Aliqua gedacht haben solltest, so schlag dir das aus dem Kopf. Sie ist mit einem anderen Fall beschäftigt. Außerdem bin ich zu der Erkenntnis gekommen, dass es nicht gut ist, wenn zwei Agenten zusammenarbeiten, zwischen denen emotionale Spannungen bestehen. Glaubst du, mir ist entgangen, welches Drama ihr beide ständig um eure Beziehung aufführt? Das ist einer professionell durchgeführten Ermittlung nicht förderlich. Wir haben das ja im Saturnfall[3] zur Genüge erlebt, auch wenn es gerade noch gut ausgegangen ist. Ach ja. Da wir schon von deinen chaotischen Frauengeschichten reden, sollte ich dich vielleicht darüber informieren, dass Valeria wieder in der Stadt ist."

„Wer?", fragte Pomponius mit schwacher Stimme.

„Bist du taub? Du wirst ja wohl noch wissen, wer Valeria ist. Sie ist vor ein paar Tagen in Begleitung der Kaiserin, die vorübergehend in Rom war, angekommen."

„Wie geht es ihr?", wollte Pomponius wissen, der trotz seiner Liebe zu Aliqua nie ganz über Valeria hinweggekommen war.

„Ich nehme an, es geht ihr gut. Du kennst sie ja. Angeblich wurde sie bereits mehrmals mit dem Legaten Marcus Nonius Macrinus gesehen."

„Mit wem?"

„Spreche ich wirklich so undeutlich, Pomponius? Ich sagte: mit dem Legaten Marcus Nonius Macrinus. Er ist ein Vertrauter des Kaisers. Kennst du den Mann?"

„Ich weiß, wer er ist. Er hat heute gemeinsam mit Aliqua das Theater besucht", antwortete ein sichtlich erschütterter Pomponius.

„Da schau her", staunte Masculinius. „Nun, sie wird ihre Gründe dafür gehabt haben. Aber um auf meine Frage zurückzukommen: Wen willst du noch für dein Team?"

---

[3] Siehe: Carnuntum im Banne Saturns

„Wenn ich Aliqua nicht bekommen kann, greife ich lieber auf meine externen Mitarbeiter zurück", gab Pomponius nach.

„Damit meinst du sicher Manius und Numerius, diese Halsabschneider. Ich bin mir sicher, die beiden haben genug auf dem Kerbholz, um sie dreimal hinzurichten, wenn man ihnen nur auf die Schliche käme. Ich will gar nicht wissen, zu welchen Übeltaten du selbst sie schon angestiftet hast."

„Es sind gute Männer", verteidigte Pomponius seine Leute. „Ich kann mich auf sie verlassen, sie stellen keine unnötigen Fragen, sind verschwiegen, und sie haben mir schon mehr als einmal das Leben gerettet."

„Dafür lassen sie sich auch sehr großzügig von dir entlohnen."

„Gut, dass du es erwähnst", sagte Pomponius und senkte den Kopf, als ob es ihm peinlich wäre, Derartiges zur Sprache zu bringen. „Meine Geschäfte gehen schlecht und meine Finanzen sind aufgebraucht. Bisweilen habe ich schon das Gefühl, dass mir meine Gläubiger nachschleichen und mich mit misstrauischen Blicken verfolgen."

„Lass das Schmierentheater", befahl Masculinius unwillig. „Mit deinem schauspielerischen Talent würdest du nie ein Engagement bekommen. Zufällig weiß ich, dass du bei dem Geldwechsler Epagathos ein gut gefülltes Depot hast."

„Wie kommst du darauf?", fragte Pomponius indigniert.

Masculinius breitete die Arme aus. „Wer, glaubst du, sitzt dir gegenüber? Ich bin der Chef des Geheimdienstes! Über meine Agenten bestens Bescheid zu wissen gehört zu meinem Beruf." Er griff neuerlich in seine Schatulle und warf einen prall gefüllten Beutel, der verheißungsvoll klingelte, auf den Tisch. „Da hast du! Nur damit das klar ist: Mehr gibt es nicht. Deine private Bande von Totschlägern muss sich bescheiden. Was hast du als Nächstes vor?"

Pomponius warf einen Blick aus dem Fenster. „Es ist Nacht geworden", stellte er fest. „Heute ist es zu spät für Ermittlungen. Morgen werde ich mich mit Basseus Rufus unterhalten und die Mitglieder der Theatertruppe vernehmen."

„Gut", sagte Masculinius. „Wie ich sehe, trägst du entgegen meinen Anweisungen keine Waffe. Zwei unserer Leute werden dich nach Hause begleiten. Die nächtlichen Straßen sind mehr als unsicher und ständig finden Überfälle statt. Geh jetzt, Pomponius. Du hast morgen viel zu tun."

Ballbilus hatte vor der Tür auf ihn gewartet. „Du bist dabei", eröffnete ihm Pomponius. „Hol mich morgen um die zweite Stunde von zu Hause ab."

Zwei gerüstete Soldaten tauchten aus dem Dunkel des Ganges auf. Einer trug eine brennende Fackel. „Wir sollen dich nach Hause geleiten, Herr", sagte er respektvoll.

Letzten Endes war Pomponius ganz froh über seine Eskorte. Die Stadt, die untertags voller Leben pulsierte, erstarb bei Einbruch der Dunkelheit. In manchen engen Gassen konnte man kaum die Hand vor den Augen sehen. Türen und Fenster der Häuser wurden fest verschlossen und vielerlei Gesindel kam aus seinen Schlupflöchern gekrochen, um Jagd auf Beute zu machen. Ein einsamer Passant musste nahezu mit Sicherheit damit rechnen, von Räubern angegriffen zu werden. Da halfen keine Hilfeschreie, keine Tür und kein Fenster öffnete sich und niemand kam zu Hilfe. Der Unglückliche musste froh sein, wenn er am Leben blieb und nur seine Habseligkeiten einschließlich der Kleider verlor. Wohlhabende Bürger, die trotzdem in der Nacht auf der Straße waren, hatten daher stets mehrere Fackelträger und etliche kräftige Sklaven, die mit derben Prügeln ausgerüstet waren, bei sich.

Die beiden Soldaten, die Pomponius in die Mitte genommen hatten, gingen kein Risiko ein. Sie kamen im Marschtritt mit klirrender Rüstung daher und hatten die blanken Schwerter in der Faust. Das genügte, um etliche finstere Gestalten, die vom Licht der Fackel angelockt worden waren, eilig wieder in die Dunkelheit zurückweichen zu lassen. So erreichte Pomponius wohlbehalten sein Haus. Krixus, der ihm öffnete, flüsterte erleichtert. „Da bist du ja endlich. Aliqua wartet schon ungeduldig auf dich!"

IV

Pomponius erwachte mit dem ersten Morgenlicht. Er schlug die Augen auf und sah Aliqua neben sich im Bett liegen. Sie stützte sich auf den Ellenbogen und musterte ihn mit großen grauen Augen.

„Guten Morgen, meine Liebe", flüsterte Pomponius zärtlich. „Hast du mir beim Schlafen zugesehen?"

„Das auch", antwortete Aliqua. „Vor allem aber habe ich mir überlegt, wie es wäre, dir im Schlaf die Kehle zuzudrücken."

„Aliqua!", rief Pomponius entrüstet. „Was bringt dich auf so abscheuliche Gedanken? Habe ich dir nicht, bevor wir einschliefen, auf vielfältige Weise meine Liebe bewiesen?"

„Du hast dich zumindest bemüht. Aber dann hast du im Schlaf mehrmals den Namen Valeria gesagt. Denkst du etwa an diese Schlampe, wenn du mit mir im Bett liegst?"

„Ganz gewiss nicht!", versicherte Pomponius.

„Aber dann träumst du von ihr?", ließ Aliqua nicht locker.

„Ich kann mich nicht an meine Träume erinnern", verteidigte sich Pomponius. „Es ist nur so, dass sie wieder in Carnuntum ist, wie mir Masculinius mitgeteilt hat."

„Und das genügt, dass du wieder von ihr zu träumen beginnst?", fragte Aliqua hartnäckig.

„Wenn das der Fall war, dann nur deswegen, weil sie wieder in verdächtige Umtriebe verwickelt sein könnte. Sie soll recht vertraut mit dem Legaten Marcus Nonius Macrinus sein. Kennst du den Mann?"

„Warum stellst du mir so verfängliche Fragen?", reagierte Aliqua wütend. „Du weißt doch längst, dass ich gestern mit ihm im Theater war. Vertraust du mir nicht? Bist du etwa eifersüchtig?"

„Habe ich Grund dazu?", fragte Pomponius, weil er hoffte, sie auf diese Weise von ihrer eigenen Eifersucht auf Valeria abzulenken und so die Situation umzukehren. Diese Strategie funktionierte. Es mag auch sein, dass Aliqua vielleicht selbst dachte, bei ihrem Flirt mit Macrinus ziemlich weit gegangen zu sein, zumal sie durchaus erwogen hatte, noch weiter zu gehen. Jedenfalls geriet sie in die Defensive.

„Dazu hast du nicht den geringsten Grund", versicherte sie. „Ich habe den Mann nur befragt, weil er für den Geldtransport, der überfallen wurde, verantwortlich ist."

„Und dazu war es notwendig, mit ihm auszugehen, ihn in seinem Haus zu besuchen und seine Zärtlichkeiten zu dulden? Noch dazu in aller Öffentlichkeit?"

„Pomponius schweig still!", rief Aliqua. „Ich habe nur meine Arbeit getan. Deine grundlose Eifersucht ist unerträglich."

„Die deine auch", gab Pomponius zurück. „Komm, lass uns Frieden schließen und über den eigentlichen Grund deines Besuches bei mir sprechen."

„Der eigentliche Grund war, dass ich Sehnsucht nach dir hatte und mit dir schlafen wollte", erklärte Aliqua, die bestrebt war, ihren Freund zu besänftigen.

„Das höre ich gern", versicherte Pomponius. „Und da wären natürlich auch noch die beiden Fälle, die wir getrennt bearbeiten, die aber eine auffallende Gemeinsamkeit aufweisen. Die Täter waren jeweils mit Theatermasken unkenntlich gemacht und hervorragende Bogenschützen. Ich habe noch nie gehört, dass sich Räuber oder Attentäter mit Theatermasken tarnen. Das ist so ungewöhnlich, dass ich an keinen Zufall glauben will."

„Derselbe Gedanke ist mir flüchtig durch den Kopf gehuscht, ehe mich mein Verlangen zu dir trieb", erklärte Aliqua.

Pomponius lächelte. „Lass gut sein, Aliqua. Ich liebe dich auch. Jetzt aber sollten wir uns überlegen, wie wir weiter vorgehen. Arbeiten wir zusammen?"

„Dazu ist es noch zu früh und Masculinius würde es nicht dulden. Ich schlage vor, wir ermitteln weiterhin getrennt in unseren Fällen, tauschen aber unsere Erkenntnisse regelmäßig aus. Erst wenn sich herausstellt, dass wirklich ein Zusammenhang besteht, gehen wir gemeinsam vor."

„So wie früher?"

„So wie früher. Bis dahin lass die Finger von Valeria. Du sollst nicht einmal von ihr träumen, es sei denn, es wären Albträume, die ich dir vergönne."

„Ist gut", stimmte Pomponius zu. Was hast du heute vor?"

„Ich werde die Mitglieder des Geldtransportes ausführlich vernehmen, solange sie noch hier im Lager sind. In ein paar Tagen kehren sie nach Rom zurück."

„Wer ist in deinem Team?"

„Ein junger Agent namens Aemilius und als inoffizielle Mitarbeiterin das Mädchen Calliste. Du kennst sie."

„Doch nicht jene Calliste, die mich für einen Aureus umbringen wollte?", fragte Pomponius entsetzt.[4]

„Sie wollte es ja nicht persönlich tun", beschwichtigte ihn Aliqua. „Sie hat nur den Mordbefehl weitergegeben. Masculinius hat sie begnadigt und als inoffizielle Mitarbeiterin rekrutiert."

„Diese Tochter des Hades ist zu jeder Schandtat bereit, wenn man sie nur dafür bezahlt!"

„Das gefällt Masculinius ja so an ihr. Jetzt bezahlen wir sie und sie fürchtet sich viel zu sehr vor Masculinius, als dass sie uns hintergehen würde. Hab dich nicht so, Pomponius. Deine Freunde Manius und Numerius sind auch keine Waisenknaben. Was hast du für heute vor?"

„Ballbilus holt mich um die zweite Stunde ab. Ich will mit Basseus Rufus reden und dann die Mitglieder der Theatertruppe verhören. Ich schlage vor, wir treffen uns heute Abend wieder bei mir."

Nach einem ausgiebigen Frühstück, an dem sich auch der inzwischen eingetroffene Ballbilus beteiligte, verließen sie das Haus auf getrennten Wegen. Während sich Aliqua auf den Weg ins Legionslager machte, begaben sich Pomponius und Ballbilus in den Statthalterpalast, in dessen erstem Stock sich die Räume des Statthalters befanden.

Vor der Tür standen zwei Posten der Garde, welche die Ankömmlinge misstrauisch musterten und ihnen den Weg versperrten. Pomponius deutete auf das silberne Abzeichen an seiner Tunika und erklärte im Befehlston: „Wir sind Mitarbeiter der Frumentarii und gekommen, um den edlen Basseus Rufus zu

---

[4] Siehe: Carnuntum im Banne Saturns

besuchen. Geht und meldet uns an. Wir werden erwartet." Gleichzeitig wies er die Vollmacht vor, die ihm Masculinius gegeben hatte.

Der eine der beiden Posten studierte das Schriftstück, indem er es verkehrt herum hielt und gab ein Grunzen von sich.

„Grunze nicht wie ein Schwein, du sprichst mit einem Offizier", bemerkte Pomponius streng. „Wenn du nicht lesen kannst, so solltest du wenigstens das Siegel deines Herrn erkennen."

Das Weltbild des Postens geriet ins Wanken. Er sah einen Zivilisten vor sich, der eher einem zur Leibesfülle neigenden Geschäftsmann als einem Offizier glich. Das silberne Abzeichen und der Anblick des alten Unteroffiziers, der in voller Adjustierung hinter Pomponius stand und ihn grimmig anschaute, gaben den Ausschlag. Er drehte sich um und betrat das Zimmer. Schon nach wenigen Augenblicken kehrte er zurück. „Der Herr erwartet euch", meldete er und salutierte formvollendet.

„Na also, es geht doch", knurrte Ballbilus und erwiderte die Ehrenbezeugung.

Basseus Rufus lag auf einem Ruhebett und hatte einen Verband um die bloße Brust. Ansonsten wirkte er aber recht munter. Er hatte Schriftstücke in den Händen und schien seinem Sekretär, der an einem kleinen Tischchen saß, etwas diktiert zu haben.

Ballbilus schlug die Faust gegen seinen Brustpanzer und Pomponius verbeugte sich. „Ave, edler Basseus Rufus", grüßte er. „Ich danke dir für deine Bereitschaft, uns zu empfangen. Darf ich mich nach deinem Befinden erkundigen?"

„Oh, mir geht es ganz gut", erklärte Rufus und scheuchte seinen Sekretär mit einer Handbewegung aus dem Zimmer. „Ich werde in wenigen Tagen wieder auf den Beinen sein. Du bist also der Mann, den Masculinius damit beauftragt hat, den Anschlag auf mich aufzuklären?"

„So ist es, Herr. Mein Name ist Spurius Pomponius. Der wackere Ballbilus wird mich dabei unterstützen." Er deutete auf Ballbilus, der neuerlich salutierte.

„Spurius Pomponius", sagte Rufus sinnend. „Ich habe deinen Namen schon gehört. Du warst in einige spektakuläre Affären und auch in mehrere Prozesse vor dem kaiserlichen Gericht involviert. Masculinius hat mir versprochen, er werde seinen besten Mann mit der Aufklärung meines Falles betrauen. Bist du das? Bist du der beste Mann dafür?"

„Ich bin ein bescheidener Diener des Staates, der sich bemüht, den hohen Ansprüchen seines Kommandanten gerecht zu werden."

Basseus Rufus lachte und begann plötzlich zu husten. „Nun gut", sagte er, sobald er wieder zu Atem gekommen war. „Ich nehme an, du willst mir einige Fragen stellen."

„So ist es, Herr. Ich bin mir darüber im Klaren, dass ein Mann in deiner Position nicht nur Freunde, sondern auch Feinde und Neider hat. Hast du eine Ahnung, wer deinen Tod wünschen könnte? Alles was du mir sagst werden wir mit der größten Vertraulichkeit behandeln."

„Nein", antwortete Rufus. „Ich habe mir diese Frage natürlich schon selbst gestellt. Aber ich wüsste niemanden, der zu solchen Mitteln greifen würde."

„Könnte es jemand sein, der deinen Posten erben will? Wer wäre dein Nachfolger?"

„Das weiß man nicht. Du kennst doch die Personalpolitik des Kaisers. Sollte ich sterben, dienstunfähig oder abberufen werden, so wird er jemanden aus einer anderen Provinz, aus Gallien, Syrien oder auch aus Rom selbst auf den Posten des Statthalters berufen. Er vermeidet es, naheliegende Nachfolger zu bestellen, eben damit es zu keinen Intrigen kommt."

„Könnte es andere Gründe geben? Hast du kürzlich jemanden beleidigt, geschadet, oder könnte eine Frau eine Rolle spielen?"

Rufus schüttelte den Kopf und begann neuerlich zu husten. Das Tuch, das er sich dabei vor den Mund presste, färbte sich rot. „Nein", keuchte er. „Nichts dergleichen."

Pomponius sah ihn besorgt an. „Wenn dich unsere Anwesenheit ermüdet, werden wir ein anderes Mal wiederkommen."

„Das ist nicht notwendig." Rufus nahm einen Schluck aus dem Becher, den er neben sich stehen hatte. „Frag weiter."

„Wo ist der Panzer, den du getragen hast?"

„Dort drüben." Rufus deutete auf eine Truhe, die unter dem Fenster stand.

Ballbilus ging hinüber, öffnete die Truhe, nahm den Brustpanzer heraus und zeigte ihn Pomponius. „Gute Arbeit", bemerkte er dabei fachmännisch. „Hartes Blech, unterlegt mit einer Schicht Leder und dann noch eine Lage Filz. Dieser Panzer ist leicht, angenehm zu tragen und bietet Schutz vor Messerstichen und im Allgemeinen auch vor Pfeilen."

„Offenbar nicht genug", konstatierte Pomponius und befingerte die beiden Einschusslöcher. „Zeig mir die Pfeile."

Ballbilus nahm zwei Pfeile aus der Truhe und reichte sie Pomponius. „Das sind keine Standardpfeile, wie sie bei der Armee verwendet werden", erklärte er. „Sieh her! Die Spitzen sind lang, schmal, offenbar extrem hart und messerscharf geschliffen. Das sind Spezialanfertigungen."

„Sehr beunruhigend", murmelte Pomponius. Er wandte sich an Rufus. „Eines kann ich jetzt schon sagen. Der Anschlag auf dich war sorgfältig geplant und sehr professionell durchgeführt. Dahinter könnte eine Organisation stecken."

„Du meinst, es sieht nach Geheimdienstarbeit aus?", versuchte Rufus zu scherzen und unterdrückte mühsam einen weiteren Hustenanfall. „Stecken etwa eure Leute dahinter?"

„Nein", antwortete Pomponius, ohne beleidigt zu sein. „Wir würden so etwas viel diskreter und unauffälliger machen. Wahrscheinlich würden wir Gift einsetzen. Das ist es ja gerade: Dieser Anschlag, so spektakulär wie er durchgeführt wurde, lässt mich vermuten, dass er mehr als ein bloßes Attentat war. Es war ja fast wie eine öffentliche Hinrichtung. Es scheint, jemand wollte etwas demonstrieren. Vielleicht war es eine Warnung. Aber an wen? Hilft dir das weiter? Hast du wirklich keine Ahnung, was dahinterstecken könnte?"

„Ich verstehe, was du meinst, aber ich kann dir nicht weiterhelfen."

Pomponius seufzte. „Bist du in der Lage, mir noch einige Frage zu beantworten, oder sollen wir morgen wiederkommen?"

„Frage nur."

„Wie du sicher weißt, wurde kürzlich auf einen Geldtransport ein Überfall versucht. Auch dabei haben die Angreifer Theatermasken getragen und zwei Soldaten der Begleitmannschaft durch Pfeilschüsse getötet. Ich frage mich jetzt natürlich, ob es sich dabei um dieselben Täter gehandelt haben könnte. Wie man mir gesagt hat, war der Legat Marcus Nonius Macrinus für diesen Geldtransport zuständig. Du bist ein Mann, der sich bei Hof gut auskennt. Kannst du mir etwas über Macrinus sagen? Selbstverständlich werde ich alles, was du mir sagst, vertraulich behandeln."

„Macrinus? Er ist ein ehrenwerter Mann, ein Vertrauter des Kaisers, Priester des vergöttlichten Lucius Verus und Angehöriger jenes Priesterkollegiums, das allein zur Deutung der Sibyllinischen Bücher berufen ist. Ich wüsste niemanden, der so außerhalb jeden Verdachtes stehen könnte wie Macrinus."

„Ich habe nichts von einem Verdacht gesagt", dementierte Pomponius eilig. „Allerdings sagt man, er wäre dem weiblichen Geschlecht sehr zugetan."

„Wer wäre das nicht?", fragte Rufes und verzichtete aus Furcht vor einem neuerlichen Hustenanfall darauf, wieder zu lachen. „Daraus würde ich dem Mann keinen Vorwurf machen. Das geht höchstens seine Frau etwas an, aber der ist es wahrscheinlich gleichgültig." Pomponius zog die Augenbrauen hoch. „Seine Frau Arria ist in Rom", fuhr Rufus fort. „Sie ist eine Gelehrte und beschäftigt sich mit Philosophie und Medizin, hauptsächlich mit der Lehre von den Giften und ihren Gegengiften. Es heißt, sie korrespondiere mit den bedeutendsten Philosophen und Wissenschaftlern unserer Zeit."

„Erstaunlich", murmelte Pomponius. „Ist dir eine Valeria aus dem Gefolge der Kaiserin bekannt?"

„Aber ja doch, das ist ein niedliches Ding", lächelte Rufus. „Sie ist erst kürzlich im Lager, wo die kaiserliche Familie Quartier genommen hat, eingetroffen. Angeblich ist sie die Tochter eines Senators. Es geht das Gerücht, sie wäre die aktuelle Favoritin des Macrinus."

Der Hustenanfall kam plötzlich und war heftiger als die vorausgegangenen. Pomponius betrachtete besorgt den Statthalter, der sich auf seinem Bett krümmte und ein Tuch vor den Mund presste. Rufus machte eine abwehrende Handbewegung, als Pomponius nähertrat, um ihm beizustehen.

„Es geht schon wieder", keuchte er mit rasselndem Atem. „Wenn du keine weiteren Fragen mehr hast, verlass mich jetzt. Ich muss etwas ruhen."

Ohne dass er jemanden gerufen hatte, öffnete sich eine Nebentür und der Sekretär und zwei Diener traten ein. Sie sahen Pomponius vorwurfsvoll an. Dieser verbeugte sich mehrmals, murmelte Worte des Dankes und der Entschuldigung und verließ, gefolgt von Ballbilus, den Raum. Einen der beiden Pfeile hatte er kurzerhand zu sich gesteckt.

Schweigend stiegen sie die Treppe hinunter und trafen bei der Pforte, die in den Hof führte, auf Claudius.

Claudius war Arzt in der Gladiatorenschule, mit Pomponius befreundet und zu seinem Verdruss von Masculinius ganz formlos zum Mitarbeiter der Frumentarii gemacht worden, indem man – als ob das selbstverständlich wäre – seine Expertise bei verdächtigen Todesfällen, die von den Frumentarii untersucht wurden, anforderte.

„Sei gegrüßt, Pomponius", sagte Claudius. „Wie geht es dir? Bist du wieder ganz gesund?"

„Auch ich grüße dich, mein Claudius. Mein Vorgesetzter behauptet, ich sei wieder kerngesund, und der muss es ja wissen. Jedenfalls geht es mir besser als deinem Patienten, den ich eben besucht habe."

„O Elend. Hat man dir diesen Fall angehängt?"

„Man hat mir die Ehre erwiesen, mich mit dieser wichtigen Aufgabe zu betrauen", erwiderte Pomponius würdevoll.

Claudius lachte. „Ja, das kenne ich schon. Ist Aliqua auch wieder dabei?"

„Noch nicht. Sie arbeitet an einem anderen Fall. Aber das führt mich zu einer Frage, die ich dir ohnehin stellen wollte. Kennst du diesen Pfeil?" Er zog den Pfeil aus seinem Gewand und zeigte ihn Claudius..

„Ja natürlich. Einen solchen Pfeil habe ich aus der Brust des Basseus Rufus gezogen. Es handelt sich um ein außergewöhnliches Modell, das wie geschaffen für ein Attentat ist."

„Das ist uns auch aufgefallen. Ist dir ein solcher Pfeil schon früher untergekommen?"

„In der Tat. Mit solchen Pfeilen wurden auch die beiden Soldaten getötet, die bei dem Überfall auf einen Geldtransport, der kürzlich stattgefunden hat, ums

Leben gekommen sind. Deine Leute haben die beiden Toten zu mir in die Gladiatorenschule geschleppt und wollten, dass ich sie untersuche. Was für ein Unsinn! Als ob ich nicht schon genug damit zu tun hätte, verwundete Gladiatoren wieder zusammenzuflicken. Es war doch offensichtlich, wie die beiden gestorben sind. Das einzig Ungewöhnliche waren diese speziellen Pfeile."

„So etwas habe ich schon vermutet", sagte Pomponius. „Du solltest dich jetzt um deinen noch lebenden Patienten kümmern. Ich habe den Eindruck, es geht ihm nicht besonders gut. Er hustet und spuckt Blut."

Claudius zuckte mit den Schultern. „Einer der Pfeile hat die Lunge erwischt. Da kann ich nicht viel machen."

„Wird er sterben?"

„Ich weiß es nicht. Ich kann nur die Wunde sauber halten und ihm eine kräftigende Medizin geben. Alles andere wird die Natur erledigen: auf die eine oder die andere Weise." Claudius klopfte Pomponius auf die Schulter, nickte Ballbilus zu und stieg die Treppe zu seinem Patienten hoch.

Pomponius blickte zum Himmel. „Die sechste Stunde ist angebrochen", konstatierte er. „Komm, Ballbilus, lass uns zu mir nach Hause gehen und etwas essen. Wir wollen hoffen, dass Aliqua inzwischen erfolgreicher war und mehr herausbekommen hat als wir."

V

Nachdem sie das Haus des Pomponius verlassen hatte, begab sich Aliqua zum Quartier der Frumentarii und holte ihren Assistenten, den jungen Aemilius, ab. Er erinnerte Aliqua an einen eifrigen jungen Hund, der alles tat, um seiner Herrin zu gefallen. Es war nicht zu übersehen, dass er Aliqua anhimmelte und auch in diesem Punkt einem jungen Hund glich, wenn er sie mit schmachtenden Augen ansah. Obwohl Aliqua um ihre Wirkung auf Männer wusste und eine erfahrene Frau war, machte sie dieser Umstand verlegen. Immerhin war sie einige Jahre älter als Aemilius und dieser war ihr Untergebener. „Was ist Masculinius nur eingefallen, mir so einen unerfahrenen Jungen zuzuteilen", dachte sie. „Mit Pomponius war alles viel einfacher, trotz unserer zeitweiligen Beziehungsprobleme. Pomponius wusste immer, was zu tun ist."

Aber es war nicht möglich gewesen, Masculinius umzustimmen. „Du brauchst einen männlichen Partner", hatte er gesagt. „Du kannst in diesem Fall nicht nur verdeckt ermitteln. Sobald du es mit Militärs zu tun bekommst, verleiht dir ein bewaffneter Legionär, der unter deinem Kommando steht, eine ganz andere Autorität, als wenn du allein kommst. Du weißt doch, dass für viele Soldaten ein weiblicher Offizier etwas Undenkbares ist und sie ablehnend reagieren. Aemilius hat gute Anlagen und er wird sicher viel von dir lernen können. Du wurdest vom Kaiser persönlich zum Offizier befördert, und damit ist deine eigene Lehrzeit vorbei. Jetzt kannst du dich nicht mehr auf Pomponius verlassen, sondern du musst selbst Führungsaufgaben übernehmen." Aliqua seufzte.

„Ist alles in Ordnung?", fragte Aemilius, der stets in Sorge war, er könne ihren Unmut erweckt haben.

„Aber ja doch", versicherte Aliqua. „Wir gehen jetzt ins Lager, wo die Begleitmannschaft des Geldtransportes untergebracht wurde, ehe sie wieder abreist. Ich möchte sie über den genauen Tathergang befragen. Die schriftlichen Berichte, die ich darüber gelesen habe, waren nicht sehr aufschlussreich."

„Das ist sicher eine gute Idee", stimmte ihr Aemilius kritiklos zu, da er nicht an ihrer Kompetenz zweifelte. Aliqua seufzte neuerlich.

Das befestigte Legionslager bildete das Zentrum jenes Stadtteiles, den man als Militärstadt bezeichnete. Jetzt, da der Kaiser hier mit seinem Gefolge Quartier genommen hatte, glich das Lager einer Hochsicherheitszone. Marc Aurel hätte viel bequemer im Statthalterpalast unterkommen können, aber er hatte erklärt, in Kriegszeiten müsse der Feldherr bei seinen Soldaten sein. Sein Gefolge hingegen litt sehr unter den beengten Verhältnissen im Lager, besonders dann, wenn die Gattin des Kaisers mit ihrer Entourage nach Carnuntum kam, was sie in unregelmäßigen Abständen immer wieder tat.

Die Posten am Lagertor, die sie nicht kannten, wollten Aliqua nicht passieren lassen. Zivilpersonen sei der Zutritt nicht gestattet, erklärten sie, und schon gar nicht Frauen, es sei denn, sie hätten eine spezielle Erlaubnis.

„Ich bin Offizier der Frumentarii", erklärte Aliqua und wies ihr silbernes Abzeichen vor.

„Du bist was, Weib?", fragte der Postenkommandant ungläubig und starrte sie an, ohne ihr Abzeichen zu beachten.

„Bist du blind und taub, Mann?", mischte sich Aemilius ein. „Lass uns auf der Stelle passieren und erweise der Herrin deinen Respekt!"

Der Posten wandte sich Aemilius zu. Er sah einen Soldaten vor sich, der auf der Brust das Abzeichen der gefürchteten Frumentarii trug und herrisch die Hand auf den Griff seines Schwertes gelegt hatte. Das Abzeichen war seinem geringeren Rang entsprechend zwar nur aus Eisen, aber da es von einem Mann getragen wurde, überzeugte es den Postenkommandanten auf der Stelle.

„Jawohl", sagte er und salutierte mehr vor Aemilius als vor Aliqua. „Ihr könnt passieren." Aliqua seufzte zum dritten Mal an diesem Morgen.

Sie gingen auf der Lagerstraße in Richtung Prätorium. Aliqua hatte vor, sich dort zu melden und Zutritt zum Quartier der Begleitmannschaft zu verlangen. Dieser Weg wurde ihr abgenommen. Denn unvermutet trat aus einer Seitengasse der Legat Marcus Nonius Macrinus. In seiner Begleitung befand sich eine hübsche Blondine, auf die er lebhaft einsprach.

Aliqua und Macrinus blieben stehen, als sie einander ansichtig wurden.

„Was für eine Überraschung", sagte Macrinus. „Sei gegrüßt, Aliqua. Ich hatte nicht erwartet, dich so bald wiederzusehen. Was führt dich hierher?"

„Der Dienst, wie du dir denken kannst, Macrinus. Ich bin auf der Suche nach der Begleitmannschaft jenes Geldtransportes, über den wir neulich gesprochen haben. Es gibt da noch einiges zu klären."

„Oh, dabei kann ich dir behilflich sein", erklärte Macrinus bereitwillig. „Ich führe dich hin und verschaffe dir Zutritt." Er wandte sich an seine Begleiterin. „Geh doch voraus, Valeria, und erwarte mich in meinem Quartier. Ich will nur meiner guten Bekannten Aliqua den Weg zeigen."

Aliqua und Valeria sahen einander an, wie es Katzen tun, wenn sie um ihr Revier streiten. Man vermeinte förmlich, wildes Fauchen zu hören und blitzende Krallen zu sehen.

„Ich kenne deine gute Bekannte Aliqua", sagte Valeria. „Wir sind uns vor einiger Zeit schon begegnet. Ich hätte nicht gedacht, dass man so eine Frau ins Lager lässt. Wozu hat man schließlich draußen in der Stadt Bordelle?"

„Auch ich erinnere mich an dich", antwortete Aliqua zuckersüß. „Als wir uns zuletzt begegneten, warst du die Konkubine des Tribuns Marcus Pontius. Hast du ihn sehr vermisst, als er aus Gründen, die wir hier nicht erörtern wollen, nach Syrien versetzt wurde?[5] Nein, wie ich dich kenne hast du dich bald getröstet." Sie sah Macrinus an. „Ich wusste nicht, mein Freund, dass du auch hier im Lager ein Quartier hast. Dein Stadthaus, in dem wir uns unlängst so gut unterhalten haben, ist da sicher viel bequemer."

„Du Schlampe", zischte Valeria.

„Halt ein!", rief Aemilius mit zornbebender Stimme. „Du sprichst mit meiner Herrin und einem Offizier der Frumentarii. Wärst du ein Mann, würde ich dich auf der Stelle niederstrecken."

Valeria sah ihn an. „Was für ein lieber Knabe", bemerkte sie spöttisch. „Und noch dazu so mutig, dass er es wagt, in Gegenwart eines Legaten den Mund weit

---

[5] Siehe: Die Carnuntum - Verschwörung

aufzureißen und dessen Begleiterin zu bedrohen. Hast du jetzt deine Vorliebe für junge Männer entdeckt, Aliqua? Hast du genug von Pomponius, oder war er es, der dich hinausgeschmissen hat?"

Macrinus war von diesem Sturm an Gehässigkeit, der da vor ihm tobte, völlig überrumpelt. „Schluss jetzt!", rief er entschieden. „Wie ich sehe, kennen die Damen einander sehr gut. Dies ist aber nicht der richtige Ort und die richtige Zeit, um eure Bekanntschaft zu vertiefen." Er sah Aemilius an. „Du wirst dich auf der Stelle für dein Verhalten entschuldigen, Soldat, oder ich lasse dich wegen Subordination festnehmen. Davor wird dich auch das Abzeichen, das du trägst nicht bewahren."

Aliqua holte tief Luft und befahl: „Tu es."

Aemilius gehorchte ihr aufs Wort. Er verbeugte sich vor Valeria und sagte: „Ich bitte für mein unangebrachtes Verhalten demütigst um Entschuldigung, edle Dame. Ich habe nicht aus mangelndem Respekt dir gegenüber, sondern nur aus Liebe zu meiner Herrin gehandelt."

„Das genügt", befand Macrinus. „Komm jetzt, Aliqua, ich bringe dich zu der Kaserne der Begleitmannschaft."

Er fasste Aliqua beim Arm und zog sie mit sich fort, voller Sorge, sie könne das Wortgefecht mit Valeria wieder aufnehmen. Aemilius warf Valeria einen verächtlichen Blick zu und folgte seiner Herrin hocherhobenen Hauptes.

Valeria blieb allein zurück und sah ihnen nach. „Was für ein unaussprechliches Luder", murmelte sie. „Ich möchte bloß wissen, was Pomponius an der findet."

„Das war nicht sehr professionell von mir", bemerkte Aliqua nach einer Weile des Schweigens zu Macrinus. „Es tut mir leid, wenn ich dich in Verlegenheit gebracht habe."

„Nein, besonders professionell hast du dich wohl nicht verhalten", stimmte ihr Macrinus zu. „Dieser Pomponius, von dem zuletzt die Rede war, ist das jener Pomponius, der das Attentat auf den Statthalter untersucht?"

„Ja."

„Aha, also ein Kollege von dir und, wie ich vermute, dein Geliebter?"

„Ich glaube schon", sagte Aliqua und ärgerte sich im selben Moment, weil sie nicht einfach ‚ja' gesagt hatte.

„Du glaubst?", fragte Macrinus mit hochgezogenen Augenbrauen. „Weißt du es nicht sicher? Nun ja, das Leben ist vielgestaltig, wie meine Frau, die sich der Philosophie hingibt, zu sagen pflegt. Was aber hat Valeria mit Pomponius zu tun? Sie scheint ihn auch recht gut zu kennen."

„Sie war in Rom seine Geliebte. Sie hat ihn verlassen, als er nach Carnuntum verbannt wurde, und das, obwohl er ihr das Leben gerettet hat. Aber das ist eine Geschichte, die sie dir selbst erzählen soll, ich werde es nicht tun."

„Gütige Götter", murmelte Macrinus. „Ich fürchte, Valeria und ihre früheren Verhältnisse, mit denen sie offenbar noch nicht ganz abgeschlossen hat, werden auf die Dauer meinem Seelenfrieden nicht zuträglich sein."

Aliqua zog es vor, darauf nicht zu antworten.

Die Begleitmannschaft hatte eine Stärke von zwei Zenturien, also etwa hundertsechzig Mann, und war in einem Kasernengebäude am Rande der Lagerbefestigung untergebracht. Jeweils fünf oder sechs Legionäre bewohnten einen zellenartigen Raum, der kaum genügend Platz für ihre Schlafstätten und Ausrüstungen bot. Da sie nicht zur Mannschaft des Lagers gehörten und bald wieder abmarschieren sollten, waren sie nicht in die tägliche Routine des Legionsbetriebes eingebunden, sondern vom Dienstbetrieb freigestellt. Sie empfanden diesen Umstand nicht als Vorzug, denn ihre Unterkünfte waren so unbequem, dass man sich darin nicht aufhalten wollte. Andererseits hatte man ihnen untersagt, das Lager zu verlassen und in die Stadt zu gehen. Also harrten sie ungeduldig des Befehls, der sie wieder in Marsch setzen sollte.

Macrinus und seine Begleiter betraten das Wachlokal, in dem sich der Wachkommandant und fünf Mann der Bereitschaft aufhielten. Sie sprangen auf und salutierten, als Macrinus unter sie trat. „Holt mir den Optio Fundanus", befahl Macrinus.

Sogleich eilte einer der Soldaten fort und kehrte bald darauf mit einem untersetzten Mann zurück, der respektvoll Haltung annahm, als er Macrinus sah.

„Diese Leute werden dir einige Fragen über den Angriff stellen, dem euer Kommandant zum Opfer fiel", erklärte Macrinus und deutete auf Aliqua und Aemilius. Sie handeln im Auftrag und auf Befehl des edlen Basseus Rufus und stehen auch unter meinem persönlichen Schutz. Du wirst ihnen also alle Auskünfte geben, die sie verlangen, und sie auf jede erdenkliche Weise unterstützen. Hauptsächlich wird dich diese Frau, die Dame Aliqua, vernehmen. Sie tut das mit Ermächtigung des Kaisers. Es ist also nicht deine Sache, dich darüber zu verwundern, denn dadurch würdest du die Weisheit unseres verehrten Imperators in Frage stellen. Das willst du doch nicht, oder?"

„Nein, das will ich gewiss nicht", versicherte Fundanus, der die Drohung, die sich in den Worten des Macrinus verbarg, durchaus verstanden hatte.

„Gut, dann lasse ich euch jetzt allein und widme mich wieder Valeria", sagte Macrinus zu Aliqua. „Wie ich sie kenne, hat sie die Szene, die sie mir machen wird, in Gedanken bereits ausgearbeitet."

„Es tut mir leid", entgegnete Aliqua, „wenn ich dir Probleme bereitet habe, und ich danke dir für deine Hilfsbereitschaft."

„Wir sind doch beide Diener des Staates und müssen einander beistehen", erwiderte Macrinus lächelnd. „Ich hoffe doch sehr, wir sehen uns bald wieder?"

„Ich bin mir sicher", antwortete Aliqua unverbindlich.

Nachdem sich Macrinus entfernt hatte, führte Fundanus – damit sie ungestört waren – Aliqua und Aemilius in seine Stube, die er als interimistischer Kommandant der Einheit allein bewohnte.

„Welche Position hast du inne, Fundanus?", eröffnete Aliqua die Befragung.

„Ich bin Optio und bin, besser gesagt war, Stellvertreter unseres Kommandanten, des Centurios Cassius."

„Wo hat der Überfall stattgefunden?"

„Auf der Limesstraße, ziemlich genau zwischen den Kastellen Ala nova und Aequinoctium. In Aequinoctium, das auf halber Strecke zwischen Vindobona und Carnuntum liegt, wollten wir übernachten."

„Wo hast du dich befunden, als der Überfall begann?"

„Am Ende der Kolonne. Die hinteren Wagen waren etwas zurückgefallen und ich habe dafür gesorgt, dass sie wieder aufschließen."

„Wo war Cassius?"

„An der Spitze des Zuges."

„Wie ist der Überfall abgelaufen?"

„Plötzlich sind Berittene aus den Büschen gebrochen, und zwar sowohl vor als auch hinter dem Zug. Sie haben Masken getragen, so wie man sie auch auf dem Theater verwendet, und waren mit Schwertern und Bogen bewaffnet. Sie haben Cassius mit zwei Pfeilschüssen vom Pferd geholt und auch mich mit Pfeilschüssen attackiert."

„Du wurdest aber nicht getroffen?"

„Nein. Der Legionär neben mir ist allerdings tödlich verwundet vom Pferd gestürzt. Dann haben sich die Angreifer plötzlich zurückgezogen und sind wieder zwischen den Bäumen verschwunden."

„Wie viele waren es?"

„Ich schätze etwa zwei Dutzend."

„Zwei Dutzend? Habt ihr nicht versucht, sie zu verfolgen?"

„Nein. Nach dem Tod des Cassius ist die Befehlsgewalt auf mich übergegangen. Ich habe unsere Leute, die den Banditen nachsetzen wollten, zurückgehalten. Ich habe nämlich befürchtet, dass man einen Teil unseres Trupps weglocken und den dann nur unzureichend geschützten Wagenzug mit der Hauptmacht der Bande angreifen werde. Also habe ich befohlen, die Wagen zusammenzufahren und einen Verteidigungsring um sie zu bilden. Meine erste Aufgabe bestand ja darin, das Geld, das wir transportierten, zu schützen."

„Und dann?"

„Es ist nichts passiert. Aber unsere Hornsignale, mit denen wir um Hilfe gerufen haben, sind gehört und weitergegeben worden. Nach kurzer Zeit ist eine schnelle Reitereinheit aus dem Kavallerie-Kastell von Aequinoctium eingetroffen und hat uns bis zum Kastell eskortiert." Fundanus sah Aliqua trotzig an. „Man hat mir Feigheit vorgeworfen und du denkst vielleicht ebenso. Aber das stimmt nicht. Ich bin gewiss kein Feigling und ich weiche auch keinem Kampf aus. Aber das war nicht die richtige Situation, um sich mit Wegelagerern ein Gefecht zu liefern. Letztlich hat mir das Ergebnis recht gegeben. Ich habe die Geldlieferung vollständig bis auf die letzte Münze nach Carnuntum gebracht. Den Räubern ist lediglich ein Sack mit dem im Grunde wertlosen Marschgepäck eines Legionärs geblieben, sonst nichts."

Aliqua hob überrascht den Kopf. „Was sagst du da? Die Räuber haben doch etwas erbeutet? Das steht nicht in dem Bericht, den ich gelesen habe!"

„Es ist auch unwesentlich", denke ich. „Nachdem der Soldat neben mir gefallen war, haben sich zwei dieser Schurken seines Pferdes bemächtigt. Wir haben es später auf der Straße umherirrend wieder gefunden, nur das Marschgepäck, das hinten aufgeschnallt war, hat gefehlt. Vielleicht wurde es aber auch gar nicht gestohlen, sondern ist nur verlorengegangen, als das Tier seinen Entführern wieder entkommen ist."

„Wie hat der Soldat geheißen, der es geritten hat."

„Sein Name war Albus."

„Was weißt du über ihn?"

„Nicht mehr, als dass er ein braver Mann war, der seinen Dienst immer ordentlich erfüllt hat."

„Wer könnte wissen, was er in seinem Marschgepäck mit sich geführt hat? Ich meine nicht das übliche Zeug, das jeder Legionär mit sich herumschleppt, sondern etwas Außergewöhnliches."

Fundanus dachte nach. „Da könnte nur einer in Frage kommen. Sein Freund Aper. Er war mit Albus im gleichen Contubernium. Sie waren Zeltgefährten."

„Her mit dem Mann!"

Fundanus erhob sich, ging zur Tür und brüllte einen Befehl hinaus. Wenig später kam ein Soldat ins Zimmer gekeucht und flüsterte ihm etwas zu.

„Schlechte Nachricht", bekannte Fundanus betreten. „Der Mann ist nicht zu finden. Möglicherweise ist er desertiert."

„Warum soll es mir besser ergehen als Pomponius?", dachte Aliqua frustriert. „Dem kommen praktisch in jedem Fall, den er bearbeitet, wichtige Zeugen abhanden oder werden umgebracht." Laut sagte sie: „Du begibst dich sofort in die Lagerkommandantur und meldest diesen Aper als abgängig, damit nach ihm gefahndet wird. Sollte er auftauchen, wirst du mich unverzüglich verständigen. Schicke einen Boten ins Hauptquartier der Frumentarii. Dort wird mich deine Nachricht erreichen."

Fundanus starrte sie fasziniert an. „Frumentarii? Jetzt beginne ich zu verstehen! Ich dachte nicht, dass auch Frauen für den Geheimdienst arbeiten."

„Nur in Fällen, in denen Männer nicht weiterkommen", entgegnete Aliqua erbittert. „Tu, was ich dir gesagt habe."

Sie verließ die Unterkunft, dicht gefolgt von Aemilius, während ihr Fundanus ein dienstbeflissenes „Jawohl!" hinterherschrie.

Aliqua blickte zum Himmel. „Mittag", stellte sie fest. „Komm, Aemilius, lass uns eine Imbissstube aufsuchen und eine Kleinigkeit essen. Ich lade dich ein. Nimm dein Abzeichen ab, damit wir nicht gleich als Angehörige der Frumentarii erkannt werden."

VI

Die Posten am Eingang zu der Kaserne der Garde waren offenbar instruiert worden, dass Agenten der Frumentarii kommen würden. Pomponius nannte seinen Namen und brauchte nicht einmal seine Vollmacht vorweisen.

„Ja, ich weiß", sagte der Wachkommandant. „Du wurdest uns bereits angekündigt." Er führte sie zu einem etwas abseits stehenden Gebäude, welches die Offiziersunterkünfte beherbergte, und wo sie vom Kommandanten der Garde bereits erwartet wurden. Der Mann hieß Valerius Sulpicius. Obwohl es ihm sichtlich nicht recht war, dass sich eine andere Dienststelle in eine Angelegenheit mischte, die er als seine eigene betrachtete, bemühte er sich, Kooperationsbereitschaft zu zeigen. „Wie kann ich den Frumentarii behilflich sein?", fragte er und lud Pomponius ein, Platz zu nehmen. Ballbilus beachtete er nicht und brachte zumindest auf diese Weise zum Ausdruck, wie ungelegen ihm dieser Besuch kam. Ballbilus lächelte grimmig und blieb neben der Tür stehen, so als ob es notwendig wäre, diese zu bewachen.

„Es geht, wie du sicher weißt, um den Anschlag auf den Statthalter. Er hat den Wunsch geäußert, dass wir die Sache untersuchen", stellte Pomponius klar.

„Die Garde wäre durchaus in der Lage, selbst den Übeltätern auf die Spur zu kommen", entgegnete Sulpicius unwillig.

„Darüber erlaube ich mir kein Urteil", erklärte Pomponius. „Denn das hieße, die Entscheidung des edlen Basseus Rufus in Frage zu stellen. Ich bin nur ein bescheidener Diener des Staates und tue, was mir befohlen wird."

„Ja, gewiss. Also was willst du wissen?"

„Ich war selbst im Theater und habe den Anschlag mitangesehen. Über dessen Hergang brauchst du mir also nichts zu erzählen. Ich habe in diesem Zusammenhang nur zwei Fragen: Weshalb trug Rufus einen Körperpanzer unter seiner Toga und weshalb hat die Gardeabteilung, die ihn begleitete, nur hinter ihm, aber nicht vor oder seitlich von ihm, Aufstellung genommen, um ihn besser schützen zu können?"

„Willst du mir Fahrlässigkeit vorwerfen?", empörte sich Sulpicius. „Ich habe die Abteilung selbst kommandiert und wir haben uns so aufgestellt, wie wir es immer tun. Rufus hat das so befohlen. Er wollte nicht, dass der Eindruck entstünde, er verberge sich hinter seinen Soldaten. Das Volk sollte ihn sehen und ihm zujubeln können!"

„Unter diesen Umständen ist der Personenschutz wirklich schwierig", räumte Pomponius ein.

„Ich musste ihm lange und eindringlich zureden, damit er bei so exponierten öffentlichen Auftritten wenigstens einen Panzer trug", fuhr Sulpicius fort.

„Hast du einen Anschlag befürchtet?"

„Ich hatte keinen konkreten Hinweis, dass so etwas geschehen könnte, aber die ständige Sorge wegen eines möglichen Anschlages, und wie dieser zu vereiteln ist, gehört sozusagen zu meinen Aufgaben."

„Die Attentäter haben auf der Flucht ihre Masken, Waffen und Kostüme zurückgelassen?"

Sulpicius nickte und deutete auf ein Bündel, das in der Ecke lag.

Ballbilus holte es und legte es Pomponius zu Füßen. Dieser knüpfte den Knoten auf und nahm eine der Masken heraus. Es handelte sich um eine traditionelle Theatermaske von einem Typus, wie er für komische Personen verwendet wurde. Sie bestand aus bunt bemaltem Leinen, das man in einer Flüssigkeit getränkt hatte, die ihr Form und Stabilität verlieh. Sie verhüllte das Gesicht bis zu den Ohren. Der obere Teil war als gepolsterte Kappe ausgeformt, die für sicheren Sitz sorgte.

Pomponius stülpte sich das Gebilde kurzerhand über den Kopf. „Das Ding ist trotz seiner Größe ziemlich leicht", befand er. „Die Sicht ist auch gut, obwohl man wahrscheinlich einige Zeit üben muss, um mit dieser Maske über dem Kopf einen sicheren Pfeilschuss anzubringen."

„Die Masken stammten aus dem Fundus der Theatertruppe", warf Sulpicius ein.

Pomponius schob sich die Maske wie das Visier eines Helmes in die Stirn, kramte im Bündel und nahm einen Bogen, der relativ kurz war, heraus. „Das scheint mir keine Theaterwaffe zu sein. Was hältst du davon, Ballbilus?"

Ballbilus konstatierte sachkundig: „Nein, das ist wahrhaftig keine Attrappe, die aus dem Theaterfundus stammt. Solche Bögen werden von skythischen Hilfsvölkern verwendet und diese sind für ihre Treffsicherheit berühmt."

„Das ist richtig", bestätigte Sulpicius. „Die anderen Schauspieler haben nur harmlose Theaterbögen gehabt."

Pomponius sah ihn stirnrunzelnd an. „Der Unterschied ist niemandem aufgefallen?"

Sulpicius zuckte ratlos mit den Schultern.

„Nun gut." Pomponius streifte die Maske vom Kopf. „Sorge dafür, dass dieses Bündel ins Hauptquartier der Frumentarii gebracht wird. Jetzt will ich den Prinzipal der Theatertruppe sprechen."

Der Prinzipal war ein langer dünner Mann mit wehenden Haaren und einem bekümmerten Gesichtsausdruck. Eine Blutunterlaufung unter seinem linken Auge wies darauf hin, dass man ihn nicht gerade zimperlich behandelt hatte. Er blickte ängstlich zwischen den Anwesenden hin und her.

Pomponius klappte sein Wachstäfelchen auf. „Du heißt Sextus Candidus und bist Leiter der Theatergruppe?"

„Ja, Herr. Ich darf dir versichern ..."

„Beantworte nur meine Fragen", unterbrach ihn Pomponius. „Wie viele Mitglieder hat die Truppe?"

„Etwa drei Dutzend, Herr: Schauspieler, Schauspielerinnen, Musiker, Hilfspersonal und unseren Dichter."

„Wo kommt ihr her?"

„Aus Aquileia, Herr. Wir wurden für drei Vorstellungen nach Carnuntum engagiert. Wir sind schon mit großem Erfolg in zahlreichen Städten in verschiedenen Provinzen aufgetreten."

„Auch in Rom?"

„Diese Ehre wurde uns bisher nicht zuteil. Lediglich unser Star, Accius, der den Actaeon tanzt, hat schon in Rom gespielt."

„Und warum tut er das nicht mehr, sondern hat sich einer Provinztruppe angeschlossen?"

Sextus seufzte. „Die Gunst des Publikums ist wankelmütig und Accius hat überdies den Unwillen einiger hochgestellter Persönlichkeiten auf sich gezogen."

„Habt ihr ‚Die Versuchung des Actaeon' schon in anderen Städten gespielt?"

„Ja, Herr, zuletzt in Virunum, in der Provinz Noricum. Dort haben sie ein richtiges Schauspieltheater. Wir haben das Stück hier nur neu arrangiert, um es den Verhältnissen am hiesigen Amphitheater anzupassen."

„Wer kannte die aktuelle Choreographie? Wer wusste, dass sich gegen Ende der Vorstellung die Szene vor die Loge des Statthalters verlagert?"

„Wahrscheinlich eine Menge Leute. Wir haben das so geprobt. Meine Absicht war, dem edlen Basseus Rufus auf diese Weise unsere Referenz zu erweisen. Die Proben waren zwar nicht öffentlich, aber es hat immer Zaungäste gegeben."

„Wie sind die drei Bogenschützen in deine Truppe gekommen?"

„Wenige Tage vor der Aufführung sind drei unserer Darsteller plötzlich verschwunden."

„Weißt du weshalb?"

„Nein. Wir haben natürlich nach ihnen gesucht. Leider vergeblich. Alles was ich in Erfahrung bringen konnte war, dass sie zuletzt in der Schenke ‚Zum Grünen Hintern' gesehen wurden."

Pomponius wechselte mit Ballbilus einen Blick. Der ‚Grüne Hintern' war ihnen aus einem früheren Fall bekannt. Es handelte sich um eine üble Spelunke, in der man neben berauschenden Mitteln aller Art auch die Dienste von Prostituierten in Anspruch nehmen oder sich dem Glücksspiel hingeben konnte.

„Gib mir die Namen und die Personenbeschreibung der Verschwundenen."

Pomponius notierte sorgfältig die Angaben, die Sextus machte, auf sein Wachstäfelchen.

„Erzähl weiter!"

„Ich war in Verlegenheit, weil mir plötzlich drei Mann fehlten, aber dann haben sich zum Glück drei arbeitslose Schauspieler gemeldet, die ein Engagement suchten."

Sulpicius räusperte sich. Sextus warf ihm einen erschrockenen Blick zu und verbesserte sich eilig. „Natürlich war es kein Glück, sondern ein großes Unglück, aber das konnte ich damals noch nicht wissen. Ich habe die drei vorspielen lassen. Sie wirkten auf mich recht unerfahren, aber sie haben sich bemüht, und ich kam zu dem Ergebnis, dass ich sie einsetzen könne. Also habe ich sie aufgenommen. Sie waren sehr willig und haben keine Schwierigkeiten gemacht." Er warf Sulpicius einen sorgenvollen Blick zu. „Bis auf den Tag der Aufführung natürlich."

„Namen und Personenbeschreibung", befahl Pomponius und machte sich wieder Notizen auf sein Täfelchen.

„Wo seid ihr untergebracht, wenn ihr euch nicht in Haft befindet?"

„Wir haben die Baracken hinter dem Theater gemietet. Dort stehen auch unsere Wagen."

„Gut. Man wird euch vorläufig freilassen. Bezieht euer Quartier, aber verlasst die Stadt nicht und haltet euch jederzeit zu meiner Verfügung. Hast du verstanden?"

„Ja, Herr. Danke, Herr. Wir sind ohnehin noch für zwei weitere Vorstellungen gebucht."

Pomponius lachte. „Du bist ein sehr optimistischer Mann, wenn du glaubst, man lasse euch nochmals auftreten. Aber man wird sehen." Er wandte sich an den Soldaten, der Sextus vorgeführt hatte und machte eine Handbewegung. Der Prinzipal wurde hinausgeführt. Sulpicius sah ihm nach. „Ich weiß, dass du dazu ermächtigt bist", sagte er zu Pomponius, „aber willst du die Bande wirklich freilassen?"

„Es bringt nichts, sie weiter einzusperren", entgegnete Pomponius. „Höchstwahrscheinlich sind sie unschuldig. Aber falls der eine oder der andere doch etwas mit dem Anschlag zu tun hat, kommt das eher heraus, wenn er sich auf freiem Fuß befindet."

„Du weißt sicher, was du tust", räumte Sulpicius ein. „Ich werde also befehlen, dass man diese Leute zu ihrem Quartier zurückbringt."

„Tu das. Und stell die Fahndungsmaßnahmen durch deine Gardisten ein. Sie gehen viel zu auffällig vor. Die Attentäter, sofern sie überhaupt noch in der Stadt sind, werden nicht aus ihrem Versteck kommen, solange ihr überall Präsenz zeigt. Wir werden sie durch unsere eigenen Agenten suchen lassen."

„Mit einem Wort, du ziehst den Fall zur Gänze an eure Behörde und bootest uns aus", meinte Sulpicius verärgert.

„So sollst du das nicht sehen", beschwichtigte Pomponius. „Ich lege größten Wert auf gute Zusammenarbeit und werde nicht zögern, mich an dich zu wenden, falls ich tatkräftige Unterstützung brauche." Er stand auf. „Bis dahin danke ich dir für deine Kooperation. Ich werde nicht versäumen, sie in meinem Bericht lobend hervorzuheben."

„Was nun?", fragte Ballbilus, als sie wieder auf dem Platz vor dem Statthalterpalast standen.

Pomponius reichte ihm sein Wachstäfelchen. „Du gehst jetzt ins Hauptquartier und veranlasst, dass die Fahndung durch unsere Leute aufgenommen wird, und zwar sowohl nach den verschwundenen, als auch nach den falschen Schauspielern. Namen und Personenbeschreibung habe ich aufgeschrieben. Ich selbst muss noch einen Besuch machen. Morgen zur zweiten Stunde holst du mich von zu Hause ab. Wir werden uns im ‚Grünen Hintern' umsehen. Dazu sollst du Zivil tragen. Wir werden uns nämlich nicht gleich zu erkennen geben."

Während Ballbilus den Statthalterpalast betrat, begab sich Pomponius zur Werkstatt seines Freundes Quintus Pacuvius, die nur drei Querstraßen von seinem eigenen Haus entfernt war. Wie immer herrschte dort emsige Betriebsamkeit. Quintus hatte seine Mannschaft offenbar vergrößert. Etwa zwei Dutzend Schreiber hockten an ihren Pulten und schrieben nach dem Diktat des Lektors. Dieser saß vor ihnen und las mit lauter Stimme den zu schreibenden Text vor. Dabei betonte er überdeutlich die Wortendungen.

Pomponius bewegte sich behutsam an der Wand entlang, um nicht zu stören. Einen Augenblick hielt er inne und hörte dem Diktat zu:

„Nichts ist erbärmlicher", deklamierte der Lektor, *„als ein Mensch, der ständig im Kreis läuft und der, wie es heißt, den Dingen unter der Erde nachspürt und die Vorgänge in der Seele seiner Mitmenschen durch Vermutungen zu erkunden sucht, der aber nicht bemerkt, dass es genügt, nur bei dem göttlichen Geist in seinem Inneren zu verbleiben und ihm aufrichtig zu dienen."*

Pomponius dachte, dass auch er bei seinen Ermittlungen jenem erbärmlichen Mann glich, der ständig im Kreis lief, ohne allerdings durch einen Blick in sein eigenes Inneres wesentlich klüger zu werden.

Ein Aufseher ging zwischen den Reihen hin und her, klopfte gelegentlich mit einem Stäbchen auf ein Pult und ermahnte im Flüsterton einen der Schreibenden, schöner zu schreiben.

Im Hintergrund öffnete sich eine Tür und Quintus schaute heraus. Als er Pomponius sah, winkte er ihn zu sich und ließ ihn eintreten. „Ave Pomponius", grüßte er munter und schloss die Tür hinter ihnen. „Schön, dass du mich besuchst. Wie du siehst, läuft das Geschäft. Ich produziere eben eine neue Auflage der ‚Selbsterkenntnisse' unseres verehrten Imperators."

„Ich habe es gehört. Der Mann steckt voller weiser Einsichten. Ich wollte nur, er hätte auch sinnvolle Ratschläge, wie man Mordanschläge aufklärt."

„Das hört sich so an, als ob du von dem Anschlag im Theater sprichst. Hast du dich von dem Schreck schon erholt?"

„Ganz im Gegenteil", entgegnete Pomponius. „Meine bösen Ahnungen haben sich erfüllt. Man hat mir die Aufklärung dieses Verbrechens aufgetragen und ich komme mir vor, als müsste ich aus einem riesigen Haufen Erbsen eine ganz bestimmte heraussuchen."

„O Elend", bedauerte ihn Quintus. „Und jetzt bist du zu mir gekommen, um mir dein Leid zu klagen?"

Er stellte einen Krug und zwei Becher auf den Tisch. „Versuch einmal diesen Wein. Er stammt nicht aus der Gegend. Ich vertrage dieses saure Zeug nicht. Dieser hervorragende Rote kommt aus Italien, dem sonnigen Italien." Er lachte wehmütig.

„Ich brauche deinen Rat", erklärte Pomponius und nahm genüsslich einen Schluck. „Du kennst dich doch mit Literatur und dem Theatergeschäft aus und du kennst den Dichter. Kannst du mir etwas über diese Theatertruppe erzählen?"

„Das sind harmlose Leute", entgegnete Quintus, „die mit dem Anschlag sicher nichts zu tun haben, abgesehen natürlich von den drei Schurken, die sich unter sie gemischt haben."

„Wahrscheinlich hast du recht, aber dennoch werde ich ein ungutes Gefühl nicht los. Ich weiß bloß nicht, wo ich ansetzen soll. Ich dachte, bevor ich sie mir einzeln vornehme, hole ich ein paar Hintergrundinformationen ein. Der Einzige, mit dem ich bisher gesprochen habe, ist der Prinzipal Sextus Candidus."

„Candidus ist ein alter, erfahrener Theatermann. Er ist durchaus erfolgreich, aber den großen Durchbruch hat er nie geschafft, obwohl er ihm schon oft prophezeit wurde. Rom ist ihm bisher verwehrt geblieben. Das liegt weniger an einem Mangel seines eigenen Talentes, als an der Tatsache, dass es ihm nie gelungen ist, eine Truppe zusammenzustellen, die über gutes Mittelmaß hinausgekommen ist."

„Einer seiner Leute, ein gewisser Accius, soll aber in Rom recht erfolgreich gewesen sein."

„Accius ist in Anlehnung an ein berühmtes Vorbild nur sein Künstlername. In Wirklichkeit heißt er Ammedabu. Ja, er war in Rom eine aufsteigende Berühmtheit und hatte eine große Schar an Bewunderern. Du hast ja selbst in Rom gelebt und weißt, wie diese Theaterparteien, die bisweilen auch als Jünglingsvereine bezeichnet werden, agieren. Sie brechen in Vorstellungen ihres eigenen Idols in frenetischen Jubel aus, besuchen aber auch die Vorstellungen rivalisierender Künstler und ergehen sich dort in Schmährufen. Das führt zu Massenschlägereien, die bisweilen das Ausmaß eines öffentlichen Aufruhrs erreichen. Es gibt nicht selten Tote, bisweilen auch unter den Sicherheitskräften, die versuchen, die Ordnung aufrechtzuerhalten. Man sollte es nicht glauben, aber diese Unsitte hat schon seit den Tagen der Republik Bestand, ohne dass man ihrer Herr wurde. Es hat Verbannungen gegeben, gewalttätige Anhänger solcher Theaterparteien wurden mit Rutenhieben gestraft und öffentliche Theateraufführungen wurden zeitweise sogar gänzlich verboten, zuletzt unter Kaiser Trajan, wenn ich mich recht erinnere. Es hat alles nichts genützt. Solche Verbote konnten unter dem Druck der öffentlichen Meinung nicht aufrechterhalten werden, weshalb man schließlich davon abgesehen hat. Der Imperator Lucius Verus, der bis zu seiner Versetzung zu den Göttern Mitregent unseres verehrten Princeps war, hat sich sogar als besonderer Förderer der Schauspielerei hervorgetan. Aber er war ja nicht der einzige Kaiser, der so gehandelt hat. Denk nur beispielsweise an dieses Ungeheuer Nero, dessen Name nicht oder nur mit Abscheu genannt werden darf. Was nun diesen Accius betrifft, nach dem du gefragt hast, so haben seine Anhänger im Theater des Marcellus einen Aufruhr vom Zaun gebrochen, bei welchem der Sohn eines Senators durch eine umherfliegende Bank erschlagen wurde. Accius hatte damit wahrscheinlich gar nichts zu tun, ja er war nicht einmal anwesend, als das Unglück geschah. Der Vater des Getöteten hat aber ihm die Schuld gegeben und kein Vertrauen in öffentliche Stellen gehabt, die bei solchen Vorfällen oft sehr nachsichtig agieren. Er hat kurzerhand Männern, die auf sein Wort hören, den Befehl gegeben, Accius zu suchen und wie einen Hund zu erschlagen. Dieser wurde rechtzeitig gewarnt und konnte aus Rom fliehen. Damit war seine Karriere aber am Ende. Er verlor rasch an Popularität und kann jetzt nur noch am Rande des Imperiums seine meist weiblichen Anhänger zu gelegentlichen Begeisterungsausbrüchen hinreißen. Eigentlich ist schade um den Mann, denn ich halte ihn für sehr talentiert."

„Was ist mit der weiblichen Hauptdarstellerin, die die Diana gespielt hat. Sie schien mir auch sehr talentiert zu sein."

Quintus lächelte. „Du solltest die Schönheit des Körpers, den sie großzügig zur Schau stellt, nicht mit Talent verwechseln, mein Pomponius. Aber das ist ein Phänomen, das immer wieder auftritt, seit es Frauen erlaubt wurde, als Schauspielerinnen zu agieren. Die junge Dame nennt sich Penelope und sie ist sehr bestrebt, ihre Karriere zu fördern, und wenn schon nicht diese, so zumindest ihr persönliches Wohlergehen. Zu diesem Zweck sucht sie die Bekanntschaft einflussreicher oder sehr wohlhabender Männer, was oft auf dasselbe hinausläuft, und ist bemüht, deren Wohlwollen zu erringen, wenn du verstehst, was ich meine."

„Ich verstehe durchaus, was du meinst. Haben die Glücklichen auch Namen?"

„Zurzeit ist es nur ein Glücklicher und er heißt Caius Domitius Zmaragdus. Er ist Ratsherr der Stadt Carnuntum und Armeelieferant."

„Ich kenne den Mann flüchtig", warf Pomponius ein. „Er beliefert die Armee mit Stiefeln und Kleidungsstücken, für den einfachen Legionär bis hin zu den

Offizieren. Es heißt, er stifte sehr viel Geld für öffentliche Zwecke, weshalb man ihm auch seine Feste, die bisweilen geradezu skandalös ausufern sollen, nachsieht."

„Du sagst es. Und seit unsere Penelope in der Stadt ist, gilt sie als eine der Hauptattraktionen bei diesen Festen."

„O tempora, o mores!", klagte Pomponius.

Quintus lachte. „Jetzt spiel bloß nicht den Moralisten, mein Freund. Das nehme ich dir nicht ab. Gibt es sonst noch etwas, das du wissen möchtest?"

„Ja. Was ist mit dem Dichter?"

„Er heißt Avillius Urinatius und gehört ebenso wie der Komponist der Musikstücke zum ständigen Ensemble der Truppe. Der Bursche ist gar nicht so unbegabt, wie es scheinen mag. Auch wenn man ihn schmäht, besonders dann, wenn er sich an erhabenen Dichtungen vergreift und sie zu billigen Possen macht, so gefällt das doch vielen Leuten und bringt sie zum Lachen. Er hat sein Talent der billigen Unterhaltung und dem gesicherten Einkommen – so dürftig es auch sein mag – geopfert und träumt dennoch davon, einmal zu den Großen der Dichtkunst gezählt zu werden. Deshalb bedrängt er mich auch ständig, ich solle einige seiner Werke verlegen. Da, sieh her!"

Quintus schob einige Papyrusrollen, die auf seinem Schreibtisch lagen, zu Pomponius hinüber. Dieser winkte dankend ab und erhob sich. „Ich will das gewiss nicht lesen. Mir hat genügt, was ich im Theater gehört habe. Es war wie immer eine Freude, mit dir zu plaudern, Quintus. Du bist eine Quelle des Wissens und hast mir einiges zum Nachdenken gegeben. Jetzt muss ich aber eilen, denn ich glaube, Aliqua erwartet mich bereits."

„Dann sollst du sie nicht warten lassen", lachte Quintus und umarmte Pomponius zum Abschied.

Als Pomponius zu Hause eintraf, galt seine erste Frage Aliqua.

„Sie ist noch nicht da", berichtete Krixus. „Es ist ja noch nicht so spät. Sie wird schon noch kommen." Aber Aliqua kam nicht.

Pomponius begann unruhig zu werden. Dann meldete ihm Mara, dass Manius und Numerius gekommen seien und ihn zu sprechen wünschten. Sogleich eilte Pomponius ins Besucherzimmer, wo die beiden Veteranen auf ihn warteten.

„Sei gegrüßt, Pomponius", sagte Manius ohne weitere Umschweife. „Wir sind hergekommen, um dir zu berichten, dass Aliqua in Schwierigkeiten steckt, und wir dachten, dass du das wissen solltest."

„Was ist geschehen?", fragte Pomponius aufgeregt. „Ist sie wohlauf?"

„Beruhige dich! Ihr persönlich ist nichts geschehen, was man von ihrem Begleiter, dem jungen Aemilius leider nicht sagen kann."

Sie erzählten daraufhin Pomponius, was sich am Nachmittag zugetragen hatte und wovon sie zufällig Zeugen geworden waren.

VII

Aliqua und Aemilius saßen vor dem Geschäftslokal auf einem Brett, das über zwei kleine Fässer gelegt war, und taten sich an gefüllten Brötchen gütlich. Mehr Komfort bot die kleine Imbissstube nicht und ihre Gäste erwarteten auch nicht mehr. Dafür schmeckten die Brötchen ausgezeichnet. Vorübergehende, deren Blicke sie streiften, hielten sie für einen Soldaten, der Ausgang hatte und sich in Gesellschaft seiner Freundin befand, eine Vorstellung, die Aemilius schmeichelte und die Aliqua etwas unangenehm war.

„Ziemlich viel Betrieb dort drüben", bemerkte Aemilius im Bemühen, Aliqua zu unterhalten. Er deutete mit dem Kinn auf das Lokal, das sich schräg gegenüber auf der anderen Straßenseite befand. Es handelte sich um eine Schenke, neben deren Tür das Bild einer nackten Tänzerin gemalt war. Sonne und Regen hatten dem Bild zugesetzt und begonnen, die Farben zu ruinieren. Das hatte zu dem erstaunlichen Effekt geführt, dass sich der Hintern der Tänzerin grün verfärbte, weshalb das Lokal allgemein der ‚Grüne Hintern‘ genannt wurde. Die Besitzer hatten das Bild daher auch nicht ausbessern lassen, sondern beließen es so, wie es war, gleichsam als Erkennungszeichen.

„Das ist der ‚Grüne Hintern‘, eine üble Spelunke", erklärte Aliqua. „Dort bekommst du alles, vor dem sich ein junger Mann wie du hüten sollte: Prostituierte der billigsten Sorte, Rauschmittel, von denen der saure Wein noch das harmloseste ist, Glücksspiele, bei denen man dich betrügt und bis aufs Hemd ausplündert, Hehlerware aller Art und gelegentlich verschwindet auch ein Gast spurlos, ohne dass man seine Leiche je findet. Ich weiß das, weil ich bei einem früheren Fall dort schon zu tun hatte. Also bleib diesem Loch besser fern."

Sie sah Aemilius streng an und kam sich gleichzeitig albern vor. „Ich benehme mich ja so, als ob ich seine Mutter wäre", dachte sie, „oder seine ältere Schwester, was sich eher ausgehen würde. Dabei ist er ein ausgewachsenes Mannsbild und ein Agent des Geheimdienstes noch dazu." Um ihre Worte abzuschwächen fügte sie hinzu: „Außer natürlich, es wäre in dienstlicher Eigenschaft."

„Natürlich", bestätigte Aemilius und sah sie aufmerksam an, als ob er weitere Instruktionen erwartete.

Aliqua wurde einer Antwort enthoben, weil zwei ältere Männer vorbeikamen, stutzten und dann nähertraten. „Aliqua! sei gegrüßt, schöne Amazone!", rief Numerius. „Was führt dich in unsere Gegend?" Er musterte Aemilius und versuchte, sich über dessen Stellung klar zu werden.

„Der Dienst", antwortete Aliqua. „Das kannst du dir doch denken. Seid mir ebenfalls gegrüßt. Das ist Aemilius, mein neuer Assistent."

„Aha", meinte Manius skeptisch. „Und wo ist Pomponius? Wir haben schon länger nichts mehr von ihm gehört. War er mit unseren Diensten unzufrieden, oder hat er seine eigenartige Beschäftigung aufgegeben?"

„Das hätte er gern, aber man lässt ihn nicht. Ich nehme an, er wird euch bald wieder rufen. Kommt, setzt euch doch zu uns, wenn es eure Zeit erlaubt." Sie wandte sich an Aemilius: „Das sind Manius und Numerius, zwei arge Schurken und absolut vertrauenswürdig. Sie arbeiten gelegentlich mit Pomponius zusammen und haben auch mir schon das Leben gerettet. Sie wissen in Wahrheit ganz genau, was Pomponius und ich machen, weil sie oft genug daran beteiligt waren. Du kannst offen vor ihnen reden."

Aemilius sah die beiden von Aliqua als Schurken bezeichnete Männer an und erklärte fügsam, es sei ihm eine Ehre.

Manius und Numerius hockten sich auf eine freigewordene Bank und versicherten Aemilius, dass die Ehre ganz auf ihrer Seite sei.

„Es ist gut, dass wir uns getroffen haben", erklärte Aliqua. „Ich hätte euch wahrscheinlich ohnehin bald aufgesucht. Ich arbeite nämlich an einem Fall und komme nicht recht weiter. Ihr seid doch immer bestens informiert. Vielleicht habt ihr etwas gehört, das mir weiterhelfen könnte."

„Wir sind ganz Ohr", verkündete Manius bereitwillig und winkte ein Schankmädchen zu sich, um zwei Becher Wein zu bestellen.

„Es geht um den Überfall auf den Geldtransport", berichtete Aliqua, als sie wieder allein waren. „Ihr habt sicher davon gehört. Man hat mich mit der Aufklärung beauftragt."

„Du Ärmste", bedauerte sie Numerius. „Dabei wirst du keine Lorbeeren ernten. Natürlich haben wir davon gehört und eine Menge Gerüchte noch dazu, aber keines macht Sinn. Ich kann dir nur eines mit Gewissheit sagen: Die Täter stammen nicht aus Kreisen, die üblicherweise für so etwas in Frage kommen. Wir wüssten es sonst. Die Angelegenheit ist auch völlig verrückt. Ein paar Idioten attackieren eine schwer bewaffnete Militäreinheit, haben die Gesichter mit albernen Theatermasken bedeckt und ergreifen nach kurzem Scharmützel wieder die Flucht. Niemand, mit dem wir darüber gesprochen haben, kann sich einen Reim darauf machen."

„Ich kann mir nicht denken, dass es ihnen um das Geld gegangen ist", warf Manius ein. „Wie hätten sie sich denn gegen eine fast zehnfache Übermacht durchsetzen können? Ganz abgesehen davon hätten sie auch gar keine Möglichkeit gehabt, das Geld abzutransportieren. Weißt du überhaupt, wie schwer auch nur ein so ein Fass voller Münzen ist?" Er seufzte fast sehnsuchtsvoll. „Dazu brauchst du eine Karre mit Zugtieren, mit denen du nur langsam vorankommst. Sie wären sehr bald eingeholt und erwischt worden. Nein! Es muss ihnen um etwas anderes gegangen sein."

„Der Gedanke ist mir auch schon gekommen", bestätigte Aliqua. „Alles was sie erbeutet haben, war die Satteltasche eines der beiden Soldaten, die getötet wurden. Vielleicht wollten sie die haben."

„Entweder das, oder es war ein einfacher Mordanschlag", spann Manius seine Überlegungen weiter. „Vielleicht wollten sie genau die beiden Soldaten, die ums Leben kamen, umbringen, und das war alles."

„Aber warum nur?", fragte Aliqua.

„Pomponius pflegt immer zu sagen, in Mordfällen muss man zuallererst das Umfeld des Opfers prüfen", riet Numerius.

„Das habe ich ja versucht, aber dabei ist nichts herausgekommen. Der einzige Zeuge, der vielleicht etwas wusste, ein Soldat namens Aper, ist verschwunden."

Numerius schüttelte bedauernd den Kopf. „Dir ist aber wahrscheinlich schon aufgefallen, dass es gewisse Parallelen zwischen deinem Fall und dem Anschlag auf den Statthalter gibt?"

„Natürlich", antwortete Aliqua. „Mit diesem Fall ist Pomponius betraut worden."

„Also arbeitet ihr zusammen?"

„Nein. Die beiden Fälle werden vorläufig noch getrennt behandelt. Außerdem will Masculinius nicht mehr, dass wir zusammenarbeiten."

„Das kommt mir aber sehr kurzsichtig vor", merkte Manius kritisch an. „Denn zusammen seid ihr das perfekte Team." Er warf Aemilius einen Blick zu. „Nichts für ungut, junger Mann." Er hielt inne. „Was ist denn dort drüben los?"

Vor dem 'Grünen Hintern' hatte sich ein Tumult erhoben. Ein Mann wurde derb aus der Tür geworfen und landete bäuchlings im Straßenstaub. Hinter ihm traten einige Männer aus der Tür und einer von ihnen rief: „Du bist ein Arsch, Aper. Wenn du nicht verlieren kannst, dann würfle eben nicht!"

„Aper?", fragte Aemilius aufgeregt.

„Rasch!", rief Aliqua. „Das ist vielleicht unser Mann! Festnehmen!"

Aemilius eilte über die Straße und packte den im Staub liegenden beim Kragen und schrie mit dienstlicher Stimme: „Du bist wegen Desertion festgenommen, Aper!"

„Was willst du von mir?", schrie dieser. „Lass mich los!"

Die Stimmung der Männer, die Aper aus dem Lokal geworfen hatten, schlug um. Jetzt, da Aper offenbar verhaftet werden sollte, ergriffen sie Partei für ihn. „Scher dich fort Bürschlein und lass den Mann in Frieden", rief einer und trat drohend näher.

Aemilius zog sein Schwert halb aus der Scheide. Der Mann reagierte rasch und versetzte ihm blitzschnell einen Schlag mit einem bleibesetzten Cestus gegen den Kopf. Aemilius stürzte wie vom Blitz getroffen zu Boden und blieb bewegungslos liegen.

Aliqua stieß einen Schrei aus, eilte zu Aemilius und kniete neben ihm nieder. Aemilius starrte blicklos in den Himmel. Aus Nase und Ohren begann Blut zu sickern. Ein namenloser Schmerz durchfuhr Aliqua. Sie hatte die Verantwortung für diesen Jungen übernommen und jetzt lag er totgeschlagen wie ein Hund zu ihren Füßen. Sie sah den Mann an, der Aemilius gefällt hatte. „Er war selber daran schuld", sagte dieser. „Er hätte sich vorher überlegen sollen, mit wem er sich anlegt."

„Ja", antwortete Aliqua, deren Kummer in blinde Wut umschlug, mit kalter Stimme. „Das gilt auch für dich." Sie erhob sich, zog mit einer einzigen fließenden Bewegung den Armeedolch unter ihrem Umhang hervor und stieß ihn dem völlig überraschten Mann in den Leib. Der taumelte mit einem erstickten Schrei zurück und presste die Hand gegen die Wunde. Aliqua setzte ihm nach und stieß ein zweites Mal zu. Diesmal führte sie die Waffe so, dass sie knapp unter dem Rippenbogen nach oben eindrang. Ihr Widersacher stürzte zu Boden, röchelte, zuckte kurz mit den Beinen und erschlaffte. Es konnte keinen Zweifel geben, dass er tot war.

Mehrere Leute begannen zu schreien. Eine hysterische Frauenstimme brüllte immer wieder: „Mord, Mord!" Die Gefährten des Getöteten wussten nicht recht, wie sie sich verhalten sollten. Sie rückten gegen Aliqua vor, wichen aber aus Angst vor deren mörderischen Dolch wieder zurück. Manius und Numerius eilten herbei und stellten sich schützend neben Aliqua. Manius zückte ein Messer und Numerius hatte plötzlich seinerseits einen Cestus um die Hand gewunden.

Aper hatte sich inzwischen aufgerappelt und versuchte, sich aus dem Staub zu machen. „Einen Schritt noch und ich schneide dir die Kehle durch", fauchte Aliqua, die noch immer völlig außer sich war. Aper glaubte ihr aufs Wort und blieb wie versteinert stehen.

Üblicherweise konnte man nicht damit rechnen, dass die Stadtkohorte in der Nähe war, wenn ein Verbrechen geschah, oder wenn man sie sonst brauchte. Diesmal war es anders. Laufende Schritte waren zu hören und um die Ecke kamen fünf Mann gerannt, angeführt von einem Unteroffizier.

„Was geht hier vor?", fragte der Kommandant der Abteilung und versuchte, die Situation abzuschätzen. „Die Waffen weg!"

„Der Soldat hat unversehens unseren Freund angegriffen", berichtete einer der Männer aus dem ‚Grünen Hintern'. „Er hat sich nur gewehrt. Aber dann hat dieses verrückte Weib unseren Freund erstochen."

„Ist das wahr?", fragte der Kommandant und packte Aliqua am Oberarm.

„Es ist wahr", antwortete Aliqua und fügte flüsternd hinzu: „Sieh her, aber lass dir nichts anmerken." Sie öffnete die Hand, in der geschützt vor den Blicken der anderen, die silberne Fibel, das Abzeichen der Frumentarii, lag. „Der Soldat, der von dem Mann, den ich erstochen habe, niedergestreckt wurde, hat ebenfalls so ein Abzeichen."

Der Kommandant stieß überrascht den Atem aus. „Was soll geschehen?", flüsterte er zurück.

„Sorge dafür, dass mein getöteter Gefährte in den Statthalterpalast gebracht wird, ebenso der Mann, der sich Aper nennt, und der soeben wieder flüchten will."

Aper hatte tatsächlich versucht, den Trubel zu nutzen und sich still und leise zu entfernen. Auf eine Handbewegung des Kommandanten hin wurde er festgehalten.

Aemilius gab ein leises Stöhnen von sich. „Der Bursche lebt ja noch", bemerkte einer der Soldaten überrascht und beugte sich über Aemilius. „Ich glaube aber, es geht zu Ende mit ihm."

„Rasch!", drängte Aliqua aufgeregt. „Wenn noch Leben in ihm ist, dann bringt ihn nicht in den Statthalterpalast, sondern in die Gladiatorenschule zu dem Arzt Claudius."

Der Kommandant war ein kompetenter, umsichtiger Mann, was bei Angehörigen der Stadtkohorte eher selten vorkam. Zwei seiner Leute requirierten trotz des Protestes seines Besitzers einen Karren samt Maultier, luden Aemilius auf und fuhren mit ihm eilends fort. Aliqua hockte neben Aemilius auf der Ladefläche, hielt seine Hand und flüsterte ihm aufmunternde Worte zu. Aemilius versank aber immer tiefer in Bewusstlosigkeit und sein Atem war kaum noch zu vernehmen.

Aper wurde von den anderen Soldaten abgeführt, wie befohlen in den Statthalterpalast gebracht und inhaftiert.

Wenig später trafen einige Leute der städtischen Verwaltung mit einem Karren ein, luden den von Aliqua Getöteten auf und fuhren mit ihm zu dem Begräbnisplatz vor der Stadt, wo ein namenloses Grab auf ihn wartete, da nach einer kursorischen Nachfrage niemand Anspruch auf seinen Leichnam erhoben hatte.

Die Leute aus dem ‚Grünen Hintern' beobachteten diese Vorgänge, wussten sie aber nicht recht einzuordnen. Schließlich zogen sie sich in das Lokal zurück, wo sie eine Zeit lang den Vorfall diskutierten, dann aber ihre unterbrochenen Vergnügungen wieder aufnahmen. Mord und Totschlag war nämlich keine so außergewöhnliche Sache in dieser Gegend und in diesem Milieu, als dass sie sich dadurch den Tag verderben ließen.

Auch Manius und Numerius, denen es mit großem Geschick gelungen war, keine weitere Aufmerksamkeit auf sich zu ziehen, entfernten sich unauffällig und eilten zu Pomponius, um ihm von dem Vorfall zu berichten.

Der Wagen mit Aemilius und Aliqua erreichte unterdessen in rascher Fahrt die Gladiatorenschule. Claudius, der zum Glück anwesend war, verzichtete auf seine üblichen Klagen, weil er sah, wie sehr Aliqua das Schicksal seines neuen Patienten am Herzen lag. Nachdem er Aemilius untersucht hatte, sagte er mit ernster Stimme zu Aliqua: „Er hat eine Verletzung des Schädelknochens und eine Blutung im Schädel erlitten. Ich kann nicht genau sagen, welchen Schaden sie angerichtet hat, aber wir müssen mit dem Schlimmsten rechnen. Seine Lebenszeichen werden immer schwächer."

„Kannst du denn gar nichts für ihn tun?", drängte Aliqua verzweifelt. „Es war meine Schuld, dass er niedergeschlagen wurde. Es war unbesonnen von mir, eine gesuchte Person in Gegenwart seiner Freunde von einem einzelnen Mann festnehmen zu lassen. Wir hätten ihn in Ruhe verfolgen und die Festnahme später durchführen sollen. Pomponius hätte das sicher so gemacht."

„Pomponius ist auch nicht das Maß aller Dinge", erwiderte Claudius gelassen. „Wir haben oft genug erlebt, dass er Mist gebaut hat. Was nun diesen jungen Mann betrifft, so könnte ich allenfalls eine Schädeloperation durchführen, aber ich befürchte, er wird den Eingriff nicht überleben."

„Wenn du es nicht tust, wird er dann auf jeden Fall sterben?"

„Ja."

„Dann tu es doch! Ich bitte dich!"

„Nun gut", stimmte Claudius zögernd zu. „Wenn es geschehen soll, dann muss es gleich geschehen. Ich will dich aber nicht dabei haben. Morgen früh kannst du wieder herkommen. Entweder lebt der Junge dann noch, oder du kannst Vorkehrungen für ein ehrenvolles Begräbnis treffen."

Trotz Aliquas Bitten ließ sich Claudius nicht erweichen, und so bestieg sie schließlich wieder den Karren, der sie hergebracht hatte, und ließ sich zum Statthalterpalast fahren.

Apollonarius wollte Aliqua, die nach Masculinius verlangte, zunächst auf den nächsten Tag vertrösten. Erst als sie entschieden darauf bestand, vorgelassen zu werden, gab der Sekretär nach und ließ Aliqua nach kurzer Wartezeit in das Arbeitszimmer ihres Kommandanten eintreten.

„Was gibt es, das nicht bis morgen warten kann?", fragte Masculinius, der zahlreiche Schriftstücke vor sich liegen hatte, ungnädig.

„Ich habe einen Fehler gemacht", stieß Aliqua hervor.

Masculinius betrachtete sie aufmerksam. „Wenn jeder meiner Agenten, der einen Fehler gemacht hat, sofort zu mir rennt, hätte ich viel zu tun. Die meisten versuchen eher, ihre Fehler vor mir zu verheimlichen."

„Es hat einen, möglicherweise zwei Tote gegeben."

„Hoffentlich niemand, der wichtig ist. Hör auf zu schnauben, als ob du gleich losheulen wolltest, und erstatte ordnungsgemäß Meldung."

Aliqua nahm sich zusammen und berichtete ausführlich, was sich ereignet hatte. „Es ist alles meine Schuld", schloss sie verzweifelt. „Ich hätte Aemilius nicht befehlen dürfen, Aper in Gegenwart seiner Freunde festzunehmen und ich hätte den Mann, der ihn niederschlug, nicht einfach ermorden dürfen."

„Das sehe ich nicht so", antwortete Masculinius gelassen. „Du hast einem Untergebenen einen Befehl gegeben und er ist bei dessen Ausführung möglicherweise ums Leben gekommen. Wenn ich an mein langes Soldatenleben zurückdenke, so sehe ich viele Schlachtfelder und die Gesichter unzähliger Männer vor mir, die meine Befehle in den Tod geschickt haben. Das ist etwas, womit man als Offizier leben muss. Das gilt auch für dich und das ist der Weg, den du selbst für dich angestrebt und erreicht hast. Du hast auch niemanden ermordet. Dein sogenanntes Opfer hat einen Soldaten in Ausübung seiner Pflicht, einen Angehörigen unserer Einheit, angegriffen, niedergeschlagen und wahrscheinlich tödlich verletzt. Glaubst du, ich hätte das durchgehen lassen? Ich hätte den Mann festnehmen und ohne viele Umstände hinrichten lassen. Wir sind im Krieg, und diese Stadt steht als kaiserliches Hauptquartier unter Kriegsrecht, auch wenn wir versuchen, diesen Umstand die Zivilbevölkerung nicht allzu sehr spüren zu lassen. Du hast niemanden ermordet, Aliqua, sondern eine Hinrichtung vollzogen, die dir als kommandierender Offizier vor Ort zustand. Letztendlich hast du mir damit nur Arbeit erspart. Ich sehe keinen Grund, dich zu tadeln, und weil das so ist, hast auch du keinen Grund für Selbstvorwürfe."

„Ich habe mich den ganzen Tag über ungeschickt und unprofessionell verhalten", klagte Aliqua, der das Wasser in die Augen stieg. „Das hat schon bei meiner Begegnung mit Valeria begonnen und seinen Höhepunkt mit der Festnahme des Aper erreicht."

„Man hätte es besser machen können", räumte Masculinius ein. „Aber was solls. Die Dinge sind, wie sie sind, und es hat keinen Sinn, sich durch nutzlose Überlegungen, was man anders machen hätte können, zu verunsichern. Jetzt reiß dich zusammen, Aliqua, und hör auf zu schnauben! Wahrhaftig! Wenn ich auch nur eine einzige Träne sehe, degradiere ich dich auf der Stelle!"

Ein Soldat trat ein, streifte Aliqua mit scheuem Blick und flüsterte Masculinius etwas zu. „Ist gut", sagte dieser. „Lasst ihn laufen."

Er wartete bis der Soldat das Zimmer verlassen hatte und wandte sich an Aliqua: „Wie man mir meldet, ist der Mann, den du festnehmen hast lassen, nicht jener Aper nach dem wir suchen. Es handelt sich bloß um eine zufällige Namensgleichheit."

„Gütige Götter steht mir bei, alles war umsonst", stöhnte Aliqua und verbarg das Gesicht in den Händen.

„Die Götter sind nicht gütig", antwortete Masculinius. „Ich glaube nicht einmal, dass sie gerecht sind. Wir beten bloß deswegen zu ihnen, damit sie uns nicht mutwillig ins Verderben stürzen."

Aliqua hob das Gesicht. „Ich will, dass du mich von diesem Fall entbindest", sagte sie entschlossen.

Masculinius war fassungslos. Das hatte er von der ehrgeizigen, sonst so fügsamen und diensteifrigen Aliqua nicht erwartet. „Bist du von Sinnen, Weib?", zürnte er. „Du hast dir den Beruf eines Mannes erwählt, also benimm dich auch wie ein Mann. Du bist Offizier und du hast deine Befehle. Hör auf, dich zu bemitleiden, geh hinaus und tu deine Pflicht! Ich werde dir einen anderen Partner zuteilen und damit ist dieses Gespräch beendet. Wenn wir uns wiedersehen, wirst du mir erste Ermittlungsergebnisse bringen. Das ist es, was ich von dir erwarte! Hast du mich verstanden?"

Aliqua erkannte, dass weitere Einwände sinnlos waren. Sie stand auf, verbeugte sich und verließ bedrückt den Raum.

Kaum hatte sich die Tür hinter ihr geschlossen, trat Apollonarius durch eine Nebentür. „Hast du mitgehört?", fragte Masculinius. Apollonarius nickte. „Was denkst du über die Sache?"

„Ich fürchte, sie ist überfordert", antwortete der Sekretär. „Vielleicht wäre es wirklich besser, jemand anderen mit diesem Fall zu betrauen."

„Nein", entschied Masculinius. „Das ist eine Krise, die sie meistern muss. Sie muss nur wieder Selbstvertrauen gewinnen. Sie hat von Pomponius viel gelernt und sie ist eine ausgezeichnete Ermittlerin."

„Wen willst du ihr dann als neuen Partner zuteilen?"

„Ich habe an Herennius gedacht."

„Ist das eine gute Idee?", zweifelte Apollonarius. „Der Mann ist tüchtig, keine Frage, aber er gilt als eigenwillig, und es wird ihm schwerfallen, Befehle von einer Frau entgegenzunehmen, ganz anders als Aemilius."

„Du sagst es", antwortete Masculinius versonnen. „Das ist genau der Richtige. Schick ihn zu mir."

Apollonarius verbeugte sich. „Ich zweifle nicht an deiner Weisheit, Herr, auch wenn ich deine Beweggründe nicht verstehe. Es wird geschehen, wie du befiehlst."

VIII

Pomponius war einerseits erleichtert, weil Aliqua nichts zugestoßen war, andererseits beunruhigt, weil er sich vorstellen konnte, wie sehr sie über die schwere Verletzung des Aemilius betroffen sein musste, und er hoffte, sie werde sich bei ihm melden. Als es Abend wurde und sie nicht kam, erwog er, sie in ihrem Haus aufzusuchen. Krixus riet ihm davon ab und meinte, er solle besser abwarten, bis sie von sich aus bereit sei, mit ihm darüber zu reden. Reflexartig schalt ihn Pomponius und erklärte, er habe ihn nicht um seine Meinung gefragt. Wie so oft, was er aber nie zugegeben hätte, hörte er dennoch auf seinen Sklaven, blieb zu Hause und verbrachte eine unruhige Nacht.

Am Morgen kam vereinbarungsgemäß Ballbilus und brachte Neuigkeiten. „Ich habe mit Masculinius gesprochen", berichtete er. „Aliqua ist wegen Aemilius völlig verstört und wollte ihren Auftrag zurücklegen, aber der Kommandant hat ihr den Kopf zurechtgerückt und ihr befohlen weiterzumachen. Dir lässt er ausrichten, du sollst sie in Ruhe lassen und dich ja nicht einmischen."

Krixus nickte nachdrücklich, was ihm einen wütenden Bick seines Herrn eintrug.

Pomponius sah ein, dass er im Augenblick nichts für Aliqua tun konnte und entschloss sich daher, seine eigenen Ermittlungen wie geplant fortzuführen und den ‚Grünen Hintern' aufzusuchen, um sich dort umzuhören. Zu diesem Zweck hatte Ballbilus seine geliebte Adjustierung als Legionär abgelegt und war in Zivil erschienen. Den alten Soldaten konnte er aber nicht ablegen. So wie er jetzt daherkam, in eine alte Tunika gekleidet und in einen schäbigen Umhang gehüllt, musste man ihn für einen Vetrancn dcr Legionen halten, der schon bessere Zeiten gesehen hatte.

Die beiden Gefährten verließen die Zivilstadt durch das östliche Stadttor und strebten flotten Schrittes der Militärstadt zu. Ursprünglich war die Zivilstadt in der aus Sicherheitsgründen vorgeschriebenen Entfernung von eineinhalb Meilen vom Legionslager errichtet worden. Die sogenannte Militärstadt, die rund um das Lager entstanden war, hatte sich jedoch Richtung Zivilstadt ausgedehnt, sodass die beiden Stadtteile praktisch zusammengewachsen waren und durch eine breite Straße, die eine Fortsetzung der Limesstraße bildete, verbunden wurden. Es herrschte ziemlich viel Betrieb auf dieser Straße. In beiden Richtungen waren Fuhrwerke, Reiter und Fußgänger unterwegs. Dieser geordnete Betrieb erlitt eine Störung, als die Passanten und Fuhrwerke durch laute, gebieterische Rufe an den Straßenrand, teilweise sogar in den Straßengraben gedrängt wurden. Eine starke Abteilung von Legionären nahm die gesamte Breite der Straße in Anspruch und marschierte, angeführt von zwei Unteroffizieren zu Pferde, in voller Ausrüstung und beladen mit ihrem Gepäck, Richtung Westen. Pomponius schätzte, dass es etwa zwei Zenturien waren.

Truppenbewegungen waren zwar nichts Ungewöhnliches in diesen Tagen, aber Pomponius fiel auf, dass dieser Trupp keine Feldzeichen führte und trotz seiner Größe nur von einem Optio befehligt wurde. „Kannst du erkennen, zu welcher Einheit diese Männer gehören?", fragte er Ballbilus.

„Nein", antwortete dieser verärgert, weil ihm die Nässe des Grabens in die Sandalen sickerte. „Es wäre wahrhaftig einfacher gewesen, man hätte diesen Trupp um die Stadt herumgeführt, als mittendurch zu marschieren. Die Militärs glauben, sie können sich einfach alles erlauben und brauchen auf Zivilisten keine Rücksicht zu nehmen!"

Pomponius lachte. „Du überraschst mich Ballbilus. Eine solche Einsicht hätte ich von dir nicht erwartet."

„Wahrscheinlich kommt es darauf an, auf welcher Seite man steht", räumte Ballbilus verlegen ein. „Bei allen Göttern, ich wollte kein Zivilist sein und ich war auch nie einer. Ich werde froh sein, wenn ich aus diesen Lumpen herauskomme und mich wieder wie ein ordentlicher Soldat tragen kann. Aber ich kenne ein paar Leute von der Stadtkohorte, die dort vorne die Straße freimachen. Die kann ich fragen, wenn du wirklich wissen willst, was das für eine Einheit ist."

Pomponius nickte, und Ballbilus stapfte fluchend durch den teilweise mit Schlamm gefüllten Graben davon. Als er zurückkam schaute er sehr nachdenklich und schüttelte mehrmals den Kopf.

„Was ist?", fragte Pomponius.

„Du wirst es nicht glauben, aber das ist jener Trupp, der den Geldtransport bewacht hat, jenen, der überfallen wurde. Er befindet sich auf dem Rückweg nach Rom. Gestern Abend haben sie völlig überraschend von dem Legaten Marcus Nonius Macrinus den Marschbefehl erhalten."

„Das ist ja unglaublich!", rief Pomponius. „Weshalb auf einmal diese Eile? Aliqua weiß bestimmt nichts davon. Es wird ihre Ermittlungen sehr behindern, wenn diese Zeugen fort sind."

„Sie weiß es sicher noch nicht", erwiderte Ballbilus. „Ich nehme an, ihr erster Weg hat sie heute früh in die Gladiatorenschule geführt, um nach Aemilius zu sehen. Kannst du nichts unternehmen? Kannst du diese Leute nicht zurückhalten?"

Pomponius schüttelte den Kopf. „Leider nein. Das ist nämlich nicht mein Fall, und dafür reichen meine Vollmachten auch nicht aus. Wenn ich es trotzdem versuche, gibt es einen Skandal und was Masculinius, der doch immer so großen Wert darauf legt, dass wir diskret ermitteln, dann mit mir macht, will ich mir erst gar nicht vorstellen."

„Du hast recht", stimmte ihm Ballbilus bedauernd zu. „Arme Aliqua. Das ist ein weiterer Rückschlag für sie. Jemand muss es sehr eilig gehabt haben, diese Männer aus der Schusslinie zu bringen."

„Nicht jemand", sagte Pomponius grimmig, sondern ein gewisser Macrinus, ein ehrenwerter Mann, wie mir alle versichern. Nun wenigstens wird dieser Vorfall Aliquas Verhältnis zu ihm etwas abkühlen, wie ich hoffe und vermute. Weißt du, ob ihr Masculinius einen neuen Partner zugeteilt hat?"

„Masculinius hat es erwähnt. Er will ihr Herennius zuteilen."

„Herennius? Oh weh! Ich kenne ihn. Ein tüchtiger aber allzu selbstbewusster Mann, der sich nicht gerne etwas sagen lässt und der schon seit längerem danach strebt, ein eigenes Team zu bekommen. Da sind Konflikte unvermeidbar, besonders wenn er sich einer Frau unterordnen soll."

„Das sehe ich auch so. Aber du kennst ja unseren Kommandanten. Er hat bisweilen solche sonderbaren Einfälle und er strebt gewiss nicht danach, seinen Agenten die Arbeit möglichst leicht zu machen. Wir sollten uns daher auch besser auf unseren eigenen Fall konzentrieren, denn bald wird er dich wieder rufen lasen und Ergebnisse verlangen."

Den Rest des Weges legten sie schweigend zurück und hatten bald darauf den ‚Grünen Hintern' erreicht. Die Gaststube war relativ groß und bestand aus einem gemauerten Gewölbe, von dem eine schmale Treppe in ein aus Holz aufgesetztes Obergeschoß führte. Im Hintergrund der Gaststube führten zwei Türen in weitere Räume, die aber offenbar nur ausgewählten Gästen offenstanden. Pomponius wusste, dass dort Glücksspiele stattfanden und mit Diebesgut gehandelt wurde. Im Obergeschoß waren Mädchen untergebracht, die interessierten Gästen für wenig Geld zur Verfügung standen. Zwei von ihnen lungerten in der Gaststube herum und hielten nach potentiellen Kunden Ausschau. Der Qualm der Kochstelle zog nur sehr zögerlich durch ein Loch in der Decke ab. Ein Gemenge von Gerüchen erfüllte den ganzen Raum, wovon die nach Fisch und ungewaschenen Menschen vorherrschten.

Die Schenke war gut besucht. In der Gaststube waren etwa zwei Dutzend Gäste anwesend, und auch aus den Hinterzimmern waren Stimmen zu hören. Pomponius und Ballbilus suchten sich einen freien Platz in der Ecke und bestellten Wein. Das Getränk, das man ihnen servierte, schmeckte erwartungsgemäß abscheulich.

Es dauerte nicht lange, bis sich eine der beiden Prostituierten den neuen Gästen näherte. Langes Herumreden war in diesem Lokal nicht üblich. „Zwei As[6] wenn ich mich auf der Stiege bücke und du hinter mir stehst", erklärte sie kurz und prägnant. „Drei As, wenn du hinaufkommen und im Bett liegen willst. Dann kannst du dir die Stellung aussuchen."

„Daraus wird nichts", lehnte Pomponius entschieden für sich und Ballbilus ab. „Da, tröste dich damit." Er warf ihr einen Dupondius[7] zu.

---

[6] Der As war eine althergebrachte Münze, deren Wert sich im Lauf der Jahrhunderte aber stark verändert hatte. In der hohen Kaiserzeit, also zum Zeitpunkt unserer Geschichte, betrug ihr festgesetzter Wert einen Viertel Sesterz.

[7] Der Dupondius war eine Münze im Wert von zwei As.

Das Mädchen wurde von dieser ungewohnten Großzügigkeit überrascht. Üblicherweise scheucht man sie mit derben Worten, gelegentlich auch mit Tritten davon, wenn sie ungelegen kam. Sie schnappte sich die Münze, sagte ‚danke' und sah Pomponius etwas ratlos an.

„Wie heißt du?", fragte dieser freundlich.

„Ipsitilla", antwortete das Mädchen. Sie konnte noch nicht lange in diesem harten Gewerbe sein, das seine Dienerinnen schon bald unbarmherzig zeichnete. Sie war leidlich hübsch, hatte einen frischen Teint und klare Augen. „Gefalle ich dir nicht? Du hast doch schon für die Stiege bezahlt!"

„Wenn ich mit jeder der vielen Frauen, die mir gefallen, auf eine Stiege gehen wollte, würde das selbst meine Kräfte übersteigen", erwiderte Pomponius selbstgefällig, obwohl es bescheiden klingen sollte. „Aber du kannst dir ja das Geld und einen As noch dazu verdienen, indem du dich zu mir setzt und mich ein wenig unterhältst. Mein Begleiter hier ist heute nämlich recht griesgrämig und kein guter Gesprächspartner." Er schob dem Mädchen eine weitere Münze zu.

„Wenn du meinst, und wenn es das ist, was du willst ..." Sie zwängte sich zwischen die Männer, indem sie zu Ballbilus sagte: „Mach doch ein bisschen Platz, Alterchen."

Ballbilus erwog sichtlich, ihr auf der Stelle eine Ohrfeige zu geben, rückte dann aber unter dem mahnenden Blick des Pomponius widerwillig zur Seite.

Ipsitilla sah ihn schelmisch von der Seite an und nahm einen tiefen Schluck aus seinem Becher. Ballbilus übte sich in Selbstbeherrschung und gab nur ein leises Knurren von sich.

„Dein Freund hat wirklich schlechte Laune", bemerkte Ipsitilla zu Pomponius. „Ist er immer so, oder ist ihm ein Unglück widerfahren?"

„Eher im Gegenteil", vertraute ihr Pomponius an. „Er hatte zu viel Glück, und die Leute, mit denen wir gewürfelt haben, wollten nicht glauben, dass das mit rechten Dingen zugeht. Sie haben uns unseren Gewinn wieder abgenommen und wir mussten froh sein, mit heiler Haut davonzukommen. Aber jetzt befinden wir uns in einer gewissen Notlage und sind auf der Suche nach einer geeigneten Verdienstmöglichkeit."

Ipsitilla schüttelte den Kopf. „Die wirst du hier nicht finden. Du scheinst ein freundlicher Mann zu sein, deshalb rate ich dir ganz im Vertrauen, dich hier auf keine Glücksspiele einzulassen. Denn ob du dabei Glück hast oder nicht spielt keine Rolle. Den Rest deines Geldes wirst du auf jeden Fall los."

Pomponius seufzte.

„Es sei denn", fuhr Ipsitilla fort, „du interessierst dich für das Theater und bist mit einem bescheidenen Verdienst zufrieden."

Pomponius wechselte mit Ballbilus einen bedeutungsvollen Blick. „Das Theater interessiert mich seit jeher", behauptete er. „Beinahe hätte ich mich in meiner Jugend der Schauspielerei zugewandt, aber daraus ist leider nichts geworden. Und was den Verdienst anlangt, so kann ich in meiner derzeitigen Lage nicht wählerisch sein. Was schwebt dir denn vor?"

„Siehst du den Mann, der dort drüben mit seinen Freunden sitzt?" Ipsitilla deutete mit dem Kopf. „Der in der grünen Tunika. Er heißt Percennius und führt die Theaterpartei des Accius an. Wenn ihr ihm gefallt und gut brüllen könnt, engagiert er euch vielleicht."

„Eine Theaterpartei?", fragte Pomponius verblüfft. „Ich dachte, so etwas gibt es nur in Rom und in einigen anderen großen Städten, aber doch nicht hier bei uns."

Ipsitilla zuckte mit den Schultern. „Ich weiß nichts von Rom. Ich stamme aus Savaria und bin erst vor drei Monaten nach Carnuntum gekommen. Aber in Savaria haben wir ein schönes Theater, in dem immer wieder Aufführungen stattfinden. Vor einigen Jahren haben sich auch dort zwei Theaterparteien gebildet, die einige Unruhe verursacht haben. Percennius, der ebenfalls aus Savaria stammt, hat die eine, die sich ‚Freunde des Pseudolus' nannten, angeführt."

„Sieh an", murmelte Pomponius.

„Ja", erzählte Ipsitilla unbefangen weiter. „Aber dann haben sie es zu arg getrieben. Bei einem Tumult, den sie verursacht haben, wurde ein Soldat der Stadtkohorte, die Ordnung schaffen wollte, getötet. Der Ädil hat für das Theater nicht viel und für die Theaterparteien noch weniger übrig gehabt. Er hat hart durchgegriffen und dem Spuk ein Ende gemacht. Während einige seiner

Gefährten zur Strafe öffentlich ausgepeitscht wurden, ist Percennius ungeschoren davongekommen. Jetzt versucht er in Carnuntum offenbar dasselbe noch einmal."

„Was macht das für einen Sinn?", mischte sich Ballbilus ein. „Accius und seine Truppe werden hier gewiss nicht mehr auftreten, nach dem, was im Theater passiert ist."

„Da sei dir nur nicht so sicher", belehrte ihn Ipsitilla. „Percennius und seine Bande werden durch die Straßen ziehen, Stimmung machen und lautstark verlangen, dass die Truppe wieder spielen darf. Dafür engagiert Percennius ja auch kräftige Schreihälse, die sich nicht scheuen, öffentlichen Radau zu machen."

„Was hat er davon?", überlegte Pomponius. „Er scheint mir nicht der Mann zu sein, der aus reiner Theaterbegeisterung handelt. Bezahlt in Accius?"

„Ich glaube nicht. Ich habe gehört …"

Ipsitilla wurde durch ein derbes Weib unterbrochen, das an ihren Tisch trat und unwirsch sagte: „Du hast genug geschwätzt Ipsitilla. Mach dich wieder an die Arbeit! Neue Gäste sind gekommen, und du hast heute noch keinen müden As verdient." Sie wandte sich an Pomponius und Ballbilus: „Meine Mädchen sind nicht dazu da, um sich müßig mit euch zu unterhalten. Wenn ihr ficken wollt, bezahlt und tut es, aber stehlt ihnen nicht die Zeit. Wenn ihr noch etwas bestellen wollt, sagt es, oder schert euch fort. Das ist keine Wärmestube für Schnorrer."

Pomponius sah Ipsitilla nach, die sofort folgsam aufgestanden und weggegangen war. Dabei bedeutete er dem sichtlich aufgebrachten Ballbilus mit einer fast unmerklichen Handbewegung, der Kupplerin keine heftige Antwort zu geben. Er wollte unter allen Umständen vermeiden, Aufmerksamkeit zu erregen. Es war ohnehin schon Glück gewesen, dass ihn bisher niemand erkannt hatte. „Wir gehen schon", sagte er fast demütig und stand auf.

Als sie wieder auf der Straße standen atmete Pomponius mehrmals tief durch. Obwohl auch die Luft der Stadt mit den verschiedensten, nicht immer erfreulichen Gerüchen erfüllt war, erschien sie ihm im Vergleich zu dem Mief in der Schenke erfrischend rein.

„Was hältst du von Ipsitilla?", fragte er seinen Begleiter.

„Eine freche kleine Hure, wie so viele andere in dieser Stadt", grollte Ballbilus, den es noch immer ärgerte, dass ihn das Mädchen Alterchen genannt hatte.

„Das auch. Aber sie ist eine scharfe Beobachterin und hat ein helles Köpfchen. Aus der können wir wahrscheinlich noch so manche wertvolle Information herausholen. Vielleicht hat sie auch beobachtet, was mit den drei verschwundenen Schauspielern geschehen ist."

„Wenn du meinst, dass es etwas bringt, lassen wir sie eben holen und quetschen sie im Statthalterpalast in aller Ruhe aus. Soll ich das veranlassen?"

„Ja", entschied Pomponius. „Aber unauffällig. Rede mit unseren Kontaktleuten bei der Stadtkohorte. Sie sollen sich unter irgend einem Vorwand noch heute den ‚Grünen Hintern' vornehmen. Bei der Gelegenheit sollen sie ein paar von den üblichen Verdächtigen festnehmen. Von denen gibt es dort jede Menge. Sie sollen Ipsitilla, und damit es nicht auffällt, auch ein oder zwei der anderen Mädchen mitnehmen. Ipsitilla soll unauffällig, ohne dass es jemand bemerkt, in den Statthalterpalast gebracht werden. Mit den anderen Festgenommenen können sie machen, was sie wollen."

„Wird erledigt. Was hast du inzwischen vor?"

„Ich gehe nach Hause und lasse Manius und Numerius zu mir kommen. Ich habe einen Auftrag für sie. Schick nach mir, sobald wir Ipsitilla haben und versuche herauszubekommen, wie es Aliqua geht."

IX

Aliqua war mit dem frühen Morgenlicht aufgestanden, hatte aus den Stallungen des Statthalterpalastes ein Maultier geholt und war zur Gladiatorenschule hinausgeritten. Sie hatte ein ungutes Gefühl. In Gedanken malte sie sich ständig aus, wie ihr Claudius mit betrübter Miene mitteilen werde, dass Aemilius in der Nacht leider verstorben sei. Sie begann sich bereits zu überlegen, wie sie für ihren Partner ein angemessenes Begräbnis organisieren sollte. Trotz der strengen, aber auch tröstenden Worte, die Masculinius zu ihr gesprochen hatte, lastete der Gedanke, dass sie Schuld am Tod des Jungen habe, bleischwer auf ihrem Gemüt.

Sie fand das Tor der Gladiatorenschule fest verschlossen vor. Erst nachdem sie mehrmals heftig gegen die schweren Bohlen gehämmert und lautstark Einlass begehrt hatte, öffnete sich einer der Torflügel knarrend und ein älterer Mann schaute heraus. „Bist du von Sinnen, Weib?", fragte er unwillig. „Was fällt dir ein, so einen Radau zu machen? Was willst du?"

„Ich muss zu dem Arzt Claudius."

Der Pförtner musterte Aliqua. „Ich kenne dich. Du bist schon gestern mit den Leuten der Stadtkohorte, die einen Verwundeten gebracht haben, hier gewesen."

„Du sagst es. Eben deswegen muss ich zu Claudius."

„Ich kann dich trotzdem nicht einlassen. Unangemeldete Besucher haben keinen Zutritt zur Schule und schon gar keine fremden Weiber, die sich nicht in männlicher Begleitung befinden. Das ist verboten. Wir legen Wert auf Zucht und Ordnung."

Aliqua begann die Geduld zu verlieren. „Ich bin in dienstlicher Eigenschaft hier!" Sie schlug ihren Umhang zurück, damit der Türwächter ihr silbernes Abzeichen sehen konnte. „Jetzt lass mich ein!"

„Das geht nicht", antwortete der Alte störrisch. „Verschwinde!"

„Hast du nicht gesehen, was ich dir gezeigt habe?"

„Ich sehe ein Weib, das ein militärisches Abzeichen hat, das ihr gewiss nicht zusteht. Wahrscheinlich hast du es gestohlen oder gefunden."

Aliquas Stimme zitterte vor Wut. „Das kann so sein. Es kann aber auch sein, dass ich dieses Abzeichen zu Recht trage und ich versichere dir, dass es so ist. Wenn du mich nicht sofort einlässt, werde ich dich von unseren Leuten festnehmen und im Statthalterpalast auspeitschen lassen, weil du eine Dienerin des Staates an der Erfüllung ihrer Aufgaben behindert hast."

Der Wächter war verunsichert und verfluchte sich selber, weil er das Tor überhaupt geöffnet und Aliquas Klopfen nicht einfach ignoriert hatte. Zu seiner Erleichterung wurde ihm die Entscheidung abgenommen. „Was geht hier vor?", fragte eine strenge Stimme. Er wurde beiseitegeschoben und ein hünenhafter Mann trat aus dem Tor. „Ach du bist das", sagte er und blickte sich um. „Wo ist dein Vorgesetzter? Wo ist Pomponius?"

„Ich bin allein hier", entgegnete Aliqua, „und ich bin mein eigener Vorgesetzter. Du kennst mich, Spiculus, und du weißt, in wessen Auftrag ich handle. Sag diesem Tölpel, er soll mich endlich einlassen."

„Lass sie ein", befahl Spiculus dem Torwächter und kümmere dich um ihr Reittier". Er nickte Aliqua zu und legte die Faust in einer halbherzigen Ehrenbezeugung auf die Brust.

Aliqua überließ dem Pförtner, der betreten schaute, ihr Maultier und eilte über den Hof zu einem Nebengebäude, an dessen Tür der Äskulapstab gemalt war. Die Tür war unverschlossen. Zwei Sklaven waren damit beschäftigt, den Behandlungsraum sauber zu machen und frisches Sägemehl auf den Boden zu streuen. Ein leichter Geruch nach Essigessenz hing in der Luft. „Ich komme zu Claudius", erklärte Aliqua und sah sich beklommen um. Von Aemilius war nichts zu sehen. Die drei Betten im Hintergrund des Raumes waren unbelegt. „Ist heute Nacht jemand gestorben?"

„Nicht dass ich wüsste", antwortete der eine der beiden Männer und begann, Blutreste vom Behandlungstisch zu waschen. „Claudius ist noch in seiner Kammer. Du kannst aber zu ihm gehen. Er hat gesagt, dass wahrscheinlich in aller Früh eine Frau kommen und nach ihm fragen wird. Kennst du den Weg?"

Aliqua, die mit Pomponius schon mehrmals hier gewesen war, nickte. Ihr Weg führte sie durch einen Gang an der Kammer vorbei, in der – wie sie sich erinnerte –

die Toten bis zu ihrem Abtransport aufbewahrt wurden. Sie zögerte einen Augenblick und öffnete dann mit klopfendem Herz die Tür. Die beiden steinernen Pritschen waren leer. Sie atmete mehrmals tief durch und begann Hoffnung zu schöpfen.

Sie traf Claudius in seinem gemütlich eingerichteten Wohnraum an der Rückseite des Gebäudes an. Der Arzt saß am Tisch und hatte ein umfangreiches Frühstück vor sich. „Da bist du ja", rief er munter. „Ich habe mich schon gefragt, wo du bleibst. Bevor du beginnst, mich mit Fragen zu überschütten in aller Kürze: Er lebt. Ob er überlebt, ist ungewiss, aber ich bin zuversichtlich. Komm, setz dich zu mir und leiste mir Gesellschaft. Was darf ich dir anbieten?"

Aliqua war aufgebrochen, ohne zu frühstücken; sie hätte auch gar nichts hinuntergebracht. Jetzt verspürte sie eine tiefe Erleichterung und plötzlich auch Hunger. „Etwas Brot, Käse und Honig", bat sie.

Claudius legte zuvorkommend das Verlangte auf einen Teller und schenkte ihr stark gewässerten Wein, wie man ihn zum Frühstück zu trinken pflegte, ein.

„So erzähl doch", forderte Aliqua und machte sich über die Speisen her.

„Ich habe getan, was möglich war", berichtete Claudius, der sichtlich mit sich selbst zufrieden war. „Nachdem wir vorsichtig seinen Kopf rasiert hatten, habe ich die Knochensplitter entfernt und ein Loch in seinen Schädel gebohrt. Dann habe ich das geronnene Blut, das auf sein Gehirn gedrückt hat, entfernt. Zum Glück konnte ich an der Gehirnsubstanz selbst keine Verletzungen erkennen. Du schuldest mir übrigens einen Denar."

Aliqua schauderte zusammen. „Ich schulde dir weit mehr. Hat er jetzt ein Loch im Kopf?"

„Natürlich nicht. Ich habe das Loch mit einem Denar, den ich genau eingepasst habe, verschlossen. Erfahrungsgemäß verwachsen Silbermünzen gut mit dem Schädelknochen und verursachen keine Entzündungen." Claudius kicherte. „Zuerst wollte ich einen Denar des Nero verwenden, aber dann habe ich mir gedacht, niemand wird diesen verrückten Despoten in seinem Kopf haben wollen. Zum Glück hatte ich noch einen frisch geprägten Denar unseres derzeitigen, verehrten Imperators in meiner Börse. Das ist auch viel angemessener, weil der Junge schließlich in seinen Diensten verletzt wurde."

„Du bist ein Meister deines Standes", erklärte Aliqua voller Bewunderung.

„Ja, ich bin nicht schlecht", bestätigte Claudius selbstgefällig. „Diese Operation ist mir wirklich gut gelungen. Sobald du aufgegessen hast, kannst du unseren Patienten besuchen. Viel wirst du nicht davon haben, weil er noch nicht das Bewusstsein wiedererlangt hat, aber du kannst dich wenigstens davon überzeugen, dass er noch lebt. Ich habe ihn in einer Kammer für bevorzugte Patienten untergebracht, die er für sich allein hat."

Die Kammer, in der Aemilius lag, war gemessen an den spartanischen Verhältnissen, die in der Gladiatorenschule herrschten, geradezu komfortabel. Sie war hell, luftig, und durch ein halb geöffnetes Fenster kam frische Morgenluft herein. Aemilius lag auf einem ordentlichen Bett, nicht auf einer dieser gemauerten Pritschen, hatte den Kopf mit einem dicken Verband umwunden und atmete kräftig und gleichmäßig.

Aliqua kniete neben ihm nieder und fasste seine Hand. „Es tut mir so leid, Aemilius", flüsterte sie. „Ich hätte besser auf dich aufpassen müssen."

Die Hand des Patienten zuckte in der ihren, und dann schlug Aemilius überraschend die Augen auf. Es war, als hätte ihn Aliquas Stimme aus dem Zwischenreich, in dem er geschwebt war, zurückgerufen. „Wo bin ich? Was ist geschehen?", flüsterte er.

„Du wurdest im Kampf verletzt", sagte Aliqua behutsam, „und du bist jetzt in der Gladiatorenschule, wo sich der Arzt Claudius um dich kümmert."

Aemilius schwieg eine Weile, dann stöhnte er: „Ich erinnere mich."

„Ausgezeichnet", murmelte Claudius.

„Ich habe versucht, Aper festzunehmen und wurde dabei von einem seiner Freunde angegriffen. Was dann geschehen ist, weiß ich nicht mehr."

„Du hast einen Schlag auf den Kopf bekommen."

Aemilius hob eine zittrige Hand und tastete über den Verband an seinem Kopf. „Es tut gar nicht weh", sagte er.

„Ausgezeichnet", bemerkte Claudius ein zweites Mal.

„Du wirst schon wieder", bekräftige Aliqua. „Wir haben diesen Aper festgenommen, und ich habe dabei den Mann, der dich niedergeschlagen hat, umgebracht. Jetzt bemüh dich, bald gesund zu werden, denn ich brauche dich ganz dringend."

„Ja, Herrin", flüsterte Aemilius dankbar. Dann fielen ihm die Augen zu und er begann leise zu schnarchen.

„Selbst wenn es zu keinen Komplikationen kommt, wird es noch eine ganze Weile dauern, bis er wieder auf den Beinen ist", erklärte Claudius, während er Aliqua hinausbegleitete. „Es wäre von Vorteil, wenn er eine verlässliche Person zu seiner Betreuung hätte, denn wir sind hier auf solche Pflegefälle nicht besonders gut eingerichtet."

„Ich werde sehen, ob ich jemanden finde", versprach Aliqua. Sie nahm aus ihrem Geldbeutel eine Münze und gab sie Claudius. „Ich bin dir zu großem Dank verpflichtet. Da hast du deinen Denar. Betrachte ihn als Pfand für jeden Gefallen, den ich dir tun kann. Du musst es nur sagen."

Claudius betrachtete die Münze, sah Aliqua in die Augen und schwieg.

„Auch das", sagte Aliqua, die mit dem Instinkt der erfahrenen Frau seine Gedanken erriet, mit sanfter Stimme, wenn es das ist, was du dir wünscht."

Claudius schloss die Faust um die Münze. „Du weißt, was ich für dich empfinde, Aliqua", antwortete er leise. „Aber Pomponius ist mein Freund. Ich will nichts tun, das wir später bereuen. Du solltest jetzt gehen. Dein Schützling ist in guten Händen."

Aliqua küsste ihn auf die Wange. „Man weiß nicht, was die Zukunft bringt. Das Pfand, das ich dir gegeben habe, behält seinen Wert, das sollst du wissen. Wir schen uns gewiss bald wieder. Bis dahin leb wohl."

Auf dem Rückweg fühlte sich Aliqua wie von einer schweren Last befreit. Sie genoss den Ritt durch die frühlingshafte Landschaft. Bäume und Sträucher trieben kräftig aus und färbten alles grün, dort wo noch vor kurzem dürre Zweige wie Skelette in den Himmel geragt hatten. Am Wegesrand blühten Blumen und Bienen summten emsig von einer zur anderen. Sie empfand Zuversicht und war bereit, sich jetzt ihrer Aufgabe mit neuer Entschlossenheit zu widmen.

Im Statthalterpalast angelangt suchte sie die Kammer auf, die ihr Masculinius zugewiesen hatte. Obwohl sie meist in der Stadt in ihrem eigenen Haus nächtigte, zumal sie ja auch den Anschein einer harmlosen Geschäftsfrau aufrechterhalten wollte, stand ihr als Offizier eine eigene Unterkunft im Hauptquartier zu. Weil es Masculinius für untunlich gehalten hatte, sie als einzige Frau in der dem Statthalterpalast angeschlossenen Kaserne der Frumentarii unterzubringen, genoss sie das Privileg eines eigenen kleinen Zimmers im Palast.

Sie wusch sich Hände und Gesicht in dem kleinen Wasserbecken, das ein dienstbarer Geist frisch gefüllt hatte, legte die Reitkleidung ab und zog sich ein schlichtes Kleid an, das zu ihrer Rolle als bescheidene Geschäftsfrau passte.

Noch während sie überlegte, was sie als Nächstes unternehmen sollte, klopfte es und ein großgewachsener Mann mit markanten Gesichtszügen trat ein.

„Was führt dich zu mir, Herennius?", fragte Aliqua erstaunt.

Herennius legte die Faust in einer Ehrenbezeugung auf die Brust und verbeugte sich leicht. „Ich habe Befehl, mich bei dir zu melden, sobald du wieder anwesend bist", sagte er. „Masculinius hat entschieden, dass ab jetzt wir beide zusammenarbeiten sollen, weil du deinen bisherigen Partner verloren hast, und auch, weil du scheinbar mit deinen Ermittlungen nicht weitergekommen bist."

Aliqua war überrascht und unangenehm berührt. Sie mochte Herennius, den sie für arrogant hielt, nicht besonders, und der zweite Teil seiner Aussage war schlichtweg eine Frechheit. Ihre gute Laune verflog schlagartig.

„Hat Masculinius das so gesagt? Hat er gesagt, dass ich mit meinen Ermittlungen nicht weiterkomme?", fragte sie unwillig.

„Das nicht gerade, aber es ist ja wohl offenkundig."

„Meinst du? Hat Masculinius dir deshalb die Leitung der Untersuchung übertragen?"

„Nein, die hast nach wie vor du", räumte Herennius widerwillig ein.

„Ich bin also nach dem Willen unseres Kommandanten dein vorgesetzter Offizier?"

„Das ist wohl so." Herennius konnte seinen Ärger nur mühsam verbergen.

Aliqua war nicht gesonnen einzulenken und setzte nach: „Nun, wenn das so ist, dann war deine Kritik an meiner Arbeit mehr als unangebracht, Herennius"

„Ich wollte dich nicht beleidigen", murmelte Herennius. Die Ader an seiner Stirne pulsierte.

„Darauf kommt es nicht an", wies ihn Aliqua zurecht. „Das ist eine Frage des Respektes und der Disziplin. Wenn wir zusammenarbeiten sollen, bin ich jederzeit an deiner Meinung interessiert, aber du wirst sie künftig in gehöriger Form vortragen."

Herennius schwieg. Aliqua sah ihn gelassen an und wartete. Schließlich würgte Herennius heraus: „Jawohl, Herrin. Hast du Befehle für mich?"

„Du bist mit dem Fall vertraut?"

„Apollonarius hat mich instruiert."

„Gut. Ich beabsichtige, mir die Männer der Begleitmannschaft nochmals vorzunehmen und sie einzeln zu verhören. Das ist zwar eine Heidenarbeit, aber einer von ihnen kann eine Beobachtung gemacht haben, die uns weiterhilft. Andere Ansatzpunkte haben wir derzeit nicht. Es sei denn, wir können einen Zusammenhang mit dem Anschlag auf Basseus Rufus herstellen. In diesem Punkt muss ich aber noch mit Pomponius reden. Wir werden also vorerst ins Legionslager gehen und am besten gleich mit den Vernehmungen beginnen."

Herennius schwieg betreten. Dann sagte er fast trotzig: „Das wird leider nicht möglich sein. Die Begleitmannschaft hat heute früh Carnuntum verlassen und befindet sich auf dem Rückweg nach Rom."

„Was?" rief Aliqua. „Beim Gemächt des Herakles, wer hat das angeordnet?"

„Der Legat Marcus Nonius Macrinus."

„Das ist ja ungeheuerlich!", empörte sich Aliqua. „Ohne uns zu informieren?"

„Er hat gestern Abend einen Boten geschickt und nachgefragt, ob wir Einwände dagegen haben", berichtete Herennius, der sich sichtlich unbehaglich fühlte. „Du warst ja nicht zu finden, also habe ich ihm als dein Stellvertreter mitteilen lassen, dass wir die Leute nicht mehr brauchen."

„Bist du von Sinnen?", schrie Aliqua. „Was heißt, ich wäre nicht zu finden gewesen? Du weißt doch, wo ich in der Stadt wohne."

„Ich habe mich für ermächtigt gehalten, in deiner Abwesenheit zu entscheiden", verteidigte sich Herennius.

Aliqua rang um Selbstbeherrschung. „Nein, das warst du ganz und gar nicht. Du hast eine Eigenmächtigkeit begangen, die unsere Ermittlungen erschwert."

„Ich glaube nicht, dass bei einer Vernehmung dieser Leute etwas herausgekommen wäre", insistierte Herennius. „Das wäre doch nur Zeitverschwendung gewesen."

Aliqua schloss die Augen und atmete mehrmals tief durch, um sich zu bezähmen. „Nun gut", sagte sie schließlich. „Dann habe ich einen Befehl für dich. Von den Männern der Eskorte ist einer vermutlich noch in der Stadt. Ein gewisser Aper, der desertiert ist. Geh, finde den Mann und bringe ihn mir. Aber lebend, wenn ich bitten darf." Sie imitierte Masculinius. „Ich erwarte, dass du mir bald Ergebnisse bringst."

„Und wie soll ich das anstellen?"

Aliqua lächelte bösartig. „Einen Verdächtigen zu finden, gehört zu den Standardaufgaben eines Frumentarius. Aber wenn du dich überfordert fühlst, will ich dich gern davon entbinden und für andere Aufgaben, die man dir zuteilen mag, zur Verfügung stellen."

Herennius war blass geworden. „Ich werde tun, was ich kann."

„Hoffentlich wird das genug sein. Abgesehen davon, untersage ich dir, weitere eigenmächtige Entscheidungen zu treffen. Du kannst gehen, Herennius, du hast viel zu tun!"

Nachdem Herennius gegangen war, setzte sich Aliqua auf die Kante ihres Feldbettes und dachte nach. Dann stand sie entschlossen auf, befestigte ihr Abzeichen am Kleid, warf sich einen Umhang über und eilte zum Legionslager, wo sie den Torposten fragte, ob der Legat Marcus Nonius Macrinus im Lager sei.

X

Unterdessen hatte Pomponius Besuch von Manius und Numerius bekommen. „Krixus hat gesagt, du musst uns ganz dringend sprechen", sagte Manius und rieb sich die Hände. „Was können wir diesmal für dich tun?"

„Sagt euch der Name Percennius etwas?"

„Wir kennen ihn nicht persönlich, aber wir haben von ihm gehört", berichtete Numerius. „Das ist ein übler Unruhestifter, der eine Bande von Schlägern und Radaubrüdern um sich geschart hat. Angeblich hat er etwas mit dem Theater zu tun, aber was er wirklich im Sinn hat, weiß keiner unserer Freunde."

„Er versucht, öffentlichen Druck zu machen, damit die Theatertruppe des Accius wieder auftreten darf."

„Jetzt verstehe ich dein Interesse", meinte Manius. „Das sind doch diese Komödianten, die versucht haben, den Statthalter umzubringen. Aliqua hat uns erzählt, dass du diesen Fall untersuchst."

„So ist es. Ich will herausbringen, warum Percennius das macht, und wer ihn bezahlt. Percennius hat sein Hauptquartier im ‚Grünen Hintern' und heuert offenbar Leute an, die demonstrieren und lautstark verlangen, dass Accius und die anderen wieder spielen dürfen. Wenn ich mir überlege, dass die Obrigkeit nur allzu bereit ist, auf die öffentliche Meinung zu hören, um das Volk bei Laune zu halten, könnte er damit sogar Erfolg haben. Tatsächlich liegt gegen die Mitglieder der Schauspieltruppe ja auch nichts vor. Der Anschlag wurde von drei Attentätern verübt, denen es gelungen ist, sich in die Truppe einzuschleichen. Trotzdem kommt mir die Sache eigenartig vor. So gut war das Stück schließlich auch nicht, dass man sich mit so viel Aufwand für eine weitere Aufführung stark machen möchte. Ich habe mir schon überlegt, mich selbst bei Percennius zu bewerben, aber ich fürchte ich bin zu bekannt, überhaupt seit meinen Auftritten vor dem Kaisergericht."

„Wozu auch", grinste Numerius. „Dafür hast du schließlich uns. Wenn ich dich recht verstehe, sollen wir uns also der Bande des Percennius anschließen und sie für dich ausspionieren?"

„So habe ich mir das gedacht."

„Das ist eine leichte Übung", befand Manius. „Sonst gibst du uns schwierigere und auch gefährlichere Aufträge. Trotzdem ist die Sache natürlich sehr zeitaufwendig."

„Natürlich", bestätigte Pomponius. „Aber daran soll es nicht scheitern." Er öffnete den Beutel, den ihm Masculinius gegeben hatte, und schichtete zwei Häufchen Münzen vor den beiden Veteranen auf. „Reicht das fürs Erste?"

„Voll und ganz", antwortete Numerius zufrieden. „Es ist wie immer ein Vergnügen, für dich zu arbeiten. Wir gehen sogleich ans Werk und werden dich laufend unterrichten."

Die beiden streiften das Geld ein, das vor ihnen lag, und eilten davon.

Wenig später traf Ballbilus ein. „Unsere Freunde von der Stadtkohorte waren sehr kooperativ", meldete er. „Sie haben den ‚Grünen Hintern' besucht und ein paar Leute vorübergehend inhaftiert. Ipsitilla ist schon im Statthalterpalast."

„Sehr gut! Hast du etwas von Aliqua gehört?"

„Ich habe sie im Statthalterpalast getroffen. Aemilius lebt und wird wahrscheinlich durchkommen. Sie hat ihren neuen Partner, Herennius, zurechtgestutzt, weil der seine Zustimmung gegeben hat, dass die Eskorte des Geldtransportes wieder in Marsch gesetzt wird. Mit dem wird sie noch jede Menge Schwierigkeiten haben, das kann ich dir schon jetzt prophezeien. Sie war auf dem Weg zu Macrinus. Sie will ihn dazu überreden, die Eskorte anhalten zu lassen, damit sie ihre Vernehmungen doch noch durchführen kann. Weit können sie inzwischen ja noch nicht gekommen sein."

„Macrinus, immer wieder Macrinus", murmelte Pomponius. „Nun, wie auch immer, lass uns jetzt mit Ipsitilla reden."

Man hatte Ipsitilla nicht in einem der Kellerverliese untergebracht, sondern in einer Zelle, die für höhergestellte Gefangene bestimmt war. Ipsitilla empfand das nicht als Vorzug. Sie kauerte verängstigt auf einem Stuhl und weinte leise vor sich hin.

„Sei gegrüßt Ipsitilla", sagte Pomponius freundlich, als er gemeinsam mit Ballbilus eintrat.

Ipsitilla wischte sich die Tränen aus dem Gesicht. „Ich kenne euch", sagte sie erstaunt. „Ihr wart heute im ‚Grünen Hintern'. Haben sie euch auch geschnappt?

Was wollen die nur von uns? Wieso sind wir im Statthalterpalast? Ich habe doch nichts angestellt!"

„Wir sind hier im Hauptquartier der Frumentarii."

„Frumentarii?", rief Ipsitilla erschrocken. „Von denen habe ich gehört. O gütige Götter! Es heißt, wen die einmal holen, der kommt niemals mehr zurück."

„Das ist doch gar nicht wahr", versuchte sie Pomponius zu beruhigen. „Manchmal ist das zwar so, aber sicher nicht immer."

„Bei uns wird es aber so sein. Man wird uns in den furchtbaren Keller bringen, von dem die Leute munkeln, und was sie dann mit uns machen, will ich mir gar nicht vorstellen, denn wir sind unbedeutende Menschen, um die kein Hahn kräht." Sie begann neuerlich zu weinen.

„So unbedeutend bin ich auch nicht", erklärte Pomponius. „Mein Name ist Spurius Pomponius, ich bin Offizier der Frumentarii und du bist auf meinen Befehl hier."

Mit dieser Erklärung erreichte er nicht die beabsichtigte Wirkung. Ipsitilla starrte ihn bloß entsetzt an, schlug die Hände vors Gesicht und begann richtig laut loszuheulen.

„So beruhige dich doch", rief Pomponius. „Ich will dir nichts Böses."

„Warum bin ich dann hier?", weinte Ipsitilla. „Ich habe dir doch nichts getan. Habe ich im ‚Grünen Hintern' etwas gesagt, das ich nicht sagen hätte dürfen?"

„Ganz im Gegenteil. Unser Gespräch war so interessant, dass ich es gern fortsetzen wollte, ohne dass wir gestört werden. Nur aus diesem Grund bist du hier. So nimm doch die Hände vom Gesicht!"

Ipsitilla hörte zu weinen auf und lugte vorsichtig zwischen den Fingern durch, wie ein kleines Kind, das sich zu verstecken sucht, indem es die Hände vor die Augen hält. „Das verstehe ich nicht."

„Weißt du, was die Frumentarii machen, abgesehen von den falschen Gräuelgeschichten, die sich die Leute erzählen?" Ipsitilla schüttelte den Kopf. „Unsere Aufgabe ist es, Unheil von Staat und Imperator abzuwenden", erklärte Pomponius geduldig, „und dazu gehört es auch, über Vielerlei informiert zu sein, aus dem ein solches Unheil entstehen könnte. Verstehst du das?"

„Ich glaube schon", meinte Ipsitilla und nahm die Hände vom Gesicht. „Nur, was hat das mit mir zu tun? Du weißt, wer ich bin: Eine billige Hure, die sicher keine Staatsgeheimnisse kennt."

„Du bist ein kluges Mädchen, das viel hört und beobachtet, aber selbst unbeachtet bleibt. Lass uns einfach unser Gespräch aus der Schenke fortsetzen. Ich verspreche dir, dass dir hier nichts Böses widerfahren wird. Wenn wir fertig sind, werde ich dich belohnen und du kannst unbehelligt wieder gehen. Einverstanden?"

Ipsitilla nickte halbwegs getröstet.

„Gut", sagte Pomponius und nahm ihr gegenüber Platz. „Soll ich dir etwas zu essen oder zu trinken bringen lassen?"

„Einen Schluck Wein?"

Pomponius nickte Ballbilus zu, der die Tür öffnete und einen Befehl hinausrief.

„Wir wurden unterbrochen", nahm Pomponius den Faden wieder auf, „als du meintest, du glaubst nicht, dass Accius den Percennius bezahlt. Wer bezahlt ihn dann?"

„Ich kann nur sagen, was ich gehört habe. Angeblich ist es ein reicher Mann namens Zmaragdus."

„Da schau her", meinte Pomponius. „Das macht Sinn und ich kann mir auch schon vorstellen weshalb."

„Die Leute sagen, um seiner derzeitigen Geliebten einen Gefallen zu tun. Das soll eine der Schauspielerinnen sein."

„Die schöne Penelope!"

„Ja, ich glaube, so heißt sie", bestätigte Ipsitilla.

„Weshalb tut die Bande des Percennius dann so, als ginge es ihnen um Accius?"

„Angeblich, weil dieser Zmaragdus mit den Umtrieben des Percennius nicht in Zusammenhang gebracht werden will."

Die Tür öffnete sich und ein Soldat der Wache in voller Adjustierung trat ein. Er stellte schweigend ein Tablett mit Süßigkeiten, einen Krug und zwei Becher zwischen Pomponius und Ipsitilla, salutierte zackig und verließ den Raum.

Ipsitilla war zutiefst beeindruckt. „Du bist ja wirklich ein bedeutender Mann", bewunderte sie Pomponius. „Das sieht man dir auf den ersten Blick gar nicht an."

„Das soll auch so sein", lächelte Pomponius. „Ich will bei meiner Arbeit möglichst unerkannt bleiben. Sagt dir der Name Aper etwas?"

„Ich kenne einen Aper, der Stammgast bei uns ist. Unlängst war er in eine Schlägerei verwickelt, bei der es zwei Tote gegeben hat. Ein Soldat ist ihn angegangen und hat etwas von Desertion geschrien. Da hat einer seiner Freunde dem Aper geholfen und den Soldaten niedergeschlagen, wurde aber selbst von einer Frau, die plötzlich aufgetaucht ist, erstochen. Es war ein ziemliches Durcheinander, und die Stadtkohorte hat alle Beteiligten mitgenommen." Ipsitilla schüttelte den Kopf. „Sonst sind die nicht so diensteifrig. Marcella zahlt ihnen schließlich genug, damit sie den ‚Grünen Hintern' in Frieden lassen. Heute waren sie schon wieder da, keiner weiß warum eigentlich, und haben mich und ein paar andere Leute mitgenommen."

„Wer ist Marcella?"

„Die Wirtin. Du kennst sie. Das ist die Frau, die mich wieder an die Arbeit geschickt hat, als ich mit dir geredet habe."

„Was ist dann geschehen?"

„Aper ist heute wieder im 'Grünen Hintern' aufgetaucht und hat erzählt, dass man jedes Interesse an ihm verloren habe, als klar war, dass er kein Soldat ist und auch nie einer war. Die Soldaten der Stadtkohorte haben ihn ohne weitere Erklärung wieder hinausgeschmissen. Wahrscheinlich haben sie den anderen Aper gesucht."

„Ah, es gibt also noch einen Aper? Was weißt du über ihn?"

„Nicht viel. Gestern ist ein Mann in den ‚Grünen Hintern' gekommen. Ich habe nur zufällig aufgeschnappt, dass er auch Aper heißt. Er hat mit Percennius gesprochen. Ich habe den Eindruck gehabt, dass sich die beiden kennen. Dann sind sie gemeinsam fortgegangen und ich habe diesen Aper seither nicht mehr gesehen."

„Würdest du den Mann wiedererkennen?"

„Ja, das würde ich. Ist das der Mann nach dem ihr sucht?"

„Ich denke schon. Er ist tatsächlich vor kurzem von den Legionen desertiert."

„Dann wird es wahrscheinlich auch nicht der Richtige sein. Ich habe den Mann nämlich schon früher einmal im ‚Grünen Hintern' gesehen. Das war im Herbst vorigen Jahres, kurz nachdem ich dort angefangen habe. Er war eindeutig Zivilist und kein Soldat."

Pomponius schüttelte irritiert den Kopf. „Wahrscheinlich irrst du dich. Jetzt etwas anderes. Sind auch Angehörige der Schauspieltruppe, die derzeit in der Stadt ist, in den ‚Grünen Hintern‘ gekommen?"

„Ja, es waren etliche bei uns. Aber nicht mehr, seit es den Vorfall im Theater gegeben hat."

„Du weißt, was da passiert ist?"

„Ja natürlich, das weiß doch jeder. Ein paar von ihnen haben auf den Statthalter geschossen und ihn verletzt, manche sagen sogar, sie haben ihn umgebracht."

„Sie haben es versucht, aber er lebt. Du wirst verstehen, dass wir, die Frumentarii, diesem Anschlag nachgehen?"

„Ich glaube schon."

„Gut. Dann denk ganz genau nach und erzähl mir, ob dir an den Komödianten, die bei euch waren, etwas aufgefallen ist. Drei von ihnen sind nämlich spurlos verschwunden und ich möchte wissen, wo sie hingekommen sind."

Ipsitilla schloss die Augen und demonstrierte durch intensives Stirnrunzeln ihre Hilfsbereitschaft. Dann schaute sie Pomponius an und sagte. „Die Schauspieler sind häufig mit Percennius zusammengesessen, und jetzt, da du es erwähnt hast, erinnere ich mich auch, dass einmal drei von ihnen ins Hinterzimmer gegangen sind, dort wo gespielt wird. Ich habe mir noch gedacht, dass man die Ärmsten ganz schön rupfen wird."

„Ist das so geschehen?"

„Ich weiß es nicht. Ich habe sie nicht wiedergesehen."

„Gibt es eine Möglichkeit, den ‚Grünen Hintern‘ ungesehen zu verlassen?"

„Es gibt einen Hintereingang, der in eine Nebenstraße führt, in der ein paar Geschäfte und Lagerräume sind. Nach Einbruch der Dunkelheit ist es dort menschenleer."

„Nun gib mir eine ehrliche Antwort. Sind im ‚Grünen Hintern‘ schon Menschen verschwunden? Du weißt sicher, was ich damit meine."

„Ich kann mir denken, was du meinst. Seit ich dort bin, nicht. Zumindest weiß ich nichts davon. Die Mädchen erzählen sich aber hinter vorgehaltener Hand, dass es früher schon vorgekommen ist."

„Hältst du es für möglich, dass den drei Komödianten dasselbe widerfahren ist?"

Ipsitilla schüttelte den Kopf. „Ich verstehe schon, worauf du hinaus willst, aber ich weiß es wirklich nicht. Vielleicht, dass eines der anderen Mädchen etwas beobachtet hat."

Pomponius griff in seinen Umhang und legte zwei Aureii auf den Tisch.

Ipsitilla starrte auf die beiden Goldmünzen, die für sie ein Vermögen darstellten, und fragte unsicher: „Was ist das?"

„Ich habe dir doch versprochen, dass ich dich belohnen werde. Das ist deine Belohnung für das, was du mir erzählt hast und das, was du mir noch erzählen wirst."

„Ich habe dir doch schon alles erzählt, was ich weiß."

„Vorläufig schon. Aber du wirst im ‚Grünen Hintern' die Augen und Ohren offen halten, die anderen Mädchen aushorchen, und mir alles erzählen, was du noch in Erfahrung bringen kannst."

„Du meinst ich soll für dich spionieren?"

„Sagen wir, du sollst dem Staat einen Dienst erweisen. Wenn ich zufrieden mit dir bin, bekommst du noch mehr Geld."

Ipsitilla streckte zögernd die Hand aus, so als fürchte sie, Pomponius werde ihr die Münzen im letzten Moment wieder wegnehmen, dann griff sie rasch zu, steckte die beiden Aureii zu sich und sagte: „Ich werde mich bemühen. Wie kann ich mit dir in Verbindung treten?"

„Entweder ich suche dich auf oder einer unserer Leute. Sieh her." Er gab ihr eine weitere Münze, die auf der einen Seite das Abbild des Merkur und auf der anderen einen Schiffsbug zeigte.

„So eine Münze habe ich noch nie gesehen", staunte Ipsitilla.

„Es ist ein Scxtans, dcr vor mehr als dreihundert Jahren geprägt wurde und längst nicht mehr in Gebrauch ist. Sollte dich jemand aufsuchen und sich auf mich berufen, so kannst du ihm trauen, wenn er dir so eine Münze zeigt. Du selbst kannst dir jederzeit Einlass in unser Hauptquartier verschaffen, wenn du dem Torposten diese Münze zeigst und meinen Namen nennst. Tu das aber nur im   Notfall. Eines sollst du noch wissen, Ipsitilla: Indem du deinen Sold angenommen hast, bist du als Mitarbeiterin in den Dienst der Frumentarii getreten. Solltest du uns verraten, so wird man dich als Hochverräterin behandeln. Hast du das verstanden?"

Ipsitilla schluckte. „Ja, Herr."

„Gut. Mein Kollege Ballbilus wird dich jetzt ins Quartier der Stadtkohorte bringen, wo man die anderen Verhafteten aus dem 'Grünen Hintern' noch festhält. Man wird euch alle gemeinsam freilassen. So erweckst du keinen Argwohn."

Nachdem sich Ballbilus und Ipsitilla entfernt hatten, erkundigte sich Pomponius, ob Aliqua im Haus sei. Ein sichtlich zerknirschter Herennius berichtete ihm, was Pomponius ohnehin schon wusste: Sie sei fortgegangen, um den Legaten Marcus Nonius Macrinus aufzusuchen und ihn um einen Gefallen zu bitten.

Die Hoffnung des Pomponius, Aliqua werde ihn nach ihrer Rückkehr zu Hause aufsuchen, erfüllte sich nicht. Auch Krixus, den er zu ihr geschickt hatte, konnte nur vermelden, dass er sie nicht angetroffen habe.

XI

„Ich bin dir für deine Hilfe sehr dankbar", versicherte Aliqua zum wiederholten Mal ihrem Begleiter. Sie ritt Seite an Seite mit Macrinus durch den Frühlingsmorgen. Vor einer Stunde hatten sie das Stadttor von Carnuntum passiert und befanden sich jetzt auf der Straße nach Vindobona. Im Abstand von zwei Pferdelängen folgte ihnen eine gleichfalls berittene Eskorte von zehn Legionären.

„Du brauchst mir nicht zu danken. Ich bin gerne bereit, dir behilflich zu sein, überhaupt, wenn es zum Wohle des Staates geschieht. Außerdem hast du gestern Nacht ja auch sehr überzeugende Argumente für dein Anliegen vorgebracht. Ich hoffe, es ist dir dabei nicht nur darum gegangen, meine Unterstützung zu gewinnen." So wie er es sagte, klang es halb nach einer Frage. Er sah sie zärtlich und eine Antwort fordernd von der Seite an.

Aliqua senkte die Augen. „Das, was gestern Nacht geschehen ist", antwortete sie leise, „hat mit meiner Bitte an dich nichts zu tun, und es war ein Fehler. Es hätte nicht passieren dürfen." Das war eine Lüge und eine halbe Wahrheit. Denn natürlich hatte sie ihre weiblichen Reize eingesetzt, um Macrinus für ihren Plan zu gewinnen. Als die Situation ihrer Kontrolle entglitt, hatte sie es geschehen lassen und sogar genossen. Jetzt, im hellen Morgenlicht, plagte sie ihr schlechtes Gewissen, wenn sie an Pomponius dachte. Für sie selbst reichte ja das entschuldigende Argument, sie habe nur im Interesse ihrer Mission gehandelt. Für Pomponius würde es nicht reichen, das wusste sie genau. Sie seufzte und fügte hinzu: „Es darf nie wieder geschehen. Ich habe einfach den Kopf verloren."

„Pomponius?", fragte Macrinus, der ihre Gedanken teilweise erriet.

„Ja, Pomponius", gestand Aliqua. „Und was dich anlangt, so solltest du an deine Frau und an Valeria denken. Eine weitere Geliebte könnte sogar dich überfordern."

„Sei nicht boshaft, Aliqua", lächelte Macrinus, „denn das habe ich nicht verdient. Was meine Frau betrifft, so habe ich sie seit mehr als einem Jahr nicht mehr gesehen, und wenn ich eines sicher weiß, dann ist es die Tatsache, dass sie mich nicht im Geringsten vermisst. Valeria hat mir nach eurem denkwürdigen Zusammentreffen – wie ich es erwartet habe – eine schreckliche Szene gemacht. Worum es ihr wirklich gegangen ist, habe ich nicht recht verstanden, abgesehen davon, dass sie dich hasst und dass sie in ihrem Wortschwall ständig Pomponius erwähnt hat. Dieser Pomponius scheint ja ein bemerkenswerter Mann zu sein."

„Ja, das ist er."

„Liebst du ihn?"

„Ich bin schon einige Zeit seine Geliebte."

„Das war nicht die Antwort auf meine Frage, Aliqua. Liebst du ihn?"

„Lass uns über etwas anderes sprechen", wehrte Aliqua entschieden ab. Ein Gedanke tauchte unvermutet und in aller Schärfe in ihrem Kopf auf: Während Pomponius bei der Wahl seiner Ehefrau keinen rechtlichen und gesellschaftlichen Beschränkungen unterlag, war das bei Macrinus anders. Für einen Mann seines Standes wäre, auch wenn er sich scheiden ließ, mit einer Frau ihres Herkommens eine Ehe ausgeschlossen. „Wann werden wir da sein?", wechselte sie abrupt das Thema.

Macrinus ließ den Blick über den Meilenstein am Straßenrand gleiten. „Ich schätze in etwa einer Stunde. Mein Bote hat der Begleitmannschaft befohlen, beim Kastell von Aequinoctium unsere Ankunft abzuwarten. Von Carnuntum bis dorthin sind es ja kaum fünfzehn Meilen. Um aber noch einmal auf Pomponius zurückzukommen ..."

„Nein", unterbrach ihn Aliqua. „Ich bitte dich, mein Freund: Lass uns vergangene Nacht und alle Fragen, die sich daraus ergeben, einfach vergessen."

„Ich glaube nicht, dass ich das kann", murmelte Macrinus und versank für den Rest des Weges in Schweigen.

Wie es Macrinus vorhergesagt hatte, erreichten sie nach einer weiteren Stunde eine flache Anhöhe, von der sie auf das Kastell hinabblickten. Die Anlage bot einen sonderbaren Anblick. Sie bestand aus einem Gemisch von halbwegs intakten Steinbauten, Ruinen, Holzbaracken und einer neu errichteten palisadenverstärkten Umwallung, ähnlich einem Marschlager, das nur für eine begrenzte Zeit Schutz bilden sollte. Während des großen Germanensturms vor fünf Jahren hatte nämlich der gut organisierte Feind genau diese weiche Flanke im Limes zwischen den Städten Carnuntum und Vindobona attackiert, die allzu schwachen Kastelle von Aequinoctium und Ala Nova überrannt und war weit ins Land vorgestoßen. Bautrupps waren jetzt damit beschäftigt, die danach errichtete provisorische Befestigung der zerstörten Anlage wieder in ein ordentliches Kastell zu verwandeln.

„In Ala Nova schaut es noch schlimmer aus", bemerkte Macrinus. „Hier kommen wir ganz gut voran. Ich schätze in einem halben Jahr steht da wieder ein starkes Kastell. Zurzeit ist hier die Ala prima Thracum victrix[8] stationiert. Unterstützt wird sie von einem Kontingent der Legio III Augusta, das bei den Wiederaufbauarbeiten hilft. Ah, dort drüben! Siehst du? Dort lagert auch die Begleitmannschaft, so wie ich es befohlen habe. Ich bin nur neugierig, wie du dir vorstellst, die alle zu vernehmen. Es sind immerhin 160 Mann."

„Es ist die einzige Spur, die ich habe", erklärte Aliqua ein wenig verzagt. „Ich gestehe, dass ich auf einen Glückstreffer hoffe."

„Nun, für mich war es bereits ein Glückstreffer", lächelte Macrinus, „und ich wünsche mir, dass auch du das bald so siehst, selbst wenn bei dieser Befragung nichts herauskommt. Nein, tadle mich nicht schon wieder, weil ich solche Gedanken hege. Komm, lass uns hinunterreiten und den Kommandanten des Kastells begrüßen. Das erfordert die Höflichkeit." Er winkte den Anführer seiner Eskorte zu sich und befahl: „Stellt etwas abseits, an einem gut geschützten, trockenen Platz die Zelte auf. Es ist möglich, dass wir erst morgen wieder zurückkehren."

Der Kommandant des Kastells behandelte sie mit ausgesuchter Höflichkeit. Aliqua dachte, dass es auch seine Vorteile hatte, wenn man von einem hochrangigen Offizier begleitet wurde, der zum inneren Zirkel der Macht gehörte. Wäre sie allein gekommen, hätte sie trotz ihres Abzeichens gewiss nicht mit so einer zuvorkommenden Behandlung rechnen können, denn der Kommandant

---

[8] Die erste thrakische Reiterschwadron, die schon seit etwa einem Jahrhundert den Ehrentitel ‚victrix', die Siegreiche, führen durfte.

konnte sie einfach nicht richtig einordnen. Es war aber unübersehbar, dass dieser alte Kavallerieoffizier durch den Anblick eines Weibes, das wie ein Mann ritt und einen Armeedolch im Gürtel trug, zutiefst irritiert war. Das Abzeichen der Frumentarii, das sie deutlich sichtbar trug, machte die Sache nicht besser, sondern steigerte nur sein Befremden. Weil er nicht wusste, wie er sich ihr gegenüber verhalten sollte, sprach er einfach nur mit Macrinus und ignorierte sie nach einer knappen Verbeugung. Aliqua nahm sich zusammen, hielt sich im Hintergrund und überließ ihrem Begleiter das Reden.

„Du warst ja so schweigsam", scherzte Macrinus, als sie kurz darauf zum Lager der Begleitmannschaft, derentwegen sie hergekommen waren, ritten. „So kenne ich dich gar nicht."

„Ich wollte den guten Mann nicht noch mehr in Verlegenheit bringen. Mein bloßer Anblick hat ihm ohnehin schon den Morgen verdorben. Früher habe ich mich über so eine Reaktion geärgert, inzwischen beginne ich mich daran zu gewöhnen und darüber hinwegzusehen, sofern man mir keine Steine in den Weg legt."

„Könntest du dir eigentlich vorstellen, deine Beschäftigung für die Frumentarii aufzugeben und ein konventionelleres Leben zu führen?"

„Du meinst, so wie Valeria, der es genügt, die Geliebte eines wichtigen Mannes zu sein, solange bis er sie wegschickt? Nein, das kann ich mir nicht vorstellen und das will ich auch gar nicht."

Macrinus seufzte und versank zum zweiten Mal an diesem Morgen in enttäuschtem Schweigen.

Im Lager angekommen befahl Macrinus den Optio Fundanus zu sich. „Es hat sich die Notwendigkeit ergeben", erklärte er, „deinen Leuten noch einige Fragen zu dem Überfall auf euren Geldtransport zu stellen. Die Dame Aliqua, die du ja schon kennst, wird die Befragung vornehmen. Du wirst sie dabei in jeder Hinsicht unterstützen."

„Jawohl, Herr. Mein Zelt steht zu eurer Verfügung." Fundanus sah Aliqua erwartungsvoll an.

„Deine Einheit besteht aus zwei Zenturien?"

„So ist es."

„Jede Zenturie besteht aus acht Contubernia, an deren Spitze jeweils eine Decanus steht?" Aliqua war stolz auf ihre Kenntnisse der militärischen Struktur. Fundanus hingegen fand es befremdlich, dass Selbstverständliches überhaupt erörtert werden musste. Aber er antwortete unter dem strengen Blick des Macrinus neuerlich höflich: „So ist es."

„Ich möchte zuerst die Decani sprechen, ordnete Aliqua an. Schick sie der Reihe nach zu mir." Sie zögerte einen Augenblick, nicht sicher, ob sie fragen sollte, dann wandte sie sich an Macrinus: „Willst du bei den Vernehmungen anwesend sein?"

„Es könnte interessant sein, dir bei der Arbeit zuzusehen und vielleicht beflügelt meine Anwesenheit ja die Auskunftsfreudigkeit der Männer", antwortete Macrinus.

Aliqua ging sehr gründlich vor. Die Befragung der sechzehn Männer zog sich den ganzen Nachmittag hin. Das Ergebnis war ernüchternd. Aliqua machte die Erfahrung, dass ein und dieselbe Geschichte, wenn sie vom Standpunkt verschiedener Zeugen erzählt wurde, auch ganz unterschiedlich ausfallen kann. Einmal waren es hundert Angreifer gewesen, dann höchstens zwei Dutzend, was wohl eher der Wahrheit entsprach. Einmal waren alle Angreifer maskiert gewesen, dann nur ein paar, was ihr aber auch keine brauchbaren Personenbeschreibungen bescherte. Einmal war der Anführer der Angreifer ein bärtiger Hüne gewesen, der sich mit Gebrüll auf seine Opfer stürzte, dann wieder ein Maskierter, der sich im Hintergrund hielt und seinen Leuten Befehle zurief. Im Grunde kam nichts heraus, was sie nicht ohnehin wusste.

Als der letzte Decanus gegangen war, sah sie Macrinus ein wenig ratlos an und dachte, dass Herennius vielleicht gar nicht so unrecht gehabt hatte, als er diese nutzlosen Zeugen ziehen ließ.

„Man könnte meinen", sagte Macrinus, der den Vernehmungen schweigend gefolgt war, „dass diese Leute ganz verschiedene Vorfälle geschildert haben. Dabei haben sie gar nicht bewusst gelogen oder fabuliert. Sie sind nur ein Musterbeispiel dafür, wie wenig vertrauenswürdig Zeugenaussagen sind. Eines kann ich dir aber mit Gewissheit sagen: Was wir von Anfang an vermutet haben, nämlich dass es nie um das Geld gegangen ist, sondern dass der Angriff einen anderen Grund gehabt hat, stimmt. Was hast du als Nächstes vor?"

„Ich werde sämtliche Männer vernehmen, die zu dem Contubernium des getöteten Soldaten Albus und seines Freundes Aper gehören." Sie warf einen Blick nach dem Zelteingang. Die Öffnung hatte sich deutlich verdunkelt. Es begann zu dämmern. „Das sind nochmal acht Männer. Ich fürchte, dafür ist es heute schon zu spät. Außerdem habe ich den ganzen Tag nicht gegessen."

„Dann lass uns ins Kastell gehen. Der Kommandant hat uns eingeladen, mit ihm zu Abend zu essen."

„Wie heißt der Mann eigentlich?"

„Abrenus."

„Glaubst du, er stellt mir eine Unterkunft im Kastell zur Verfügung, wenn ich ihn darum bitte?"

„Wozu denn das?", fragte Macrinus unangenehm berührt. „Du würdest es dort höchst unbequem finden. Mein Reisezelt hingegen, das ich in weiser Voraussicht mitgenommen habe, und das inzwischen sicher schon aufgestellt wurde, bietet dir alle Annehmlichkeiten, die du dir auf Reisen nur wünschen kannst."

„Und wo willst du schlafen?", wollte Aliqua fragen, tat es aber dann doch nicht.

Begleitet von zwei Männern seiner Eskorte begaben sich Macrinus und Aliqua zum Kastell, wo sie von Abrenus gastfreundlich empfangen wurden. „Wir sind hier sehr spartanisch eingerichtet", entschuldigte sich der Kommandant, als er sie in seine Unterkunft führte, aber an Speise und Trank fehlt es uns nicht."

Er lud seine Gäste ein, Platz zu nehmen und es sich bequem zu machen. Als die Speisen aufgetragen wurden, wandte er sich an Aliqua und fragte: „Warst du mit deiner Mission erfolgreich?" Er hatte sich offenbar dazu durchgerungen, sie zu akzeptieren und nicht durch weitere Missachtung zu kränken. Er hegte nämlich inzwischen den Verdacht, dass sie die Geliebte des Macrinus sei – weshalb hätte der sie sonst begleiten sollen? – und am Wohlwollen dieses wichtigen Mannes war ihm gelegen.

„Leider nicht", seufzte Aliqua. „Diese Männer haben mehr fabuliert als dass sie Sachdienliches erzählt haben."

„Was hast du dir von denen sonst erwartet? Mit diesen Leuten kann man nichts anfangen. Ich würde mich weigern, mit so einem Haufen vor den Feind zu gehen. Das sind Hasenfüße! Ganz besonders ihr derzeitiger Anführer, dieser Optio Fundanus."

„Das ist aber ein hartes Urteil", warf Macrinus ein.

„Ich weiß, wovon ich rede. Nimm doch noch etwas von dem Braten, Aliqua! Mein Kastell mag ein halber Trümmerhaufen sein, aber mein Koch ist vorzüglich. Wovon habe ich eben gesprochen? Ach ja, von Hasenfüßen. Mein Stellvertreter hat persönlich den Trupp befehligt, der dem Geldtransport zu Hilfe kam. Sie haben eine Wagenburg gebildet und sich verschanzt, als ob eine ganze germanische Armee hinter ihnen her wäre, anstatt den Angreifern nachzusetzen. Das waren doch nicht mehr als zwanzig Mann."

„Ich glaube auch, dass es nicht viel mehr waren", bestätigte Aliqua.

„Da kannst du sicher sein. Wir haben die Spuren untersucht, es waren nicht mehr. Wie schmecken dir die in Honig eingelegten Früchte? Eigentlich ist das ja keine Speise für einen Soldaten, aber ich esse sie so gern, dass ich immer einen kleinen Vorrat davon habe."

Aliqua verzichtete daraufhin, den Teller mit dem kleinen Vorrat leer zu putzen, und schob ihn unauffällig in die Reichweite des naschhaften Kommandanten zurück. „Ist dir sonst noch etwas aufgefallen?", fragte sie.

„Nein. Wir haben diese schreckhafte Bande ins Kastell eskortiert und unterwegs noch das Pferd eingefangen."

„Ach ja, das Pferd des Soldaten Albus, der getötet wurde." Ein vager Gedanke, dessen Bedeutung sie nicht zu fassen vermochte, huschte durch Aliquas Kopf. „Wo ist das Pferd geblieben?"

„Das steht noch immer bei uns im Stall." Abrenus nahm mit spitzen Fingern eine der gesüßten Früchte, schob sie in den Mund und schloss einen Augenblick genüsslich die Augen. „Sein Marschgepäck bewahren wir auch noch auf", fügte er hinzu.

Aliqua wurde hellwach. „Das Marschgepäck? Ich dachte, das sei verlorengegangen oder geraubt worden?"

„Ja, das stimmt schon. Aber ein Sack war noch da. Der war aber leergeräumt, bis auf eine dieser unbequemen Nackenrollen, wie man sie manchmal bei der Armee verwendet." Seine Stimme klang leicht verächtlich. Mit Armee meinte er die Legionen, die Infanterie. Ein Kavallerist bettete den Kopf des Nachts natürlich auf seinen Sattel.

Der Gedanke in Aliquas Kopf nahm unvermutet scharfe Konturen an. Wie pflegte Pomponius immer zu sagen? ‚Auch nebensächlich scheinende Dinge können wichtig sein. Verabsäume daher nie, sämtliche möglichen Beweisgegenstände persönlich in Augenschein zu nehmen und zu prüfen‘.

„Kann ich den Sack sehen?"

„Ich weiß zwar nicht, was du dir davon versprichst, aber natürlich kannst du ihn sehen. Willst du noch eine dieser vorzüglichen Früchte? Nein? Sicher nicht?" Abrenus steckte noch eine Frucht in den Mund und rief nach seinem Adjutanten, dem er den Befehl erteilte, das Verlangte zu bringen.

Wenig später lag der Sack vor Aliqua. Sie betrachtete ihn von allen Seiten, dann sah sie hinein und zog einen Zylinder aus Ton heraus. Er kam ihr ungewöhnlich schwer vor. „Ich weiß nicht viel über das Marschgepäck eines Legionärs", gestand sie, „aber ich glaube nicht, dass das da eine Nackenrolle ist. Kein Soldat, der bei Sinnen ist, würde ein so schweres Stück mit sich herumschleppen, nur um den Kopf darauf zu legen. Eine Rolle aus Holz wäre für diesen Zweck auch viel besser geeignet. Abgesehen davon ist der Durchmesser zu gering. Wisst ihr, was es wirklich sein könnte?" Sie sah die beiden Männer fragend an.

Beide schüttelten den Kopf. Macrinus wog den Zylinder in der Hand. „Du hast recht", murmelte er. „Das Ding ist schwer, viel zu schwer für einen Gegenstand aus Ton. Ich vermute, der Ton umschließt und verbirgt etwas." Er sah sich nach einem harten Gegenstand um.

Abrenus erriet, was Macrinus vorhatte. „Das werden wir gleich haben", erklärte er hilfsbereit, nahm sein Schwert von der Wand und versetzte dem mysteriösen Zylinder einen kräftigen Schlag. Die spröde Hülle zersplitterte und gab den Inhalt frei. Es handelte sich um zwei schimmernde Metallzylinder, die leise klirrend über den Boden rollten.

„Was sagt man dazu!", staunte Abrenus.

Macrinus nahm die beiden Zylinder auf und betrachtete sie aufmerksam.

Aliqua konnte im flackernden Licht der Ampel nicht genau erkennen, was er in der Hand hielt. „Sag schon!", drängte sie. „Was ist das?"

„Das", erklärte Macrinus, wobei seine Stimme sehr ernst klang, „sind die beiden Hälften eines kompletten Prägestempels für einen Aureus, vorzüglich geschnitten und in ungebrauchtem Zustand, offenbar direkt aus der kaiserlichen Prägeanstalt in Rom."

Aliqua verschlug es nahezu den Atem. „Darum geht es also", flüsterte sie. „Falschmünzerei! Ich nehme an, im Gepäck des Albus waren noch viel mehr von diesen Stempeln. Nur um diese Stempel ist es den Angreifern gegangen. Sie müssen genau gewusst haben, wer sie transportiert und sie wollten sie unbedingt abfangen, ehe sie ihren Bestimmungsort erreichen."

„Damit hast du wahrscheinlich recht", bestätigte Macrinus. „Du hast zwar nicht die Täter entdeckt, aber zumindest das Motiv der Tat, und du hast zu deinem ursprünglichen Auftrag einen zweiten Fall dazubekommen, nämlich die Suche nach einer Bande Falschmünzer. Ich weiß nicht recht, ob du zu beglückwünschen oder zu bedauern bist."

Das wusste Aliqua auch nicht so recht, aber die Genugtuung darüber, dass ihr Ausflug nach Aequinoctium nicht umsonst gewesen war, und dass sie Herennius ihren Erfolg unter die Nase reiben konnte, überwog.

Wenig später dankten sie ihrem Gastgeber und machten sich auf den Rückweg zu ihrem Lager. Inzwischen war es stockdunkle Nacht geworden. Die beiden Soldaten, die sie herbegleitet hatten, entzündeten Fackeln und gingen ihnen voran, direkt bis vor das Zelt des Macrinus. Es war ein großes Offizierszelt, nicht zu vergleichen mit den Unterkünften der einfachen Soldaten.

„Ich denke, du schläfst hier", sagte Macrinus und deutete auf einige weiche Felle, mit denen man am Boden eine Liegestelle bereitet hatte. Ich selber werde hinter diesem Vorhang schlafen. Du musst nur nach mir rufen, wenn du etwas brauchst." Er sah sie abwartend an.

„Ich danke dir für deine Freundlichkeit und deine Rücksichtnahme", antwortete Aliqua. „Ich brauche jetzt nichts als ein paar Stunden Schlaf."

Macrinus, der sich eine andere Antwort erhofft hatte, wirkte enttäuscht und vielleicht auch ein wenig verstimmt. Er verbeugte sich kurz, wünschte ihr eine gute Nacht und verschwand hinter dem Vorhang.

Aliqua bettete sich auf die Felle, löschte das Öllämpchen, verschränkte die Arme hinter dem Kopf und starrte in die Dunkelheit. Trotz ihrer Müdigkeit konnte sie nicht einschlafen. Macrinus schien es ähnlich zu ergehen. In seinem Abteil brannte noch Licht und warf rötliche Schattenspiele auf den Vorhang. Sie beobachtete die wechselnden Reflexe der flackernden Lampe und geriet in eine Art Trance. Dann stand sie in einem plötzlichen Entschluss auf. Während sie sich entkleidete kam ihr in den Sinn, dass nicht sie einen Entschluss gefasst hatte, sondern dass ihre unterdrückten Gefühle und ihr Körper schon längst heimlich entschieden hatten, was geschehen sollte, und ihr das erst jetzt mitteilten. Der Gedanke kam ihr so kurios vor, dass sie leise lachte.

Macrinus musste sie gehört haben. Sie hörte, wie er sich bewegte und das Licht seiner Lampe stärker flackerte.

 Aliqua hielt die Hand vor den Mund und verstummte. „Ich benehme mich wie ein albernes, kleines Mädchen, das erwartungsvoll zu ihrem Geliebten geht", dachte sie. „Über dieses Stadium sollte ich wohl längst hinaus sein. Im Grund genommen ist das doch nichts Besonderes." Flüchtig dachte sie an das Bordell des Dydimus, in dem sie früher ihren Lebensunterhalt verdient, und wo sie auch Pomponius kennengelernt hatte. Dennoch, mit Macrinus war es etwas Besonderes, das wusste sie genau. Ihr Herz begann stärker zu klopfen und sie hatte ein flaues Gefühl in der Magengegend.

Sie hob den Arm und schnupperte an sich. Das sonst so komfortable Zelt hatte keine Möglichkeit geboten, sich zu waschen. Wahrscheinlich, weil Macrinus dachte, das sei für eine Nacht nicht notwendig. Pomponius hatte einmal im Scherz zu ihr gesagt: ‚Weißt du, eine verschwitzte Frau duftet, ein verschwitzter

Mann stinkt. Das ist der wesentliche Unterschied.' Sie war sich aber nicht sicher, ob Macrinus das auch so empfand. Vorsichtshalber nahm sie aus ihrem Gepäck einen kleiner Tiegel mit einer wohlriechenden Salbe und rieb sich damit ein. Dann fühlte sie sich bereit. Sie atmete einmal tief durch, schob den Vorhang beiseite und trat in das Nebenabteil.

Macrinus lag auf seinem Lager und hatte eine Schriftrolle in Händen. Er starrte sie an, als sie nähertrat und das Licht der Öllampe ihren Körper mit rötlichem Schein übergoss. Mit Genugtuung registrierte sie Bewunderung und Verlangen in seinem Blick.

„Du hast es dir also doch anders überlegt?", fragte er mit belegter Stimme.

„Nein", antwortete Aliqua nicht ganz wahrheitsgemäß. „Ich habe mir gar nichts überlegt. Wäre ich auch nur eines einzigen klaren Gedankens fähig, so wäre ich nicht hier. Was jetzt geschieht, mein Freund, wird schon morgen früh mit dem ersten Tageslicht vergessen sein und für immer in der Dunkelheit dieser Nacht verborgen bleiben. Versprichst du mir das?"

Aliqua war zu sich selbst ehrlich genug, um sich einzugestehen, dass sie sich auf diese halbherzige Weise die Möglichkeit offenhielt, wieder zur Normalität und damit zu Pomponius zurückkehren zu können. Sie schämte sich ein wenig dafür, aber das war ihr im Moment gleichgültig.

„Alles, was du willst", flüsterte Macrinus.

Sie beugte sich über ihn, und während er zärtlich ihre Hüften umfasste, blies sie behutsam die Öllampe aus und ließ den Raum in Dunkelheit versinken.

XII

„Halt, bleib da und wage es ja nicht, vor mir davonzulaufen, du Tochter des Hades", grollte Pomponius. „Glaubst du, ich hätte dich nicht erkannt, Calliste?"

Das Mädchen blieb widerwillig stehen. Sie hatte eine stämmige Figur, ein hübsches Gesicht und schwarze Haare. Als Pomponius sie zuletzt gesehen hatte, waren sie noch rotblond gefärbt gewesen.

„Ave, edler Pomponius", grüßte sie verlegen.

Pomponius musterte sie streng. „Ich habe gehört, du arbeitest jetzt für meine Freundin Aliqua. Ich halte das für einen Fehler."

„Es tut mir leid", sagte Calliste demütig und ging davon aus, dass Pomponius ohnehin wusste, was sie meinte.

„Was tut dir leid? Dass du mich für einen lumpigen Aureus umbringen lassen wolltest?"

„Damals wusste ich doch noch nicht, dass du ein bedeutender Mann bist."

„Aha! Und wenn du es gewusst hättest, wie hoch wäre dein Preis dann gewesen?"

„Nein, das habe ich nicht so gemeint. Bitte, Pomponius, sei nicht nachtragend. Ich gehöre jetzt zu euch und Masculinius ist sehr zufrieden mit mir. Auch Aliqua lobt mich. Sie hat mir versichert, dass du mir schon noch verzeihen wirst."

„Wie käme ich dazu? Was machst du überhaupt hier?"

Calliste deutete auf das Haus, vor dem sie standen. „Ich wollte Aliqua aufsuchen, aber sie ist nicht zu Hause."

Pomponius war enttäuscht, denn auch er war hergekommen, um Aliqua zu suchen. „Weißt du, wo sie ist?", fragte er. „Im Hauptquartier ist sie nämlich auch nicht, ich komme von dort."

„Sie hat gestern früh mit dem Legaten Marcus Nonius Macrinus die Stadt verlassen, um in Aequinoctium Leute zu vernehmen. Wahrscheinlich sind sie die Nacht über dort geblieben und werden erst heute am Nachmittag oder am Abend zurückkehren."

„Sie scheint mit diesem Macrinus, der so hilfsbereit ist, ja recht vertraut zu sein." Diese missmutige Bemerkung war Pomponius herausgerutscht, und er ärgerte sich deswegen, weil er mit Calliste gewiss kein privates Gespräch führen wollte.

Calliste hingegen sah eine Möglichkeit, sein Wohlwollen zu gewinnen. „Sie hält große Stücke von ihm", vertraute sie Pomponius an, legte das Gesicht in bekümmerte Falten, beugte sich zu ihm und flüsterte: „Aber er tut der Ärmsten sicher nicht gut."

„Was erfrechst du dich", rügte sie Pomponius. „Solche Bemerkungen stehen dir nicht zu!" Er zögerte einen Augenblick und fragte dann: „Warum glaubst du, tut er ihr nicht gut?"

„Das weiß doch ein jeder. Er ist ein arger Weiberheld, der den Frauen reihenweise den Kopf verdreht. Sobald er von einer genug hat, schickt er sie einfach weg und sucht sich eine andere."

„Was hat das mit Aliqua zu tun?"

„Hoffentlich gar nichts", antwortete Calliste und senkte den Blick.

„Sicher nicht! Wenn eine Frau auf sich aufpassen kann, dann ist es Aliqua. Außerdem hat Macrinus ja eine aktuelle Geliebte."

„Ich weiß. Sie heißt Valeria und soll ein ziemliches Luder sein, das die Männer, die auf sie hereinfallen, ins Unglück stürzt. Man kann sagen, sie ist ein weibliches Gegenstück zu Macrinus. Die beiden verdienen einander."

„Wo hast du denn das wieder her?"

„Der nette Sklave, der in deinem Haus wohnt, hat es mir am Markt erzählt."

„Das kann nicht sein. In meinem Haus wohnt nur ein Sklave und der ist nicht nett, sondern ungezogen und faul."

„Ja, genau den meine ich. Krixus heißt er, nicht wahr? Seinetwegen habe ich vorhin ja auch versucht, mich unerkannt an dir vorbeizudrücken. Krixus hat mir nämlich geraten, dir besser aus dem Weg zu gehen."

„Das wundert dich? Immerhin hast du versucht, mich für einen Aureus ..."

„Das hatten wir doch schon!", wagte Calliste zu protestieren, „und ich habe mich dafür entschuldigt. Was soll ich denn noch tun?"

Pomponius seufzte. „Nun gut, lassen wir das. Du kannst deiner Wege gehen, Calliste, und auch ich habe zu tun."

Calliste ging nicht, sondern blieb stehen und betrachtete ihn nachdenklich. „Kommst du mit deinem Fall gut voran?", fragte sie. „Aliqua hat mir erzählt, dass du versuchst, den Anschlag auf den Statthalter aufzuklären."

Pomponius war so deprimiert, dass er darauf verzichtete, ihr zu sagen, das gehe sie nichts an. Stattdessen zuckte er resignierend mit den Schultern und gestand: „Ich komme überhaupt nicht gut voran. Um ehrlich zu sein, ich habe gar nichts und stehe noch immer am Anfang. Als ich noch mit Aliqua zusammengearbeitet habe, war alles leichter. Wenn ich mit ihr einen Fall besprochen habe, sind mir immer die besten Ideen gekommen. Deshalb wollte ich sie ja auch jetzt aufsuchen."

„Kann ich dir bei deinem Fall irgendwie helfen?", fragte Calliste. „Damit du siehst, dass du mir vertrauen kannst und du mir verzeihst."

„Du willst mir helfen?", fragte Pomponius mit hochgezogenen Augenbrauen. „Ausgerechnet du? Ich bin einer der erfolgreichsten Agenten der Frumentarii. Mir steht der ganze Ermittlungsapparat dieser Behörde zur Verfügung. Außerdem arbeiten Manus und Numerius für mich. Wie willst gerade du mir helfen können?"

„Vielleicht hilft es, wenn du den Fall mit mir erörterst, so wie du es mit Aliqua immer gemacht hast? Wie steht es mit dem Motiv? Wenn jemand ermordet wird, oder ermordet werden soll, und man hat keine Anhaltspunkte auf den Täter, muss man nämlich das Motiv suchen."

Pomponius sah Calliste fassungslos an. „Willst du mich über meine Arbeit belehren, du vorlautes Weib", fragte er verärgert. „Besteht darin deine Hilfe? Wo hast du diese Weisheit überhaupt her?"

„So hat es mich Aliqua gelehrt, und sie hat es wiederum von dir, sagt sie."

„Aha, und was hat dir Aliqua noch beigebracht?", fragte Pomponius, den dieses absurde Gespräch zu interessieren begann, vor allem deswegen, weil es sich um Aliqua drehte.

„Wenn man als Arbeitshypothese die üblichen Motive, wie Beziehungstaten, Rache und unmittelbare Bereicherung ausschließt, weil sie unwahrscheinlich

114

sind, gilt es vor allem eine Möglichkeit zu prüfen: Soll der Betreffende daran gehindert werden, etwas zu tun? Nehmen wir als Beispiel den Mordanschlag auf dich, den du mir ständig vorhältst. Damals solltest du daran gehindert werden, deine Ermittlungen in eine bestimmte Richtung fortzusetzen, und genau dieses Motiv, das du durchschaut hast, hat dich dann auf die Spur der Täter geführt. So hat es mir Aliqua erklärt, und auch das hat sie von dir, sagt sie."

Pomponius verspürte plötzlich Kopfschmerzen und rieb sich die Schläfen. „Das glaube ich einfach nicht", murmelte er. „Ich stehe hier mitten auf der Straße und lasse mich von einer gewissenlosen kleinen Meuchelmörderin, die nicht einmal schreiben und lesen kann, über meine eigenen Theorien zur Verbrechensaufklärung belehren."

„Ich kann lesen und schreiben", warf Calliste beleidigt ein. „Nicht sehr gut, aber es reicht. Hast du dich eigentlich schon erkundigt, was der Statthalter in naher Zukunft veranlassen wollte? Etwas, das den Auftraggeber der Mörder sehr stören könnte? Aliqua meint, dass du wahrscheinlich diesem Ansatz folgen wirst. Wenn es etwas Legales im Rahmen seiner Amtsgeschäfte ist, wirst du es leicht herausfinden, sagt sie. Andernfalls wirst du dich fragen müssen, ob er etwa selbst in illegale Umtriebe verwickelt ist."

„Aliqua scheint sich mit dir ja sehr ausführlich zu unterhalten."

„Sie versucht mich auszubilden, und auch sie sagt, die Gespräche mit dir fehlen ihr. Vielleicht redet sie deswegen so viel mit mir. Sie vertraut mir nämlich."

Calliste sah Pomponius abwartend an. Als er nichts sagte, nickte sie ihm zu und wandte sich ab, um zu gehen.

„Calliste!", rief Pomponius.

Sie drehte sich um: „Ja?"

„Ich trage dir nichts mehr nach. Wenn du mich sprechen willst, aus welchem Grund auch immer, du weißt, wo du mich findest."

„Danke Pomponius."

„Ich meine ganz besonders, wenn es um Aliqua geht." Es fiel ihm schwer, es so offen auszusprechen, aber er tat es: „Ich liebe sie nämlich."

„Ich weiß", antwortete Calliste sanft.

Sie hätte jetzt sagen können: ,Aliqua liebt dich auch' und Pomponius hatte insgeheim auf etwas Derartiges gehofft. Aber sie sagte es nicht, nickte ihm nur nochmals zu und ging.

Pomponius sah ihr nach, wie sie in der geschäftigen Menge verschwand. „Ich bin so ziemlich am Ende", dachte er erbittert. „Meine Freundin fängt ein Verhältnis mit einem stadtbekannten Schwerenöter an, der so hoch über mir steht, dass ich ihm nichts entgegensetzen kann, mein Schmuckhandel stagniert, ich werde bald pleite sein und ich bringe als Agent der Frumentarii nichts mehr zustande. Masculinius wird mir das nicht durchgehen lassen und mich sehr bald nicht mehr vor Faustina schützen. Die wartet doch nur darauf, dass man ihr meinen Kopf bringt. Nicht genug damit, muss ich mich von einem ungebildeten Subjekt wie Calliste über meine eigenen Theorien belehren lassen, und was noch schlimmer ist, ich versuche eine Allianz mit dieser Person, die ich noch vor kurzem nur mit Verachtung behandelt hätte, zu schließen. Ich bin neugierig, was mir als Nächstes widerfahren wird.

Darauf brauchte Pomponius nicht lange zu warten.

Er ging bedrückt nach Hause, zog sich in sein Arbeitszimmer zurück und befahl Krixus, ihm einen Krug Wein zu bringen.

„Fängst du jetzt schon am Vormittag zu saufen an?", fragte Krixus respektlos.

„Verschwinde, und tu was ich dir gesagt habe", antwortete Pomponius müde. „Es ist nicht notwendig, dass du mich ärgerst. Ich habe auch so schon Ärger genug."

Krixus sah ihn besorgt an. „Üblicherweise drohst du mir an dieser Stelle eine schreckliche Tracht Prügel an. Was ist los mit dir?"

„Ich habe deine Freundin Calliste getroffen."

„Oh Jammer! Was hast du mit ihr gemacht?"

„Gar nichts, wir haben nur geredet, über Aliqua, über den ehrenwerten Legaten Marcus Nonius Macrinus und über meinen neuen Fall. Dabei ist mir einiges klar geworden. Ich erwäge ernsthaft, die Stadt bei Nacht und Nebel zu verlassen und mich anderswo niederzulassen, weit weg von hier. Ich denke daran, nach Germania Inferior zu gehen. Das ist eine aufstrebende Provinz, wo ich schon mein Auskommen finden werde."

„Guter Plan", konstatierte Krixus sarkastisch, „nur undurchführbar. Masculinius wird dich schneller zurückbringen lassen, als du Desertion sagen kannst. Du bist zu bekannt, als dass du unerkannt untertauchen könntest. Außerdem gefällt es mir hier ganz gut. Was soll ich in Niedergermanien?"

„Ich fürchte, Masculinius wird schon sehr bald von meiner Nutzlosigkeit überzeugt sein und mich dem Zorn Faustinas ausliefern."

„Und was ist mit Aliqua? Willst du sie mitnehmen?"

„Aliqua hat sicher andere Pläne, und sie hat in Macrinus auch schon einen einflussreichen Gönner und Förderer gefunden."

„So schlimm steht es?", fragte Krixus erschüttert. „Dennoch sollten wir nichts übereilen. Es ist nicht das erste Mal, dass wir in der Klemme stecken und du hast noch immer einen Ausweg gefunden. Überschlafe die Sache und lass uns morgen nochmals darüber reden." Er hob den Kopf. „Da ist jemand an der Tür!"

„Ich bin nicht zu sprechen, außer es handelt sich um einen unserer Freunde. Geh, und kümmere dich darum!"

Krixus eilte aus dem Zimmer. Wenig später waren laute, streitende Stimmen und ein Poltern zu hören. Die Tür flog auf und Valeria stand im Türrahmen. Ihre Wangen waren gerötet und ihre Augen blitzten. „Es ist eine Ungeheuerlichkeit, was sich dein Sklave erlaubt", schrie sie. „Er wollte mich nicht einlassen. Er hat gesagt, du wärst nicht da, dann hat er behauptet, du willst mich nicht sehen, und zum Schluss hat er behauptet, du hättest die Pest und mit deinem baldigen Ableben sei zu rechnen!"

Krixus tauchte hinter ihr auf und keuchte: „Ich konnte sie nicht aufhalten, Herr, sie hat sich wie eine Furie aufgeführt."

„Hörst du das?", empörte sich Valeria. „Er nennt mich eine Furie! Erlaubst du, dass dein Sklave so von mir spricht? Ich verlange, dass du ihn sofort bestrafst!"

Pomponius war durch das Erscheinen Valerias und ihren dramatischen Auftritt völlig überrumpelt. Er hatte sie vor knapp zwei Jahren zuletzt gesehen und sie schien ihm trotz ihres Wutausbruches begehrenswerter und schöner als je zuvor zu sein. „Sei gegrüßt, Valeria", sagte er und hoffte, sie werde das leichte Zittern in seiner Stimme nicht merken.

„Ist das alles, was du mir zu sagen hast?"

„Ich freue mich, dich zu sehen."

„Das kann man von deinem Sklaven, der nichts Besseres zu tun hat, als hier noch immer herumzulungern, nicht sagen."

„Geh, und lass uns allein, Krixus", befahl Pomponius. „Für deine Ungezogenheiten werde ich dich später bestrafen."

Valeria sah Krixus nach, der mit geheuchelter Demut den Raum verließ. „Er hasst mich", bemerkte sie zu Pomponius, „und ich bin nie dahintergekommen, weshalb. Es gab eine Zeit, da war er mir sehr zugetan."

„Er hat dir die Umstände unserer Trennung übel genommen und jetzt verehrt er meine Kollegin Aliqua, die öfter in diesem Haus verkehrt. Ich glaube, du kennst sie."

„Und ob ich sie kenne", fauchte Valeria. „Ich bin unlängst erst mit ihr zusammengetroffen. Sie hat mich in Gegenwart des edlen Marcus Nonius Macrinus gröblich beschimpft und beleidigt."

„Ich bedaure, das zu hören", erklärte Pomponius, der von diesem Vorfall noch keine Kenntnis gehabt hatte, höflich. „Ich kann mir nicht vorstellen, was sie dazu veranlasst haben könnte."

„Ich kann es mir sehr gut vorstellen. Diese Schlampe hat es auf Macrinus abgesehen. Du hast deine Konkubine nicht richtig im Griff, mein Lieber."

„Das mit Macrinus stimmt sicher nicht", erklärte Pomponius wider besseres Wissen. „Außerdem ist Aliqua keine Frau, die man im Griff haben könnte. Dazu ist sie viel zu selbstständig. Du solltest sie auch keine Schlampe nennen, denn das ist sie gewiss nicht."

„Bist du dir sicher? Wie soll ich sie wohl dann nennen, wenn ich erfahre, dass sie im Haus des Macrinus übernachtet und am nächsten Tag mit ihm auf Reisen gegangen ist?"

„Das war sicher nur dienstlich."

„Du bist naiv, Pomponius, oder du verschließt die Augen vor der Wahrheit."

„Und du bist eifersüchtig. Bist du hergekommen, um mit mir über Aliqua und Macrinus zu sprechen?"

„Nein, obwohl es nicht schaden kann, wenn du über sie Bescheid weißt. Ich habe mich zwar seinerzeit von dir getrennt, weil ich es in der damaligen Situation für richtig hielt, aber solange wir zusammen waren, habe ich dich wenigstens nie betrogen."

Pomponius seufzte. „Es hat keinen Sinn, nachträglich darüber zu grübeln, weshalb die Dinge so sind, wie sie jetzt sind."

„Was für eine philosophische und bequeme Einsicht", höhnte Valeria. „Du hast in all den Jahren nie den Versuch unternommen, mich zurückzugewinnen, obwohl du die Gelegenheit dazu gehabt hättest. Ich nehme an, das hat auch mit dieser Aliqua zu tun."

Pomponius gab ihr keine Antwort.

Valeria wartete einen Augenblick, dann warf sie ein versiegeltes Wachstäfelchen vor ihn auf den Tisch. „Ich soll dir das bringen."

Pomponius kannte das Siegel. „Faustina?", fragte er beklommen.

„Ja, Faustina hat mich mit dieser Nachricht hergeschickt."

„Was will sie von mir?"

„Vielleicht deinen Kopf, wer kann das schon wissen." Ihre Stimme klang bitter: „Leb wohl Pomponius. Du brauchst mich nicht hinauszubegleiten. Das erledigt schon dein Sklave Krixus. Wie ich ihn kenne, wird er sicher gehen wollen, dass ich wieder aus deinem Leben verschwinde. Gönnen wir ihm diese Genugtuung."

Sie ging hocherhobenen Hauptes aus der Tür. Wenig später trat Krixus ein. „Sie ist fort", verkündete er. Sein Blick fiel auf das Wachstäfelchen und ebenso wie Pomponius erkannte auch er sofort das Siegel. „Gütige Götter", stöhnte er, „ist es das, wofür ich es halte?"

„Ja, das ist es."

„Dann ziehe ich meine Einwände gegen Niedergermanien zurück. Ich werde sogleich Mara auf unsere Abreise vorbereiten und zu packen beginnen."

„Zu spät", bremste ihn Pomponius, der inzwischen das Siegel aufgebrochen und die Nachricht gelesen hatte. „Sie bestellt mich heute für die achte Stunde zu sich. Man kann eine Einladung zur Audienz bei der Gattin des Kaisers nicht einfach ignorieren und abreisen. Das kann wirklich den Kopf kosten."

„Wird es wirklich nur eine Audienz oder am Ende doch eine Hinrichtung?", fragte Krixus sorgenvoll.

„Keine Verhaftung, keine Hinrichtung oder etwas dergleichen", beruhigte ihn Pomponius. „Wenn sie das wollte, hätte sie einfach ein paar Männer geschickt, die das erledigen. Nein, es scheint, sie will mit mir reden. Mir bleibt nur mehr wenig Zeit, um mich auf den Weg zur Audienz zu machen. Ich darf mich auf keinen Fall verspäten. Suche mir ein passendes Gewand heraus und hilf mir, mich anzukleiden."

XIII

Aliquas Tag hatte weit angenehmer begonnen, als der des Pomponius. Kaum war die Sonne über dem Horizont aufgestiegen, erwachte sie. Sie war keine Langschläferin, und es gelang ihr, stets pünktlich mit dem ersten Morgenlicht aufzuwachen, gleichgültig ob es Sommer oder Winter war. Sie fühlte sich frisch gestärkt und angenehm entspannt. Macrinus lag neben ihr, den Kopf halb abgewandt und schnarchte leise. Amüsiert dachte sie, dass ihn die Liebesmühen der vergangenen Nacht wohl weit mehr mitgenommen hatten als sie selbst. Er hatte nämlich auf fast selbstlose Art alle Anstrengungen unternommen, um ihr gefällig zu sein. Sie schlüpfte vorsichtig unter seinem Arm durch, um ihn nicht zu wecken, und schlich in den vorderen Teil des Zeltes zurück. Dort dehnte und streckte sie sich, gähnte ausgiebig wie eine Katze, die aus dem Schlaf erwacht ist, und kleidete sich an.

Wenig später trat ein Mann der Eskorte ein und trug einen Korb, aus dem es verheißungsvoll nach warmen Speisen duftete.

„Ich nehme an, dein Herr schläft noch", beantwortete Aliqua seine unausgesprochene Frage und deutete auf den Vorhang. „Ich habe ihn seit gestern Abend nicht mehr gesehen. Ist das unser Frühstück? Gib her und sei bedankt."

Im selben Augenblick war aus dem Kastell ein scharfes Trompetensignal zu hören. Gleich darauf regte sich im Nebenabteil etwas und Macrinus kam heraus, eingehüllt in seinen Umhang.

„Ende der vierten Nachtwache und Tagesbeginn, Herr", meldete der Soldat respektvoll. „Ich habe das Frühstück gebracht."

Macrinus nickte und entließ ihn mit einer Handbewegung. „Wie geht es dir, Aliqua?", fragte er zärtlich, sobald sie allein waren.

„Mir geht es gut. Ich habe ausgezeichnet geschlafen und einen schönen Traum gehabt. Und wie geht es dir?"

„Ich hatte ebenfalls einen schönen Traum, aus dem ich nur ungern erwacht bin." Er beugte sich zu ihr, um sie zu küssen.

Aliqua wehrte ihn mit einer sanften aber nachdrücklichen Handbewegung ab.

Macrinus seufzte. „Du machst es mir wirklich nicht leicht, Aliqua."

„Es gibt nichts, das ich dir leicht machen könnte. Komm, lass uns essen und dann an die Arbeit gehen."

Macrinus hatte noch am Vortag angeordnet, dass sich die restlichen Mitglieder jenes Contuberniums, zu dem auch Albus gehört hatte, für den folgenden Morgen bereithalten sollten. Sie warteten bereits vor dem Zelt des Fundanus. Aliqua war neuerlich davon beeindruckt, wie präzise die Befehle ihres Begleiters befolgt wurden. „Meine Arbeit wäre sehr viel einfacher, wenn ich dich als Partner in meinem Team hätte", bemerkte sie scherzhaft.

„Dem steht nichts entgegen", lächelte Macrinus.

Aliqua wusste nicht, ob auch er nur scherzte, oder ob ein Körnchen Wahrheit in dieser Bemerkung steckte. „Nanu? Hast du etwa die Absicht, bei den Frumentarii anzuheuern?"

„Nicht gerade bei den Frumentarii, aber bei dir. Ich bin entschlossen, dir bei der Aufklärung dieses Falles nach Kräften zu helfen. Du sollst sehen, dass ich ein brauchbarer und verlässlicher Partner bin."

„Ach Macrinus! Ich weiß deine Hilfsbereitschaft zu schätzen, aber du würdest dich dabei bald langweilen. Denn das ist eine mühsame und oft frustrierende Tätigkeit. Davon solltest du dich gestern doch schon überzeugt haben, und heute wird es wahrscheinlich nicht besser werden."

„Dafür sind die Nächte umso aufregender."

„Ich weiß nicht, wovon du redest", entgegnete Aliqua streng. „Aber wenn du schon mein Partner sein willst und bereit bist, Anweisungen von einer Frau entgegenzunehmen, dann ruf mir jetzt den ersten Zeugen herein."

Macrinus lachte herzlich, trat gehorsam an den Zelteingang und winkte den ersten Mann herein.

Wie Aliqua befürchtet hatte, erwiesen sich die Befragungen als ergebnislos. Die Männer hatten nichts Sachdienliches zu berichten. Sie hatten nichts gehört, nichts gesehen, es war ihnen nichts aufgefallen und sie wussten nichts oder sie wollten nichts wissen.

„Das hätten wir uns sparen können", sagte Aliqua erbittert zu Macrinus. „Wir haben gar nichts in Erfahrung gebracht, das uns weiterhelfen könnte."

„Sag das nicht", erwiderte Macrinus nachdenklich. „So viel Unwissenheit ist nicht normal. Üblicherweise kennen die Soldaten eines Contuberniums, das längere Zeit beisammen ist, einander sehr gut. Sie sind eine verschworene Gemeinschaft und wissen alles über ihre Gefährten. Ich würde meinen, wir haben herausbekommen, dass diese Männer etwas verbergen. Jetzt müssen wir nur noch erfahren, was es ist."

„Was soll ich tun?", fragte Aliqua. „Soll ich sie auf einen vagen Verdacht hin festnehmen und zur Vernehmung in unseren Keller bringen lassen?"

„Ihr seid doch sonst auch nicht so zimperlich. Masculinius wird so ein Vorgehen sicher decken."

„Das wird er auf jeden Fall tun, weil er seine Agenten immer deckt. Aber wenn dabei nichts herauskommt, möchte ich mir nicht anhören müssen, was er dann zu mir sagt, besonders weil ich mir in letzter Zeit ohnehin schon ein paar Patzer geleistet habe."

„Würdest du dann mir erlauben, den Decanus noch einmal zu befragen? Weil du schon gestern mit ihm gesprochen hast, hast du ihn heute nur noch der Form halber vernommen. Ich glaube aber, man sollte sich eingehender mit ihm beschäftigen. Wenn einer etwas weiß, dann er."

Aliqua war unangenehm berührt und man sah ihr das an. „Zweifelst du an meiner Kompetenz, Macrinus", fragte sie.

Macrinus seufzte. „Sieh, Aliqua", sagte er. „Ich bin mehr als zwanzig Jahre älter als du. Ich habe Kriege für das Imperium geführt, ich habe Legionen befehligt und Provinzen als kaiserlicher Statthalter regiert. Jetzt diene ich dem Imperator als Berater in seinem derzeitigen Krieg. Ich habe Erfahrungen gesammelt, über die du nicht verfügen kannst, und diese Erfahrungen habe ich mit Lebenszeit bezahlt; teuer bezahlt, wenn ich dich ansehe und mir wünsche, uns würden nicht Jahrzehnte trennen. Ich habe auch Vollmachten, die die deinen weit überschreiten, selbst wenn du ein Offizier der Frumentarii bist. Ich zweifle nicht an deiner Kompetenz, Aliqua, und ich bewundere dich mehr, als du dir vorstellen kannst. Aber jetzt lass mich dir helfen, und sei nicht zu stolz, meine Hilfe anzunehmen."

„Das war aber eine lange Rede, Macrinus", antwortete Aliqua, „Tu bloß nicht so, als wärst du ein alter Mann, denn das bist du nicht. Das hast du mir in den vergangenen Nächten mehr als bewiesen." Sie beugte sich überraschend vor, küsste ihn auf den Mund, schlang die Arme um seinen Hals und flüsterte ihm ins Ohr: „Dann hilf mir, mein Freund."

Macrinus war entzückt. Er versuchte, sie an sich zu ziehen, aber Aliqua entschlüpfte ihm, trat an den Zelteingang und rief den Decanus herein.

„Was willst du denn noch?", fragte der Mann unwillig, als er eintrat. „Du hast mich schon zweimal befragt und ich habe dir alles gesagt, was ich weiß."

„Ich bin es, der noch einige Fragen an dich hat", erklärte Macrinus. Er hatte auf dem Stuhl Aliquas Platz genommen und sein Schwert über die Knie gelegt. Aliqua, die sich in den Hintergrund des Zeltes zurückgezogen hatte, fand, dass er sehr respekteinflößend aussah. „Du weißt, wer ich bin?"

„Du bist der Legat Marcus Nonius Macrinus."

„Ja, der bin ich. Kraft der mir von unserem verehrten Imperator verliehenen Vollmachten habe ich den Oberbefehl über die Einheit, der du angehörst, solange ihr euch noch in den Grenzen dieser Provinz aufhaltet, und damit auch über dich. Ist dir das klar?"

„Ja, Herr."

„Gut. Die Dame Aliqua, die dich als Angehörige der Frumentarii bisher verhört hat, hat von ihrem Recht Gebrauch gemacht, militärische Unterstützung anzufordern, und damit komme ich ins Spiel."

Aliqua war Macrinus dankbar, dass er sein Eingreifen auf eine Art begründete, durch die sie nicht desavouiert wurde.

Macrinus blickte in Aliquas Notizen, die vor ihm lagen. „Du heißt Aulus und bist Decanus des vierten Contuberniums der zweiten Zenturie?"

„Ja Herr."

„Aulus, die Dame Aliqua beschuldigt dich der Verschwörung gegen Staat und Imperator, des Hochverrates und der Falschmünzerei, gemeinsam begangen mit den Soldaten Aper, Albus und weiteren Unbekannten. Was sagst du dazu?"

„Das ist ja ungeheuerlich", rief Aulus. „Nichts davon trifft zu!"

„Dann erklär mir, was das ist." Macrinus legte die beiden Hälften des Prägestempels vor sich auf den Tisch. „Überleg dir deine Antwort gut, Aulus, und sage nicht, du wüsstest nicht, was es ist."

„Ich weiß, was das ist", sagte Aulus, wobei seine Stimme leicht zitterte. „Das ist ein Prägestempel für einen Aureus."

„Du hast sehr gute Augen, wenn du hier im dunklen Zelt und aus dieser Entfernung erkennen konntest, dass der Stempel für einen Aureus bestimmt ist. Aber du hast recht: Es ist ein Prägestempel für einen Aureus, ungebraucht und frisch aus der kaiserlichen Münzstätte in Rom, wo eure Einheit hergekommen ist. Jetzt fragst du dich sicher, wie ich zu diesem Stempel komme. Ich will es dir verraten, obwohl du es ohnehin weißt. Er war im Gepäck des getöteten Albus und er war nicht der einzige, den Albus auf seinem Packtier mitführte. Willst du mir jetzt etwas dazu sagen?"

Aulus schwieg.

„Hältst du es wirklich für klug, zu schweigen? Ein Decanus weiß alles über die Männer seines Contuberniums. Albus hätte ohne dein Wissen und deine Erlaubnis so ein schweres Gepäck, wie die Prägestempel, nicht von Rom bis hierher mitschleppen können."

Aulus hatte sich inzwischen gefasst. „Und dennoch ist es so", behauptete er, „und niemand kann das Gegenteil beweisen."

„Ich habe dein Geständnis gehört und verurteile dich Kraft der mir verliehenen Vollmachten zum Tode", verkündete Macrinus mit unbewegter Miene. „Das Urteil wird morgen bei Sonnenaufgang vollstreckt."

„Welches Geständnis?", schrie Aulus. „Ich habe doch nichts gestanden!"

„Du hast gestanden, dass du die militärische Aufsichtspflicht über deine Untergebenen gröblich verletzt hast. Dadurch wurden schwere Verbrechen gegen den Staat ermöglicht. Das Todesurteil ist – wie du wohl weißt – in einem solchen Fall gerechtfertigt. Das ist nicht anders zu handhaben, als bei einem schweren Wachvergehen im Felde. Ich nehme überdies an, dein Tod wird die Wahrheitsliebe und Auskunftsfreudigkeit der anderen Mitglieder deines Contuberniums fördern."

Aulus richtete sich stolz auf. „Ich werde mein Schicksal mannhaft ertragen", verkündete er entschlossen. „Du wirst mich nicht um Gnade winseln hören."

„So soll es auch sein. Das steht einem Soldaten gut an", antwortete Macrinus mit einem hämischen Unterton in der Stimme. „Deine Komplizen werden es dir zu danken wissen, dass du den Tod auf dich genommen hast, um sie zu schützen."

„Auch wenn ich sie verrate, könnte das an meinem Schicksal nichts ändern."

„Hast du das gehört", wandte sich Macrinus an Aliqua. „damit hat er praktisch auch gestanden, dass er die Verbrechen, derer du ihn beschuldigst, begangen hat. Reicht dir das, um seine Festnahme vor Masculinius zu rechtfertigen?"

„Das reicht mir", antwortete Aliqua. „Ich bitte dich, Macrinus, das Todesurteil aufzuschieben und ihn mir zu überlassen. In unserem Verhörkeller wird er alles sagen, was wir wissen wollen, es sei denn, er entschließt sich zu kooperieren und sich so unvorstellbare Qualen zu ersparen und vielleicht sogar sein elendes Leben zu retten."

„Was sagst du da?", fragte Aulus, den sein eben gezeigter Heldenmut bereits wieder zu verlassen begann. „Ich kann mein Leben retten? Wie soll das geschehen? Ich bin zum Tode verurteilt!"

Macrinus lächelte und half Aliqua aus der Verlegenheit, indem er erklärte: „Es kommt vor, dass Leute, die den Frumentarii in die Hände fallen, spurlos verschwinden. Manche werden wohl in die Unterwelt gefahren sein, andere hingegen wurden angeblich weit weg unter anderem Namen gesehen. Keiner weiß etwas Genaueres. Nicht, dass ich Derartiges billige, aber dagegen bin sogar ich machtlos, denn der Kaiser hält seine schützende Hand über die Frumentarii."

Albus sah Aliqua an. „Ich verspreche dir nichts", erklärte diese, „aber wenn du rückhaltlos gestehst, besteht tatsächlich Hoffnung für dich. Du kannst gleich jetzt beginnen, dein Gewissen zu erleichtern.

Aulus taumelte und wischte sich den Schweiß von der Stirn.

„Setz dich auf diesen Stuhl", befahl Aliqua, „und trink einen Becher Wein, damit deine Zunge nicht versagt, und dann fang an zu reden."

„Es hat in Rom begonnen", erzählte Aulus, „als feststand, dass wir zu der Begleitmannschaft des Geldtransportes eingeteilt waren. Damals ist ein Mann an mich herangetreten und hat mir ein Geschäft angeboten."

„Welcher Mann", unterbrach ihn Aliqua. „Ich brauche Namen."

„Er nannte sich Felicissimus, aber ich kann dir nicht sagen, ob das sein richtiger Name ist. Ich kann dir aber eine Personenbeschreibung geben und dir ein Lokal nennen, wo er offenbar gut bekannt war."

Aliqua notierte die Angaben sorgfältig auf ihr Wachstäfelchen. „Erzähl weiter", forderte sie danach Aulus auf.

„Er sagte, er habe eine Warenlieferung nach Carnuntum, die er aber in diesen unsicheren Zeiten nicht auf dem normalen Weg befördern lassen wolle. Bei einem militärischen Konvoi sei sie aber sicher aufgehoben, auch wenn die Reise etwas länger dauere. Es handelte sich um vier Dutzend Zylinder aus Ton, die etwas Schweres umschlossen."

„Du wusstest was es war?"

„Anfangs nicht. Erst später, als unterwegs einer der Zylinder zerbrach, haben wir gesehen, um was es sich handelt: frische Prägestempel aus der kaiserlichen Münzanstalt."

„Wer ist ‚wir'?"

„Ich, Aper und Albus. Ich habe Felicissimus gleich gesagt, dass ich das nicht allein machen kann, sondern mindestens noch zwei Mann einweihen müsse, weil die Lieferung so schwer war. Wir brauchten dafür ein zusätzliches Packtier. Felicissimus war damit einverstanden und hat jedem von uns fünfzig Aureii als Anzahlung gegeben. Bei Lieferung sollte jeder von uns weitere hundert Aureii erhalten."

„Was ist mit den anderen Männern deines Contuberniums?"

„Die wussten nichts davon. Einer hat einmal gefragt, was wir auf dem zusätzlichen Packtier mitführen. Ich habe ihn angepfiffen und gesagt, das gehe ihn nichts an, weil es sich um einen Geheimauftrag des Legionskommandos handle. Damit war die Sache erledigt."

„Was hast du ursprünglich vermutet?"

„Ich habe mir über den Inhalt der Tonrollen keine großen Gedanken gemacht. Es war aber klar, dass er wertvoll sein musste, schon wegen der Bezahlung."

„Warum habt ihr nicht Meldung erstattet, als ihr euch über die Art der Sendung klar wurdet?"

Aulus schwieg eine Weile, dann gestand er leise: „Wegen des Geldes, das wir noch bekommen sollten."

„Wie sollte die Übergabe in Carnuntum erfolgen?"

„Jemand würde sich bei uns melden und ein Kennwort und ein Erkennungszeichen verwenden."

„Nämlich?"

„Das Kennwort ist ‚Pseudolus' und als zusätzliches Erkennungszeichen sollte eine alte Münze dienen, die auf einer Seite einen Merkurkopf und auf der anderen einen Schiffbug zeigt."

„Die Übergabe wäre schwierig gewesen, wenn ihr in Carnuntum im Legionslager kaserniert worden wärt, so wie es ja auch geschehen ist. Dort kommt nicht jeder hinein. Ich weiß das."

„Darauf habe ich auch Felicissimus hingewiesen. Er hat gemeint, dass sei kein Problem, weil der Kontaktmann jederzeit Zugang zum Lager habe."

„Hat jemand mit euch Kontakt aufgenommen?"

„Nein. Die Lieferung war ja auch schon weg."

„Bestand diese Lieferung nur aus den Tonrollen oder war noch etwas dabei?"

„Lediglich ein versiegeltes Begleitschreiben, das vermutlich für den Empfänger bestimmt war."

„Aha, trug es einen Absender oder einen Empfänger?"

„Nein."

„Wie sah das Siegel aus?"

„Es war kein Siegel, das Rückschlüsse auf den Absender zuließ. Man hat einfach eine Münze verwendet, die das Abbild Faustinas, der Gattin unseres verehrten Imperators trug."

„Ich komme jetzt zu einem Punkt, der mich besonders interessiert. Ihr wurdet überfallen und die Prägestempel wurden euch geraubt. Was weißt du darüber?"

„Nicht mehr, als ich dir schon gesagt habe. Ich habe keine Ahnung, wer die Räuber waren. Es ist für mich aber klar, dass die Betreffenden genau Bescheid wussten."

„Warum glaubst du, wurden Albus und euer Centurio getötet?"

„Auch darüber kann ich nur spekulieren. Cassius, unser Centurio, wurde wahrscheinlich nur deswegen vom Pferd geschossen, um Verwirrung in unseren Reihen zu stiften. Der Tod des Albus scheint mir eher eine Panne gewesen zu sein."

„Wie kommst du darauf?"

„Ich habe den Vorfall beobachtet. Albus hat das Pferd mit den Prägestempeln an der Leine geführt und sich heftig gewehrt, als einer der Angreifer versucht hat, sich des Tieres zu bemächtigen. Erst dann hat man auch ihn niedergeschossen. Ich vermute, es wäre ihm gar nichts passiert, wenn er losgelassen hätte. Den Angreifern ist es nicht darum gegangen, uns zu töten. Sie haben ja auch mich und Aper verschont. Sie wollten nur diese Lieferung abfangen."

„Damit kommen wir zu Aper. Er ist verschwunden. Was weißt du über ihn?"

Aulus senkte verlegen den Kopf.

„Aulus!", mahnte Aliqua.

„Aper hat ursprünglich nicht zu unserer Einheit gehört. Er wurde mir erst kurz vor unserem Aufbruch aus Rom zugeteilt, und er wusste um die Lieferung, die wir mitnehmen sollten, Bescheid. Ich nehme an, dieser Felicissimus hatte dabei seine Hand im Spiel. Aper ist erst verschwunden, als du in unserer Unterkunft aufgetaucht bist. Wie er gehört hat, dass Agenten der Frumentarii gekommen sind, hat er sich unter seiner Pritsche versteckt, damit man ihn nicht findet. Ehe deine Fahndungsmaßnahmen gegriffen haben, ist es ihm dann gelungen, sich aus dem Lager zu schwindeln. Er hat zu mir gesagt, die Sache werde ihm zu heiß und er wisse in der Stadt jemanden, der uns helfen kann."

„Wer sollte das sein?"

„Das hat er nicht gesagt. Er hat nur gesagt, dass wir eine Schenke aufsuchen sollen, die ,der Grüne Hintern' heißt. Er wollte mich überreden, mitzukommen."

„Weshalb bist du nicht mit ihm untergetaucht?"

„Ich dachte, auf mich werde kein Verdacht fallen."

„Da siehst du, wie man sich täuschen kann. Ich nehme dich mit in unser Hauptquartier, damit wir dich noch genauer befragen können. Vorläufig bin ich fertig mit dir." Sie sah Macrinus an. „Lass ihn festnehmen und nach Carnuntum bringen", bat sie. „Ich selber habe ja keine Assistenz mit."

Macrinus trat an den Zelteingang und rief zwei Mann seiner Begleiteskorte zu sich. „Festnehmen und gut bewachen!", befahl er und deutete auf Aulus.

Kurz nach Mittag, es mochte um die siebente Stunde sein, brachen sie auf, um nach Carnuntum zurückzukehren. Macrinus hatte zwar einen Vorwand gesucht, um eine weitere Nacht bei Aequinoctium zu lagern, aber seine Absichten waren allzu durchschaubar gewesen und Aliqua hatte sich nicht darauf eingelassen. Sie befand sich jedoch in Hochstimmung und sparte daher auch nicht mit Worten des Dankes und der Anerkennung für Macrinus.

Macrinus seinerseits zögerte nicht, ihre Dankbarkeit auszunutzen und versuchte, sie zu so manchem zärtlichen Zugeständnis zu verleiten. Versuche, die Aliqua aber auf so charmante Weise abwehrte, dass er nicht verärgert sein konnte.

Während dieses Wortgeplänkels ritten sie Seite an Seite vor ihrer Eskorte, die ihnen wiederum im Abstand von zwei Pferdelängen folgte, und Aulus in die Mitte genommen hatte.

Plötzlich stutzte Aliqua.

Am Straßenrand war eine sonderbare Gestalt aufgetaucht. Sie war vor dem dunklen Hintergrund des im Schatten liegenden Gehölzes kaum zu erkennen. Es handelte sich um einen Reiter, dessen Kopf monströs verformt schien. „Was ist das?", wandte sie sich erstaunt an Macrinus und deutete auf die Erscheinung.

Im selben Augenblick hob der Reiter mit einer fast gemächlichen Bewegung die Arme und ließ einen Pfeil von der Sehne seines Bogens schnellen. Aliqua stieß einen Schrei aus und wandte sich zu der Eskorte um. Aulus schwankte auf seinem Pferd. Aus seiner Brust ragte der Schaft eines Pfeiles. Der Reiter wendete geschickt sein Pferd und verschwand wie ein Schemen im Waldesdunkel.

Macrinus reagierte schnell. „Zwei Mann bleiben bei Aliqua und zwei kümmern sich um Aulus", schrie er, „die anderen mir nach!"

Er hieb die Fersen in die Flanken seines Pferdes und preschte los, gefolgt von seinen Männern.

Aliqua hatte nicht die Absicht, sich dieser Jagd anzuschließen, aber ihr Pferd entschied anders. Es rannte los, ehe die beiden Soldaten, die sie beschützen sollten, herankamen. Aliqua war es gewohnt, Maultiere zu reiten. Auch zu Pferde machte sie eine gute Figur, es fehlte ihr aber die Erfahrung, ein Militärpferd, das meinte, sich einer Attacke anschließen zu müssen, zu bändigen. Sie verlor die Kontrolle über ihr Tier. Um nicht abgeworfen zu werden, presste sie die Knie gegen die verstärkten Verlängerungen ihres Sattels und duckte sich tief nieder, damit ihr die Zweige nicht ins Gesicht peitschten.

Aus einem unerfindlichen Grund wählte ihr Pferd einen etwas anderen und im Ergebnis günstigeren Weg als Macrinus und seine Leute. Aliqua fand sich plötzlich auf einem freien Geländestück, dicht hinter dem Attentäter, während die übrigen Verfolger zurückgefallen waren. Sie krallte sich in der Mähne des Pferdes fest und zog mit der freien Hand ihren Dolch aus der Scheide. Der Reiter vor ihr wandte sich um und merkte, dass einer seiner Verfolger gefährlich nahe aufgerückt war. Sein Gesicht war mit einer Satyrmaske bedeckt. Ohne seine Geschwindigkeit zu verringern, hob er den Bogen und zielte aus nächster Nähe auf Aliqua. Aliqua ließ den Dolch fallen und riss brutal an den Zügeln. Ihr Pferd scheute, brach aus und warf sie in hohem Bogen ab. Der Pfeil zischte harmlos an ihr vorbei und blieb in einem Baumstamm stecken. Der Schütze kümmerte sich nicht weiter um sie, sondern trieb angesichts der näherkommenden Verfolger sein Pferd eilends durch das Unterholz.

Macrinus sprang neben Aliqua vom Pferd. „Bist du verrückt geworden?", schrie er, außer sich vor Sorge. „Geht es dir gut? Bist du verletzt? So sag doch etwas!"

Aliqua setzte sich vorsichtig auf und bewegte Arme und Beine. Sie spürte keine Schmerzen. „Die werden später kommen", dachte sie. „Ich habe mich vermutlich grün und blau geschlagen."

„Ich glaube, mir geht es gut", stöhnte sie und schaffte es, auf die Beine zu kommen. „Sei nicht böse auf mich, ich wollte das nicht. Dieser Gaul war es, der verrückt geworden ist." Sie sah vorwurfsvoll ihr Pferd an, das lammfromm dastand und mit großen Augen zurückschaute.

Macrinus nahm sie in die Arme und tastete sie vorsichtig ab. „Es ist nichts gebrochen", konstatierte er, „aber du hast sicher arge Prellungen. Ich werde dich zurücktragen."

„Wie stellst du dir das vor? Willst du mich bis Carnuntum tragen?" Sie biss die Zähne zusammen und fasste in die Mähne ihres Pferdes. „Hilf mir lieber wieder hinauf!"

Sobald sich das Pferd in Bewegung setzte, kam der Schmerz. Sie fühlte jeden Tritt des Tieres, der ihr mit Stechen und Ziehen durch den Körper fuhr. Die Tränen stiegen ihr in die Augen, als sie an den Weg dachte, der noch vor ihr lag. „Recht geschieht mir", dachte sie. „Das ist die Strafe dafür, dass ich mit Macrinus geschlafen und Pomponius betrogen habe. Masculinius irrt, wenn er meint, die Götter seien nicht gerecht. Manchmal können sie unsere Vergehen gar nicht rasch genug ahnden."

Sie überlegte, welcher Gott das Urteil über sie gesprochen haben könnte und entschied sich für die von Pomponius hochverehrte Diana Nemesis, jene Göttin, von der man sagt, sie strafe den menschlichen Hochmut und besonders die herzlos Liebenden. „Ja, das macht Sinn", dachte sie und schloss ergeben die Augen, während die Kavalkade etwas ihre Gangart beschleunigte und mit jedem Schritt, den ihr Pferd machte, wellenförmig Schmerzen durch ihren Körper liefen.

XIV

Etwa zur selben Zeit betrat Pomponius, eingehüllt in seine beste Toga, die kaiserlichen Gemächer im Prätorium des Legionslagers. Ein Höfling führte ihn in einen Warteraum, wo bereits einige Bittsteller saßen und Schriftrollen mit ihren Anliegen umklammert hielten.

Einer nach dem anderen wurde hineingerufen und kam nach wenigen Minuten wieder heraus. Am Gesichtsausdruck konnte man ablesen, ob sie Gnade vor der Gattin des Kaisers gefunden hatten. Die meisten schauten eher betreten als beglückt drein.

Schließlich war nur noch Pomponius übrig. Der Höfling trat an ihn heran und forderte ihn auf, mitzukommen. Sie durchschritten einen weiteren Vorraum und gelangten zu einer Tür, die von zwei Prätorianern bewacht wurde. Den einen kannte Pomponius. Der Mann schaute ihn an und schüttelte mitleidig den Kopf.

Der Höfling riss die Tür auf und rief mit lauter Stimme: „Der Schmuckhändler Spurius Pomponius erbittet deine gnädige Beachtung, Erhabene!" Dabei versetzte er Pomponius einen leichten Stoß und flüsterte: „Auf die Knie."

Pomponius taumelte ins Allerheiligste und sank gehorsam in die Knie. Faustina saß mit hochgetürmter Frisur und hochmütiger Miene auf einem Stuhl, der fast schon ein Thron war. Links und rechts von ihr standen Hofdamen. Eine davon war Valeria, die ihm so rasch, dass man es kaum merkte, ein Gesicht schnitt. Außerdem waren noch drei oder vier Höflinge anwesend, deren Funktion Pomponius unklar war.

„Pomponius?", fragte Faustina und hob ihre Stimme zu dramatischer Höhe. „Allein der Name dieses Mannes verursacht mir Ärger. Was hat er hier zu suchen?"

„Du hast ihm die Gnade einer Audienz gewährt, Erhabene", flüsterte der Höfling, der Pomponius hereingeführt hatte.

„Habe ich das? Das war ein Versehen. Ich muss die Audienzlisten sorgfältiger lesen." Sie starrte Pomponius an. „Du wagst es also, vor meinem Angesicht zu erscheinen, Pomponius? Fürchtest du so wenig meinen Zorn?"

Pomponius beging nicht den Fehler, zu sagen, dass sie ihn hatte rufen lassen. Offenbar wollte sie, dass sein Erscheinen anders interpretiert wurde. Er beugte den Nacken noch tiefer und sagte leise und demütig: „Ich bitte um Vergebung für alles, was dir an mir missfallen mag, Erhabene. Ich bin Sand unter deinen Füßen."

„Sei nicht auch noch unverschämt, Pomponius. Du bist nicht Sand, sondern Staub, was sage ich, du bist Unrat unter meinen Füßen!"

„So ist es, Erhabene", stimmte ihr Pomponius zu, während seine Stirn fast den Boden berührte.

„Wenn du es nur einsiehst. Was hat dich also veranlasst, mich mit deiner Gegenwart zu beleidigen?"

Der Höfling, der Pomponius hereingeführt hatte, flüsterte Faustina etwas ins Ohr.

„Was muss ich hören?", fragte Faustina empört. „Dieser Mensch hat die Stirn, um eine Privataudienz zu bitten? Eine Audienz unter vier Augen? Welche Ungeheuerlichkeiten hast du schon wieder begangen, Pomponius? Was ist es, das die Öffentlichkeit so sehr scheut, dass du es nicht vor aller Augen und Ohren auszusprechen wagst?"

Der Höfling flüsterte ihr neuerlich etwas ins Ohr.

„Es sei", sagte Faustina nach kurzem Besinnen. „Die Welt soll sehen, dass meine Gnade und mein Erbarmen geradezu unermesslich sind." Sie sah die anderen Höflinge an. „Ihr seid doch auch dieser Meinung?"

Die Höflinge versicherten ihr, dass ihre Güte einer Göttin angemessen sei.

„Nennt mich nicht Göttin", rügte sie Faustina. „Eine solche Ehre gebührt nur jenen Sterblichen, die vom Senat zu den Göttern erhoben wurden, und das geschieht meist erst nach ihrem Tod. Nun gut. dann lasst mich mit diesem Unglücksraben allein."

Sofort verließen die Anwesenden den Raum, als letzte Valeria.

„Bewach die Tür, damit ihr niemand zu nahe kommt und lauscht, Valeria", befahl Faustina mit halblauter Stimme.

Valeria verbeugte sich, schnitt Pomponius nochmals eine Fratze und huschte aus der Tür.

„Du kannst aufstehen, Pomponius, und aufhören, Demut zu heucheln", sagte Faustina. Sie hatte ihren exaltierten Tonfall abgelegt und sprach mit normaler Stimme. „Du darfst dich auf diesen Schemel dort setzen. Ich habe etwas mit dir zu besprechen."

Pomponius war zutiefst verblüfft. Das Privileg, in Gegenwart der Kaisergattin sitzen zu dürfen, wurde nur wenigen Menschen zuteil. Er nahm vorsichtig auf der Kante des Schemels Platz und sagte: „Ich stehe ganz zu deinen Diensten, Erhabene, und ich hoffe, dass ich deine Verzeihung erlangen kann."

Faustina machte eine abwehrende Handbewegung. „Wenn du auf das bewusste Gedicht anspielst, so glaube ich inzwischen nicht mehr, dass es von dir stammt. Du bist einfach nicht der Mann, der Gedichte schreibt. Vielleicht wirst du mir einmal erzählen, warum du trotzdem die Schuld dafür auf dich genommen hast. Heute bist du hier, weil ich in einer weit ernsteren Angelegenheit deine Hilfe brauche."

Die Verblüffung des Pomponius steigerte sich. „Ich stehe ganz zu deinen Diensten", erklärte er.

„Du weißt, dass ich mit dem Statthalter Syriens, dem edlen Avidius Cassius, eine Korrespondenz unterhalte."

Das war keine Frage, sondern eine Feststellung. Pomponius war sehr auf der Hut. „Ich maße mir nicht an, über deine Korrespondenz Bescheid zu wissen, Erhabene", log er.

In Wahrheit hatte er eine sehr klare Vorstellung davon, worüber Faustina mit Avidius Cassius korrespondierte. Denn bei einem seiner früheren Fälle war ihm zufällig einer dieser Briefe in die Hände gefallen. Es hatte ihn erhebliche Mühe gekostet, vorzutäuschen, dass er über dessen hochgefährlichen Inhalt nicht Bescheid wusste. Faustina lebte nämlich in ständiger Sorge, ihr Gatte könne sterben, und sie und ihr Sohn Commodus, der noch zu jung war, um als Nachfolger in Betracht zu kommen, wären zur Bedeutungslosigkeit verurteilt, wenn die Herrschaft an einen anderen käme. Diese Sorge war nicht unbegründet. Denn Marc Aurel kränkelte häufig, weshalb er große Mengen einer als Theriak bekannten Arznei, die auch Opium enthielt, zu sich nahm, um seine körperlichen

Beschwerden zu ertragen. Außerdem hielt er es für seine unabdingbare Pflicht als Imperator, bei seinen Feldzügen in vorderster Front zu stehen, damit die Soldaten Vertrauen zu ihrem Feldherrn hatten und ihm willig folgten. Auch das brachte naturgemäß große Gefahren für seine Person mit sich. Faustina hatte also begonnen, Vorkehrungen für die Zeit nach dem Tod ihres Gatten zu treffen. In Avidius Cassius, einem erfolgreichen Heerführer, hatte sie den geeigneten Mann gefunden. Unter der Hand ermutigte sie ihn, nach dem Tod des Marc Aurel die Herrschaft zu beanspruchen, und diese dadurch zu legitimieren, dass er sie heiratete und ihren Sohn Commodus adoptierte. Hatte Avidius Cassius zunächst noch gezögert, so fand er bald Gefallen an diesem Plan und unterhielt eine rege Korrespondenz mit Faustina, die ihn mit Nachrichten vom kaiserlichen Hof und über den aktuellen Gesundheitszustand ihres Gatten versorgte. Der Inhalt dieses Briefwechsels konnte nur als Hochverrat bezeichnet werden. Denn allein schon über den Gesundheitszustand, oder noch schlimmer, über den baldigen Tod des amtierenden Imperators zu spekulieren, galt als Majestätsverbrechen. Pomponius war bekannt, dass erst kürzlich ein Mann hingerichtet worden war, bloß weil er es gewagt hatte, ein Orakel über das Schicksal des Kaisers zu befragen. Sollten Faustinas Umtriebe auffliegen, so würde ihr Marc Aurel wahrscheinlich verzeihen, denn er war seiner Frau sehr zugetan, und er würde gelten lassen, dass sie nur aus Sorge um die Zukunft ihres gemeinsamen Sohnes gehandelt hatte, aber Faustinas Pläne waren dann gescheitert und Avidius Cassius würde seinen Kopf verlieren.

„Sollte der Inhalt meiner Korrespondenz mit Avidius Cassius bekannt werden", erklärte Faustina, „so würde mir das aus Gründen, die dich nicht zu interessieren brauchen, große Ungelegenheiten bereiten. Verstehst du das?"

„Gewiss, Erhabene."

„Nun, diese Gefahr droht jetzt, denn ein Brief des Avidius Cassius, der an mich gerichtet war, ist in unrechte Hände gefallen. Du sollst ihn mir wiederbeschaffen, ehe er auf eine Weise verwendet wird, die mir schaden kann."

Pomponius sah seine Befürchtungen bestätigt. Nicht nur, dass er einen Fall am Hals hatte, mit dem er nicht weiterkam, wurde er jetzt zusätzlich in eine heikle politische Intrige verwickelt. Er konnte aber unmöglich das Ansinnen Faustinas ablehnen. Es war nämlich nicht abzusehen, wie sie dann reagieren würde. „In wessen Hände?", fragte er widerwillig.

„In jene des Basseus Rufus."

Pomponius verschlug es den Atem. „Der Statthalter? Du weißt vielleicht, dass ich den Anschlag auf ihn untersuche. Waren das etwa ..." Er wagte es nicht, die Frage zu vollenden.

„Nein", winkte Faustina ab. „Das waren nicht meine Leute. Damit habe ich nichts zu tun. So etwas könnte ich gar nicht veranlassen. Das heißt, ich könnte natürlich schon, aber es würde nicht geheim bleiben, dass ich den Befehl dazu gegeben habe. Selbst ich darf es nicht wagen, einen Statthalter töten zu lassen." Sie machte eine umfassende Handbewegung. „Der kaiserliche Hof ist eine Intrigenküche, in der die Wände Ohren haben und nichts geheim bleibt. Ich kann in diesem Schlangennest niemandem trauen, außer Valeria und Masculinius. Er war es auch, der mir geraten hat, mich an dich zu wenden. Er meint, du wärst sein bester Mann, du verstündest es, Geheimnisse zu wahren und es sei dein sehnlichster Wunsch, mein Wohlwollen zu erlangen. Ist das so, Pomponius?"

„Masculinius, du alter Schurke, was hast du mir nur wieder eingebrockt!", dachte Pomponius erbittert. Laut sagte er: „So ist es, Erhabene, wenngleich ich die Bezeichnung ‚bester Mann', für eine unverdiente Ehre halte. Wie ist Basseus Rufus in den Besitz dieses Briefes gekommen?"

„Das weiß ich nicht. Der Brief muss abgefangen worden sein, ehe er mich erreicht hat."

„Woher weißt du, dass ihn Basseus Rufus hat?"

„Er hat es mir indirekt, aber auf unmissverständliche Weise zu verstehen gegeben."

„Was will er mit dem Brief?"

„Das hat er nicht gesagt, aber er hat mit falscher Demut gemeint, er rechne mit meiner wohlwollenden Zustimmung, sollte er demnächst ein Anliegen an mich herantragen."

„Er will dich also erpressen."

„So sieht es aus."

„Ich bin ein praktisch denkender Mann", erklärte Pomponius nach kurzem Besinnen. „Basseus Rufus laboriert an den Folgen des Anschlages, der auf ihn verübt wurde. Niemanden würde es wundern, wenn sich sein Zustand plötzlich verschlechtert, und er verstirbt."

„Daran habe ich auch schon gedacht", gestand Faustina. „Aber wir wissen nicht, wo er den Brief verwahrt oder deponiert hat. Es könnte sein, dass er Vorkehrungen für den Fall seines Todes getroffen hat. Es wäre beispielsweise fatal, wenn er diesen Brief als Teil seines Testamentes im Tempel hinterlegt hat."

„Diese Gefahr besteht", murmelte Pomponius, „so etwas habe ich auch schon gemacht und das kompliziert die Sache erheblich."

„Die Zeit drängt."

„Das ist mir klar, Erhabene, und ich werde mich unverzüglich ans Werk machen."

„Ich vertraue auf dich, Pomponius. Enttäusche mich nicht." Diese Worte enthielten gleichzeitig eine Bitte und eine Drohung. Pomponius verstand das sehr wohl. Er verbeugte sich neuerlich. „Wenn du eine Nachricht an mich hast", fuhr Faustina fort, „verständige Valeria, sonst niemanden. Wie ich schon sagte, ist sie der einzige Mensch, dem ich hier vertraue. Du kannst gehen, Pomponius. Wir werden dich gebührend verabschieden, damit erst gar keine Gerüchte, die der Wahrheit nahekommen könnten, über den Grund deines Besuches aufkommen."

Faustina schlug einen kleinen Gong. Sogleich sprang die Tür auf und öffnete den Blick auf die Höflinge, die davor gewartet hatten.

„Was erfrechst du dich, du Wurm", schrie Faustina in höchstem Zorn. Sie war wirklich eine begnadete Schauspielerin. „Hältst du mich für eine Kupplerin? Hebe dich hinweg, ehe mein Zorn übermächtig wird und dich vernichtet." Sie sah Valeria an. „Dieser Mensch wollte doch tatsächlich, dass ich bei dir ein gutes Wort einlege, damit du ihn erhörst. Du hast recht daran getan, ihn abzuweisen, meine Liebe, denn er ist deiner nicht würdig. Du hast wahrhaftig Besseres verdient."

Pomponius stand mit gesenktem Kopf da und tat, als ob er tiefbeschämt sei.

„Du hast gehört, was die erhabene Faustina gesagt hat", wandte sich Valeria an Pomponius. „Hebe dich hinweg du Wurm, denn du bist meiner nicht würdig." Obwohl ihr Gesicht nur Ablehnung ausdrückte, hatte Pomponius den Eindruck, als ob sie einen kurzen Moment grinste. Er verbeugte sich und wankte zur Tür hinaus, vorbei an den Höflingen, die die Köpfe zusammensteckten und boshaft kicherten.

Pomponius wollte zuerst zum Statthalterpalast eilen, um mit Masculinius zu reden. Dann entschied er sich dagegen und dachte, das habe auch noch bis morgen Zeit. Er wollte zuerst seine Gedanken ordnen und ging nach Hause, wo ihn bereits Krixus sorgenvoll erwartete.

„Wie ist es dir ergangen, Herr", fragte er mit ungewohnter Höflichkeit, während er Pomponius die Sandalen aufschnürte. „So erzähl doch schon!"

„Faustina war für ihre Verhältnisse sehr huldvoll, obwohl sie es vor ihren Höflingen nicht gezeigt hat."

„Faustina war huldvoll? Dann hat sie bloß etwas von dir gewollt, sicher etwas Unangenehmes und Schwieriges, denn Güte ohne Gegenleistung gehört nicht zu ihren hervorragendsten Charakterzügen. Welche Schwierigkeiten kommen jetzt wieder auf uns zu?"

„Große Schwierigkeiten", vertraute ihm Pomponius an. „Erinnerst du dich an den Brief, der uns in die Hände gefallen ist, als ich den Waffenschieberskandal untersucht habe? Aliqua hat damals das Siegel gelöst, damit wir ihn lesen können, und dann das Siegel wieder kunstgerecht angebracht, sodass man es für unversehrt halten musste."

„Natürlich erinnere ich mich." Krixus begann die Füße seines Herrn in warmem Wasser, das Mara gebracht hatte, zu waschen. Die Tatsache, dass er dies ohne besondere Aufforderung tat, zeigte, wie tief seine Besorgnis war.

„Ihr ist schon wieder einer dieser Briefe abhanden gekommen."

„O Schande! Die Frau sollte auf ihre hochverräterische Korrespondenz besser aufpassen. Konntest du sie davon überzeugen, dass wir daran unschuldig sind?"

„Das war nicht notwendig. Sie weiß, wer den Brief hat. Sie will, dass ich ihn ihr wiederbeschaffe."

„Das sollte mit den Möglichkeiten, die dir und deinen Kollegen bei den Frumentarii zur Verfügung stehen, doch zu machen sein."

„In diesem Fall nicht. Es handelt sich um den Statthalter Basseus Rufus. In Abwesenheit des Kaisers ist er der mächtigste Mann in der Provinz und kann sogar Masculinius Befehle erteilen. Außerdem steht ihm mit seiner Garde, die ihm treu ergeben ist, eine eigene kleine Streitmacht zur Verfügung. Den Mann kann ich nicht einfach festnehmen und so lange foltern lassen, bis er den Brief hergibt."

„O grenzenloses Elend", jammerte Krixus. „Wir hätten schon längst nach Niedergermanien ziehen sollen, weit weg von diesen schrecklichen Leuten. Aber eines verstehe ich nicht, wie ist Faustina ausgerechnet auf dich verfallen?"

„Masculinius, dem sich Faustina anvertraut hat, hat ihr dazu geraten."

„Jetzt wird mir einiges klar!"

„Was meinst du?"

„Ich habe eine Eigenmächtigkeit begangen."

„Das ist nichts Neues bei dir. Was hast du diesmal angestellt?"

„Gleich nachdem du das Haus verlassen hast, bin ich zum Statthalterpalast gerannt und habe mich bei Masculinius melden lassen."

„Obwohl du dich so vor ihm fürchtest?"

„Ich war vor Sorge um dich außer mir. Bei Faustina muss man immer mit dem Schlimmsten rechnen." Pomponius versuchte sich nicht anmerken zu lassen, dass er gerührt war und fragte: „Wie hat er dich empfangen?"

„Ich habe mich ihm zu Füßen geworfen, gesagt, dass ich nur ein elender, nutzloser Sklave sei, und ihn angefleht, dass er dich beschützen soll, weil dich Faustina, die doch deinen Kopf will, zu sich gerufen hat. Zu meiner Überraschung hat er daraufhin herzlich gelacht und gesagt: ,Geh wieder nach Hause, du elender, nutzloser Sklave, und sei unbesorgt, deinem Herrn wird schon nichts geschehen, jedenfalls nicht heute.' Zu meiner noch größeren Überraschung hat er mir dann zwei Denare geschenkt. Jetzt verstehe ich sein sonderbares Verhalten natürlich. Er hat das Ganze ja erst eingefädelt."

„Und damit hat er mir ein weiteres Problem angehängt, von dem ich nicht weiß, wie ich es lösen soll."

„Könnte man sagen, dass wir noch tiefer in der Scheiße stecken als zuvor?", fragte Krixus sorgenschwer.

„Ja", bestätigte Pomponius. „Wenn man keinen Wert auf eine gewählte Ausdrucksweise legt, könnte man das durchaus so formulieren."

XV

Hätte Pomponius seinem ersten Gedanken nachgegeben und wäre zu Masculinius anstatt nach Hause gegangen, so wäre er mit Aliqua zusammengetroffen, und er wäre über ihren Anblick weidlich erschrocken.

Mit schmerzverzerrtem Gesicht humpelte sie die Treppe zum Quartier des Masculinius hoch und hielt dabei einen Sack umklammert. Apollonarius konnte sein Erstaunen nicht verbergen, als er ihrer ansichtig wurde und rief mitleidig: „Wie siehst du denn aus?"

„Wie jemand, der vom Pferd gefallen ist", antwortete Aliqua griesgrämig. „Ich muss unseren Kommandanten sprechen."

Wenig später wurde sie zu Masculinius gerufen. „Man berichtet mir, du wärst vom Pferd gefallen", sagte der Centurio und musterte Aliqua kritisch. „Du siehst eher aus, als hätte man dich verprügelt. Setz dich, trink einen Schluck Wein und berichte mir, was geschehen ist."

Aliqua begann zu reden und schloss ihren Bericht mit den Worten: „Aulus war sofort tot. Der Pfeil hat ihn direkt ins Herz getroffen. Der Attentäter ist uns unerkannt entkommen. Ich fürchte, das war auch meine Schuld, weil sich Macrinus und seine Männer zuerst um mich gekümmert und ihm dadurch einen Vorsprung verschafft haben."

„Hör auf, dir ständig an allem selbst die Schuld zu geben", rügte sie Masculinius. „Kaum eine Mission verläuft ohne Rückschläge und Pannen. So wie ich das sehe, warst du durchaus erfolgreich. Ich bin zufrieden mit dir." Er wog den Prägestempel in der Hand. „Jetzt wissen wir wenigstens, worum es bei dem Überfall auf den Geldtransport gegangen ist."

„Aber damit ist die Spur abgerissen. Wir wissen nicht, für wen die Lieferung bestimmt war."

„Nein, das wissen wir noch nicht, aber wir haben Anhaltspunkte: Es muss jemand sein, der jederzeit Zutritt zum Legionslager hat, und der mit der umfangreichen Sendung das Lager verlassen kann, ohne von den Torposten behelligt zu werden."

„Ich denke an einen der Händler, die die Legion und den Hofstaat beliefern", führte Aliqua die Überlegung fort. „So jemand könnte mit seinem Karren hinein- und auch wieder hinausfahren, ohne dass man seine Ladung durchsucht, besonders wenn er der Torwache gut bekannt ist. Was mir zu denken gibt, ist der alte Sextans, der als Erkennungszeichen dienen sollte. Es kann ein Zufall sein, aber auch manche unserer informellen Mitarbeiter verwenden diese seltene Münze gelegentlich als Erkennungszeichen. Wir sollten überprüfen, ob einer der ständigen Lieferanten für das Lager auch für uns arbeitet, oder gearbeitet hat."

„Das ist ein guter Gedanke", lobte Masculinius. „Du bist auf den Hintern, aber nicht auf den Kopf gefallen. Ich glaube zwar nicht, dass uns das weiterbringt, aber es wäre fahrlässig, dieser Spur nicht zu folgen. Ich werde mich darum kümmern und die Liste unserer Informellen durchgehen. Wie bist du übrigens mit Calliste, die ich dir zugeteilt habe, zufrieden?"

„Ich mag sie", antwortete Aliqua. „Sie bemüht sich sehr und sie ist loyal. Aus der könnte eine gute Mitarbeiterin werden. Pomponius pflegt sie zwar eine Tochter des Hades zu nennen, aber er ist nicht ganz objektiv, weil er ihr den Mordanschlag auf ihn nachträgt."

„Wer wollte ihm das verübeln", lachte Masculinius. „Zurück zu unserm Fall. Es stellt sich die Frage, wer diese spezielle Lieferung abgefangen hat und warum. Das ‚warum' können wir noch nicht beantworten. Das ‚wer' könnte uns weiterbringen. Es waren etwa zwei Dutzend Männer, gut beritten und vorzügliche Bogenschützen. Sie haben rasch und diszipliniert gehandelt und sind danach wie vom Erdboden verschwunden. Das lässt mich eher an eine militärische Einheit als an eine Räuberbande denken. Fällt dir dazu etwas ein?"

Aliqua sah ihn mit aufgerissenen Augen an. „Aequinoctium!" rief sie. Der Überfall hat in der Nähe des Kastells stattgefunden. Die Angreifer könnten von dort gekommen und dorthin auch wieder verschwunden sein: Angehörige einer Reitereinheit, die mit Pfeil und Bogen umgehen können."

„Der Gedanke ist mir auch schon gekommen. Ich frage mich bloß, ob sie diese Aktion durchführen konnten, ohne den Argwohn ihrer Kameraden oder ihrer

Vorgesetzten zu erwecken. Denn dass die ganze Garnison in so eine Verschwörung eingeweiht ist, halte ich für höchst unwahrscheinlich."

„Wer hat den Oberbefehl über die erste thrakische Reiterschwadron", fragte Aliqua. „Wer steht direkt über dem örtlichen Kommandanten?"

„Die Kommandostrukturen sind bisweilen etwas unübersichtlich, besonders wenn so viele Einheiten in einer Provinz konzentriert werden", murmelte Masculinius und schnippte mit den Fingern. Apollonarius eilte zu einem Regal, nahm eine Schriftrolle heraus und reichte sie seinem Herrn. „Da haben wir es schon", verkündete Masculinius und legte den Finger auf einen Eintrag. „Sie stehen als lokale Einheiten, anders als die Legionen, die für unsere nächste Offensive in der Provinz zusammengezogen wurden, direkt unter dem Oberbefehl des Statthalters, also des Basseus Rufus."

Aliqua hob überrascht den Kopf.

„Was hast du?", fragte Masculinius. „Ist dir etwas eingefallen?"

„Der Anschlag auf Aulus", antwortete Aliqua. „Ich bin mir sicher, dass auch der Attentäter aus Aequinoctium gekommen und uns gefolgt ist. Von wo sollte er sonst auch gekommen sein? Nur im Kastell von Aequinoctium wusste man, dass wir Aulus mitnehmen. Er wurde umgebracht, damit er uns nichts verraten kann. Der Attentäter wusste aber nicht, dass Aulus schon vorher geredet und uns alles Wesentliche mitgeteilt hat." Sie atmete erleichtert aus. „Damit können wir auch einen Zusammenhang zwischen Macrinus und diesem Anschlag ausschließen. Denn Macrinus wusste ja um das Geständnis des Aulus."

„In der Tat", sagte Masculinius kalt. „Wäre Macrinus tatsächlich in diese Verschwörung verwickelt, hättest auch du sterben müssen, denn nur du hast noch das Geständnis des Albus gehört. Zum Glück bist du vom Pferd gefallen und der Pfeil, der dir gegolten hat, hat sein Ziel verfehlt."

„Das macht keinen Sinn", protestierte Aliqua. „Immerhin haben wir Macrinus dieses Geständnis überhaupt zu verdanken."

„Ich habe nicht gesagt, dass ich Macrinus in irgendeiner Weise verdächtige. Ich hatte eher den Eindruck, dass du an dem Mann zweifelst."

„Nein, nein", murmelte Aliqua und senkte den Kopf.

Masculinius sah sie aufmerksam an. „Nimm einen Rat von mir an, Aliqua", sagte er ruhig. „Hüte dich vor Macrinus. Der Mann ist einige Nummern zu groß für dich. Ich glaube nicht, dass er in unseren Fall verwickelt ist. Aber so sehr er sich auch um dich bemüht und so hilfsbereit er auch ist, bedenke eines: Man erlangt und behauptet keine Position wie sie Macrinus innehat, ohne eine gehörige Portion an Verschlagenheit und Rücksichtslosigkeit. Das ist leider so. Und soviel ich weiß, ist auch sein Verhalten Frauen gegenüber von diesen Charaktereigenschaften geprägt."

Aliqua hielt den Kopf gesenkt und gab keine Antwort.

Masculinius erwartete auch keine. „Für heute kannst du gehen", schloss er die Unterredung. „Melde dich wieder zum Dienst, sobald du dich dazu fähig fühlst. Ich werde inzwischen versuchen, einige der losen Enden, die du mir geliefert hast, miteinander zu verknüpfen." Er winkte Apollonarius zu sich, erteilte ihm einen Befehl und sagte zu Aliqua: „Eine Sänfte wird dich nach Hause bringen, denn in deinem Zustand solltest du nicht durch die Stadt laufen."

Zu Hause angekommen wurde Aliqua von Calliste erwartet.

„Ehe du fragst, wie ich aussehe und was mir widerfahren ist, ich bin vom Pferd gefallen", erklärte Aliqua und wankte ins Haus.

„Gütige Götter", rief Calliste und schlug die Hände zusammen. „Man könnte glauben, das Pferd sei auf dir herumgetrampelt. Leg deine Kleider ab, damit wir deine Verletzungen versorgen können."

Mühsam folgte Aliqua dieser Aufforderung. Calliste ging um sie herum und stellte fest: „Von vorne schaust du gut aus, hinten hast du jede Menge blauer Flecken. Aber wenn nichts gebrochen ist, wird das schon wieder. Nach einiger Zeit werden die blauen Flecken grün, dann gelb und dann verschwinden sie. Ich kenne das. Mein Vater hat mich oft genug verprügelt. Wusstest du eigentlich, dass man Grün bekommt, wenn man Blau und Gelb mischt? Ich habe mich immer gefragt, ob das bei blauen Flecken auch so ist."

„Bitte, Calliste, hör auf Unsinn zu schwatzen und reib mir den Rücken mit einer Salbe ein", stöhnte Aliqua und legte sich bäuchlings aufs Bett. „Sie ist in dem Tiegel mit dem blauen Deckel, dort auf dem Regal."

Calliste öffnete den Tiegel und schnupperte an deren Inhalt. „Wenn sie genauso gut hilft, wie sie stinkt", sagte sie, „bist du bald wieder auf dem Damm."

„Sie hilft sicher. Der Arzt Claudius hat sie mir einmal gegeben. Er behandelt damit Gladiatoren, die sich mit ihren Übungswaffen verprügelt haben."

Calliste begann behutsam die Salbe aufzutragen und auf Aliquas Rücken, Hinterteil und Oberschenkel zu verreiben. „Warst du in Aequinoctium wenigstens erfolgreich?"

„Ich denke schon. Ich habe einiges herausgefunden. Macrinus war dabei sehr hilfreich."

„Ach ja? Hast du auch mit ihm geschlafen?"

„Calliste", sagte Aliqua indigniert, „du weißt, dass ich dich mag. Aber solche Fragen stehen dir nicht zu. Ich will nicht darüber sprechen."

„Also hast du", konstatierte Calliste ungerührt. „Krixus hat das auch schon befürchtet."

„Du kennst Krixus?", fragte Aliqua und versuchte sich aufzurichten. „Und ihr redet über mich? Was geht euch mein Privatleben an?"

„Bleib liegen, ich bin noch nicht fertig." Calliste ließ ihre Hand über Aliquas Rippen gleiten. „Nein, den Göttern sei's gedankt, du hast dir keine Rippe gebrochen. Krixus sagt, es geht ihn etwas an, weil in erster Linie er darunter zu leiden hat, wenn Pomponius unleidlich wird. Und Pomponius wird unleidlich, wenn er Kummer mit dir hat, sagt Krixus. Mir scheint, das ist jetzt schon der Fall. Pomponius hat sehr deprimiert gewirkt, wie ich mich unlängst mit ihm unterhalten habe."

Aliqua versuchte neuerlich vergeblich sich aufzurichten. „Du hast mit Pomponius gesprochen? Ich dachte, er verabscheut dich!"

„Jetzt nicht mehr. Er hat mir verziehen, und ich habe ihm einige Ratschläge gegeben, wie er seinen Fall lösen soll."

„Du hast was getan? Du hast Pomponius Ratschläge gegeben? Ausgerechnet du? Wie hat er darauf reagiert? Hat er einen Wutanfall bekommen?"

„Nein, er hat nur ein wenig verstört gewirkt, aber er war sehr freundlich."

„Du hast also in meiner Abwesenheit Freundschaft mit Pomponius und Krixus geschlossen? Und du machst dir gemeinsam mit Krixus Gedanken über mein Liebesleben? Ich glaube, ich war zu lange weg."

„Das glaube ich auch. Viel zu lange. Wirst du Pomponius sagen, was du getan hast?"

Aliqua gab ihren Widerstand gegen Callistes Neugier endgültig auf, nicht zuletzt, weil sie das Bedürfnis hatte, sich auszusprechen.

„Ich denke schon. Ich bin es ihm wohl schuldig. Ich will ihn nicht belügen."

„Man sollte meinen, eine Frau wie du weiß es besser. Glaube mir, Aliqua, die vielgerühmte Wahrheit ist eine gute Sache, wenn sie nicht schadet. Manchmal ist sie aber für eine Beziehung wie eine ätzende Säure. Dann mag eine Lüge, so wie die Salbe die ich eben auf dich geschmiert habe, moralisch gesehen zwar stinken, aber sie ist heilsam."

Aliqua verbarg das Gesicht in der Beuge ihres Ellenbogens. Die Anspannungen des Tages machten sich unvermutet Luft und sie begann leise zu schluchzen.

Damit hatte Calliste nicht gerechnet. Sie saß wie erstarrt da, dann streckte sie zögernd die Hand aus und strich Aliqua über den Kopf. „Weine doch nicht", sagte sie sanft. „Bedenke, wer du bist. Du bist Aliqua, erfolgreiche Agentin der Frumentarii, anerkannt und gefürchtet. Der Kaiser hat dich persönlich belobigt. Du hast kürzlich erst, ohne mit der Wimper zu zucken, einen Mann auf offener Straße erstochen. Was machst du dir da Gedanken wegen Macrinus? Ich will es ganz offen aussprechen, weil ich deine Vergangenheit kenne: Welche Rolle spielt schon ein Mann mehr oder weniger? Macrinus ist ohnehin nichts für dich. Das weißt du ebenso gut wie ich. Vergiss ihn einfach, und wenn dir an Pomponius gelegen ist, so mach ihm nicht das Herz schwer, lüg ihn notfalls an, aber sctzc nicht curc Bcziehung aufs Spiel."

„Ich fürchte, du bist kein guter Umgang für mich", antwortete Aliqua und lächelte unter Tränen.

„Das kann schon sein. Pomponius nennt mich ja auch eine Tochter des Hades. Aber ich meine es gut mit dir und wenn du es erlaubst, so will ich deine Freundin sein. Jetzt versuche zu schlafen. Du hast einen harten Tag hinter dir. Morgen früh sieht die Welt schon ganz anders aus."

Calliste breitete vorsichtig eine Decke über Aliqua und wartete bis sie eingeschlafen war. Dann verließ sie leise das Zimmer und murmelte: „Armes Ding. Da sieht man, welches Unheil Amor in seinem Übermut selbst bei einer Frau wie Aliqua anzurichten vermag, mehr noch als ein menschlicher Attentäter, gegen dessen Pfeile man sich wenigstens wappnen kann. Die Sache mit Macrinus ist noch lange nicht ausgestanden, das spüre ich. Ich muss unbedingt mit Krixus reden. Vielleicht weiß er, was zu tun ist, damit der Kerl wieder aus ihrem Leben verschwindet."

XVI

Am nächsten Morgen erwachte Pomponius, weil ihn Krixus schüttelte. „Bist du verrückt geworden?", protestierte er. „Was ist los? Sind die Germanen über die Grenze gekommen?"

„Das nicht, aber dein Freund Ballbilus ist gekommen. Er sagt Masculinius entbietet dir seine Grüße und versichert dich seines immerwährenden väterlichen Wohlwollens ..."

„Das kenne ich schon", unterbrach ihn Pomponius. „Und er reißt mir den Kopf ab, wenn ich nicht sofort zu ihm komme."

„Ja, etwas in der Art, obwohl es nicht der Kopf war, wenn ich Ballbilus richtig verstanden habe."

Wenig später eilte Pomponius begleitet von Ballbilus zum Statthalterpalast. Unterwegs erzählte ihm Ballbilus, dass Aliqua am späten Nachmittag des Vortages ziemlich lädiert im Hauptquartier eingetroffen sei und mit Masculinius eine lange Unterredung gehabt habe.

„Es geht ihr aber ganz gut", beruhigte er Pomponius, „wenngleich sie wahrscheinlich einige Tage dienstunfähig sein wird."

Masculinius begrüßte Pomponius recht ungnädig. „Da bist du ja. Habe ich dir nicht befohlen, regelmäßig zur Berichterstattung bei mir zu erscheinen? Muss ich dich eigentlich ständig holen lassen? Was gibt es Neues?"

„Als ob du das nicht wüsstest, Herr. Faustina hat mich vorgeladen, so wie du es ihr empfohlen hast. Warum hast du mir das bloß angetan?"

„War sie denn so ungnädig?"

„Schlimmer noch. Sie war für ihre Verhältnisse sehr freundlich, zumindest unter vier Augen. Sie will, dass ich einen Brief beschaffe, den angeblich Basseus Rufus in seinem Besitz hat."

„Ach ja. Ich erinnere mich, dass sie etwas Derartiges erwähnt hat. Nun, ich nehme an, du hast freundlich aber entschieden abgelehnt, weil dich dein derzeitiger Fall voll und ganz in Anspruch nimmt."

„Hätte ich das deiner Meinung nach tun sollen?"

Masculinius wiegte den Kopf. „Das kommt darauf an, wie sehr dir an ihrer Gunst gelegen ist. Wenn du dir zutraust, beide Aufgaben gleichzeitig zu erledigen, so habe ich nichts dagegen."

„Ich traue mir nicht einmal zu, eine dieser Aufgaben zu erledigen", gestand Pomponius verbittert. „Natürlich habe ich es nicht gewagt, Faustinas Ersuchen zurückzuweisen. Aber die Wahrheit ist, dass ich weder mit der Aufklärung des Attentates auf Basseus Rufus vorankomme, noch dass ich eine Ahnung habe, wie ich ihm den fraglichen Brief abnehmen soll."

„Dann wird dich das, was ich dir jetzt sage, noch weniger erfreuen. Aliqua wird einige Tage nicht einsatzfähig sein. Ich habe entschieden, dass du für diese Zeit, auch die Ermittlungen in ihrem Fall übernimmst."

„Zusätzlich?"

„Natürlich zusätzlich. Was dachtest du denn?"

„Aber dann hätte ich ja drei Fälle gleichzeitig zu bearbeiten, wenn ich die Suche nach Faustinas Brief dazurechne! Das kann ich nicht! Ich habe eher angenommen, dass du mich von allen anderen Aufgaben entbindest, damit ich mich nur auf Faustinas Anliegen konzentrieren kann! Warum tust du mir das an, Herr?"

„Einmal, damit du wieder in Schwung kommst und aufhörst herumzu- jammern. Zum anderen, aus einem Grund, auf den du selbst auch schon gekommen sein könntest: Es ist inzwischen sehr wahrscheinlich geworden, dass zwischen diesen drei Fällen ein Zusammenhang besteht. Einerseits in der Person des Basseus Rufus und andererseits durch diese sonderbaren Maskenmänner. Es ist notwendig, dass die Ermittlungen koordiniert werden. Ich halte das auch für notwendig, um Faustinas Geheimnis zu wahren. Im Augenblick stehen Ballbilus und – weil Aliqua nicht da ist – auch Herennius unter deinem Kommando. Du kannst zusätzlich jede Unterstützung anfordern, die du brauchst. Vorerst wirst du dich aber unverzüglich zu Aliqua begeben, ihr meine Genesungswünsche überbringen, und dir von ihr genau berichten lassen, was sie inzwischen herausbekommen hat. Sie war nämlich im Gegensatz zu dir bisher recht erfolgreich. Eines sei aber gleich vorweggenommen: Was hältst du davon?"

Masculinius legte den Prägestempel auf den Tisch.

Pomponius nahm ihn auf und betrachtete ihn genau. „Ich habe so etwas vorher noch nie gesehen", erklärte er, „aber ich weiß natürlich, was es ist. Ein Stempel, um Aureii zu prägen, offenbar vorzüglich gearbeitet und noch ungebraucht, so wie wenn er frisch aus der kaiserlichen Münzanstalt käme."

„Ganz richtig, das tut er auch. Es gibt insgesamt vier Dutzend davon. Sie wurden von drei Männern des Geldtransportes mitgeführt. Ihnen galt auch der Überfall, den Aliqua untersucht."

„Was will man mit diesen Stempeln?", grübelte Pomponius.

„Goldmünzen prägen, was sonst!"

„Das verstehe ich nicht. Natürlich kann man Münzen damit prägen, die eine geringwertige Legierung aufweisen, und versuchen, so Gewinn zu machen. Das wurde schon früher versucht, ist aber immer sehr rasch aufgeflogen."

„Das hat man nicht vor. Ich gehe davon aus, dass man vollwertige Aureii prägen will."

„Das verstehe ich noch weniger. Der Wert eines Aureus entspricht seinem Goldwert. Was hätte man dann von einer illegalen Münzprägung?"

„Ich bin mir recht sicher, dass diese Stempel für das Barbaricum bestimmt sind."

„Für die Germanen? Die kennen zwar römisches Geld, aber untereinander treiben sie noch immer geldlosen Tauschhandel. Was hätten diese Barbaren von solchen Stempeln?"

„Unterschätze die Germanen nicht, Pomponius. Das sind nicht mehr jene Barbaren, die sie noch vor einigen Jahrzehnten waren. Denn sie haben viel von uns gelernt. Sie kennen unsere Art der Kriegsführung genau und kopieren sie bisweilen. Sie haben junge Männer, die in Rom ausgebildet wurden, in der vergeblichen Hoffnung, Freunde des Imperiums aus ihnen zu machen. Das ganze Land ist jetzt von ihren Spitzeln, Spionen und Attentätern, die sich unerkannt unter uns bewegen, durchsetzt. Dazu kommen noch Verräter aus den eigenen Reihen. Wir haben das schon zur Genüge erlebt, auch in Fällen, in denen du früher ermittelt hast. Diese Leute wollen bezahlt werden, und sie wollen mit römischem Geld bezahlt werden, das man nicht nachverfolgen kann, und das überall auf der Welt gerne angenommen wird. Als die Germanen vor wenigen Jahren die Provinzen geplündert haben, sind ihnen viele Talente Gold in die Hände gefallen, das sie ins Barbaricum geschleppt haben. Dort können sie nicht viel damit anfangen, denn – wie du richtig bemerkt hast – haben sie keine eigene Währung und das Raubgold eignet sich schlecht dazu, Spione und andere Verräter zu entlohnen, weil die Gefahr der Entdeckung zu groß ist. Also sind sie offenbar auf die Idee verfallen, ihre Beute zu echten römischen Münzen zu machen. Ein wirtschaftlicher Nachteil entsteht uns dadurch nicht, weil die Münzen ihren richtigen Wert haben. Aber es wäre möglich, viele Leute damit zu bezahlen und zu korrumpieren. Mit den Stempeln können die Germanen aus ihrem Raubgold eine Menge Geld herstellen, besonders, wenn sie ein paar geschickte Handwerker verpflichten können, die in der Lage sind, stumpf gewordene Stempel nachzuschneiden.“

„Das ist genial“, murmelte Pomponius. „Wie bist du darauf gekommen?“

„Weil ich ein alter erfahrener Hund bin, dem schon viel untergekommen ist, mein Pomponius. Wenn du einmal Kommandant der Frumentarii bist, wirst auch du gelernt haben, genauso zu denken wie ich.“

„Ganz gewiss nicht“, wehrte Pomponius erschrocken ab. „Ich habe nicht die Absicht, im Dienst der Frumentarii alt zu werden.“

Masculinius lachte freudlos. „Die Gefahr, dass ein Agent der Frumentarii alt wird, ist ohnehin nicht besonders hoch. Man macht sich zu viele Feinde. Geh jetzt, Pomponius, du hast viel zu tun.“

Als Pomponius an Aliquas Tür klopfte, schaute Calliste misstrauisch aus der Tür.

„Ave Calliste“, grüßte Pomponius freundlich. „Ich bin gekommen, um Aliqua zu besuchen.“

„Sei auch du gegrüßt, Pomponius. Ich weiß nicht, ob dich Aliqua empfangen will.“

„Geht es ihr denn so schlecht?“

„Das nicht gerade, aber sie riecht wie eine alte Bergziege. Das kommt von der Heilsalbe aus der Gladiatorenschule. Das Zeug wirkt wahre Wunder, nur stinkt es erbärmlich. Deswegen habe ich auch den edlen Marcus Nonius Macrinus, der ihr einen Besuch abstatten wollte, nicht eingelassen. Zuerst hat er sich aufgeplustert und war sehr herrisch, aber es hat ihm nichts genützt. Es ist schon sonderbar, wie hilflos befehlsgewohnte Männer werden, wenn sie einer blöden, aber sturen Sklavin gegenüberstehen, die nicht weiß, wen sie da vor sich hat und nur immer wiederholt, ihre Herrin habe ihr befohlen, niemanden einzulassen. Diese Rolle beherrsche ich vorzüglich. Er ist dann grollend wieder abgezogen."

„Ich werde mir wegen des Geruchs nichts anmerken lassen", lachte Pomponius. „Ich muss Aliqua trotzdem sprechen, weil mich unser Kommandant zu ihr geschickt hat. Es ist dienstlich."

Calliste registrierte erfreut, dass er ‚unser Kommandant' gesagt hatte und sie so in den Kreis des Vertrauens mit einbezog. „Dann tritt ein und sei willkommen", sagte sie und riss die Tür weit auf.

„Komm nicht näher", rief Aliqua, als Pomponius in ihr Schlafzimmer trat. Sie lag halb aufgerichtet im Bett und hatte in einer Schriftrolle gelesen. Calliste hatte nicht übertrieben. Ein stechender, ranziger Geruch lag in der Luft und verschlug ihm den Atem. Daran konnte auch das halb geöffnete Fenster nichts ändern.

„Wie geht es dir?", fragte Pomponius und blieb gehorsam stehen.

„So leidlich. Mich hat gestern ein Pferd abgeworfen. Ich denke aber, ich werde morgen wieder auf den Beinen sein."

„Das glaube ich nicht", bremste Pomponius ihre Zuversicht. „Ich kenne solche Verletzungen. Du fühlst dich wie gerädert und jede Bewegung tut dir weh. Das wird auch morgen noch so sein. Wenn die Wundersalbe unseres Claudius ihre Wirkung tut, kannst du frühestens in drei Tagen aufstehen und dann wirst du dich noch recht wackelig fühlen. Ich wäre dich auf jeden Fall besuchen gekommen, um nach dir zu sehen, aber auch Masculinius wollte, dass ich herkomme und mich mit dir bespreche. Er hat nämlich entschieden, dass unsere beiden Fälle zusammengeführt werden, und ich auch in deinem Fall ermittle, solange du noch nicht einsatzbereit bist."

„Er will, dass wir wieder zusammenarbeiten?"

„Das hat er nicht ausdrücklich gesagt, aber ich gehe davon aus. Wir sollen unsere Erkenntnisse austauschen. Am besten beginne ich und erzähle dir, was ich herausbekommen und veranlasst habe. Viel ist es nicht. Du wirst sicher mehr zu berichten haben."

Pomponius setzte sich auf einen Stuhl und sah Calliste an. „Bitte lass uns allein."

„Das ist nicht notwendig", intervenierte Aliqua.

„Es gibt eine Verwicklung, die höchst vertraulich ist. Es handelt sich einmal mehr um Faustina."

„Faustina?"

„Ja. Sie hat schon wieder einen ihre Briefe verloren. Du weißt schon, was ich meine. Sie will, dass ich ihn ihr beschaffe. Aus Gründen, die ich dir gleich erklären werde, könnte ein Zusammenhang mit unseren Fällen bestehen."

„Die Frau sollte besser auf ihre Korrespondenz aufpassen."

„Das hat Krixus auch gesagt."

„Du hast Krixus eingeweiht? Dann habe ich keine Bedenken, auch Calliste einzuweihen. Wenn sie mit uns zusammenarbeitet, soll sie ohnehin über alle Aspekte unserer Aufgaben Bescheid wissen. Sie ist vertrauenswürdig und versteht es, Geheimnisse zu wahren. Ich verbürge mich für sie."

Calliste stieg die Freudenröte ins Gesicht. Sie haschte nach Aliquas Hand und versuchte sie zu küssen.

„Lass das", wehrte sich Aliqua. „Ich stinke."

„Ich auch", erwiderte Calliste. „Ich habe dich schließlich mit dem Zeug eingerieben. Danke, Herrin."

„Nun dann sei es so", gab Pomponius nach. „Setz dich dort auf diesen Stuhl, du Tochter des Hades, und wehe dir, du missbrauchst das Vertrauen, das deine Herrin in dich hat. Jetzt hört mir gut zu!"

Pomponius sprach langsam und präzise und erläuterte auch, was ihm Masculinius über den vermutlichen Verwendungszweck der Prägestempel erklärt hatte.

„Das ist unglaublich", wunderte sich Aliqua. „So einen komplizierten Fall hatten wir noch nie. Zuerst Attentäter und Räuber, die sich mit Theatermasken tarnen, dann Germanen, die römisches Geld machen wollen, ein Agitator, der mit einer sogenannte Theaterpartei Unruhe stiftet – so etwas hatten wir bisher noch nie in Carnuntum – und zu allem Überfluss ein Statthalter, der die Gattin des Kaisers erpresst. Ich sehe die Zusammenhänge nicht, obwohl sie höchstwahrscheinlich da sind. Aber jetzt hör dir an, was ich erlebt und herausgefunden habe."

Aliquas Bericht war wesentlich länger als der des Pomponius. Sie lobte die Hilfsbereitschaft des Macrinus und umging geschickt jeden Hinweis auf die Belohnung, die er dafür bekommen hatte. Ganz wohl fühlte sie sich dabei nicht, aber Calliste nickte ihr aufmunternd zu. Pomponius, der sich seine eigenen Gedanken machte, äußerte sich nicht dazu und akzeptierte in stillschweigendem Einverständnis, dass in ihrem Gespräch alle persönlichen Fragen ausgeklammert wurden.

„Du hast wahrscheinlich recht", sagte er, „wenn du vermutest, dass der Überfall auf den Transport von Aequinoctium aus durchgeführt wurde, und auch dass der Mann, der Aulus getötet hat, von dort gekommen ist. Ich habe mich ohnehin schon gefragt, was das für Leute gewesen sein könnten. Denn aus einfachen Strauchdieben kann man keine so professionell agierende Truppe zusammenstellen. Manus und Numerius wussten auch nichts, und die hätten es sicher erfahren, wenn Gauner aus der Stadt daran beteiligt gewesen wären."

„Glaubst du, dass die Stempel noch im Land sind?"

„Das ist schwer zu sagen. Wenn wir Glück haben, wurden die Stempel noch nicht über den Fluss geschafft. Ich will versuchen, die Stempel sicherzustellen, und ich will herausbekommen, warum sie abgefangen wurden. Dazu muss ich wohl oder übel nach Aequinoctium gehen."

„Wie willst du das anstellen? Wenn die Räuber wirklich Angehörige der dortigen Garnison sind, könntest du sehr rasch in große Schwierigkeiten geraten."

„Das ist mir klar. Zum Glück hast du wertvolle Kontakte geknüpft. Ich werde daher den edlen Marcus Nonius Macrinus um seine nochmalige Unterstützung bitten und mich dabei auf dich berufen."

„Nein, das halte ich für keine gute Idee", rief Aliqua erschrocken.

„Warum nicht? Du hast mir doch gesagt, dass ihm sehr daran gelegen ist, bei der Aufklärung mitzuhelfen. Warum sollte er seine Meinung geändert haben?"

„Es ist wahrscheinlich, dass du mit ihm nicht klar kommst. Er ist ein sehr eigenwilliger Mann. Du wirst dich mit ihm nicht vertragen", wandte Aliqua verzweifelt ein. „Lass mich das machen, sobald ich wieder unter die Leute gehen kann."

„Ah pah", sagte Pomponius wegwerfend, „mach dir deswegen keine Sorgen. Ich bin ein ausgesprochen verträglicher Mensch. Im schlimmsten Fall wird Macrinus ablehnen, nur glaube ich das nicht. Ich glaube sogar, er wird mich kennenlernen wollen."

„Warum sollte er das?" Aliqua warf Calliste einen verzweifelten Blick zu.

„Darf ich etwas sagen?", meldete sich diese sofort zu Wort.

„Willst du mir wieder gute Ratschläge geben?", fragte Pomponius spöttisch.

„Das würde ich nicht wagen. Aber mir ist ein Gedanke gekommen, als du die Dinge so schön erklärt hast: Die Stempel waren für das Barbaricum bestimmt. Gut. Hätte der Geldtransport unbehelligt Carnuntum erreicht, so wären sie wahrscheinlich schon drüben. Die Sendung ist aber abgefangen worden, und zwar vermutlich von einer Militäreinheit. Das kann doch nur den einen Zweck gehabt haben, diesen Plan zu vereiteln. Ich verstehe ja nichts von solchen Dingen, aber ich denke mir, dass nur ein sehr hochrangiger Mann so etwas befohlen haben kann. Wenn ich alles richtig verstanden habe, so ist Basseus Rufus der Oberbefehlshaber der dortigen Reiterschwadron."

Einen Augenblick war es still im Raum. Dann sagte Pomponius langsam: „Du bist ein kluges Mädchen, Calliste. Sprich weiter. Welche Schlussfolgerung ziehst du aus deiner Erkenntnis?"

„Wenn es mir erlaubt ist, mich zu äußern: Macrinus ist ein einflussreicher Mann, aber er hatte unmittelbare Befehlsgewalt nur über die Männer des Geldtransportes, und die sind inzwischen weitergezogen. Du solltest dich nicht an Macrinus, sondern eher an Basseus Rufus wenden. Bei dem Mann laufen alle Fäden zusammen. Bitte doch ihn um Hilfe. Schließlich ist er für die Ala prima Thracum victrix zuständig. Es könnte interessant sein, zu sehen, wie er darauf reagiert."

„Es war kein Fehler, dich ins Vertrauen zu ziehen", lobte Pomponius. „Du denkst mit. Ich überlege mir ernsthaft, deinem Vorschlag zu folgen. Jetzt wollen wir Aliqua aber ruhen lassen. Ich sehe ihr an, wie sehr sie unser Gespräch ermüdet hat. Ich komme bald wieder und berichte, was ich erreicht habe. Bis dahin, Calliste, achte gut auf deine Herrin und lass keine ungebetenen Besucher zu ihr. Lebt wohl."

„Du raffiniertes kleines Ding", sagte Aliqua, kaum dass sich die Tür hinter Pomponius geschlossen hatte. „Du hast ihn doch tatsächlich von Macrinus abgelenkt. Danke. Es wäre sicher nicht gut gegangen, wenn die beiden aufeinandergetroffen wären."

Calliste schüttelte nachdenklich den Kopf. „Ich weiß nicht recht. Pomponius ist kein Mann, den man leicht täuschen oder ablenken kann. Er wird seine Gründe gehabt haben, als er meinen Vorschlag aufgegriffen hat. Jetzt versuche, etwas zu schlafen. Ich verspreche dir, dass heute keine Besucher mehr zu dir kommen werden, und wenn der Kaiser persönlich vor der Tür steht."

XVII

Pomponius hatte natürlich Callistes Absicht, ihn von Macrinus abzulenken, durchschaut. Dennoch erwog er ernstlich, ihrem Vorschlag zu folgen und sich zunächst an Basseus Rufus zu halten. Der Grund dafür war erschreckend banal und hätte Masculinius wegen des mangelnden Diensteifers, der darin zum Ausdruck kam, sehr erzürnt. Pomponius verspürte nämlich absolut keine Lust, nach Aequinoctium und wieder zurück zu reiten. Er war kein guter Reiter und wusste schon jetzt, dass ihm danach alle Knochen wehtun würden, auch wenn er nicht vom Pferd fiel. Auf einem Maultier mit einem bequemen, gut gepolsterten Sattel wäre er allenfalls dazu bereit gewesen, nur war es ausgeschlossen, dass ein Offizier der Frumentarii wie ein Bauer auf einem Maultier durch die Gegend zockelte, während seine Eskorte hoch zu Ross daherkam. Sein Ansehen wäre dahin gewesen. Er rang noch mit seinem inneren Schweinehund, als ihm die Entscheidung abgenommen wurde, und seine oft geäußerte Ansicht Bestätigung fand, wonach sich die meisten Probleme ohnehin von selbst lösten, wenn man es nur vermied, voreilige Beschlüsse zu fassen.

Denn kurz nachdem er nach Hause gekommen war, trafen Manius und Numerius ein und verlangten ihn zu sprechen.

„Es gibt Neuigkeiten", berichtete Numerius. „Wir haben getan, was du uns aufgetragen hast und Percennius unsere Dienste angetragen. Zuerst war er misstrauisch, aber zum Glück hat uns ein Mitglied seiner Bande gekannt und gesagt, wir wären stadtbekannte Trunkenbolde und Schläger. Dieser vorteilhafte Leumund hat Percennius überzeugt. Er hat uns aufgenommen und uns ein Handgeld von jeweils zehn Sesterzen gegeben. Ich finde das ist sehr viel dafür, dass wir bloß ein wenig Radau machen sollen. So ein Radau ist für heute Nachmittig geplant. Percennius will seine bezahlten Anhänger, die sich als Theaterpartei bezeichnen, durch die Stadt führen und direkt vor dem Statthalterhalterpalast demonstrieren, wo sie mit lautem Gebrüll verlangen sollen, dass die Theatertruppe und mit ihr Accius wieder auftreten darf. Wir sind natürlich dabei. Wir müssen schließlich etwas für unser Geld tun."

„Habt ihr sonst noch etwas herausgefunden?"

„Nein. So weit vertraut uns Percennius noch nicht. Eines ist uns aber aufgefallen, als wir die Parolen, die wir schreien sollen, eingeübt haben. Ich habe den Eindruck, sie zielen nur vordergründig darauf ab, Accius zu einem weiteren Auftritt zu verhelfen. Es scheint in Wahrheit darum zu gehen, den Statthalter einzuschüchtern, auch wenn keine direkten Drohungen gegen ihn gerufen werden sollen."

„Hat Percennius keine Sorge, die Garde des Statthalters könnte eingreifen?"

„Nein. Er sagt, das werde Basseus Rufus nicht wagen. Gegen ehrsame Bürger vorzugehen, die nur ein kulturelles Anliegen haben, würde die Bevölkerung empören. Es könnte zu Unruhen kommen und das wäre dem Kaiser sicher nicht recht. Er würde Basseus Rufus dafür verantwortlich machen."

Pomponius dachte eine Weile nach. „Ich glaube, Percennius irrt in diesem Punkt", verkündete er dann. „Gebt bei dieser Demonstration gut auf euch acht und verdrückt euch rechtzeitig, wenn es zu Ausschreitungen kommt."

„Was hast du vor?"

„Ich werde Basseus Rufus warnen und ihm vorschlagen, seine Garde einzusetzen. Dabei geht es mir nicht darum, die Demonstration zu zerschlagen, sondern darum, des Percennius habhaft zu werden. Das ist die ideale Gelegenheit dafür. Wenn Percennius als Unruhestifter, dem schlimmstenfalls Rutenhiebe drohen, festgenommen wird, wird niemand argwöhnen, es sei um etwas anderes gegangen. Ich will erfahren, was Percennius wirklich beabsichtigt, wer hinter seiner Agitation steckt, und was er mit dem flüchtigen Aper zu tun hat."

„Du denkst, er wird es dir verraten?", fragte Numerius skeptisch.

Pomponius lächelte milde. „Vielleicht nehme ich dich einmal mit und zeige dir unsere Verhörräume im Keller des Statthalterpalastes. Ja, mein Freund, er wird es mir verraten. Er wird mir alles verraten, was ich wissen will, und er wird darüber schweigen, wenn ihm sein Leben lieb ist."

„Manchmal bist du zum Fürchten, Pomponius", bemerkte Manius.

„Nicht für meine Freunde. Geht jetzt und übt brav eure Parolen ein. Ich muss Basseus Rufus aufsuchen und mich nach seinem Gesundheitszustand erkundigen."

Pomponius wurde anstandslos zu Basseus Rufus vorgelassen. Der Statthalter trug noch immer einen Verband um die Brust, aber sein Gesicht hatte Farbe bekommen und er atmete beschwerdefrei.

„Ave, edler Basseus Rufus", grüßte Pomponius. „Ich bin gekommen, um mich nach deinem Befinden zu erkundigen."

„Danke der Nachfrage. Mir geht es schon wesentlich besser, denn ich habe aufgehört, Blut zu husten. So sehr ich deine Sorge um mein Wohlergehen auch zu schätzen weiß, Pomponius, so glaube ich doch nicht, dass du allein deswegen zu mir gekommen bist. Was willst du von mir?"

„Es geht um eine Sache, die uns einigen Ärger verursachen kann. Weil die Frumentarii dafür nicht zuständig sind, halte ich es für meine Pflicht, dich zu informieren."

„Rede nicht um den heißen Brei herum. Worum geht es?"

„Eine Bande von Unruhestiftern, die sich als Theaterpartei aufführt, plant eine Demonstration, um Stimmung dafür zu machen, dass jene Theatertruppe, aus deren Reihen auf dich geschossen wurde, wieder auftreten darf. Meine Spione berichten mir, sie beabsichtigen, direkt hierher zu marschieren, um ihr Anliegen vorzutragen. Sie werden dies nicht geordnet tun, sondern mit lautem Gebrüll und ungebührlichen Formulierungen."

Basseus Rufus kratzte sich am Kopf. „Ich glaube, du machst dir unnötige Sorgen. Was soll schon geschehen? Der Statthalterpalast ist gut gesichert, hier kommen sie nicht herein. Also lass das Volk ruhig ein wenig brüllen, wenn ihm danach zu Mute ist. Sie werden schon wieder nach Hause gehen, sobald sie sich müde geschrien haben, und sich dabei auf die Schultern klopfen, weil sie der Obrigkeit ihre Meinung gesagt haben."

„Ich bin froh, dass du dieses Problem mit solch stoischer Gelassenheit siehst", erklärte Pomponius erleichtert. „Ein anderer an deiner Stelle hätte vielleicht befürchtet, dass seine Autorität Schaden nimmt, wenn er solche Ausschreitungen direkt vor seinem Amtssitz duldet, während die Garde, kaum einen Pfeilschuss entfernt, untätig in ihrer Kaserne bleibt. Du hast recht: Es gilt jede Eskalation zu vermeiden. Das ist sicher auch im Sinne des Kaisers."

Basseus Rufus sah ihn verunsichert an. „Es wäre allerdings auch möglich“, meinte er zögernd, „dass es der Kaiser nicht schätzt, wenn der Pöbel die Straßen beherrscht, noch dazu in Kriegszeiten und das in seinem Hauptquartier. Er könnte mich fragen, warum ich das zugelassen habe.“

„Und was wirst du ihm dann antworten?“, fragte Pomponius mit freundlichem Interesse.

„Ich werde antworten, dass ich dergleichen nicht geduldet habe“, verkündete Basseus Rufus entschlossen. Ich habe meine Meinung geändert. Wir werden auf eine solche Provokation angemessen reagieren. Ich denke, die Frumentarii übernehmen das. In Abwesenheit des Kaisers kann ich eine solche Entscheidung treffen. Ja, ich übertrage dir die Leitung dieser Operation, Pomponius. Du bist der geeignete Mann dafür.“

„Du schlauer Fuchs“, dachte Pomponius. „Damit kannst du alle Schuld auf mich schieben, wenn die Situation außer Kontrolle gerät. Aber letztlich, war es genau das, was ich gewollt habe.“ Er verbeugte sich ehrerbietig und sagte: „Dein Vertrauen ehrt mich, edler Basseus Rufus. Es ist nur so, dass die Frumentarii nicht genug Leute haben, um eine größere Menschenmenge im Zaum zu halten. Wir sind eher dafür da, im Verborgenen zu agieren. Es wird daher nötig sein, auf die Unterstützung der Garde zurückzugreifen. Mit der Stadtkohorte können wir nämlich nicht rechnen, das weißt du. Die nehmen Reißaus, wenn es hart auf hart geht, und das wäre eine Blamage für die Obrigkeit.“

Basseus Rufus war es sichtlich unangenehm, dass seine Garde involviert werden sollte, aber er fand kein tragfähiges Gegenargument. „Nun gut“, stimmte er widerwillig zu. „Dann wird dich meine Garde unterstützen.“

„Damit sie das tut, ohne Vorbehalte und ohne den geringsten Zweifel an der Richtigkeit meiner Anordnungen zu hegen, wäre ein schriftlicher Befehl von deiner Hand hilfreich."

Das Unbehagen des Basseus Rufus, der beabsichtigt hatte, seine Hände möglichst in Unschuld zu waschen, steigerte sich, er fand jedoch abermals keinen Grund, sich zu weigern, ohne das Gesicht zu verlieren. Also diktierte er seinem Sekretär das verlangte Schriftstück.

Pomponius rollte den Papyrus zusammen, steckte ihn zu sich und entfernte sich mit freundlichen Genesungswünschen. Basseus Rufus sah ihm besorgt nach.

Pomponius eilte unverzüglich zur Kaserne der Garde und verlangte, deren Kommandanten zu sprechen.

„Sei gegrüßt, Valerius Sulpicius", sagte er, als er ins Quartier des Kommandanten geführt wurde. „Du warst bei unserer letzten Unterredung so freundlich, mir deine Unterstützung anzubieten, falls ich sie brauche. Dieser Fall ist nun eingetreten. Der Pöbel beabsichtigt, vor den Statthalterpalast zu ziehen, nicht um eine Bittschrift zu überreichen, wie es sich gehört, sondern um mit Geschrei und Beschimpfungen ihrem Anliegen Nachdruck zu verleihen. Es ist zu befürchten, dass sie der Gewalt der Worte auch die Gewalt der Taten folgen lassen. Derartiges darf nicht geduldet werden, sagt der edle Basseus Rufus. Er hat mir befohlen, dir das zu bringen." Pomponius überreichte seinem Gegenüber den Befehl, den er vom Statthalter bekommen hatte.

Valerius Sulpicius entrollte den Papyrus und las mehrmals, was dort geschrieben stand. „Muss ich diesen Befehl so auffassen", fragte er schließlich ungläubig, „dass die Garde während dieses Einsatzes unter deinem Befehl steht?"

Pomponius streckte abwehrend die Hände von sich. „Nein, natürlich nicht! Wie kommst du nur darauf? Die Garde steht selbstverständlich unter deinem Befehl. Du sollst lediglich einige kleine Bitten berücksichtigen, die ich an dich habe."

„Die wären?"

„Fünf meiner Männer werden sich deiner Einheit anschließen. Sie haben nur den einzigen Auftrag, den Anführer dieses Pöbels, einen gewissen Percennius, festzunehmen und fortzuschaffen. Sie werden sich in Kürze bei dir melden. Ich bitte dich, ihre Aufgabe nach Kräften zu unterstützen. Die meisten Demonstranten sind bezahlte Agatateure. Sie werden rasch die Freude an der Sache verlieren, wenn ihr Anführer weg ist, und sie sich deinen Soldaten gegenüber sehen. Geht maßvoll vor und begnügt euch damit, sie fortzujagen. Es ist nicht notwendig, dass es Verletzte oder Tote gibt. Das würde nur für unnötige Aufregung in der Stadt sorgen."

„Es geht dir in Wahrheit nur um diesen Percennius. Habe ich recht?"

„So ist es. Ich nehme an, dass er in staatsfeindliche Umtriebe verwickelt ist oder zumindest um solche weiß. Der Aufruhr, den er jetzt anzettelt, bietet den idealen Vorwand, um sich seiner zu bemächtigen."

„Ich verstehe, und ich werde dafür sorgen, dass alles so abläuft, wie du es willst. Wann wird der Pöbel hier auftauchen?"

Pomponius blickte aus dem Fenster, um den Sonnenstand zu prüfen. „Sie werden sich jetzt bereits sammeln. Ich rechne damit, dass sie in einer Stunde hier sein werden. Sei für deine Hilfsbereitschaft bedankt, Valerius Sulpicius. "

Pomponius eilte in den Statthalterpalst zurück und ließ Herennius zu sich kommen. „Du stehst jetzt vorübergehend unter meinem Befehl", erklärte er kurz.

„Ich weiß, Herr. Man hat es mir bereits gesagt." Herennius wirkte eingeschüchtert und ein wenig deprimiert. Er war bei seiner Suche nach Aper erfolglos geblieben und Ballbilus hatte ihm vorgeworfen, dass im Grunde genommen er die Schuld an Aliquas Verletzung trage.

„Dann hör mir gut zu. Ich habe eine Aufgabe für dich, bei der du dich bewähren kannst. Wähle vier tüchtige Männer, die dann unter deinem Kommando stehen, und melde dich mit ihnen unverzüglich bei Valerius Sulpicius, dem Kommandanten der Garde. Er weiß Bescheid."

In knappen Worten instruierte Pomponius Herennius und schloss mit der eher rhetorischen Frage: „Traust du dir das zu?"

„Jawohl, Herr." Herennius salutierte.

„Gut. Eil dich, Herennius, die Zeit drängt und du hast viel zu tun."

Pomponius sah Herennius nach, der davonrannte und dachte bei sich: „Manchmal höre ich mich schon so an, wie Masculinius. Das stimmt mich bedenklich."

Pomponius begab sich in die dem Statthalterpalast angegliederte Kaserne der Frumentarii. In deren straßenseitiger Front befanden sich im Dachbereich drei schmale Schlitze, die sich nach innen verengten. Von dort konnte man ungesehen die Vorgänge auf dem Platz davor beobachten. Gemeinsam mit Ballbilus kletterte er die leiterähnliche Stiege in den Dachbereich hoch, wo sie vor diesen Schießscharten Position bezogen.

Wenig später sahen sie, wie Herennius mit seinen vier Männern über den Platz eilte und in der Kaserne der Garde Einlass fand. Dann wurden die schweren Tore des Statthalterpalastes geschlossen, was die zahlreichen Müßiggänger, die den Platz belebten, mit Erstaunen zur Kenntnis nahmen. Sie zeigten sich jedoch nicht beunruhigt, weil ansonst keine ungewöhnlichen Aktivitäten wahrzunehmen waren. Auch der Umstand, dass in der Gardekaserne ungewöhnliche Ruhe herrschte und die sonst ständig vernehmbaren Kommandorufe verstummt waren, fand keine Beachtung.

Nach kurzer Zeit war in der Ferne zunächst noch unbestimmter Lärm zu hören, der rasch näher kam. „Es geht los", bemerkte Ballbilus zu Pomponius.

Der Lärm nahm Struktur und Formen an. Man konnte eine Art Sprechgesang ausmachen, der von laut skandierten Parolen unterbrochen wurde. Dazu erklangen Trommeln und Pfeifen, die zwar keine Melodie intonierten, aber erheblichen Krach machten. „Ja", antwortete Pomponius. „Die Bande scheint erstaunlich diszipliniert und gut organisiert zu sein, fast so, als ob ein Theatermann ihren Auftritt geplant hätte. Da sind sie schon!"

Die ersten Demonstranten bogen auf den Platz ein. Sie marschierten in geordneten Reihen und schufen mit ihren Lärminstrumenten eine bedrohliche Tonkulisse. Ihnen voran schritt Percennius und schwenkte einen efeu-umwundenen Stab, mit dem er Signale gab.

„Wirklich beeindruckend", staunte Ballbilus. „Ich habe schon etliche Fälle von öffentlichem Aufruhr erlebt, aber noch keinen, der so planmäßig aufgezogen wurde."

Der Platz füllte sich rasch mit Demonstranten. Es mochten etwa vier- oder fünfhundert Menschen sein.

„Wie ich es erwartet habe", konstatierte Pomponius. „Den harten Kern bilden etwa fünfzig Männer, die von Percennius bezahlt werden. Der Rest besteht aus Müßiggängern und Neugierigen, die sich ihm unterwegs angeschlossen haben und jetzt, begeistert und mitgerissen von den Parolen, mitmachen. Es erstaunt mich immer wieder, wie leicht es ist, den Pöbel zu manipulieren."

Auf ein Zeichen von Percennius erhob sich ein rhythmisches Geschrei: „Accius, Accius, wir wollen Accius sehen!" Die Trommeln und Pfeifen setzten ein und schufen akustischen Raum für Percennius, der laut schrie: „Gib uns, was uns zusteht, Basseus Rufus. Gib uns, was uns der Kaiser versprochen hat! Gib uns Spiele! Warum missachtest du den Wunsch des Kaisers?" Er schwenkte seinen Stab. „Gib uns, was uns zusteht", brüllte die Menge.

„Gib uns, was du uns vorenthältst", rief Percennius. „Gib uns, was du uns vorenthältst", stimmte die Menge ein und wiederholte diese Forderung immer wieder. Neuerlich ertönten Trommeln und Pfeifen.

„Wenn man nicht wüsste, dass es nur um eine Theateraufführung geht, könnte man meinen, sie verlangen etwas ganz anderes", sagte Ballbilus und hob die Stimme, um den Lärm zu übertönen."

„Sie meinen etwas anderes", erwiderte Pomponius grimmig. „Nicht die Schreihälse, aber Percennius, der ihnen die Parolen vorgibt. Numerius hat Derartiges schon vermutet. Kannst du ihn sehen?" Ballbilus schüttelte den Kopf.

„Zeig dich deinem Volk!", schrie Percennius, nachdem ihm die Musikinstrumente wieder Gehör verschafft hatten. „Was verbirgst du dich hinter Mauern, Basseus Rufus? Wagst du es nicht, vor die Bürger dieser Stadt zu treten und Rede und Antwort zu stehen? Komm heraus, sprich zu uns und gib uns, was wir verlangen." dabei schlug er mit seinem Stab gegen die Tore des Statthalterpalastes.

„Wir wollen Spiele, wir wollen Accius", skandierte die Menge.

„Ausgezeichnet", freute sich Pomponius. „Damit ist er zu weit gegangen. Das war eine Drohung gegen den Statthalter. Jetzt wäre der richtige Augenblick, um einzugreifen."

Als ob er damit das Stichwort gegeben hätte, flogen die Tore der Gardekaserne auf und die Garde marschierte heraus. Die Soldaten waren voll gerüstet und trugen kleine runde Schilde und derbe Holzstöcke in den Händen. Nur die Offiziere und Unteroffiziere waren mit Schwertern bewaffnet. Die Gardisten gingen aber nicht sofort auf die Demonstranten los, sondern schwenkten in guter Ordnung nach links und rechts und begannen die Menschenmenge einzukreisen. Von oben betrachtet wirkte das Ganze fast wie ein gut eingeübtes Ballett.

„Valerius Sulpicius versteht sein Geschäft", lobte Pomponius zufrieden. „Das wird ihnen rasch den Wind aus den Segeln nehmen."

Unruhe begann sich in der Menge auszubreiten. Die Parolen gerieten aus dem Takt, die Musikinstrumente verstummten und besorgte Rufe wurden laut. Etlichen Demonstranten am Rande des Platzes gelang es, in Nebenstraßen zu entweichen, ehe sich der Ring der Soldaten schloss.

„Lasst euch nicht einschüchtern!", schrie Percennius. „Der Kaiser wird nicht dulden, dass sie uns angreifen! Wir wollen doch nur, dass sein Wille erfüllt wird!"

„Der Kaiser hat andere Sorgen!", rief eine laute Stimme aus der Menge. „Ja, der Kaiser ist weit weg", stimmte ihm ein anderer zu. „Der kommt nicht so bald nach Carnuntum zurück."

„Diese Stimmen kommen mir bekannt vor", sagte Pomponius. „Kannst du die Rufer erkennen?"

Ballbilus trat noch näher an seine Schießscharte und verdrehte den Hals um sein Gesichtsfeld auszuweiten. „Aber ja", meldete er grinsend. „Das sind Manius und Numerius. Diese beiden Schurken sind wahrhaftig ihr Geld wert. Schau! Jetzt geht es zur Sache!"

Die Gardisten hatten den Platz völlig zerniert und kamen zum Stillstand. Dann begannen sie mit ihren Stöcken auf die Schilde zu schlagen und einen rauen Kriegsgesang anzustimmen, der bei den Legionen verbreitet war, und schon so manchen Feind in Furcht und Schrecken versetzt hatte. Gleichzeitig rückten sie langsam gegen die angsterfüllte Menge vor und drängten sie gegen die unüberwindlichen Mauern des Statthalterpalastes.

Unmittelbar unter ihrem Beobachtungsposten kam es zu einem Tumult. „Was ist da los?", fragte Pomponius, für den sich diese Ereignisse im toten Winkel abspielten, aufgeregt. „Kannst du auf deiner Seite etwas erkennen?"

„Ja doch", meldete Ballbilus. „Sie haben Percennius. Sie sind mit ihm schon unten im Hof und die Pforte ist wieder fest verschlossen. Gut gemacht, Herennius!"

Es kam, wie Pomponius vorhergesagt hatte. Nach dem Verschwinden ihres Anführers verließ seine Männer der Mut. Die Mitläufer hatten ohnehin nur mehr Flucht im Sinn. Überraschend öffneten sich in den Reihen der Gardisten mehrere Gassen und gaben Fluchtwege frei. Die Menge nutzte diese Gelegenheit und machte sich davon. Schon nach kurzer Zeit war der Platz vor dem Statthalterpalast leer, nur ein paar Lädierte, die man niedergetrampelt hatte oder die einen Stockschlag abbekommen hatten, lagen noch da. Sie erhoben sich aber nach und nach und humpelten so schnell sie konnten davon. Ernstlich verletzt schien niemand zu sein.

Als ob sie eine Parade abhielten, schwenkten die Gardisten zur Mitte des Areals und marschierten im Gleichschritt durch das Tor der Gardekaserne, das sich hinter ihnen schloss. Dann lag der sonst so belebte Platz menschenleer vor Pomponius.

„Sehr gut", freute sich dieser. „Endlich ist eine Operation genau so gelaufen, wie ich sie geplant habe. Komm, Ballbilus, mein Freund. Wir wollen unseren Gast aufsuchen und ein wenig mit ihm plaudern."

XVIII

Der Statthalterpalast war weitläufig unterkellert. Obwohl er nicht zum ersten Mal hier unten war und sich in dem Labyrinth von Gängen und Kammern recht gut auskannte, empfand Pomponius stets ein Gefühl der Beklemmung, wenn er in diese Unterwelt hinabsteigen musste.

Pomponius und Ballbilus durchschritten den ersten Keller, wo sich neben Lagerräumen auch die Heizanlage befand. Sklaven verfeuerten dicke Holzscheite in zwei mächtigen Öfen, in denen wahre Höllenfeuer loderten. Von dort stieg heiße Luft durch Rohrleitungen nach oben und erwärmte die Hohlräume unter den Fußböden jener Räume, die den Luxus einer Heizung genossen. Das System funktionierte so gut, dass selbst in der obersten Etage, in der Masculinius residierte, noch genug Wärme ankam. ‚Das ist eines der wenigen Privilegien, auf das ich wirklich Wert lege‘, hatte Masculinius einmal Pomponius anvertraut. In der Luft hing ein Geruch von brennendem Holz. Es war fast unangenehm warm.

Das änderte sich schlagartig, als ihnen ein Wachposten eine eisenbeschlagene Tür öffnete, die zum zweiten Keller führte. Ein Schwall kalter feuchter Luft und ein Geruch nach nassem Mauerwerk und Moder schlugen ihnen entgegen. Der Statthalterpalast war nämlich direkt auf einer Geländekante über dem Donauufer erbaut worden und seine Fundamente reichten bis an den nassen Untergrund. Sie stiegen vorsichtig die glitschigen Stiegen hinunter. Lediglich einige Fackeln, die in Wandhalterungen steckten, verbreiteten Licht und schwärzten das Gewölbe mit Ruß, was den düsteren, beklemmenden Eindruck, den diese Räume machten, noch verstärkte.

Am Fuß der Treppe wurden sie von Herennius erwartet. Er salutierte und meldete stolz: „Ich habe deinen Befehl ausgeführt, Herr. Es hat keine Zwischenfälle gegeben. Der Gefangene befindet sich bereits in einer Zelle.“

„Das hast du gut gemacht“, lobte ihn Pomponius. „Ich möchte, dass du bei der Vernehmung des Mannes anwesend bist. Denn es wäre möglich, dass er uns etwas über den Verbleib des Aper, den du so verzweifelt suchst, erzählen kann. Bring ihn in den Verhörraum.“

„Jawohl, Herr!" Herennius salutierte neuerlich und eilte davon.

„Er bemüht sich", bemerkte Ballbilus.

„Das will ich ihm auch geraten haben", antwortete Pomponius grimmig. „Komm, lass uns Alexander begrüßen."

Alexander war der eigentliche Herr dieser Katakomben. Er übte im Dienste der Frumentarii das Amt eines Foltermeisters und gelegentlich auch das eines Scharfrichters aus.

Pomponius und Ballbilus folgten einem Gang, der sie zum sogenannten Verhörraum und der angeschlossenen Folterkammer führte.

Alexander hatte ihr Kommen gehört und trat aus einer Tür. Er war so groß, dass er sich dabei leicht bücken musste. Um den mächtigen tonnenförmigen Leib hatte er einen Lederschurz gebunden, der mit Flecken von getrocknetem Blut und Ruß bedeckt war. Sein verunstaltetes Gesicht war leichenblass, weshalb Pomponius vermutete, dass er wie ein Dämon der Unterwelt niemals ans Tageslicht kam. Sein furchteinflößender Anblick allein hatte schon so manchen Delinquenten zu einem spontanen Geständnis veranlasst.

Alexander verzog sein Gesicht zu einer schrecklichen Grimasse, die er selbst für ein freundliches Lächeln hielt. „Sei gegrüßt, Pomponius", rief er „und auch du, Ballbilus. Ich freue mich, euch zu sehen." Er reckte sich, um zu sehen, ob noch jemand hinter ihnen stand und fragte enttäuscht: „Ist Aliqua nicht bei euch?"

Alexander hatte eine sonderbare Vorliebe für Aliqua gefasst. Obwohl Aliqua ansonst mit der Bewunderung, die ihr Männer entgegenbrachten, entspannt umgehen konnte, erfüllte sie Alexanders Aufmerksamkeit mit Unbehagen. Er dachte nämlich, in ihr eine verwandte Seele gefunden zu haben, und drängte sie, sich von ihm in die Kunst des Folterns einführen zu lassen. Das hielt er nämlich für die angemessene Art, ihr seine Zuneigung zu bekunden.

„Aliqua kann leider nicht kommen", erklärte Pomponius. „Sie ist vom Pferd gefallen und muss einige Tage das Bett hüten. Du brauchst dir aber keine Sorgen zu machen, es ist ihr nichts Ernstliches passiert. Ich werde ihr aber deine Grüße übermitteln. Vorläufig musst du mit uns vorlieb nehmen. Wir benötigen nämlich unter Umständen deine Unterstützung bei der Befragung eines verstockten Sünders."

„Wie schön", freute sich Alexander und rieb sich die Hände. „Dann will ich gleich mein Feuer schüren. Ruft mich nur, wenn es soweit ist!"

Alexander verschwand in seiner Folterkammer, während Percennius von Herennius hereingeführt wurde. Wenn man bedenkt, wie einschüchternd diese Umgebung wirkte, besonders für jemanden, der zum ersten Mal hier war, hielt er sich erstaunlich gut.

„Warum hat man mich hierher gebracht? Wer ist der Verantwortliche? Ich verlange, mit dem Vorgesetzten dieses Mannes zu sprechen!", forderte er forsch und deutete dabei fast verächtlich auf Herennius.

„Das tust du bereits", erwiderte Pomponius freundlich. „Ich bin Offizier der Frumentarii und ich habe dich hergebeten, weil ich einige Frage an dich habe."

„Hergebeten?", rief Percennius empört. „Dieser Grobian hat mich hergeschleppt. Das wird Folgen haben. Ich genieße die Protektion eines sehr einflussreichen Mannes."

„Siehst du, wie rasch wir zur Sache kommen? Das ist schon eine der Fragen, die ich an dich habe. Wer ist dieser einflussreiche Gönner?"

Percennius zögerte, dann entschied er, dass ihm eine offene Antwort nur nutzen konnte. „Es ist der edle Caius Domitius Zmaragdus. Er hat gute Verbindungen zum Kaiserhof. Du hast seinen Namen wahrscheinlich schon gehört."

„Das habe ich", bestätigte Pomponius freundlich. „Bitte nimm doch auf diesem Stuhl Platz und erzähl mir mehr über Zmaragdus." Er deutete auf einen Stuhl, der als einzige Sitzgelegenheit mitten in dem kahlen Raum stand und dadurch eher bedrohlich als einladend wirkte.

Percennius setzte sich mit deutlich merkbarem Unbehagen und fragte abweisend: „Was gibt es da schon zu erzählen? Der edle Caius Domitius Zmaragdus ist ein Freund und Förderer der Künste. Daher rührt auch seine Freundschaft zu mir. Ich gelte nämlich ebenfalls als Förderer des Theaters."

„Glaubst du, der Schauspielkunst zu dienen, indem du einen öffentlichen Aufruhr anzettelst?"

„Von Aufruhr zu sprechen ist übertrieben", protestierte Percennius. „Wir sind eine Theaterpartei, die ihr Anliegen öffentlich vorgetragen hat. So etwas ist in Rom gang und gäbe."

„Wir sind hier aber nicht in Rom, sondern in einer Frontstadt an der germanischen Grenze. Waren dir die Ereignisse in Savaria, wo du die ‚Freunde des Pseudolus‘ angeführt hast, keine Lehre? Du konntest dich damals nur durch Flucht einer Bestrafung entziehen."

Percennius sah Pomponius verunsichert an. „Darüber weißt du Bescheid? Ich dachte, über die Sache sei längst Gras gewachsen."

„Hast du nicht verstanden wo du bist? Du bist hier im Hauptquartier der Frumentarii. Wir wissen über viele Dinge Bescheid und du bist hier, um unser Wissen zu vermehren. Also antworte! Wer oder was hat dich dazu veranlasst, in Carnuntum eine Theaterpartei zu gründen?"

„Meine Liebe zum Theater."

„Es ist ein offenes Geheimnis im ‚Grünen Hintern‘, dass dich Zmaragdus bezahlt. Willst du das leugnen?"

„Er ist mein Förderer und Mäzen."

„Hat Zmaragdus die heutige Demonstration angeordnet?"

„Ich kann mich nicht erinnern."

„Alexander", rief Pomponius halblaut.

Sogleich füllte der massige Körper des Foltermeisters die Türöffnung. „Was steht zu Diensten?", fragte er Pomponius, starrte dabei aber Percennius an. Der Anblick Alexanders hatte die übliche Wirkung. Percennius wurde bleich und er begann zu zittern.

„Dieser Mann leidet an Gedächtnisschwund", erklärte Pomponius. „Vielleicht kannst du ihm helfen, sich zu erinnern."

„Das kann ich ganz gewiss", versicherte Alexander. „Es wird nicht lange dauern. Meine Werkzeuge liegen bereits im Feuer. Komm mit, mein Freund, ich verspreche dir Qualen, wie du sie noch nie empfunden hast!"

Er griff blitzschnell zu, packte Percennius wie einen Hasen am Genick und machte Anstalten, ihn in den Nebenraum zu zerren.

„Halt!", schrie Percennius verzweifelt. „Das dürft ihr nicht tun. Ich werde mich beim Kaiser beschweren!"

„Siehst du hier irgendwo den Kaiser?", fragte Pomponius mit falscher Freundlichkeit und schaute demonstrativ um sich.

„Er wird es erfahren!"

„Von wem wohl. Von dir? Weshalb glaubst du, dass du diese Räume je wieder verlassen wirst?"

Die Angst des Percennius steigerte sich. „Das darfst du nicht tun!", jammerte er.

„Hier unten darf und kann ich alles tun, was ich will. Niemand wird mich daran hindern und niemand wird davon erfahren. Walte deines Amtes, Alexander, aber achte darauf, dass er nachher noch bei Sinnen und imstande ist, zu reden. Mit anderen Worten, reiße ihm nicht gleich die Zunge heraus.

„Du kannst mir vertrauen, Pomponius, ich mache das schließlich nicht zum ersten Mal. Wollt ihr zusehen?"

Pomponius machte eine abwehrende Handbewegung. „Ich ganz sicher nicht. Du weißt, dass ich einen schwachen Magen habe. Mir wird jetzt noch ganz schlecht, wenn ich daran denke, wie du dem letzten Delinquenten die Haut von den Fußsohlen abgezogen hast. Ich will mich nicht wieder auf den Boden deiner Kammer übergeben."

Alexander grinste, weil es einen derartigen Vorfall nie gegeben hatte, und er die Absicht des Pomponius, Percennius in größte Furcht zu versetzen, durchschaute.

Diese Strategie hatte auch Erfolg. Percennius war dem Dialog mit angstgeweiteten Augen gefolgt und brüllte jetzt hysterisch: „Nein! Tut das nicht! Ich will ja reden!"

Alexander schüttelte den Kopf. „Er wird dich anlügen, Pomponius. Überlass ihn mir. Ich bin ein Priester der Wahrheit, und in meinem Tempel hat die Lüge keinen Platz."

Percennius gab undefinierbare Laute von sich, weil seine Stimme versagte. Er haschte nach Pomponius und klammerte sich an dessen Tunika fest.

„Man sagt von mir, dass ich ein freundlicher und nachsichtiger Mann bin", verkündete Pomponius. Ballbilus schüttelte skeptisch den Kopf. „Deshalb werde ich es noch einmal mit Freundlichkeit versuchen. Willst du mir jetzt die Wahrheit sagen, Percennius?"

„Ja, Herr", keuchte Percennius.

„Die Wahrheit und nichts als die Wahrheit? Du wirst nichts hinzufügen oder verschweigen?"

„Ja, Herr, bei allen Göttern."

„Nun gut. Alexander bleibe in der Nähe, vielleicht brauch ich dich noch, und du, Percennius, setze dich wieder auf deinen Stuhl."

Alexander ließ Percennius widerstrebend los. Er wirkte sehr enttäuscht.

„Wie ist es dazu gekommen, dass du deine sogenannte Theaterpartei gegründet hast?", nahm Pomponius das Verhör wieder auf.

„Zmaragdus hat mich kommen lassen, weil er wusste, dass ich das schon einmal gemacht habe."

„Wann war das?"

„Erst kürzlich, am Tag nach dem gescheiterten Anschlag auf den Statthalter."

„Du hast also im Auftrag des Zmaragdus gehandelt. Hat er dich bezahlt?"

„Ja, natürlich!"

„Hast du dir die Parolen, die ihr heute geschrien habt, selbst ausgedacht?"

„Nein, die stammen auch von Zmaragdus."

„Welches Interesse hat Zmaragdus daran, dass die Theatergruppe wieder auftreten darf? Wir wissen doch beide, dass das Stück nicht besonders gut ist."

„Da steckt Diana dahinter, ich meine die Schauspielerin, die die Diana gegeben hat."

„Penelope?"

„Ja, so nennt sie sich, ich weiß aber nicht, ob das ihr richtiger Name ist."

„Inwieweit steckt sie dahinter?"

„Sie ist die Geliebte des Zmaragdus. Er ist ganz verrückt nach ihr. Sie hat von ihm verlangt, er solle seinen Einfluss geltend machen, damit sie wieder auftreten kann."

„Was hat sie davon? Ist es nicht viel lukrativer, die Geliebte eines reichen Mannes zu sein?“

Percennius zuckte mit den Schultern. „Das ist schwer zu sagen. Manchen Schauspielern ist ein Engagement wichtiger als alles andere. Ich nehme an, das hat mit ihrer Hingabe an die Kunst, oder auch nur mit ihrer Eitelkeit zu tun.“

„Sagt dir der Name Aper etwas?“

„Ein Aper ist Stammgast im ‚Grünen Hintern‘. Unlängst war er in eine Schlägerei verwickelt, bei der zwei Männer ums Leben kamen. Nachträglich hat sich herausgestellt, dass man ihn bloß verwechselt hat.“

„Mit wem wurde er verwechselt?“

Percennius zögerte mit der Antwort. „Percennius“, mahnte Pomponius, „der Tempel der Wahrheit wartet auf dich.“

Percennius gab seinen Widerstand endgültig auf. „Man hat ihn mit einem entlaufenen Soldaten namens Aper verwechselt.“

„Ich will es dir leichter machen“, sagte Pomponius. „Ich weiß bereits, dass sich dieser Aper um Hilfe an dich gewandt hat. Erzähl mir mehr darüber.“

„Es stimmt. Er hat mich im ‚Grünen Hintern‘ aufgesucht und um Hilfe gebeten, weil er wegen Desertion gesucht wird.“

„Wie kommst du dazu, einem Deserteur zu helfen?“

Percennius seufzte. „Er hat mir ein Kennwort genannt und ein Erkennungszeichen vorgewiesen.“

„Und zwar?“

„Das Kennwort war ‚Pseudolus‘ und das Zeichen eine alte Münze mit einem Merkurkopf.“

Pomponius wechselte mit Ballbilus einen überraschten Blick und fragte: „Wer hat dir diese Erkennungszeichen gegeben?“

„Auch Zmaragdus. Seine Boten weisen sich damit aus, wenn er mir Anweisungen übermittelt. Er zieht es nämlich vor, im Hintergrund zu bleiben.“

„Was ist mit Aper geschehen?“

„Ich habe ihm angeboten, ihn vorerst im ‚Grünen Hintern‘ zu verstecken, aber das war ihm zu unsicher. Er wollte bloß andere Kleider, er hat ja noch seine

Soldatenkluft angehabt, und Geld. Ich habe ihm gegeben, was er verlangt hat, und dann ist er verschwunden."

„Wohin?"

„Das weiß ich nicht, er hat es mir nicht gesagt. Ich vermute aber, er ist noch in der Stadt."

Pomponius dachte nach. Dann befahl er Herennius: „Bewache ihn. Ich muss mich mit Ballbilus beraten."

Er ging mit Ballbilus auf den Gang hinaus und fragte: „Was hältst du davon?"

Ballbilus wiegte den Kopf. „Ich glaube, er hat uns alles gesagt, was er weiß. Er ist nur ein Handlanger."

„Ist dir aufgefallen, dass Zmaragdus dasselbe Erkennungszeichen verwendet, das auch die Empfänger der Prägestempel verwenden wollten?"

„Natürlich. Ich frage mich bloß, ob Zmaragdus selbst Dreck am Stecken hat, oder ob hinter dem ganzen Penelope steckt. Es ist doch sehr unwahrscheinlich, dass ein angesehener und immens reicher Mann wie Zmaragdus an der Sache mit den Prägestempeln beteiligt ist. Der Mann verdient mit regulären Geschäften so viel, dass er es sicher nicht notwendig hat, sich auf so ein riskantes Unternehmen einzulassen."

„Ich bin deiner Meinung. Es wird daher zweckmäßig sein, sich näher mit Penelope zu beschäftigen."

„Was hast du jetzt mit Percennius vor?"

„Ich werde versuchen, ihn umzudrehen und für mich arbeiten zu lassen."

Pomponius und Ballbilus betraten wieder den Verhörraum. Percennius sah ihnen mit ängstlicher Erwartung entgegen.

„Hör zu Percennius", sprach Pomponius mit ernster Miene. „Du musst verstehen, dass dein Leben in meiner Hand liegt. Ich kann dich foltern lassen, ich kann dich auch auf der Stelle hinrichten lassen, ich kann dich auf Nimmerwiedersehen in einem Bergwerk verschwinden lassen, oder ..." Pomponius machte eine Pause.

„Oder?", fragte Percennius zwischen Angst und Hoffnung hin und her gerissen.

„Oder ich lasse dich frei", fuhr Pomponius fort. „Das kann aber nur unter bestimmten Auflagen geschehen."

„Alles, was du willst", rief Percennius. „Was soll ich tun?"

„Du sollst künftig für mich arbeiten. Dazu ist es notwendig, dass du fortfährst wie bisher, so als ob das hier nie geschehen wäre. Du wirst über unser Gespräch gegenüber jedermann schweigen. Aber du wirst mich ständig über alles informieren, das du in Erfahrung bringen kannst: Das betrifft vor allem Zmaragdus, Penelope und Aper. Wenn ich dir andererseits einen Befehl übermittle, wirst du ihn ohne Zögern befolgen."

„Ja, Herr, das werde ich tun, ich schwöre es bei allen Göttern", versprach Percennius, der neuen Mut fasste. „Wie soll ich mit dir in Verbindung treten, sobald ich etwas in Erfahrung gebracht habe?"

„Nicht persönlich, das könnte unliebsame Aufmerksamkeit erwecken! Im ‚Grünen Hintern' arbeitet eine junge Frau, die Ipsitilla heißt. Kennst du sie?"

„Ja, natürlich kenne ich sie: ein freches kleines Ding."

Ballbilus nickte nachdrücklich und murrte: „Das kann man wohl sagen."

Pomponius lächelte und redete weiter: „Ipsitilla arbeitet für mich. Wenn du eine Nachricht hast, schicke Ipsitilla zu mir. Halte dir aber immer Folgendes vor Augen: Du wirst ab jetzt unter Beobachtung stehen. Habe ich den geringsten Verdacht, dass du mich hintergehst, oder stößt Ipsitilla etwas zu, mache ich dich persönlich dafür verantwortlich. Mit anderen Worten, ich lasse dich töten. Hast du das verstanden?"

„Ja, Herr", flüsterte Percennius.

„Wenn du dich aber getreulich an unsere Abmachung hältst, werde ich über alle deine Verfehlungen hinwegsehen und dafür sorgen, dass du nicht bestraft wirst, allerdings mit einer kleinen Ausnahme." Pomponius hob die Stimme und rief: „Alexander!"

Sofort trat der Foltermeister ein und fragte hoffnungsvoll: „Will er nicht die Wahrheit sagen?"

„Er hat geredet", antwortete Pomponius. „Es wird genügen, wenn du ihm zwanzig Rutenhiebe verabreichst, nicht zu fest, aber doch so, dass es überzeugend wirkt. Dann wird ihn Herennius hinausschmeißen."

„Warum denn das", rief Percennius erschrocken.

„Damit du eine glaubwürdige Geschichte darüber erzählen kannst, was dir zugestoßen ist: Du wurdest bestraft, weil du einen Aufruhr verschuldet hast. Schließlich soll niemand erfahren, was wirklich zwischen uns vorgefallen ist. Das ist auch in deinem eigenen Interesse. Zmaragdus, Penelope und Aper könnten in staatsfeindliche Umtriebe verwickelt sein. Ich will dir noch etwas anvertrauen: Es wurde bereits ein Mann getötet, wahrscheinlich um zu verhindern, dass er uns etwas erzählt. Sieh es also so: Die Rutenhiebe sind in Wahrheit eine Wohltat, um dir ein Alibi zu verschaffen und dein Leben zu schützen."

„Du hast gehört, was Pomponius angeordnet hat", lachte Alexander und nahm Percennius beim Arm. „Fürchte dich nicht. Es ist alles halb so schlimm, wenn du dich entspannst. Komm mit und hol dir deine Wohltat ab."

Pomponius und Ballbilus stiegen wieder die Treppen zur Oberwelt hoch. Dabei verfolgte sie das Wehgeschrei des Percennius, dem von Alexander genau zwanzig Rutenhiebe auf Gesäß und Rücken zugezählt wurden.

XIX

Am Morgen des nächsten Tages suchten Pomponius und Ballbilus Aliqua auf. Es roch nicht mehr so unangenehm wie am Vortag. Vielleicht gewöhnt man sich aber auch nur an den Geruch, dachte Pomponius. Denn Ballbilus, dem man sonst keine besondere Empfindlichkeit gegen Gestank und Dreck nachsagen konnte, hielt sich die Hand vors Gesicht, kaum dass sie das Haus betreten hatten, und stöhnte leise.

„Das ist die Heilsalbe, die ihr Claudius gegeben hat", fühlte sich Pomponius veranlasst zu erklären.

„Ich weiß", röchelte Ballbilus. „Er hat auch mich einmal damit behandelt. Diese Therapie allein ist schon ein guter Grund, Prellungen aller Art zu vermeiden."

Aliqua hatte das Bett verlassen und kauerte bekleidet mit einem Hausmantel auf einer bequemen Sitzbank. „Nicht näherkommen", rief sie, als Pomponius und Ballbilus von Calliste hereingeführt wurden. „Ich rieche nicht gut."

„Man merkt kaum etwas", log Ballbilus tapfer, blieb aber sofort stehen.

„Ich freue mich, dass es dir besser geht", erklärte Pomponius. „Wir werden dich auch nicht lange behelligen. Ich will dich nur über die Neuerungen in unserem Fall unterrichten."

„Calliste hat mir erzählt, dass es gestern einen Aufstand vor dem Statthalterpalast gegeben hat, und der Rädelsführer Percennius dafür mit Rutenhieben gestraft wurde. Warst du das?"

„Ja, das war ich", bestätigte Pomponius selbstzufrieden, „und es hat sich gelohnt. Hör dir an, was mir Percennius erzählt hat."

In knappen Worten schilderte er die Ereignisse des Vortages.

Aliqua hörte aufmerksam zu. „Wir können als Arbeitshypothese davon ausgehen", überlegte sie dann, „dass es in diesem Spiel mindestens zwei rivalisierende Gruppen gibt: Zu der einen gehören Felicissimus in Rom, die Soldaten Aulus, Aper und Albus als Transporteure der Prägestempel und ihr unbekannter Kontaktmann in Carnuntum, der die Stempel ins Barbaricum bringen sollte.

Die andere Gruppe hat diese Stempel aus Gründen, über die wir vorläufig nur spekulieren können, abgefangen. Dieser Gruppe können wir höchstwahrscheinlich Soldaten aus dem Kastell Aequinoctium zuordnen, die den Geldtransport überfallen und sich der Stempel bemächtigt haben, und wahrscheinlich Basseus Rufus höchstpersönlich, auf dessen Befehl sie gehandelt haben.

Dann gibt es noch eine dritte Gruppe, über deren Rolle ich mir im Unklaren bin, nämlich Zmaragdus, Penelope und Percennius mit seiner sogenannten Theaterpartei. Vielleicht haben sie mit der ganzen Sache ja gar nichts zu tun und es handelte sich nur um die Umtriebe einer ehrgeizigen Schauspielerin, die ihrem reichen Liebhaber den Kopf verdreht hat. Was meinst du?"

„Das ist eine Theorie, die zumindest einige Erklärungen bietet", stimmte Pomponius zögernd zu. „Dennoch halte ich es für ausgeschlossen, dass sich Basseus Rufus durch den Raub der Stempel bereichern will. Das wäre nicht bloße Korruption, sondern Hochverrat, der mit dem Tode bestraft wird. Ihr dürft nicht vergessen, dass Basseus Rufus bereits erfolgreich zahlreiche hohe Ämter bekleidet hat. Er war unter anderem Finanzprokurator in Rom, Kommandant der römischen Stadtwache und wurde schließlich zum Prätorianerpräfekten ernannt. Die Funktion des Statthalters übt er auf persönlichen Wunsch des Kaisers, der ihn zu sich gerufen hat, aus. Marc Aurel wollte nämlich in seinem Hauptquartier an der Front einen Mann in dieser Position haben, dem er rückhaltlos vertraut. Es ist in seiner exponierten Stellung sehr wahrscheinlich, dass Basseus Rufus in Intrigen und geheime Operationen verwickelt ist. Die Affäre um Faustinas Brief, die ich noch nicht abschließend beurteilen kann, ist ein Beispiel dafür. Ich habe auch bei meinen Gesprächen mit ihm den Eindruck gewonnen, dass er mir so manches verschweigt, aber ich zweifle nicht an seiner Loyalität dem Kaiser gegenüber.

Ähnliche Bedenken habe ich auch bezüglich Zmaragdus. Der Mann ist viel zu reich, als dass er sich wegen einiger tausend Aureii, die das Geschäft mit den Germanen einbringen könnte, in eine solche Gefahr begibt. Nein, ich fürchte, wir müssen noch sehr viel tiefer graben."

„Darf ich etwas fragen?", meldete sich Calliste zu Wort.

„Sprich", sagte Pomponius kurz.

„Mir ist die Rolle des Aper, des einzigen Überlebenden der Transportgruppe unklar. Nach dem, was Aliqua vermutet, gehört er zur ersten Gruppe, die offenbar von Rom aus gesteuert wurde. Als sich aber die Schlinge enger um ihn zusammenzog, hat er Hilfe bei Percennius gesucht, der aber der dritten Gruppe, nämlich jener um Zmaragdus zuzurechnen ist. Wie passt denn das zusammen?"

„Sie hat recht", gestand Aliqua. „Das passt nicht zusammen."

„Es sei denn, er war ein Verräter an seinen eigenen Leuten", warf Ballbilus ein, „und es gibt eine Verbindung zwischen Zmaragdus und Aper, die uns bisher entgangen ist. Dann müssten wir trotz der Bedenken, die Pomponius geäußert hat, in Zmaragdus einen unserer Hauptverdächtigen sehen.

„Viele unbewiesene Theorien und noch mehr Fragen", seufzte Aliqua. „Ich wollte, ich wäre schon wieder so weit auf den Beinen, damit ich euch helfen kann."

„Du hast uns mit deiner Analyse des Falles schon weitergeholfen", tröstete sie Pomponius. „Was hast du als Nächstes vor?"

„Ich glaube", sagte Pomponius versonnen, „Ich werde zum Theater gehen. Ja, ich werde ein Stück auf dem Karren des Thespis mitfahren."

„Was?!"

„Ich werde dafür sorgen, dass die Theatertruppe wieder spielen darf und mich ihr als Darsteller anschließen. Außer dem Prinzipal kennt mich keiner dieser Leute persönlich und die Zuschauer werden mich unter meiner Maske auch nicht erkennen. Das scheint mir der beste und unverfänglichste Weg zu sein, die Bekanntschaft der Penelope zu machen. Ich werde nämlich das Gefühl nicht los, dass sie eine ganz zentrale Rolle spielt, nicht nur in der Komödie des Urinatius, sondern auch in diesem tödlichen Intrigenspiel, mit dem wir es hier zu tun haben."

„Das ist ein verrückter Plan", entfuhr es Aliqua. „Du, ausgerechnet du auf dem Theater?"

„Du unterschätzt meine Talente", antwortete Pomponius. „Du darfst nicht vergessen, dass ich Anwalt bin, und meine Auftritte vor Gericht auch etwas

Theatralisches in sich haben müssen, damit ich die Geschworenen von meiner Wahrheit überzeugen kann. Der zweite Punkt, um den wir uns kümmern müssen, ist die Festnahme des Aper. Wenn er wirklich ein doppeltes Spiel gespielt hat, wie Ballbilus meint, kann er uns sicher wertvolle Auskünfte geben." Pomponius stand auf. „Jetzt muss ich dich leider allein lassen, Aliqua, denn ich habe viel zu tun, wie unser Kommandant zu sagen pflegt. Morgen komme ich dich wieder besuchen."

„Ich habe noch eine Bitte", hielt ihn Aliqua zurück. „Könntest du dich erkundigen, wie es Aemilius geht? Ich hätte ja Calliste hingeschickt, aber sie wird in der Gladiatorenschule sicher nicht eingelassen. Die haben sogar mir Schwierigkeiten gemacht."

Pomponius sah Ballbilus fragend an. „Wenn du mich nicht brauchst", erbot sich dieser sofort, „begleite ich Calliste. Mich lassen sie sicher ein. Man kennt mich dort."

„Ja, tu das", stimmte Pomponius zu, „und melde dich morgen früh wieder bei mir. Mach dich fertig, Calliste, wir warten vor der Tür und schöpfen etwas frische Luft."

Als sie auf der Straße standen, meinte Pomponius. „Ein Gutes hat diese Salbe ja, abgesehen von ihrer Heilwirkung. Sie hält wenigstens Macrinus fern. Aliqua wird ihn nicht an sich heranlassen, solange sie so sonderbar riecht."

Ballbilus sah ihn von der Seite an, öffnete den Mund, zog es dann aber vor, nichts zu sagen.

Wenig später ließ sich Pomponius bei Basseus Rufus melden.

„Ich bin gekommen, um dir über unsere gestrige Aktion zu berichten, edler Basseus Rufus", sagte Pomponius und verbeugte sich ehrerbietig.

Basseus Rufus wedelte huldvoll mit der Hand. „Ich habe schon alles Wesentliche von Valerius Sulpicius erfahren. Ich bin sehr zufrieden mit euch. Ihr habt die Situation maßvoll und doch nachdrücklich gemeistert. Das wird diesen Radaubrüdern eine Lehre sein. Wie ich höre, wurde ihr Anführer mit Rutenhieben gestraft. Hast du das veranlasst?"

„Ja, Herr. Es schien mir angemessen, der faktischen Macht des Staates auch die Strenge des Gesetzes hinzuzufügen. Ich habe mich aber mit der Mindeststrafe von zwanzig Rutenhieben begnügt. Ich hoffe, du findest das nicht allzu nachsichtig."

„Nein, nein, das war schon recht so. Man soll uns nicht für rachsüchtig halten."

„Das tut gewiss niemand. Dennoch herrscht in der Stadt eine gewisse Unzufriedenheit, wie mir meine Spione berichten. Der gestrige Aufruhr hat die Aufmerksamkeit der Menschen erst so richtig auf das Verbot der Theateraufführungen gelenkt. Die Leute haben ja schon die Plätze für die noch ausstehenden Vorstellungen zugeteilt erhalten und wünschen, das Spiel auch zu sehen. Ganz verstehe ich das nicht, denn meiner unmaßgeblichen Meinung nach ist das Stück nicht besonders gut."

„Meinst du etwa, ich solle die restlichen Aufführungen zulassen?"

„Das fällt nicht in die Zuständigkeit der Frumentarii", wehrte Pomponius ab, „und ich maße mir nicht an, dir Ratschläge geben zu wollen."

„Wie weit bist du eigentlich mit deinen Ermittlungen vorangekommen?"

Pomponius schüttelte betrübt den Kopf. „Nicht sehr weit. Ich nehme an, dass diese Attentäter aus dem Barbaricum gekommen und auch wieder dorthin geflüchtet sind. Vermutlich wollten sie durch deinen Tod eine Destabilisierung der Situation in der Provinz erreichen. Es wäre ja nicht das erste Mal, dass germanische Meuchelmörder in der Stadt zuschlagen. Wir haben zwar die Kontrollen an der Grenze verstärkt und weite Teile des ufernahen Barbaricums besetzt, aber sie schaffen es immer wieder, unerkannt einzusickern. Bis zu einem gewissen Grad haben sie ja auch ihr Ziel erreicht. Es gibt Stimmen in der Stadt, die meinen, du hättest bloß aus Furcht weitere Theateraufführungen untersagt. Das ist natürlich Unsinn, denn man darf gesunde Vorsicht nicht mit Furcht verwechseln, aber solche Gerüchte sind nicht gut für die Moral in der Bevölkerung."

„Da hast du recht", stimmte ihm Basseus Rufus zu. „Wie würde es sich deiner Meinung nach auf die öffentliche Meinung auswirken, wenn ich weitere Aufführungen zuließe?"

„Das ist schwer zu sagen, denn die Volksmeinung ist wankelmütig. Aber ich vermute, man würde deine Konzilianz rühmen und dir zustimmen, dass man sich durch solche verbrecherischen Anschläge nicht einschüchtern lassen darf."

„Ja, das ist wohl wahr", erwiderte Basseus Rufus sinnend. „Ebensowenig, wie ich mich gestern dem Druck der Straße gebeugt habe, werde ich mich in Zukunft der Furcht vor Terroristen beugen. Diese Haltung wird dem Kaiser gefallen. Noch heute werde ich eine Verlautbarung veröffentlichen lassen, dass die Spiele wieder stattfinden können. Ich danke dir für deinen Bericht, Pomponius. Du darfst dich zurückziehen."

Pomponius verließ unter mehreren Verbeugungen den Raum, wobei er seine tief empfundene Bewunderung für die Entscheidung des Statthalters mit aufrichtigen Genesungswünschen verband.

In der Kaserne der Frumentarii ließ Pomponius Herennius zu sich rufen. „Eile zu der Schauspieltruppe", befahl er. „Ihre Wagen stehen bei den Baracken hinter dem Theater. Bring mir unauffällig deren Prinzipal Sextus Candidus her."

„Jawohl, Herr!" Herennius salutierte und rannte davon, bis er sich außerhalb der Sicht seines Vorgesetzten wähnte. Dann mäßigte er seinen Schritt.

Pomponius sah ihm kopfschüttelnd nach, dann begab er sich in sein Quartier. Als Offizier stand ihm in der Kaserne ein eigener Raum zu, der aber kaum mehr als eine größere Kammer war und von ihm selten in Anspruch genommen wurde. Die Einrichtung bestand aus einem wackeligen Tisch, zwei Sesseln, einem Feldbett und einer Truhe. An der Wand hingen eine Rüstung samt Helm, Schild und Schwert. So schäbig die übrige Einrichtung auch war, diese Wehr glänzte frisch geputzt und poliert. Das besorgte einer der Rekruten, die für das Reinigen der Offiziersunterkünfte zuständig waren. Pomponius fragte sich gelegentlich, wie es sich anfühlen müsse, diese Rüstung zu tragen. Er hatte es nie ausprobiert, denn er ermittelte grundsätzlich in der Anonymität seiner bürgerlichen Existenz. Außerdem hegte er den Verdacht, dass er in der Rüstung bei weitem nicht so imposant aussehen werde, wie beispielsweise Ballbilus. Masculinius bestand aber darauf, dass sämtliche Mitglieder seiner Einheit, auch die zivilen Ermittler, für den Ernstfall eine militärische Ausrüstung besitzen mussten. Worin dieser Ernstfall bestehen konnte, sagte er nicht. Er bestand aber auch darauf, dass sämtliche Angehörigen seiner Einheit intensiv in den verschiedensten Kampftechniken ausgebildet und ständig trainiert wurden. Pomponius ignorierte diese Anweisung ebenso hartnäckig, wie er auch den Befehl missachtete, stets eine Waffe zu tragen. Er war nämlich in realistischer Einschätzung seiner eigenen Möglichkeiten der Meinung, dass Wegrennen noch immer sicherer war, als sich auf einen vermutlich aussichtslosen Kampf einzulassen. Trotzdem, die Rüstung an der Wand war ein echter Blickfang und verlieh dem ganzen Raum etwas Respekteinflößendes. Das gefiel Pomponius. Er ließ die Hand über das glänzende Metall gleiten, streckte sich auf dem Feldbett aus und war bald darauf eingeschlafen.

Herennius, der es nicht wagte, ihn anzufassen, weckte ihn geraume Zeit später, indem er übertrieben laut salutierte und schrie: „Ich habe deinen Befehl ausgeführt, Herr!"

Pomponius fuhr entsetzt in die Höhe und sah schlaftrunken um sich. „Was ist geschehen", rief er. „Gibt es schon wieder einen Aufruhr?"

„Nichts dergleichen, Herr", meldete Herennius mit normaler Stimme. „Ich habe den Prinzipal hergebracht, so wie du es befohlen hast. Er wartet draußen."

„Und deshalb schreist du wie ein Verrückter? Schick den Mann herein."

Pomponius rappelte sich hoch, schob einen Sessel direkt vor seine martialische Rüstung, und nahm in würdevoller Haltung Platz.

Sextus Candidus, der von Herennius in das Zimmer geschoben wurde, war von dieser Szenerie auch gehörig beeindruckt und wirkte recht verängstigt. Es kam ihm vor, als ob er seinem Richter gegenüberstünde.

„Du weißt, weshalb du hier bist?", fragte Pomponius streng und bedeutete Herennius mit einer Handbewegung, sich zu entfernen.

„Ich bin unschuldig, edler Herr", beteuerte Sextus Candidus.

„Woran bist du unschuldig?"

„An dem Aufruhr, der gestern stattgefunden hat. Ich versichere dir, ich habe gar nicht gewusst, was dieser Percennius vorhat, und ich hätte es auch nie gebilligt. Percennius wurde zu Recht bestraft, aber ich bitte dich, mich nicht auspeitschen zu lassen. Ich kann nur wiederholen, dass ich in dieser Sache völlig unschuldig bin."

„Und in welcher Sache bist du dann schuldig?"

Sextus Candidus sah ihn verunsichert an. „Ich weiß nicht, was du meinst, Herr."

„Ist es nicht so, dass du fahrlässig drei Unbekannte in deine Truppe aufgenommen hast? Ist es nicht so, dass dir ihre Bögen, die alles andere als ungefährliche Theaterwaffen waren, nicht aufgefallen sind? Erst dadurch ist der verbrecherische Anschlag auf unseren verehrten Statthalter möglich geworden."

Sextus Candidus rang die Hände. „Wer rechnete denn mit so etwas!"

„In Zeiten wie diesen muss man mit allem rechnen. Derartiges darf sich bei euren nächsten Auftritten nicht wiederholen."

„Bei unseren nächsten Auftritten?", fragte Sextus Candidus erstaunt.

„Habe ich vergessen das zu erwähnen? Der edle Basseus Rufus, die Götter mögen ihn beschützen, ist ein Mann voller Nachsicht und Güte. Er hat entschieden, dem Wunsch des Volkes zu entsprechen. Ihr dürft wieder auftreten. Die beiden ausstehenden Vorstellungen sollen an den dafür vorgesehenen Tagen stattfinden."

„Das ist wunderbar", rief Sextus Candidus enthusiastisch. „Ich danke dir, Herr!"

„Danke nicht mir, denn ich hätte Derartiges nie gestattet. Danke vielmehr dem edlen Basseus Rufus. Meine Aufgabe ist es lediglich, für die Sicherheit bei diesen Aufführungen zu sorgen. Deshalb wirst du keine neuen Mitglieder in deine Truppe aufnehmen, damit sich nicht wieder unerwünschte Subjekte einschleichen."

„Das habe ich auch nicht vor, Herr. Ich werde das Arrangement des Stückes etwas verändern und mit meinem Stammensemble das Auslangen finden. Das sind völlig harmlose und vertrauenswürdige Leute."

„Sehr gut. Die Schauspieler dürfen trotzdem keine Waffen, auch keine angeblich harmlosen Theaterwaffen tragen. Um Pfeilschüsse zu simulieren, müssen sie sich mit mimischen Darstellungen begnügen."

„Das lässt sich machen."

„Um meiner Aufgabe bestmöglich nachzukommen, habe ich beschlossen, eure Truppe persönlich zu überwachen."

„Selbstverständlich, Herr. Wir sehen deinen Visitationen mit ruhigem Gewissen entgegen."

„Damit ist es nicht getan. Ich wünsche bei euren Proben und Aufführungen persönlich und unerkannt anwesend zu sein, und zwar als Mitglied eurer Truppe, damit ich euch besser im Auge behalten kann."

„Wie meinst du das, Herr?", fragte Sextus Candidus verblüfft.

„So, wie ich es gesagt habe. Ich werde als Schauspieler deiner Truppe angehören."

Sextus Candidus war verstört. „Du willst ein Schauspieler sein, Herr? Verzeih mir, aber die Schauspielerei ist eine Kunst, die erlernt sein will, und für die man Talent braucht."

„Ich will ja keine Hauptrolle spielen. Nein, für meine Zwecke genügt es, wenn ich eine Statistenrolle übernehme. Das kann doch nicht so schwer sein."

Sextus Candidus betrachtete ihn. Jetzt sah er nicht mehr den furchteinflößenden Beamten, sondern einen angehenden Statisten vor sich. „Das wird schwer", befand er. „Du hast keine besonders imposante Figur." Pomponius gab ein Knurren von sich. „Du scheinst auch nicht durchtrainiert zu sein. Kannst du tanzen? Kannst du kunstvolle hohe Sprünge ausführen?"

„Nein."

„Kannst du wenigstens komisch sein?"

„Öfter als mir lieb ist."

„Das meine ich nicht. Auf dem Theater bewusst komisch zu wirken ist eine hohe Kunst. Nein, ich fürchte das kannst du auch nicht, das sehe ich dir an. Du nimmst dich selbst viel zu ernst. Spielst du ein Instrument?"

„Nein"

„Was kannst du eigentlich überhaupt?"

„Ich kann dir zwanzig Rutenstreiche geben lassen, wenn du nicht rasch eine Lösung findest", drohte Pomponius wütend.

„Ich sehe nur eine Möglichkeit", verkündete Sextus Candidus. „Sie wird dir vielleicht nicht gefallen, aber es ist die einzige Rolle, die ich mit dir besetzen kann. Du musst ein Wildschwein spielen, das sowohl von Diana als auch von Actaeon gejagt wird."

„Was müsste ich da tun?"

„Du musst vor den Jägern flüchten, ohne das übrige Ballett durcheinander zu bringen. Dabei sollst du angstvoll quicken und grunzen, auch sollst du mehrmals stolpern und über die Bühne kugeln, das alles – wie gesagt – ohne die anderen Darsteller zu behindern. Traust du dir das zu?"

„Ich werde mir Mühe geben. Nimm meine Bereitschaft als nachahmenswertes Beispiel dafür, welche Opfer ein guter Bürger bringen muss, um dem Staat und dem edlen Basseus Rufus zu dienen. Ich werde mich pünktlich zur ersten Probe einfinden. Du wirst mich dann der übrigen Truppe vorstellen. Niemand darf wissen, dass ich etwas anderes bin als ein arbeitsloser Schauspieler, dem du eine Chance gegeben hast. Ich werde den Namen Barbatus verwenden. Hast du das verstanden?“

„Ja, Herr“, sagte Sextus Candidus sorgenvoll. „Dann komm morgen zur achten Stunde zu uns. Ich werde für diesen Zeitpunkt die erste Probe festsetzen. Ich hoffe nur, du verdirbst nicht die ganze Vorstellung.“

„Wenn das geschieht, so liegt es nur an deiner unzureichenden Regieführung. In diesem Fall lasse ich dir vierzig Rutenstreiche verabreichen. Also gib dir große Mühe, aus mir einen Schauspieler zu machen. Ich werde pünktlich zur Stelle sein. Du kannst jetzt gehen.“

Nachdem sich Sextus Candidus entfernt hatte, ging Pomponius, der meinte, für diesen Tag genug getan zu haben, nach Hause. Er pflegte nämlich nur ganz selten in der Kaserne zu übernachten und zog sein eigenes Heim vor. Das diente letztlich auch dazu, seine Tarnung als Zivilist und Schmuckhändler aufrechtzuerhalten, wie er Masculinius, der ihn gerne besser im Auge behalten hätte, erfolgreich klar gemacht hatte.

XX

„Aemilius geht es erstaunlich gut", berichtete Ballbilus. Er saß mit Pomponius in dessen Besucherzimmer und hatte sich bereitwillig zum Frühstück einladen lassen. „Er ist bei Bewusstsein, bei klarem Verstand und kann bereits einige Schritte gehen. Claudius ist zwar guten Willens, aber er möchte diesen Gast bald wieder loswerden. Er sagt, er betreibe doch kein Spital für externe Patienten. Wir sollen ihm zumindest eine Pflegekraft für Aemilius schicken."

„Er wird noch etwas Geduld haben müssen. Was erzählt Calliste sonst noch?"

Ballbilus, der genau wusste, worauf diese Frage abzielte, antwortete: „Auch Aliqua geht es zunehmend besser. Außer uns hat sie bisher keine Besucher vorgelassen. Macrinus schickt ihr daher täglich Genesungswünsche und kleine Geschenke." Er wartete auf eine Reaktion des Pomponius, aber der zog es vor zu schweigen. „Sie beabsichtigt, heute Nachmittag erstmals wieder auszugehen", fuhr Ballbilus fort. „Zum Dienst wird sie sich natürlich noch nicht melden, aber sie scheint einige Ideen zu haben, zu denen sie den Rat des Macrinus einholen möchte."

„Der Rat dieses Mannes ist ihr offenbar wichtiger als der meine", bemerkte Pomponius verbittert. „Das kann sie natürlich halten, wie sie will, nur einer gedeihlichen Zusammenarbeit ist das nicht förderlich. Sie könnte sich zumindest mit mir absprechen, ehe sie einen Außenstehenden ins Vertrauen zieht."

„Calliste sagt, das will Aliqua vermeiden, weil du Macrinus gegenüber voreingenommen bist, und sie eine Auseinandersetzung mit dir vermeiden will."

„Das ist eine unprofessionelle Einstellung. Unsere persönlichen Befindlichkeiten sollten vor den Erfordernissen des Dienstes zurückstehen."

„So ist es, mein Pomponius. Deshalb hatte Masculinius ja auch Bedenken, euch wieder gemeinsam einzusetzen."

„Hält er mich etwa für einen Narren, der Dienst und Privatleben nicht auseinanderzuhalten vermag?", fragte Pomponius, dessen Ärger sich steigerte.

„Dazu kann ich nichts sagen. Aber die Ereignisse haben ihn letztlich ja doch dazu veranlasst, euch gemeinsam arbeiten zu lassen."

„Das stimmt nur bedingt. Denn solange Aliqua nicht einsatzfähig ist, habe ich die alleinige Leitung der Ermittlungen. Ich halte es daher für das Beste, du besuchst sie heute allein. Lass sie von mir grüßen, ich wünsche ihr das Beste und sag ihr, es gibt bei mir nichts Neues. Soll sie sich meinetwegen hinter meinem Rücken an Macrinus wenden."

„Pomponius", mahnte Ballbilus sorgenvoll, „hältst du eine solche Trotz-reaktion für klug? Du gehst damit auf Konfrontationskurs und steuerst auf einen Bruch mit Aliqua zu. Masculinius wird das nicht gefallen."

„Ja, ich halte das für klug, nicht weil ich auf Macrinus eifersüchtig bin, sondern weil ich ihm nicht über den Weg traue. Mir scheint, er engagiert sich in unserem Fall weit mehr, als durch sein Interesse an Aliqua erklärbar ist, und ich frage mich, warum das so ist. Ich will daher, dass wir an Aliqua keine sensiblen Informationen mehr weitergeben, damit sie in ihrer Vernarrtheit nichts an Macrinus verrät."

„Das ist hart."

„Aber notwendig. Du weißt Ballbilus, dass ich dich als meinen Freund und nicht als Untergebenen betrachte. In diesem Fall bitte ich dich aber, das was ich gesagt habe, als Befehl aufzufassen. Außerdem bitte ich dich, Kontakt mit Calliste zu halten. Sie scheint dir zu vertrauen, sonst hätte sie nicht so offen zu dir gesprochen. Ich will über alle Aktivitäten Aliquas unterrichtet werden, insbesondere über solche, die mit Macrinus im Zusammenhang stehen."

„Ja, Herr", antwortete Ballbilus förmlich und mit steinerner Miene.

Pomponius seufzte. „Dann hör dir an, was gestern geschehen ist, als du mit Calliste in der Gladiatorenschule warst." Er berichtete, wie er den Statthalter dazu gebracht hatte, die Theateraufführungen wieder zuzulassen, und dass er dabei – wie geplant – gemeinsam mit der Theatertruppe auftreten werde.

An dieser Stelle konnte Krixus, der die Speisen aufgetragen hatte und dem Gespräch bisher schweigend gefolgt war, nicht mehr an sich halten. „Du willst Theater spielen?" rief er. „Das kann niemals gut gehen! So ein Unsinn!"

„Krixus", tadelte ihn Pomponius streng, „ich habe dir gestattet, während meines Gespräches mit Ballbilus im Raum zu bleiben, weil ich dir vertraue, und du sonst ohnehin an der Tür gelauscht hättest. Ich habe dir aber nicht gestattet, meine Pläne zu kommentieren, oder gar als Unsinn zu bezeichnen."

„Ich wäre ein schlechter Sklave", erwiderte Krixus mit geheuchelter Demut, „wenn ich meinem geliebten Herrn nicht gute Ratschläge geben würde, um ihn vor Unheil zu bewahren."

Pomponius schüttelte abwehrend den Kopf, sagte aber nichts. Krixus fasste das als Aufforderung auf, fortzufahren: „Was Aliqua anlangt, so solltest du dir sehr rasch etwas einfallen lassen, sonst kommt sie dir abhanden. Calliste sagt das auch."

„Diese Tochter des Hades scheint ja sehr offen über die Geheimnisse ihrer Herrin zu sprechen, sowohl zu dir, als auch zu Ballbilus."

„Das tut sie aber nicht, weil sie schwatzhaft ist, oder ein Geheimnis nicht wahren könnte, sondern weil sie sich aufrichtig Sorgen um Aliqua macht und Macrinus zutiefst misstraut. Dein Plan, auf dem Theater zu spielen, ist aber gänzlich verrückt. Du kannst das nicht! Welche Rolle sollst du denn überhaupt übernehmen? Doch nicht etwa die des Acteons?"

„Da wäre ich wahrhaftig verrückt. Nein, ich soll bloß ein Wildschwein spielen."

„Ein Wildschwein?" Krixus musterte seinen Herrn kritisch. „Nun ja, das könnte zur Not gehen: Ein dickes ungeschicktes Wildschwein, das zum Vergnügen der Zuschauer durch den Wald stolpert und vor den Jägern flüchtet! Ja, das geht!"

„Ich bin froh, dass du das auch so siehst", erwiderte Pomponius griesgrämig, „obwohl mir der Tonfall, in dem du es gesagt hast, nicht gefällt."

„Darf ich fragen, was dich veranlasst, deine Würde, auf die du sonst so viel Wert legst, aufzugeben?"

„Ich möchte die Bekanntschaft der Penelope machen. Das scheint mir der beste und unverfänglichste Weg zu sein. Wie ich schon Ballbilus erklärt habe, glaube ich, dass sie weit tiefer in unseren Fall verwickelt ist, als es den Anschein hat."

„Damit könntest du recht haben. Diese Person hat es faustdick hinter den Ohren."

„Wie kommst du darauf?", fragte Pomponius erstaunt. „Wir haben bisher über ihr Vorleben nichts herausbekommen. Wir wissen lediglich, dass sie erst vor einigen Wochen zur Truppe des Sextus Candidus gestoßen ist."

„Du weißt, dass ich ein elender, nutzloser Sklave bin, der sich anstatt zu arbeiten oft am Markt herumtreibt und das eine oder andere Schwätzchen hält?"

„Ja, das ist eine zutreffende Beschreibung. Hat mein elender, nutzloser Sklave auf diese Weise etwa Informationen über Penelope gewonnen?"

„Nur Gerüchte, an denen aber etwas dran sein könnte. Ich habe mit einem Sklaven des Zmaragdus gesprochen, der es wiederum von einem anderen Sklaven hat, der Penelope in Rom gekannt hat. Sie hat sich damals aber noch nicht Penelope, sondern Scantilla genannt."

„Sie kommt aus Rom?", fragte Pomponius verblüfft.

„So habe ich es gehört."

„Was hat sie in Rom gemacht? War sie Schauspielerin?"

„Das weiß ich nicht, ich habe aber etwas anderes gehört: Sie soll die Geliebte eines einflussreichen Mannes gewesen sein, der eines unerklärlichen Todes gestorben ist. Angeblich hat er hohe Beamte und sogar einen Senator bestochen, damit einer seiner Günstlinge zum Leiter einer jener Münzfabriken bestellt wird, die der kaiserlichen Münzprägung angehören. Kurz nachdem deswegen Gerüchte aufgekommen waren, hat er sich die Kehle durchgeschnitten. Wenig später ist Penelope, oder besser gesagt Scantilla, aus Rom verschwunden."

„Dieser Selbstmord kommt mir verdächtig vor", merkte Pomponius an, „denn Korruption ist in unseren Zeiten nichts Ungewöhnliches. Deswegen bringt man sich doch nicht gleich um, wenn man erwischt wird. Das wirklich Bemerkenswerte an der Sache ist aber, dass auch hier ein Zusammenhang mit der staatlichen Münzprägung zu bestehen scheint. Was ist mit dem Mann geschehen, den er protegiert hat?"

„Auch das weiß ich nicht. Mein Gesprächspartner hat aber seinen Namen erwähnt. Er soll Felicissimus heißen."

Pomponius und Ballbilus starrten einander an. „Felicissimus", flüsterte Pomponius schließlich. „Das ist die direkte Verbindung zwischen den Hintermännern in Rom und den Ereignissen hier in Carnuntum. Ich sage das ungern, Krixus, aber diesmal hast du mir wirklich weitergeholfen. Mein Instinkt hat mich also nicht in die Irre geführt: Penelope könnte der Schlüssel sein!"

„Vielleicht sollten wir bei unserer Zentrale in Rom anfragen, ob die etwas über sie wissen", warf Ballbilus ein.

Pomponius schüttelte den Kopf. „Dazu fehlt uns einfach die Zeit. Selbst wenn wir die kaiserliche Kurierpost in Anspruch nehmen, können wir nicht damit rechnen, vor drei Wochen eine Antwort zu bekommen."

„Mir kommt manchmal vor, dass Gerüchte und Sklavengeschwätz schneller reisen, als Eilkuriere", sagte Krixus grinsend. „Denn ich weiß noch etwas über Penelope: Es war nicht das erste Mal, dass einer ihrer Verehrer eines plötzlichen Todes gestorben ist. Im Vorjahr ist ein aufstrebender Politiker am Heimweg von ihr auf der Straße erstochen worden. Man hat die Sache als Raubmord abgetan, denn die Straßen Roms sind nach Einbruch der Dunkelheit noch viel unsicherer als es in Carnuntum der Fall ist."

„Abermals sehr eigenartig", grübelte Pomponius. „Was hat den Mann veranlasst, ohne Begleitschutz durch die nächtlichen Straßen zu laufen? Er sollte es doch besser gewusst haben!"

„Das weiß ich nicht", erklärte Krixus. „Ich kann nur spekulieren. Wahrscheinlich wollte er die Nacht bei ihr verbringen, ist aber nach einem heftigen Streit fort und damit in eine Falle und den Tod gelaufen."

„Jetzt geht die Phantasie mit dir durch, Krixus."

„Kann sein. Ich erinnere mich allerdings, dass du dich nach einem Streit mit Aliqua genauso verhalten hast. Auch du wärst damals beinahe umgebracht worden. Ich sehe dich jetzt noch vor mir, wie du von nächtlichen Phantomen gejagt im letzten Augenblick unser Haus erreicht und gegen die Tür gehämmert hast. Ich möchte so einen Schreck nicht noch einmal erleben."[9]

„Krixus hat recht, du solltest sehr vorsichtig sein, wenn du dich an Penelope heranmachst", mahnte Ballbilus.

„Das habe ich vor. Heute Nachmittag wird sich die erste Gelegenheit dazu bieten. Geh jetzt zu Aliqua und entschuldige mein Fernbleiben. Ich bin verhindert, weil ich den ganzen Vormittag über noch viel zu tun habe."

---

[9] Siehe: Nacht über Carnuntum

Pomponius war kein sehr religiöser Mensch. Er glaubte zwar an die Existenz der Götter, ja er empfand für jene Göttin, die man unter dem Namen Diana Nemesis verehrte, sogar eine scheue Zuneigung, war im Übrigen aber der Ansicht, dass sich die Götter herzlich wenig um die Anliegen der Menschen kümmerten, und wenn sie es doch taten, dann eher mit einer gewissen Bosheit, die nicht frei von Willkür war. Es überraschte ihn daher auch nicht sehr, als seine Ausrede, er habe viel zu tun, unverzüglich Wirklichkeit wurde und sein Vorhaben, sich bis zum Mittagessen der Ruhe hinzugeben, zunichtemachte.

Denn kaum hatte ihn Ballbilus verlassen, meldete ihm Krixus, ein Mann namens Herennius sei gekommen und habe eine junge, nicht unhübsche Weibsperson mitgebracht. Dabei sah er Pomponius tadelnd an und fragte: „Soll ich sie fortschicken?"

Krixus pflegte Frauenbesuche nämlich sehr differenziert anzumelden. Solche Frauen, die seine Zustimmung fanden, nannte er ‚Dame‘, oder wenn er sie kannte, einfach mit ihrem Namen. Solche, die er nicht einschätzen konnte, bezeichnete er als ‚Frau‘, oder wenn sie ersichtlich niederen Standes war als ‚Weib‘, denn er konnte ein rechter Snob sein. Solche, die er missbilligte, wurden mit Beifügen ‚diese‘ versehen, und schließlich wurden solche, die ihm suspekt erschienen, als ‚Weibsperson' deklariert. Mit der zusätzlichen Angabe ‚nicht unhübsch und jung‘ brachte Krixus seine Zweifel an der moralischen Integrität dieser Person zum Ausdruck. Hätte Mara an seiner Stelle die Tür geöffnet, so hätte sie ganz unkompliziert gemeldet: „Ein Bursche, der ausschaut wie ein Zuhälter, ist gekommen und hat eine Hure mitgebracht. Ich hoffe der Besuch ist dienstlich, denn wir sind ein anständiges Haus."

„Führ sie herein", befahl Pomponius. „Dieser Besuch ist dienstlich. Damit wir uns aber recht verstehen, Krixus: Es steht dir nicht zu, über meine Besucher zu urteilen."

„Wie soll ich denn meinen Herrn sonst vor unliebsamen Belästigungen schützen, wie beispielsweise, wenn diese Valeria vor der Tür steht?"

Krixus eilte aus der Tür, weil Pomponius nach einem Wurfgeschoß tastete. Wenig später führte er Herennius und Ipsitilla herein. Herennius trug Zivil, wie

Pomponius zufrieden vermerkte. An Ballbilus, der öfter kam, hatten sich seine Nachbarn inzwischen schon gewöhnt. Sie hielten ihn für einen Freund des Hauses. Ein weiterer Soldat, hätte aber Aufmerksamkeit erregt, die Pomponius vermeiden wollte.

Herennius legte die Faust auf die Brust und meldete: „Diese Frau nennt sich Ipsitilla, Herr. Sie ist an unsere Pforte gekommen, hat dem Posten die Münze vorgewiesen und deinen Namen genannt. Weil du nicht da warst, hat man sie zu mir geführt. Sie hat gesagt, sie müsse dich dringend sprechen, also habe ich sie hergeführt. Ich hoffe, das war in deinem Sinn?"

„Ja, das ist schon in Ordnung. Krixus führ unseren Gast in die Küche. Mara soll ihn bewirten. Und du, Ipsitilla, setz dich. Hast du Hunger?"

Ipsitilla nickte verlegen und sah sich um. „Schön hast du es hier", sagte sie.

Pomponius dachte, dass sie wohl noch nie in einem wirklich schönen Haus gewesen war und fragte freundlich: „Nun, was hast du mir zu berichten, Ipsitilla, das so dringend ist?"

„Der entlaufene Soldat, nach dem du suchst, ist wieder aufgetaucht."

„Aper?"

„Ja, Aper. Er ist gestern in den 'Grünen Hintern' gekommen und hat sich lange mit Marcella, der Wirtin, unterhalten. Dann ist er aber wieder fortgegangen. Ich dachte, das solltest du wissen. Gestern hatte ich keine Gelegenheit mehr dazu, aber heute bin ich Marcella entwischt und sofort zum Statthalterpalast gelaufen."

„Das hast du gut gemacht", lobte sie Pomponius.

Krixus trat ein und brachte ein Tablett mit Speisen herein, das er vor Ipsitilla stellte. „Was hat sie gut gemacht?", fragte er unverfroren und musterte Ipsitilla misstrauisch.

„Das geht dich nichts an, Krixus, aber damit du es nur weißt: Diese junge Frau heißt Ipsitilla und sie arbeitet für mich, also für die Frumentarii."

„Du Ärmste", sagte Krixus bedauernd und rückte das Tablett vor Ipsitilla zurecht. „Da steht dir noch einiges bevor. Er – damit deutete er auf Pomponius – ist kein angenehmer Vorgesetzter. Greif tüchtig zu, du schaust ja ganz verhungert aus. Du wirst es brauchen."

„Verschwinde, du ungezogener Schurke!", rief Pomponius empört.

Ipsitilla sah Krixus nach und fragte: „Wer ist das?"

„Krixus, mein Haussklave."

„Er ist dein Sklave?", staunte Ipsitilla. „Fürchtet er sich denn gar nicht vor dir?"

„Es gibt eine Menge Dinge, vor denen sich Krixus fürchtet", erwiderte Pomponius griesgrämig. „Zum Beispiel Arbeit, Hunger, Erdbeben, Feuersbrünste, Meuchelmörder, anstrengende Reisen und noch eine Menge anderer Dinge. Ich gehöre nicht dazu."

„Bestrafst du ihn denn nicht, wenn er ungezogen ist?"

„Oh doch. Vorige Woche musste er ohne Abendessen zu Bett gehen, weil er heimlich die Pasteten aufgefressen hat, die Mara, meine Haussklavin, für mich zubereitet hat."

„Dann geht es ihm besser als mir. Marcella verprügelt mich regelmäßig und Abendessen gibt es ohnehin nicht."

Ferox stieß die Tür auf und trabte herein. Er hielt es nämlich für seine Pflicht, unbekannte Besucher in Augenschein zu nehmen und ihnen seine Wachsamkeit zu demonstrieren. Er schnupperte an Ipsitilla, setzte sich vor sie hin, starrte sie an und gab ein leises Grollen von sich.

„Das ist aber ein großer Hund", sagte Ipsitilla ängstlich und zog die Beine an. „Darf er denn frei im Haus herumlaufen? Beißt er?"

„Nur Leute, von denen er glaubt, dass sie mir etwas tun wollen. Du brauchst dich nicht zu fürchten. Er will dich bloß kennenlernen."

„Guter Hund", sagte Ipsitilla zögernd.

Ferox richtete den Blick auf das Tablett vor Ipsitilla, hörte auf zu grollen und gab ein leises Winseln von sich.

„Wenn du ihm jetzt etwas zusteckst", warnte Pomponius, „gibt er keine Ruhe, bis er dir den größten Teil deines Frühstücks weggefressen hat. In diesem Punkt verhält er sich ganz ähnlich wie Krixus."

Ipsitilla schüttelte den Kopf. „Du bist ein gütiger Mann, Pomponius. Dabei hast du im Statthalterpalast so furchteinflößend gewirkt. Ich habe regelrecht Angst vor dir gehabt."

„Oh, ich gelte ganz allgemein als sehr umgänglich", versicherte ihr Pomponius. „Du brauchst keine Angst vor mir zu haben, solange du mir gut dienst. Wirst du mit Marcella Schwierigkeiten bekommen, wenn du zurückkehrst?"

„Es wird eine Tracht Prügel geben, sonst nichts", antwortete Ipsitilla fast gleichgültig.

Krixus kam zur Tür herein. „Ich komme überhaupt nicht zur Ruhe", klagte er. „Dieses Haus ist ja wie ein Bienenschlag. Manius und Numerius sind gekommen und wollen dich sprechen. Sollen sie warten, oder soll ich sie hereinschicken?"

„Führ sie herein", entschied Pomponius, „und nimm Ferox mit hinaus. Wenn er hungrig ist, soll ihm Mara etwas zu fressen geben."

„In diesem Haus werden Hunde besser behandelt als hart arbeitende Sklaven", maulte Krixus, packte Ferox beim Halsband und zog ihn aus dem Zimmer.

Kurz darauf führte er Manius und Numerius herein. Manius stutzte, als er Ipsitilla sah, dann rief er erstaunt: „Da ist sie ja!"

„Was heißt das?", fragte Pomponius. „Was habt ihr mit Ipsitilla zu tun?"

„Sie ist eines der Freudenmädchen aus dem ‚Grünen Hintern' ", erklärte Numerius.

„Ich weiß. Außerdem arbeitet sie für mich."

„Das erklärt einiges", antwortete Numerius nachdenklich.

„Sprecht nicht in Rätseln", verlangte Pomponius. „Setzt euch zu uns und berichtet, was vorgefallen ist." Er wandte sich an Ipsitilla: „Das sind Manius und Numerius. Du hast sie wahrscheinlich schon im ‚Grünen Hintern' gesehen. Sie arbeiten auch für mich."

„Wir sind im ‚Grünen Hintern' gesessen", erzählte Numerius. „Es war nicht viel los und wir dachten schon, wir vergeuden bloß unsere Zeit. Dann haben wir beobachtet, wie sich dieses Mädchen – er deutete auf Ipsitilla – heimlich davongemacht hat. Das hätte uns nicht besonders interessiert, wenn sich Marcella, die Wirtin, nicht eigenartig verhalten hätte. Sie hat nämlich bemerkt, wie sich Ipsitilla davonschleicht. Aber anstatt sie einfach aufzuhalten, hat sie Furius zu sich gerufen."

„Wer ist Furius?"

„Ein übler Bursche, gegen den Manius und ich ehrsame Bürger sind. Es heißt, für zwei Aureii bringt er dir jeden um, den du ihm nennst. Nachdem er mit Marcella gesprochen hatte, ist er Ipsitilla nachgeeilt. Wir haben uns gedacht, wir sollten herausfinden, was da vor sich geht, denn du hast uns ja befohlen, alle ungewöhnlichen Vorgänge im ,Grünen Hintern' auszuspähen. Also sind wir ihm unauffällig nachgegangen. In der Nähe des Statthalterpalastes haben wir bemerkt, dass er einen Dolch aus dem Gürtel zieht, unter seinem Umhang verbirgt und zu Ipsitilla aufschließt. Da war uns klar, dass er einen Mordauftrag hat."

Ipsitilla schrie auf und schlug entsetzt die Hand vor den Mund. „Wollte er etwa mich umbringen?"

„Davon kannst du ausgehen", bestätigte Numerius. „Aber keine Angst, der bringt so schnell niemanden mehr um. Er hat nicht kommen gesehen, was ihn erwischt hat. Falls er meinen Cestus überlebt, wird er noch sehr lange Kopfschmerzen haben."

„Nur ist uns inzwischen Ipsitilla entwischt", berichtete Manius weiter. „Auf einmal war sie weg und wir konnten sie nirgends mehr entdecken. Also sind wir zu dir geeilt, um dir zu berichten. Es ist dir doch recht, dass wir Furius ausgeschaltet haben?"

„Ihr habt euch ganz richtig verhalten. Ich frage mich bloß, was Marcella veranlasst haben könnte, Ipsitilla beseitigen zu lassen." Pomponius sah das Mädchen an. „Hast du im ,Grünen Hintern' irgendetwas gesagt oder getan, wodurch sie misstrauisch geworden sein könnte?"

„Nicht das ich wüsste", antwortete Ipsitilla verängstigt. „Ich habe mich umgehört und dic anderen Mädchen ausgefragt, so wie du es mir befohlen hast, aber ich war sehr vorsichtig."

„Wahrscheinlich nicht vorsichtig genug", meinte Numerius. „Furius muss erraten haben, dass sie auf dem Weg zum Statthalterpalast war. Wenn er meinen Schlag überlebt, was ich befürchte, ist Ipsitilla wahrscheinlich aufgeflogen."

„Ich hab dir ja gleich gesagt, schneid ihm vorsichtshalber die Kehle durch", nörgelte Manius.

„Der einzige Außenstehende, der weiß, dass Ipsitilla für mich arbeitet, ist Percennius", murmelte Pomponius. „Ich dachte, ich habe ihn soweit eingeschüchtert, dass er uns nicht verrät."

„Wenn du ihn falsch eingeschätzt hast, ist die Katze ohnehin schon aus dem Sack", meinte Manius und versuchte, seine Worte nicht vorwurfsfall klingen zu lassen.

„Muss ich jetzt in den 'Grünen Hintern' zurück?", fragte Ipsitilla, der die Tragweite dieser Ereignisse erst nach und nach bewusst wurde, verstört.

Pomponius sah Numerius an. „Wir können sie nicht rund um die Uhr beschützen", beantwortete dieser die unausgesprochene Frage, „ganz besonders nicht bei ihrem Beruf." Ipsitilla senkte verlegen den Kopf.

„Wenn du sie für die nächste Zeit nicht spurlos verschwinden lässt, ist sie in ständiger Lebensgefahr", ergänzte Manius.

Ipsitilla begann zu weinen.

„Das sollte kein Problem sein", warf Krixus ein.

„Hast du schon wieder einen Geistesblitz, du elender, nutzloser Sklave", fragte Numerius mit freundlichem Spott.

„Ich habe ständig Geistesblitze", erwiderte Krixus, „nur werden sie selten geschätzt. Schickt sie einfach zu Claudius in die Gladiatorenschule. Er jammert doch ständig, dass er eine Pflegeperson für Aemilius braucht. Die Leute dort sind völlig verrückt. Sie lassen keine unangemeldeten Besucher ein. Man kommt eher in die kaiserlichen Gemächer, als in die Gladiatorenschule. Dort ist Ipsitilla gut aufgehoben."

Pomponius sah seinen Sklaven überrascht an. „Das ist tatsächlich eine gute Idee, Krixus." Er wandte sich an Ipsitilla: „Hör auf zu weinen. Wir bringen dich in Sicherheit. Du hast gehört, was Krixus gesagt hat. Traust du dir zu, einen Kranken, der sich aber bereits auf dem Weg der Genesung befindet, zu pflegen? Es wird voraussichtlich nicht lange dauern. Ich muss diesen Fall nämlich in den nächsten Tagen abschließen, sonst bekomme ich selbst Ärger." Er dachte, dass seine Berichterstattung bei Masculinius schon wieder überfällig war, und dass es zwar viel zu berichten gab, er aber keinen Durchbruch erzielt hatte.

„Das kann ich", erklärte Ipsitilla und wischte sich die Tränen aus dem Gesicht. „Ich habe ja auch meine Eltern gepflegt, die voriges Jahr an der Pest gestorben sind."

„Gut", sagte Pomponius. „Der Mann, der dich hergebracht hat, wird dich zur Gladiatorenschule bringen. Wir müssen uns inzwischen mit Marcella beschäftigen. Sie ist offenbar sehr tief in diese Intrige verstrickt."

„Das sollte kein Problem für dich sein", meinte Numerius. „Lass sie verhaften und in euren Verhörkeller bringen. Ich bin mir sicher, sie wird singen, wie ein Vögelchen."

„Das könnte ich machen", stimmte Pomponius nachdenklich zu. „Ich befürchte allerdings, dass Aper dadurch gewarnt wird und uns wieder entwischt." Er wandte sich an Ipsitilla: „Verlässt Marcella gelegentlich den ‚Grünen Hintern'?"

Ipsitilla dachte nach. „Ja", sagte sie dann. „Sie geht manchmal aus dem Haus und bleibt für einige Stunden weg. Ich weiß aber nicht, was sie in dieser Zeit macht."

Pomponius nickte Manius und Numerius zu. „Ich will wissen, wo sie hingeht. Kümmert euch darum, aber seid vorsichtig, damit sie euch nicht entdeckt und kopfscheu wird. Sobald sie merkt, dass Ipsitilla verschwunden ist, und Furius eins über den Schädel bekommen hat, wird sie es sehr eilig haben, jemanden zu warnen."

Manius und Numerius standen auf. „Verlass dich auf uns, Pomponius", sagte Manius und nickte Ipsitilla freundlich zu: „Viel Glück, Mädchen."

„Danke", stammelte Ipsitilla. „Danke! Ihr habt mir das Leben gerettet."

„Keine Ursache. Wir werden schließlich dafür bezahlt. Nicht wahr, Pomponius?"

„Das ist wahr", lächelte Pomponius. „Krixus, bring mir meine Schatulle!"

Numerius winkte ab. „Bezahl uns, wenn wir das nächste Mal kommen. Wir hatten nie Grund, an deiner Zahlungsmoral und deiner Großzügigkeit zu zweifeln."

Nachdem sich die beiden entfernt hatten, ließ Pomponius Herennius zu sich kommen und fragte: „Kennt man dich in der Gladiatorenschule?"

„Ja, Herr. Ich bin mit Spiculus, der dort die Aufsicht führt, sogar befreundet."

„Das trifft sich gut. Du wirst dieses Mädchen, sie heißt Ipsitilla, in die Gladiatorenschule bringen und dem Arzt Claudius übergeben. Sag ihm, das sei die versprochene Pflegekraft für Aemilius. Du musst folgendes wissen: Ipsitilla arbeitet für uns. Es scheint aber, dass man ihr auf die Schliche gekommen ist, weshalb ein Mordanschlag auf sie verübt wurde. In der Gladiatorenschule ist sie vorläufig in Sicherheit. Du bist dafür verantwortlich, dass sie wohlbehalten dort ankommt. Zieh auch deinen Freund Spiculus ins Vertrauen. Er ist ein verlässlicher Mann, der uns schon öfter gefällig war. Er soll ein Auge auf sie haben. Hast du mich verstanden?"

Herennius salutierte. „Jawohl, Herr!"

„Gut. Krixus gib Ipsitilla einen alten Umhang mit Kapuze, damit sie auf der Straße unerkannt bleibt. Nein, Ipsitilla lass das!" Er wehrte Ipsitilla ab, die versuchte, ihm die Hand zu küssen. „Kümmere dich gut um deinen Patienten. Du hörst bald wieder von mir."

Nachdem sich auch Herennius und Ipsitilla entfernt hatten, seufzte Pomponius erleichtert. Seine innere Uhr sagte ihm, dass sich die fünfte Stunde ihrem Ende näherte. „Wecke mich zu Beginn der siebenten Stunde", befahl er Krixus. „Das wird reichen, um rechtzeitig zur Probe zu kommen. Das Mittagessen lasse ich angesichts der körperlichen Anstrengungen, die mich erwarten, lieber entfallen."

Er legte die Beine auf den Tisch, lehnte sich in seinem bequemen Sessel zurück, schloss die Augen und versuchte an gar nichts mehr zu denken.

„Wach auf!", rief Krixus und schüttelte Pomponius an den Schultern.

Pomponius fuhr in die Höhe. „Ist es schon so spät?", fragte er benommen. „Mir ist, als wäre ich eben erst eingeschlafen."

„Das bist du auch. Aber ein Mann ist gekommen und verlangt dich ganz dringend zu sprechen. Er sagt, er heißt Percennius. Ich nehme an, das ist jener Percennius, über den ihr gesprochen habt."

Pomponius rappelte sich hoch. „Percennius? Das habe ich nicht erwartet! Entweder er hat ein reines Gewissen, oder er ist ein ganz abgefeimter Schurke. Führe ihn herein und sorge vorsichtshalber dafür, dass Ferox in der Nähe ist. Heute sind mir zu viele Meuchelmörder unterwegs."

„Ave, edler Pomponius", rief Percennius aufgeregt, als er eintrat. „Ich bringe beunruhigende Nachrichten!"

Pomponius winkte ab und fragte: „Weshalb kommst du persönlich? Ich habe dir zwar meinen Namen gesagt, aber befohlen, dass du nur über das Mädchen Ipsitilla mit mir Kontakt aufnimmst."

„Das ist es ja! Ipsitilla ist verschwunden, und ich fürchte, sie ist in Gefahr."

Plötzlich war ein furchteinflößendes Knurren zu hören. Percennius fuhr herum. In der Tür stand Ferox. Er hatte sein mörderisches Gebiss entblößt, die Nackenhaare waren gesträubt und die Ohren angelegt. Es hatte den Anschein, als wolle er zum Sprung ansetzen.

Percennius wagte es nicht, sich zu rühren.

„Ja, wir leben in gefährlichen Zeiten", sagte Pomponius ruhig. „Das ist Ferox, mein guter Hund. Er bewacht mich. Ich fürchte, er mag dich nicht besonders. Vielleicht hält er dich für einen Meuchelmörder. Vermeide daher jede rasche Bewegung, sonst zerreißt er dich. Krixus, komm herein!"

Sogleich trat Krixus ein: „Du befiehlst, Herr?"

„Durchsuche unseren Gast und nimm ihm alles ab, womit er sich verletzen könnte."

Krixus trat an Percennius heran und tastete ihn ab. „Das hatte er unter seinem Umhang im Gürtel stecken", sagte er schließlich zu Pomponius und legte einen Dolch auf den Tisch. „Sonst hat er nichts bei sich."

„Sieh an, ein Armeedolch", sagte Pomponius grimmig. „Weißt du nicht, Percennius, dass Zivilpersonen das Tragen militärischer Waffen verboten ist?"

„Nein, das wusste ich nicht. Ich trage diese Waffe nur zu meinem persönlichen Schutz. Ich bitte dich, Pomponius, du misstraust mir doch nicht etwa? Dazu hast du keinen Grund!"

„Wir werden sehen. Krixus, du kannst Ferox wieder mit hinausnehmen. Und du, Percennius, was willst du mir über Ipsitilla erzählen?"

„Sie ist in größter Gefahr. Ich habe zufällig erfahren, dass Marcella befohlen hat, sie umzubringen!"

„Wie soll das vor sich gehen?"

„Ein Gauner namens Furius wurde damit beauftragt. Du musst rasch etwas unternehmen, sonst ist es zu spät."

„Du kommst zu spät."

„Ist sie etwa ..."

„Sie ist in Sicherheit."

„Den Göttern sei Dank. Dann wird sie Furius vergeblich suchen."

„Furius wird niemand mehr suchen. Er hat einen Unfall erlitten, als er unvorsichtig mit einem Dolch gespielt hat."

Percennius sah Pomponius fassungslos an. „Wie konntest du nur so rasch informiert sein und einschreiten?", stammelte er.

„Könnte es sein?", fragte Pomponius freundlich, „dass du mich unterschätzt? Könnte es sein, dass du auch die Gefahr unterschätzt, in der du selbst schwebst? Wenn du mich betrügst, wird dich dasselbe Schicksal ereilen wie Furius und zwar ebenso schnell. Andernfalls könnte aber auch gegen dich ein Mordbefehl ergehen, wie gegen Ipsitilla. Du musst also sehr vorsichtig sein. Verstehst du das?"

„Ja, Herr", flüsterte Percennius verunsichert.

„Dann geh zurück in den ‚Grünen Hintern' und lass dir nichts anmerken. Sag kein Wort über Ipsitilla und Furius und noch weniger über unser Gespräch." Pomponius betrachtete den Dolch, den Krixus Percennius abgenommen hatte. „Wo hast du das Ding her?"

„Ich habe den Dolch von einem Soldaten beim Würfelspiel gewonnen."

„Wann war das?"

„Erst gestern."

„Hat dieser Soldat etwa Aper geheißen?"

„Aber nein, Pomponius. Ich weiß doch, dass du diesen Aper suchst, und ich nach ihm Ausschau halten soll. Ich hätte dich sofort informiert."

„Ist das wahr? Dann geh jetzt, und wenn du mich das nächste Mal besuchst, achte darauf, dass du unbewaffnet bist. Krixus wird dir deinen Dolch zurückgeben, wenn er dich hinauslässt. Leb wohl, Percennius."

„Traust du ihm?", fragte Krixus, nachdem er Percennius hinausgeführt hatte.

„Ich weiß nicht recht", antwortete Pomponius. „Ich muss gestehen, dass ich beunruhigt bin. Wenn du in Hinkunft die Tür öffnest, sorge dafür, dass Ferox in der Nähe ist. Ich muss mich jetzt schon beeilen, wenn ich rechtzeitig zur Probe kommen will. Du gehst inzwischen zum Statthalterpalast und fragst nach Ballbilus. Wenn er da ist, sag ihm, er soll mich von der Probe abholen. Ich muss mich dringend mit ihm besprechen."

„Was für ein Tag", stöhnte Krixus. „Ich bin völlig überanstrengt!"

„Wärst du lieber an meiner Stelle?", fragte Pomponius wütend. „Würdest du gern vor allen Leuten ein Wildschwein spielen? Nein? Dann halte den Mund und tu, was ich dir gesagt habe!"

„Darf ich auf dem Weg zum Statthalterpalast wenigstens Aliqua besuchen?"

Pomponius sah seinen Sklaven überrascht an und fragte einer plötzlichen Eingebung folgend: „Obwohl du so überanstrengt bist, willst du Aliqua besuchen? Oder ist es nicht eher so, dass du Calliste, diese freche kleine Tochter des Hades, sehen willst?"

Pomponius erlebte mit Vergnügen einen der seltenen Augenblicke, in denen der sonst so vorlaute Krixus verlegen war und nicht wusste, was er sagen sollte.

XXI

Aliqua saß mitten in ihrer Küche in einem großen hölzernen Zuber, der mit einem Leinentuch ausgekleidet war. Das Wasser reichte ihr bis an die Brustwarzen und kitzelte sie, wenn es auf und ab schwappte. Im Ofen brannte ein kräftiges Feuer. Es hatte Calliste eine Menge Arbeit gekostet, genügend heißes Wasser zuzubereiten, um den Zuber zu füllen. Ein Geruch nach frischen Blüten erfüllte den Raum. Man musste schon eine sehr feine Nase haben, um einen Nachhall der Heilsalbe des Claudius zu erschnuppern.

„Halt still", befahl Calliste und goss Aliqua warmes Wasser über den Kopf. „Wir werden auch deine Haare waschen. Der Geruch, den du loswerden willst, hat sich auch in ihnen festgesetzt. Wer auch immer sein Gesicht in deinem Haar vergräbt, soll durch dessen Duft betört werden."

„Du hast eine ausschweifende Phantasie", antwortete Aliqua und wischte sich das Wasser aus den Augen. „Ich wüsste nicht, wer das sein sollte. Nicht einmal Pomponius besucht mich mehr, um nach mir zu sehen. Glaubst du wirklich, dass er zuviel zu tun hat?"

„Wer weiß. Aber du hast dennoch keinen Grund, dich zu beklagen. Immerhin hat Macrinus heute wieder einen Sklaven geschickt, um sich nach deinem Befinden zu erkundigen und ein Geschenk zu bringen. Wir werden sehen, ob es eine angemessene Liebesgabe ist."

Calliste nahm einen kostbaren Flakon zur Hand, öffnete ihn und schnupperte daran. „Ja, ich glaube, das ist es." Sie goß einige Tropfen in die hohle Hand und verrieb die Essenz in Aliquas Haar. Ein zarter Duft, wie nach Orangenblüten und einer Spur Myrrhe erfüllte sofort den Raum.

„Sehr gut", freute sich Aliqua. „Wonach riecht das eigentlich?"

„Schätzungsweise nach dreihundert Sesterzen", antwortete Calliste. „Billiger bekommst du diese Wohlgerüche Arabiens nicht. Macrinus ist ein Mann von Welt und er strengt sich sehr an. Hat dir Pomponius nie Parfum geschenkt?"

„Nein", antwortete Aliqua und fügte gleichsam wie zur Verteidigung ihres Freundes hinzu: „Aber er hat mir anlässlich der Saturnalien Schmuck geschenkt."

„Wenn du frisch gebadest bist und riechst wie ein ganzer Blumengarten, könntest du ihn heute besuchen."

„Wie sollte ich so einen Überraschungsbesuch begründen?"

„Brauchst du dazu eine Begründung? Du bist seine Geliebte! Hast du das schon vergessen? Lass dich von ihm verführen und schlaf mit ihm. Das ist Begründung genug."

„Das kann ich nicht und das will ich auch nicht", wehrte Aliqua entschieden ab. „Hör auf, dir über mein Liebesleben Gedanken zu machen, Calliste. Ich weiß schon, was ich tue."

„Daran habe ich meine Zweifel", murmelte Calliste und massierte vorsichtig Aliquas Kopf. „Horch! Da ist jemand an der Tür. Soll ich nachsehen?"

„Sieh nach, aber lass niemand ein. Ich sitze nämlich nackt in einem Bottich!"

„Auch nicht, wenn es Pomponius oder Macrinus ist?", fragte Calliste boshaft.

„Calliste!", rief Aliqua drohend. „Du bist ja noch vorlauter als Krixus! Hinaus mit dir!"

Wenig später kam Calliste zurück und vermeldete: „Es ist Krixus. Er sagt, er muss dir von Pomponius etwas ausrichten."

„Ist Pomponius zu beschäftigt, um selbst zu kommen?" Die Frage war eher rhetorischer Art und Aliqua setzte fort, ohne auf eine Antwort zu warten. „Er soll hereinkommen. Gib mir das Badetuch, damit ich mich bedecken kann."

„Sei gegrüßt, schöne und überaus wohlriechende Herrin", sagte Krixus und blieb in gebührendem Abstand von Aliqua stehen. „Pomponius schickt mich zu dir und läßt dich schön grüßen."

„Ist er zu beschäftigt, um selbst zu kommen?", wiederholte Aliqua ihre Frage. Diesmal erwartete sie eine Antwort.

„Du glaubst gar nicht, was heute Vormittag bei uns los war", klagte Krixus. „Ständig sind Leute gekommen, die Pomponius dringend sprechen wollten, und jetzt ist er zum Theater gelaufen. Du weißt ja, dass er unter die Schauspieler gehen will."

„Ich halte das noch immer für eine verrückte Idee. Was sollst du mir von ihm ausrichten?"

„Pomponius meint, es würde dich freuen zu hören, dass er eine Pflegerin für Aemilius gefunden und gleich in die Gladiatorenschule geschickt hat", berichtete Krixus, der um eine Ausrede für seinen Besuch nicht verlegen war.

„Sehr gut", sagte Aliqua erfreut. „Kenne ich sie?"

„Ich denke nicht. Sie hat für Pomponius spioniert, ist aber offenbar entdeckt worden, weshalb man sie umbringen wollte. Pomponius hat sie auf diese Weise vorläufig in Sicherheit gebracht. Er rechnet damit, dass er den Fall in wenigen Tagen abschließen kann."

„Ich fürchte, da ist er zu optimistisch. Es wird Zeit, dass ich mich wieder in die Ermittlungen einschalte. In den letzten Tagen hatte ich viel Muße, um nachzudenken, und ich habe schon ein paar Ideen."

„Wie zum Beispiel, Macrinus um Rat zu fragen?"

„Dein Tonfall missfällt mir, Krixus", rügte ihn Aliqua ärgerlich. „Macrinus hat sich in der Vergangenheit als sehr hilfreich erwiesen. Er hat Einfluss und wird uns sicher wieder helfen, wenn ich ihn darum bitte. Es besteht gar kein Grund, das Gesicht so verächtlich zu verziehen, Krixus. Benimm dich, bitte!"

„Abgesehen von deinen Gedanken an den ach so hilfsbereiten Macrinus, sind dir auch eigene Ideen gekommen?"

„Kritisierst du mich etwa, Krixus?", rief Aliqua wütend. „Du nimmst dir wahrhaftig zuviel heraus! Du bist ...", sie suchte nach Worten.

„Ein elender, nutzloser Sklave?", fragte Krixus hilfsbereit.

„Ja, das wollte ich sagen. Du kannst jetzt gehen, und bestelle Pomponius, dass ich mich morgen wieder zum Dienst melden werde. Ich erwarte, dass er mich dann persönlich über den neuesten Stand seiner Ermittlungen unterrichtet. Calliste, führ unseren Gast hinaus und komm rasch wieder zurück. Das Wasser beginnt kalt zu werden."

„Das schaut schlimmer aus, als ich befürchtet habe", sagte Krixus an der Tür zu Calliste.

Sie zuckte mit den Schultern. „Macrinus geht ihr nicht aus dem Sinn. Er hat ihr den Kopf verdreht und er läßt nicht locker. Ich habe versucht, ihr den Mann auszureden, aber sie hört ja nicht auf mich."

Krixus, dem nicht nur am Wohl Aliquas gelegen war, sondern der auch seine eigenen Ziele verfolgte, fasste sich ein Herz und fragte: „Können wir uns wiedersehen, Calliste?"

„Das wird sich gewiss ergeben."

„Wie wäre es morgen am Markt?"

„Du willst dich mit mir verabreden?", fragte Calliste mit hochgezogenen Augenbrauen. „Wozu?"

„Du gefällst mir und ich will dich näher kennenlernen", erklärte Krixus, den seine sonstige Beredsamkeit im Stich ließ, ein wenig unbeholfen.

„Du willst mich näher kennenlernen? Ausgerechnet du? Du bist ein elender, nutzloser Sklave, sagt Aliqua."

„Und du bist eine freche kleine Tochter des Hades, sagt Pomponius."

„Na dann", grinste Calliste, ohne im Geringsten beleidigt zu sein, „findest du mich morgen um die zweite Stunde am Markt, beim großen Brunnen."

„Ich werde da sein", versprach Krixus entzückt.

„Davon bin ich überzeugt." Ehe sich's Krixus versah, beugte sie sich vor, küsste ihn rasch auf den Mund und schlug ihm die Tür vor der Nase zu.

„Was schwätzt du denn so lange mit Krixus?", fragte Aliqua unwillig, als Calliste wieder eintrat. „Das Wasser ist kalt. Hilf mir, mich abzutrocknen."

Sie stieg aus dem Zuber und hinterließ Pfützen auf dem Küchenboden. Calliste hüllte sie in weiche Tücher und begann sie abzureiben. „Du bist schön", sagte sie bewundernd, als sie fertig war und betrachtete Aliqua. „Kein Wunder, dass die Männer nach dir verrückt sind."

„Niemand ist nach mir verrückt", erklärte Aliqua wider besseres Wissen. „Denkst du eigentlich nur an Männer? Gib mir mein Kleid, nein, nicht dieses, das andere, das helle mit den goldenen Borten. Wir wollen ausgehen."

„Dann müssen wir aber noch deine Haare machen", entschied Calliste und fügte zusammenhanglos hinzu: „Krixus will mich treffen. Er sagt, er will mich näher kennenlernen. Was soll man davon halten?"

„Ja was wohl?", fragte Aliqua mit gutmütigem Spott. „Das weißt du doch selber am besten, denn du bist schon ein großes Mädchen und nicht ganz unerfahren."

Calliste seufzte. „Ich mach dir eine ganz einfache Frisur", wechselte sie das Thema. „Zum Glück fallen deine Haare in natürlichen Locken. Eine aufgetürmte Frisur würde nicht zu dir passen. Wohin wollen wir gehen?"

„Ich dachte, wir führen ein paar einfache Ermittlungen durch. Wir haben nämlich einen Umstand bisher nicht bedacht. Die Männer, die den Geldtransport überfallen haben, waren mit Theatermasken unkenntlich gemacht. Es waren etwa zwei Dutzend. Das ist eine ganze Menge. Wo hatten sie die Masken her? Aus dem Fundus der Schauspieltruppe stammten sie offenbar nicht. Theatermasken sind aber keine Artikel, die man bei uns überall kaufen kann. Oder weißt du einen Laden, wo das der Fall ist?"

Calliste dachte nach. „Es gibt mehrere Läden", verkündete sie dann. „Sie sind in der Nähe des Amphietheaters. Soviel ich weiß, werden dort aber hauptsächlich Dekorationsmasken aus Ton oder Holz verkauft, damit man sie an die Wand hängen kann. Ob sie auch richtige Theatermasken haben, weiß ich nicht."

„Einen Versuch ist es wert. Dort gehen wir hin und erkundigen uns. Du spielst meine Dienerin."

„Das bin ich doch auch."

„Nein", erklärte Aliqua entschieden, „du bist meine Mitarbeiterin. Wenn du mir beim Baden und Frisieren hilfst, so betrachte ich das als Freundschaftsdienst und ich bin gerne bereit, das Gleiche auch für dich zu tun."

Calliste legte schweigend die letzten Locken, dann küsste sie die verblüffte Aliqua auf die Wange und flüsterte ihr ins Ohr: „Danke, meine Freundin."

Aliqua und Calliste verließen wenig später den Stadtbezirk durch das südliche Tor. Zum Amphietheater führte eine relativ breite Straße, die gut gepflastert war, denn zu Zeiten einer Aufführung strömten große Menschenmengen zum Theater. Beiderseits der Straße war das Gelände dicht bebaut und machte die durch das Stadttor gezogene Grenze zu einer bloß symbolischen. Waren es zunächst noch Wohnhäuser, so wandelte sich der Charakter der Bebauung, je näher sie dem Theater kamen. Hier dominierten dicht an dicht Läden, Verkaufsstände und Imbisstuben, die nicht nur an der Hauptstraße, sondern auch in mehreren Seiten- und Parallelgassen angesiedelt waren. Dazwischen hatten Schausteller und Gaukler ihre Buden errichtet. Es herrschte reges Treiben, weil auch außerhalb der Spielsaison dieser Bezirk ein beliebtes Vergnügungsviertel war.

Aliqua ließ den Blick über das ziemlich gleichförmige Angebot der Souvenierstände gleiten. Es gab Tonfiguren von Gladiatoren der verschiedensten Waffentypen, die zwar alle nach der gleichen Form fabriziert waren, aber durch eine Inschrift jeweils einem bestimmten, besonders beliebten Kämpfer zugeschrieben wurden. Dazwischen standen Figuren, die in recht freizügiger Weise Paare beim Liebesspiel zeigten, und solche, die für eher romantische Gemüter bestimmt waren, und Paare in inniger, aber sonst unverfänglicher Haltung zeigten. Auf deren Sockel konnte man die Namen der Partner eingravieren lassen. Öllämpchen in den verschiedensten Formen und Größen waren vorhanden, teilweise bemalt, sehr plump, dafür aber billig. Echt griechische Exemplare, die Griechenland nie gesehen und die Form eines mächtigen Phalus hatten, schienen ein Verkaufsschlager zu sein, denn sie waren nahezu ausverkauft. Von den oberen Balken der Stände hingen bündelweise bunte Tücher aus den verschiedensten Materialien. Einfache Instrumente, mit denen man zwar nicht Musik, dafür aber Lärm machen konnte, wie Klappern, Pfeifen und Tröten, dienten Theaterbesuchern, die sich nicht allein auf die Gewalt ihrer Stimmen verlassen wollten, dazu, ihrer Meinung über die Darbietungen Ausdruck zu verleihen.

Theatermasken waren nur wenige zu sehen. Wie Calliste gesagt hatte, handelte es sich um Nachbildungen aus gebranntem Ton, die mit einem bunten Tuch trapiert als Wandschmuck dienen sollten. Zwischen zwei Läden, wo in Kesseln, die in die Theke eingelassen waren, warme Speisen für hungrige Besucher bereitgehalten wurden, war ein Podest aufgebaut, auf dem zwei Mädchen tanzten. Ein alter Mann mit einer Flöte saß am vordern Rand des Brettergerüstes und lieferte die Musik dazu. Neben sich hatte er zwei kleine Tonfiguren stehen, die Tänzerinnen darstellten. Ein kleines Preisschild zeigte das Symbol für zwei Denare.

„Das ist aber sündhaft teuer", bemerkte Calliste. „Bei den anderen Ständen bekommst du so eine Figur für einen Bruchteil."

„Das ist nicht der Preis für die Figur, sondern für eines der beiden Mädchen", belehrte sie Aliqua lächelnd.

Calliste schaute nachdenklich. „Ich kenne mich mit den Preisen nicht so genau aus", sagte sie dann, „aber mir kommt es auch für ein Mädchen sehr viel vor. Ich kenne welche, die machen es für ein paar As. Die beiden da oben können sicher auch nicht mehr als andere Huren."

„Da hast du schon recht. Aber hier ist der Preis Teil der Attraktion. Er bedeutet: ‚Ich bin etwas Besseres. Ich bin nur für den zu haben, der sich mich auch leisten kann.' Natürlich gibt es viele Männer, die darauf nicht hineinfallen, und denen es gleichgültig ist, wo sie ihren Schwanz hineinstecken, Hauptsache es ist weiblich und nicht allzu häßlich. Andere hingegen wollen beweisen, dass sie sich etwas Besonderes leisten können. Glaube mir, das Geschäftsmodell funktioniert, wenn man den Preis sorgfältig kalkuliert und in Relation zu der Anzahl der zu erwartenden Kunden setzt. Schau, da kommt schon einer."

Ein junger, gut gekleideter Mann trat näher und fasste eine der Tänzerinnen ins Auge. Sie merkte sofort sein Interesse, lächelte ihn an, und es schien, als ob sie ab jetzt nur mehr für ihn tanze, wobei ihre Bewegungen immer aufreizender wurden, obwohl ihnen eine gewisse Grazie nicht abzusprechen war.

„Gut gemacht", bemerkte Aliqua anerkennend. „Sie macht ihn richtig geil. Schau, sie hat ihn schon!"

Der junge Mann trat an den Flötenspieler heran, flüsterte ihm etwas ins Ohr und drückte ihm Münzen in die Hand. Der Alte nickte dem Mädchen zu, das mit wiegenden Hüften in den Hintergrund der kleinen Bühne tanzte und im Eingang eines dahinter aufgebauten Zeltes verschwand. Ihr Kunde umrundete das Podest, sah sich kurz um und trat dann ebenfalls in das Zelt.

„Hoffentlich ist sie das Geld wert, das er bezahlt hat", meinte Calliste.

„Die Kleine versteht ihr Geschäft", antwortete Aliqua. „Auch wenn er viel zu viel bezahlt hat, wird der Junge zufrieden, vielleicht sogar vorübergehend glücklich sein. Allein darauf kommt es an. Komm, lass uns weitergehen."

Vor einem Stand, der lediglich aus einem kleinen Tischchen bestand, hatten sich mehrere Menschen angesammelt und beobachteten einen dunkelhäutigen

Knaben, der scheinbar selbstvergessen, und ohne sich um die Zuschauer zu kümmern, mit Murmeln spielte.

Schließlich trat ein dicker Mann an den Tisch und fragte: „Wie hast du das gemacht, Junge?"

„Was habe ich denn gemacht?"

„Du hast eine Kugel auf einen der Becher gelegt und die anderen Becher darüber gestülpt. Dann hast du die Becher weggenommen und die Kugel ist auf dem Tisch gelegen, so als ob sie durch den Becherboden gewandert sei."

„Vielleicht liegt es an den Bechern. Sie sind schon alt und die Böden sind dünn."

„Nein, das kann nicht sein. Die Becher sind aus massivem Kupfer. Wie hast du das gemacht?"

„Ich zeige es dir gern, edler Herr, wenn du mir ein kleines Geschenk gibst."

Der Dicke warf eine Münze in die Schale, die der Knabe vor sich stehen hatte. Zwei oder drei der anderen Zuschauer folgten seinem Beispiel. Die anderen wichen etwas zurück und taten, als ob sie kein Interesse an der Sache hätten.

„Sieh her!" der Junge bewegte seine Hände ganz langsam, damit man ihn genau beobachten konnte und wiederholte das Kunststück.

„Das kann nicht sein", staunte einer der Zuseher. „Funktioniert das auch mit den beiden anderen Kugeln, die du da auf dem Tisch liegen hast?"

„Aber sicher! Überzeug dich selbst!" Der Junge ließ auch die beiden anderen Kugeln auf die beschriebene Weise durch den Becherboden wandern, sodass schließlich alle drei Kugeln unter dem untersten Becher zum Vorschein kamen.

„Das verstehe ich nicht", wunderte sich der Dicke und forderte „Zeig mir, wie du das machst."

„Ich habe es dir doch schon gezeigt, edler Herr, mehr gibt es nicht zu sehen."

Überraschend griff der Mann zu und nahm die Becher hoch: Sie waren leer, ganz gewöhnliche Becher aus Kupfer. Er schüttelte den Kopf, stellte die Becher zurück und entfernte sich sichtlich unzufrieden.

Aliqua wartete, bis sich auch die anderen Zuschauer verlaufen hatten, dann trat sie an den Tisch und warf einen Dupondius in die Schale. Überrascht blickte der Junge hoch. „Danke, schöne Dame. Soll ich dir ein Kunststück zeigen? Soll ich dir zeigen, wie ich eine Kugel von einem Becher in den anderen wandern lassen kann?"

Aliqua lachte. „Ich kenne deine Kunststücke, mein Junge. Du machst das sehr gut, nur wenn du die vierte Kugel verschwinden lässt, musst du etwas schneller sein. Beinahe hätte er dich erwischt. Aber sonst war deine Darbietung untadelig. Du solltest nur jemanden haben, der die Schaulustigen anlockt."

„Ah", sagte der Junge erstaunt, „du bist eine Eingeweihte? Das hätte ich bei einer so feinen Dame nicht erwartet." Er sah sie zweifelnd an.

„Ich war nicht immer eine feine Dame. Als ich so alt war wie du, habe ich dasselbe gemacht, was du machst und noch einiges mehr."

„Ich verstehe", sagte der Junge altklug. „Dann hast du aber einen reichen Mann geheiratet und jetzt hast du feine Kleider und eine Sklavin, die dir folgt und den Sonnenschirm über dich hält, wenn du spazierengehst."

Aliqua nickte. „Trotzdem, ich glaube, ich könnte es noch immer." Sie rückte die Becher auf dem Tisch zurecht und achtete darauf, dass der Junge ihre Hände genau sehen konnte. Plötzlich griff sie hoch und zog aus seinen strubbeligen Haaren einen Denar hervor. „Was haben wir denn da?", fragte sie und tat erstaunt. „Warum versteckst du dein Geld in den Haaren?" Sie ließ die Münze in die Schale fallen.

Der Junge lachte. „Das hast du recht geschickt gemacht, denn ich konnte die Münze nicht sehen. Danke für das Geschenk. Du bist wirklich eine von uns, auch wenn du nicht mehr arbeitest. Gibt es etwas, das ich für dich tun kann?"

„Wie heißt du?"

„Man nennt mich Niger."

„Du könntest mir einen Rat geben, Niger. Kennst du dich hier gut aus?"

„Gut genug."

„Ich suche jemanden, der Theatermasken machen kann. Nicht die billigen Attrappen, die man hier überall bekommt, sondern richtige Theatermasken."

Der Junge dachte nach. „Da kenne ich nur einen", sagte er schließlich, „nämlich den alten Fuscus. Du gehst in diese Richtung weiter, dann biegst du rechts ein und folgst der Gasse, bis sie in einen kleinen Platz mündet. Dann hast du seinen Laden direkt vor dir. Du kannst ihn gar nicht verfehlen."

„Danke", antwortete Aliqua. „Jetzt zeig ich dir, wie man Kunden anlockt." Sie hob die Stimme und rief laut: „Das ist ja unglaublich! Das grenzt an Zauberei, wie macht er das bloß?"

Sofort blieben einige Spaziergänger stehen und kamen näher. „Was macht er denn?", fragte einer.

„Das musst du gesehen haben!", versicherte Aliqua. „Gib ihm einen Dupondius, und er zeigt es dir. „Wenn du dahinterkommst, wie er es macht, zahlt er dir einen Denar. Aber es ist unmöglich. Ich habe es selbst versucht."

„Das möchte ich doch sehen", verkündete der Angesprochene. „Niemand hat schärfere Augen als ich. Zeig, was du kannst, Junge!"

Er warf eine Münze in die Schale. Aliqua zwinkerte Niger zu und spazierte mit Calliste davon.

„Was hat er gemeint, als er dich als Eingeweihte bezeichnete?", fragte Calliste.

„Schausteller, Gaukler und Taschenspieler stehen am Rande der Gesellschaft und werden noch geringer geachtet als Schauspieler. Sie bilden eine verschworene Gemeinschaft und hüten eifersüchtig die Geheimnisse ihrer Kunst. Denn allein dadurch sichern sie sich die Basis für ihren Lebensunterhalt."

„Du warst eine von ihnen?"

„Meine Eltern waren arme Leute und ich musste schon früh beginnen, Geld zu verdienen. Weil ich ein leidlich hübsches Kind war und geschickte Hände hatte, hat mich ein alter Gaukler angelernt und für sich arbeiten lassen. Er hat mir eine Menge beigebracht, von Zauberkunststücken bis hin zum Taschendiebstahl."

„Dann hast du geheiratet?"

„Ja, ich habe sehr jung geheiratet. Er war kein reicher Mann, wie Niger gemeint hat. Er hatte einen kleinen Handel mit Wachsartikeln, der uns gerade über Wasser gehalten hat." Aliqua seufzte. „Er war ein guter Mann, aber er ist bald nach unserer Heirat an der Pest gestorben. Ich konnte den Laden allein nicht halten und musste aufgeben. Kurz darauf habe ich im Hurenhaus des Dydimus ein Zimmer gemietet, weil ich keine andere Möglichkeit sah, zu überleben. Mein Preis waren zwei Denare, genau soviel wie die beiden Tänzerinnen, die wir gesehen haben, auch verlangen. Bei Dydimus habe ich auch Pomponius kennengelernt, der gelegentlich die Dienste von ausgesucht hübschen Huren in Anspruch genommen hat. Durch ihn bin ich zu den Frumentarii gekommen, und er hat mich zu seiner Geliebten gemacht." Aliqua seufzte neuerlich. „Vielleicht war es auch umgekehrt, und ich habe mich an ihn gehängt, weil ich Sicherheit gesucht und bei ihm gefunden habe."

„Sicherheit, die du jetzt nicht mehr brauchst, weil du es aus eigener Kraft zu etwas gebracht hast?"

„Agentin der Frumentarii zu sein ist nicht gerade etwas, das Sicherheit verspricht", antwortete Aliqua. „Obwohl wir nicht an der Front stehen, ist die Verlustrate in unserer Einheit überdurchschnittlich hoch. Ich kann auch nicht sagen, was aus mir wird, wenn Masculinius nicht mehr unser Kommandant ist, oder wenn ein neuer Imperator, dessen Gunst ich nicht genieße, oder der mich gar nicht kennt, an die Macht kommt. Vielleicht schickt man mich dann einfach weg und ich stehe wieder dort, wo ich begonnen habe. Nur werde ich dann älter sein und nicht mehr zwei Denare verlangen können. Nein, Calliste, die Sicherheit, die ich gewonnen habe, ist trügerisch."

„Wäre es dann nicht klug, für die Zeit danach Vorsorge zu treffen? Pomponius liebt dich. Er ist trotz seines bescheidenen Lebensstils sicher kein armer Mann und er hat sich als Anwalt einen Namen gemacht. Er ist nicht auf seinen Schmuckhandel angewiesen und könnte überall im Reich, nicht nur hier bei uns in der Provinz, sein Auskommen finden. Auch wenn er ein wenig schrullig wirkt, so ist er doch sehr einfallsreich und tatkräftig, wenn es darauf ankommt. Er könnte dir dauerhaft jene Sicherheit verschaffen, nach der du dich sehnst. Wir wissen doch beide, dass Klugheit und Liebe verschiedene Dinge sind, Aliqua."

„Es ist nicht so, dass ich Pomponius nicht auch liebe", antwortete Aliqua heftig. „Er hat viel für mich getan, das habe ich nicht vergessen. Bitte dring nicht in mich, Calliste, und fang jetzt ja nicht mit Macrinus an."

Calliste erkannte, dass das Gespräch in kritische Regionen geraten war und lenkte rasch ab: „Weißt du wirklich, wie das Kunststück funktioniert?"

„Es ist eine ganz einfache Sache. Wenn du willst, zeige ich dir zu Hause, wie es geht. Aber ich warne dich. Sobald du den Schleier des Geheimnisvollen gelüftet hast und erkennst, wie banal und einfach alles ist, so ist der Zauber dahin und du bist enttäuscht.“

„Ich glaube, mit Männern, in die man sich Hals über Kopf verliebt, ist es ganz ähnlich“, bemerkte Calliste und war sehr zufrieden mit sich, weil sie den Namen ‚Macrinus‘ vermieden und Aliqua trotzdem ihre Meinung zu diesem Punkt gesagt hatte.

Aliqua hatte sie sehr gut verstanden und zog es vor, nicht zu antworten.

Wenig später hatten sie den Platz erreicht, von dem Niger gesprochen hatte, und sahen das Geschäft des Fuscus vor sich. Das Gewölbe war zur Straße hin offen und nur durch eine Art Holztheke, auf der mehrere Masken lagen, abgetrennt. Ebenso hingen Masken an einer Schnur über dem Eingang. Es handelte sich durchwegs um Dekorationsmasken, wie sie Aliqua auch schon in anderen Geschäften gesehen hatte, nur waren diese hier deutlich besser ausgeführt.

Als Aliqua die Ausstellungsstücke näher betrachtete, tauchte aus dem Dunkel des Gewöbes ein alter, weißhaariger Mann mit bloßem Oberkörper auf und fragte: „Was steht zu Diensten, edle Dame?“

„Ich suche eine Theatermaske.“

„Dann bist du bei mir gerade richtig. Ich habe drinnen noch jede Menge anderer, ganz verschiedener Masken. Schwebt dir etwas Bestimmtes vor?“

„Ich suche echte Theatermasken, so wie sie auch auf dem Theater verwendet werden, keine Wanddekorationen. Du bist doch Fuscus? Man hat mir gesagt, ich soll mich an dich wenden.“

„Echte Masken? Das ist ungewöhnlich. Was willst du damit?“

„Theater spielen, was sonst. Natürlich nicht auf dem Theater, denn das würde sich für eine Frau wie mich nicht ziemen, aber zu Hause, mit meinen Freundinnen. Wir sind große Liebhaber des Theaters, nicht wahr, meine Liebe?“ Calliste nickte heftig.

„Ich verstehe“, sagte der Alte. „Ich werde nachsehen, was ich noch habe.“

Als er zurückkam, hatte er drei Masken unter dem Arm. „Das ist alles, was vorrätig ist. Ich hoffe, sie gefallen dir. Da haben wir ‚die tragisch Liebende‘. Sie würde dir gut passen. Beachte, wie fein und kunstvoll die Gesichtszüge gemalt sind. Die blonden Haare bestehen aus gefärbten Wollfäden und sind sorgfältig in die Kappe eingearbeitet. Mit diesem Riemchen hier kannst du die Größe anpassen. Selbst bei heftigen Bewegungen verrutscht die Maske nicht und ist leicht und angenehm zu tragen. Trotzdem ist das mit einer speziellen Lösung getränkte Leinengerüst stabil und hält Beanspruchungen gut aus, ohne sich zu verformen oder zu reißen. Hier ist ‚der intrigante Kuppler‘. Es ist eine hohe Kunst, seinen gierigen Gesichtsausdruck mit einer Maske zum Ausdruck zu bringen. Die letzte Maske ist ‚der Weiberheld‘. Siehst du, wie selbstbewusst und gleichzeitig verschlagen er schaut? Stell dir vor, welch anrührende Szenen du mit diesen Masken gestalten könntest: ‚Der Weiberheld‘ steht vor ‚der unglücklich Liebenden‘ und verdreht ihr mit vielen schönen Worten und Geschenken den Kopf. Noch ziert sie sich, aber schon bald gibt sie seinem Werben nach und das Unglück nimmt seinen Lauf. In den Werken unserer Dichter finden sich etliche Passagen, die dafür als Vorlage dienen könnten. Wenn du willst, kann ich dir die entsprechenden Textbücher besorgen. Ich dachte, ich hätte auch noch den ‚betrogenen Liebhaber‘, denn der würde gut zu dieser Szene passen, aber er ist leider ausverkauft.“

„Sehr schön“, lobte Aliqua. „Verkaufst du viele von diesen Masken?“

„Überhaupt nicht. Die Leute wollen nur Dekorationsmasken. Ich war recht froh, dass ich unlängst fast mein ganzes Lager räumen und fünfundzwanzig echte Theatermasken auf einen Schlag verkaufen konnte. Nur diese drei sind noch übrig. Ich kann aber jederzeit neue Masken auf Bestellung anfertigen, wenn du das wünscht.“

Aliqua und Calliste wechselten einen bedeutungsvollen Blick.

„Sehr schön“, wiederholte Aliqua. „Aber sag mir, wer kauft soviele Masken auf einmal?“

„Sextus Candidus, der Prinzipal der Schauspieltruppe, die in der Stadt ist.“

„Natürlich, die Schauspieler. Aber haben die nicht ihren eigenen Fundus?“

„Candidus haben meine Masken so gut gefallen, dass er sie dennoch gekauft hat. Er hat gesagt, es sei immer von Vorteil, einen Vorrat zu haben, falls Masken kaputt gehen. Willst auch du eine meiner Masken kaufen? Ich berechne dir nur fünfzehn Sesterzen pro Stück!“

„Ich nehme alle drei“, sagte Aliqua, „und gebe dir dafür zehn Denare.“

„Einverstanden!“, rief Fuscus erfreut und sah händereibend zu, wie ihm Aliqua die Münzen zuzählte. Dann packte er die drei Masken in einen Leinensack, den er mit einer kleinen Verbeugung Calliste reichte.

„Was hältst du davon?“, fragte Aliqua Calliste, als sie wieder zur Hauptstraße zurückgingen. „Sind wir da auf eine Spur gestoßen?“

„Das ist schwer zu sagen. Natürlich ist es möglich, dass Candidus nur seinen Fundus aufstocken wollte. Andererseits ist es doch auffällig, dass er genauso viele Masken aufgekauft hat, wie nötig waren, um die Räuber, die den Geldtransport überfallen haben, auszurüsten.“

Vor ihnen lag der Eingang zum Amphietheater. Das Tor war verschlossen. Eine Nebenpforte wurde von einem Angehörigen der Stadtkohorte bewacht. Dennoch war plötzlich Gelächter aus dem Theater zu hören.

„Sie proben“, sagte Calliste. „Die Proben sind zwar nicht öffentlich, aber es scheint ein paar Zuschauer zu geben. Wenn du dem Kerl an der Pforte eine Münze in die Hand drückst, läßt er uns sicher ein. Es könnte ganz lustig sein, Pomponius zuzusehen, wie er einen Eber spielt. Was hältst du davon?“

Aliqua hatte plötzlich einen Tagtraum. Sie sah sich selbst Arm in Arm mit Macrinus in der Loge des Statthalters sitzen, während Pomponius im Staub der Arena zum Gespött der Zuschauer wurde. Drei Pfeile, die aus dem Nichts zu kommen schienen, machten seinem Leiden schließlich ein Ende. Ein Schauder durchlief Aliqua, und es war ihr, als ob ihr ein Gott einen warnenden Blick in die Zukunft gewährt hätte. „Nein“, sagte sie mit belegter Stimme, „ich will nicht sehen, wie er sich zum Narren macht. Komm, Calliste, lass uns nach Hause gehen.“

XXII

Der Schweiß rann Pomponius über das Gesicht und brannte ihm in den Augen. Die Maske, die ihm anfänglich so leicht vorgekommen war, drückte schwer gegen seine Stirn und rieb sich unangenehm an seiner Haut. Obwohl erst seit einer Stunde geprobt wurde, fühlte er sich wie gerädert. Er fasste den heroischen Entschluss, dem Befehl seines Kommandanten zu folgen und künftig mehr für seine körperliche Kondition zu tun. Seinem Vorhaben, die Bekanntschaft von Penelope zu machen, war er keinen Schritt nähergekommen. Als ihn Sextus Candidus der übrigen Truppe vorgestellt hatte, hatte sie ihm nicht einmal zugenickt, sondern nur mit einem verächtlichen Blick gemustert.

„Nein, nein, Barbatus!", schrie Candidus verzweifelt und raufte sich die Haare. „So geht das nicht. Du bist ein Wildschwein, hast du das schon vergessen? Du kannst nicht würdevoll wie ein Senator über das Forum schreiten. Du musst laufen wie ein Wildschwein und dabei tanzen. So!" Candidus machte einen runden Rücken, ließ die Arme weit herabbaumeln und zottelte mit rhythmischen Tanzschritten über die Bühne. „Dabei musst du auf das restliche Ballet achten, den richtigen Abstand zu den übrigen Tänzern einhalten und im Rhythmus bleiben. Das kann doch nicht so schwer sein!"

„Schmeiß den Kerl hinaus, er lernt es doch nie", rief einer aus der Truppe.

Candidus fasste den Rufer ins Auge. „Du hast es gerade nötig, Secundus! Erinnerst du dich nicht an deine ersten Versuche? Du warst noch schlechter als Barbatus und doch habe ich einen ordentlichen Schauspieler aus dir gemacht. Das wird mir sicher auch bei Barbatus gelingen."

„Natürlich", dachte Pomponius verzweifelt, „weil ich dir sonst zwanzig, nein, besser noch dreißig Rutenstreiche geben lasse."

„Wir machen jetzt eine Pause von einer halben Stunde", verkündete Candidus. „Dann geht es mit frischer Kraft weiter."

Pomponius ließ sich an der Stelle, an der er gerade stand, zu Boden sinken und versuchte, den Riemen zu lösen, der seine Maske festhielt. Penelope, leicht geschürzt und frisch wie der junge Morgentau, tänzelte an ihm vorbei und versetzte ihm unvermutet einen leichten Tritt in die Rippen. „Geh lieber in den Schatten, sonst wird es noch schlimmer", riet sie.

Pomponius sah überrascht hoch. „Man tritt keinen Mann, der schon am Boden liegt", klagte er.

Penelope lachte. „Komm schon, du armes Schwein, steh auf!" Sie packte ihn und zog ihn in die Höhe. Pomponius registrierte erstaunt, dass dieses graziöse Geschöpf über erhebliche Körperkräfte verfügte. „Ich spendiere dir eine Portion von meiner Spezialmischung", versprach Penelope, „damit du den Rest der Probe durchhältst. Du wirst sehen, sie belebt ganz ungemein."

„Du bist sehr freundlich", sagte Pomponius und folgte Penelope. „Darf ich fragen, welchem Umstand ich deine unverdiente Fürsorge verdanke?"

„Du hältst mir diesen lästigen Kerl vom Leib", erklärte Penelope unverblümt und deutete auf Accius. „Solange ich mich mit dir abgebe, wird er nicht näherkommen, zumal er in dir sicher keinen Rivalen vermutet."

„Ganz gewiss nicht", versicherte Pomponius. „Den Göttern sei's geklagt, ich bin leider kein Mann, für den sich Frauen wie du interessieren. Aber Accius? Ich dachte, ehrlich gesagt, er sei …"

„Das auch", erwiderte Penelope. „Ob Mann oder Frau ist ihm gleichgültig. Jetzt hör auf, an deiner Maske zu zerren, lass mich das machen." Mit einem geschickten Griff löste sie die Maske und drückte sie Pomponius in die Hand.

„Ich danke dir", sagte Pomponius erleichtert und wischte sich über das Gesicht. „Das Ding bringt mich noch um."

Penelope schüttelte den Kopf und führte ihn an den Rand der Arena, wo sie ihre Umhängtasche abgelegt hatte. „Da, nimm einen tüchtigen Trunk davon", sagte sie und zog eine Tonflasche hervor. Die Flüssigkeit rann Pomponius wie Feuer durch die Kehle. Gleichzeitig fühlte er sich wie neu belebt und leicht schwindlig. „Was ist das für ein Göttertrank?", fragte er erstaunt.

„Wie ich schon sagte, ein Elexier, das dir neue Kraft gibt. Auch ich gerate manchmal an meine Grenzen und dann hilft es mir weiter. Nein, nicht noch einmal! Man darf nicht zu viel davon trinken, sonst verkehrt sich die Wirkung ins Gegenteil und du wirst müde." Sie nahm ihm die Flasche aus der Hand und verstaute sie wieder in ihrer Tasche. „Was hat dich nur dazu gebracht, Schauspieler zu werden?"

„Die Umstände", erklärte Pomponius vage, „und ein glückliches Schicksal, das mir erlaubt hat, dich kennenzulernen. Du bist ebenso gütig, wie du schön bist, anbetungswürdige Penelope."

„Aber Barbatus", rief Penelope amüsiert, „versuchst du etwa, mir schöne Augen zu machen. Ich dachte, du wärst viel zu erschöpft dazu!"

Pomponius kam nicht dazu, ihr eine Antwort zu geben, denn entgegen ihrer Erwartung kam Accius doch heran, ohne sich durch die Anwesenheit des Pomponius abhalten zu lassen. „Du warst wie immer eine Augenweide, verehrte Penelope", säuselte er. „Es ist eine Freude, dir beim Tanz zuzusehen." Er richtete den Blick auf Pomponius und befahl verächtlich. „Verschwinde, du Versager. Ich habe mit der Dame zu reden."

Es mochte die Müdigkeit sein, die Frustration, oder die Wirkung des Getränkes, vielleicht auch alles zusammen, Pomponius fiel einen Augenblick aus der Rolle. „Geh weg", sagte er, „und belästige mich nicht. Geh rasch weg, mein Junge, oder du wirst dich heute Nacht in den Schlaf weinen, das verspreche ich dir." Seine Stimme klang plötzlich hart und befehlsgewohnt, so wie sie schon manchen Verdächtigen in den Verhörräumen des Statthalterpalastes zum Zittern gebracht hatte.

Accius konnte es nicht fassen. Der Unterkiefer fiel ihm herunter und er starrte Pomponius an. Einem ersten Impuls folgend wollte er dem am Boden Sitzenden einen Fußtritt versetzen, aber ein gesunder Instinkt riet ihm nach einem Blick in das Gesicht seines Widersachers davon ab. Er machte eine obszöne Geste mit der Hand und zog sich zurück.

„Was für ein unangenehmer Mensch", bemerkte Pomponius und fiel wieder in einen leicht wehleidigen Ton zurück.

Penelope musterte ihn mit Augen, die zu schmalen Schlitzen zusammengezogen waren. „Du trägst eine Maske, Barbatus", sagte sie. „Nicht eine Theatermaske, sondern noch eine andere. Wer bist du wirklich?"

„Das weißt du doch. Ich bin Barbatus, ein armer Schauspieler."

„Ja, ein Schauspieler bist du gewiss, wenn auch kein bühnentauglicher. Was verbirgt sich für ein Mann hinter der Maske des Barbatus?"

Calliste hatte Pomponius nicht zu Unrecht als einfallsreich bezeichnet. Pomponius sah Penelope tief in die Augen und flüsterte: „Ein verliebter Mann, geliebte Penelope, das ist mein ganzes Geheimnis, und ich danke den Göttern dafür, dass ich jetzt den Mut gefunden habe, zu sagen, was ich sonst nicht gewagt hätte auszusprechen. Seit ich dich im Theater tanzen gesehen habe, kann ich an nichts anderes mehr denken, als meine Lippen auf deinen Mund, deine Brüste ..."

„Auf!", schrie Candidus. „Die Probe geht weiter. Barbatus! Setz deine Maske wieder auf. Penelope, hilf ihm, damit wir endlich weiterkommen!"

„Deswegen bist du zum Theater gegangen?", flüsterte Penelope, während sie den Riemen seiner Maske festzog. Ihr warmer Atem streifte seinen Nacken. „Um mich kennenzulernen? Aber wie heißt du wirklich?"

„Hört auf zu tuscheln", schrie Candidus. „Barbatus komm sofort her zu mir, wir proben die vorige Szene noch einmal und wehe, du patzt wieder. Auf die Plätze! Wir beginnen!"

Der zweite Teil der Probe war für Pomponius nicht ganz so furchtbar wie der vorangegangene. Schön langsam bekam er ein Gefühl dafür, was Candidus von ihm wollte, und er begann sich in seine Rolle hineinzufinden. Trotzdem war er am Ende seiner Kräfte, als Candidus die Probe beendete und ihre Fortsetzung für den kommenden Tag zur gleichen Zeit festsetzte.

„Das wird schon", sagte Candidus halb lobend, halb tröstend, als Pomponius seine Maske abgab. „Sei morgen pünktlich, wenn du deine Tarnung aufrechterhalten willst."

Pomponius nickte und machte, dass er davonkam. Vor dem Tor wurde er bereits von Ballbilus erwartet, der grinsend sagte: „Ich bin auf der Tribüne gesessen und habe euch zugeschaut. Nicht einmal ich habe meine Rekruten so gedrillt, wie es dieser Candidus mit dir gemacht hat. Dabei hast du auch noch Gelegenheit gefunden, dich mit Penelope anzufreunden. Ich konnte von oben alles ganz genau beobachten. Alle Achtung! Hoffentlich wundert sie sich nicht, weil du jetzt so sang- und klanglos verschwindest."

Besagte Penelope stand tatsächlich halb verborgen hinter einer Säule des Eingangs und sah ihnen nach. Secundus trat hinter sie und fragte: „Beobachtest du deinen neuen Freund?"

„Ich weiß nicht, ob er mein Freund ist. Er ist jedenfalls nicht der, der er vorgibt zu sein. Er ist kein armer Schlucker, den die Not zum Theater getrieben hat. Er hat mir gestanden, dass er sich uns nur deswegen angeschlossen hat, weil er sich in mich verliebt hat, als er mich auf dem Theater tanzen gesehen hat."

„Er wäre nicht der Erste, den du um den Verstand gebracht hast, Scantilla."

„Nenn mich nie Scantilla, ich bin jetzt Penelope. Dieser Barbatus macht mir Kopfzerbrechen. Warum geht er so rasch weg, anstatt mir weiter den Hof zu machen, wie man es erwarten sollte? Was will er in der Stadt? Er wird erst morgen zur Probe wiederkommen, habe ich gehört. Warum bleibt er nicht bei der Truppe, wie wir anderen auch? Ich müsste mich doch sehr täuschen, wenn der Mann, der ihn abgeholt hat, kein Militär ist. Auch Barbatus selbst hat sich einen kurzen Moment so verhalten, als ob er Soldat, wahrscheinlich sogar Offizier wäre. Das Einzige, was ich ihm glaube, ist der Wunsch, mir näherzukommen. Aber warum? Seine Verliebtheit glaube ich ihm nicht so recht. Secundus, geh ihnen nach, ehe sie aus unserem Blickfeld verschwunden sind. Ich will wissen, wo sie hingehen, was sie machen und wenn möglich, wer dieser Barbatus wirklich ist."

„Jawohl, Herrin", sagte Secundus und eilte den beiden Freunden nach.

„Diese Penelope ist eine interessante Frau", sagte Pomponius zu Ballbilus. „Sie ist alles andere als bloß eine hübsche Schauspielerin, die nichts anderes im Kopf hat, als ihre Karriere und ihre Liebschaften. Sie ist eine kluge, scharfsinnige Beobachterin und ich fürchte, sie hat mich sehr rasch durchschaut."

„O weh! Dann waren alle deine Mühen vergebens?"

„Nicht unbedingt. Ich habe nach einer plausiblen Erklärung gesucht und ihr gestanden, dass ich nur deswegen zum Theater gegangen bin, weil ich mich in sie verliebe habe."

„Hat sie dir das abgekauft?"

„Ganz sicher bin ich mir nicht. Ich traue ihr zu, dass sie mir jemanden nachgeschickt hat, um herauszubekommen, wer ich wirklich bin."

„Wie kommst du darauf?"

„Du wirst unvorsichtig, mein Ballbilus. Ist dir entgangen, dass wir verfolgt werden? Wenn ich mich nicht täusche, ist es einer der Schauspieler, der Secundus heißt."

„Nochmals, o weh! Soll ich ihn abfangen?"

„Nur das nicht. Dann wäre ich endgültig aufgeflogen. Lass ihn seine Aufgabe erfüllen. Was spricht dagegen, dass sich der Schmuckhändler und Anwalt Spurius Pomponius in eine schöne Tänzerin verliebt? Abgesehen von Candidus wissen die Theaterleute nicht, dass ich zu den Frumentarii gehöre. Auch Penelope nicht, sonst hätte sie es nicht für nötig gehalten, mir jemanden nachzuschicken."

„Wenn es wirklich Penelope war."

„Da bin ich mir fast sicher. Weißt du, was mir noch aufgefallen ist? Diese Frau ist trotz ihrer schönen Figur ungewöhnlich kräftig und durchtrainiert."

„Ich denke, das müssen Tänzerinnen, die etwas taugen, auch sein."

„Sie hat sehr starke Hände, kräftige Handgelenke und muskulöse Unterarme."

„Was schließt du daraus?"

„Entweder treibt sie übermäßig Gymnastik, oder – und der Gedanke beunruhigt mich – sie ist im Umgang mit Waffen, mit dem Bogen und dem Schwert geübt."

„Das ist schwer vorstellbar", zweifelte Ballbilus.

„Wir werden sehen, oder hoffentlich auch nicht. Komm mit ins Haus."

Pomponius und Ballbilus wurden von Krixus ungeduldig erwartet. "Wie ist es dir bei den Schauspielern ergangen, Herr?", fragte er neugierig. Hast du wirklich mitgespielt? Hast du etwas zustande gebracht?"

„Aber natürlich habe ich mitgespielt", antwortete Pomponius stolz, „und ich war sehr bedeutend."

„Als tanzendes Wildschwein?", fragte Krixus skeptisch. „Hast du wenigstens Penelope kennengelernt?"

„Auch das. Ich habe ihr eine Liebeserklärung gemacht."

„O Elend", rief Krixus erschrocken. „Darf ich dich daran erinnern, dass mindestens zwei ihrer Liebhaber eines unerklärlichen Todes gestorben sind?"

„Nur keine Sorge, ich kann auf mich aufpassen."

„Im Umgang mit Frauen? Da habe ich meine Zweifel."

„Sei nicht vorlaut! Warst du bei Aliqua?"

„Ja. Ich treffe sie morgen um die zweite Stunde am Markt."

„Aliqua?"

Krixus schaute verwirrt. „Nein, nicht Aliqua. Ich habe mich versprochen, ich habe Calliste gemeint."

„Darf ich dich daran erinnern, dass sie mich ohne Skrupel für einen Aureus umbringen lassen wollte?", fragte Pomponius boshaft. „Bist du der Mann, der im Umgang mit Frauen auf sich aufpassen kann?"

Ballbilus lachte lauthals. Krixus befand sich in ärgster Verlegenheit und war recht froh, dass es an der Tür klopfte und er forteilen konnte, um zu öffnen. Wenig später führte er Manius und Numerius herein.

„Seid gegrüßt, edler Pomponius, und auch du, Ballbilus!", rief Manius fröhlich. „Wir bringen Neuigkeiten. Heute um die siebenten Stunde hat Marcella, diese alte Hexe, den ‚Grünen Hintern' verlassen. Wir sind ihr nachgegangen, wie du es uns befohlen hast. Sie ist zum Anwesen des Vibulanus gegangen, eine knappe halbe Stunde drinnen geblieben und dann wieder in ihr Lokal zurückgekehrt."

„Vibulanus? Wer ist der Mann?"

„Das ist ein Fuhrwerksunternehmer", berichtete Numerius. „Er übernimmt die Produkte ansässiger Betriebe und liefert sie ins Legionslager."

Pomponius erinnerte sich an sein letztes Gespräch mit Masculinius. „Wir suchen jemanden, der die Prägestempel ins Legionslager bringen konnte, ohne Kontrollen befürchten zu müssen, weil er den Wachen gut bekannt ist", erklärte er Ballbilus. „Masculinius meint, das könne ein Lieferant sein. Mir scheint, wir haben unseren Mann gefunden und es würde mich nicht wundern, wenn wir auch das Versteck des Aper gefunden hätten. Wo hat Vibulanus sein Anwesen?"

„In der Militärstadt", antwortete Manius, „unweit des Tempels der Kybele."

„Sehr gut. Ich will morgen in aller Früh zugreifen. Ballbilus, du übernimmst die Organisation: Herennius soll einen Trupp von acht Männern zusammenstellen. Ich denke, das genügt. Alle sollen in Zivil sein, aber unter ihren Umhängen Schwert und Dolch verborgen haben. Wir treffen uns zu Beginn der zweiten Stunde vor dem Tempel der Kybele. Manius und Numerius, ihr werdet euch auch dort einfinden und uns zum Anwesen des Vibulanus führen."

„Jawohl", sagte Ballbilus.

„Wir werden da sein", versprach Manius.

Pomponius ließ sich von Krixus seine Schatulle bringen und schichtete vor den beiden Veteranen Münzen auf. Diese streiften das Geld ein, rühmten die Großzügigkeit des Pomponius, empfahlen ihn dem Wohlwollen der Götter und entfernten sich frohgemut.

Auch Ballbilus ging bald darauf, um mit Herennius die Einzelheiten des morgigen Einsatzes zu besprechen.

Allein geblieben seufzte Pomponius erleichtert: „Was für ein Tag. Ich bin todmüde. Ein Wildschwein zu spielen, strengt mehr an, als man glauben sollte."

„Ja, ein guter Schauspieler geht ganz in seiner Rolle auf", spottete Krixus. „Du riechst sogar schon wie ein Wildschwein."

Pomponius schnuppert an sich und verzog das Gesicht. „Du hast recht", bestätigte er. „Ich habe ja auch geschwitzt wie ein Schwein. Geh, Krixus, bereite mir ein Bad und leg für morgen frische Kleider zurecht."

„Aber Herr", protestierte Krixus. „Dafür ist es sicher schon zu spät. Auch ich bin todmüde."

Pomponius lächelte sanft. „Wenn du willst, mein getreuer Sklave, dass ich dir morgen früh freigebe, damit du Calliste treffen kannst, und dich nicht stattdessen einsperre, so tu, was ich dir gesagt habe."

Während Pomponius zufrieden in einem mit warmen Wasser gefüllten Zuber saß und von einem leise jammernden Krixus geschrubbt wurde, klopfte Secundus leise an die Tür jener Baracke, in der Penelope Unterkunft gefunden hatte.

Sie öffnete sofort, ließ ihn ein und fragte: „Nun, was hast du herausgefunden?"

„Der Mann heißt in Wahrheit Spurius Pomponius", berichtete Secundus. „Er hat in der Nähe des Forums sein Haus. Er ist ein angesehener Schmuckhändler, der gelegentlich auch als Anwalt arbeitet."

„Konntest du mehr erfahren? Was ist mit dem Mann, der ihn heute abgeholt hat?"

„Zum Glück konnte ich mit einer Nachbarin sprechen, die gelangweilt aus dem Fenster geschaut hat. Das ist eine geschwätzige Person, die sich gefreut hat, jemanden gefunden zu haben, der an ihrem Tratsch interessiert ist. Sie hat mir erzählt, der Begleiter des Pomponius sei ein Freund des Hauses und komme öfter zu Besuch. Seinen Namen konnte ich nicht in Erfahrung bringen, es dürfte sich aber – wie du vermutet hast – um einen altgedienten Soldaten, vielleicht einen Veteranen handeln.“

„Hat Pomponius eine Frau, oder eine Geliebte?“

„Er ist unverheiratet. Angeblich hat ihn öfter eine hübsche Witwe namens Aliqua, die in der Nähe einen Laden betreibt, besucht und auch bei ihm genächtigt, aber man hat sie schon eine ganze Weile nicht mehr gesehen.“

„Hat Pomponius Kontakt zu Armeekreisen?“

„Darüber hat seine Nachbarin nichts Näheres gewusst. Sie hat mir aber erzählt, sie habe Pomponius einmal beobachtet, wie er, ohne überprüft zu werden, den Statthalterpalast betreten hat. Der Posten hat nur salutiert.“

„Eigenartig“, befand Penelope.

„Nicht unbedingt. Pomponius soll schon mehrmals vor dem kaiserlichen Gericht als Anwalt aufgetreten sein. Es ist also anzunehmen, dass er gut bekannt ist. Meiner Meinung nach könnte die Geschichte, die er dir erzählt hat, stimmen. Er spielt nicht nur den brunftigen Keiler, sondern er ist wirklich einer, der es nur auf dich abgesehen hat.“ Secundus lachte über sein eigenes Wortspiel.

„Willst du damit auch mich mit einer Wildsau vergleichen?“, fragte Penelope spöttisch. „Es ist besser, Secundus, du versuchst nicht, witzig zu sein.“ Sie winkte ab, als Secundus mit betretenem Gesichtsausdruck zu einer Entschuldigung ansetzte und fragte: „Ob er weiß, dass ich gelegentlich Zmaragdus die Nächte versüße?“

„Davon ist auszugehen. Die halbe Stadt weiß Bescheid. Du hast dich nie um Diskretion bemüht und Zmaragdus ebensowenig.“

„Hast du sonst noch etwas in Erfahrung bringen können?“

„Ich weiß nicht, ob es von Bedeutung ist, aber als ich schon gehen wollte, sind mir zwei Männer aufgefallen, die das Haus des Pomponius betreten haben. Der

Sklave, der ihnen geöffnet hat, schien sie gut zu kennen. Der eine ist mir bekannt vorgekommen, aber ich komme nicht dahinter, wo ich ihn schon gesehen habe."

„Eigenartig", wiederholte Penelope. „Betrachten wir die Sache doch logisch: Pomponius ist kein sehr imposanter Mann, und er ist im Vergleich zu Zmaragdus sicher auch nicht besonders wohlhabend. Er kann also nicht hoffen, eine Frau wie mich durch seine Männlichkeit oder durch seinen Reichtum zu beeindrucken. Auch ist er mir weder besonders witzig noch geistreich vorgekommen. Ganz im Gegenteil. Seine Versuche als Schauspieler sind schlichtweg erbärmlich und für einen Mann, der auch nur etwas auf seine Reputation hält, unakzeptabel und beschämend. Trotzdem hat er sich in einem kurzen, verräterischen Moment so verhalten, als ob er über den Dingen stünde und Macht über uns hätte."

„Was willst du mit ihm machen?"

„Ich weiß noch nicht. Vielleicht hast du ja recht, und Pomponius ist nicht mehr als ein kurioses, amüsantes Zwischenspiel. Vielleicht steckt aber mehr dahinter und er stellt ein Problem, vielleicht sogar eine Gefahr dar."

„Er wäre nicht das erste Problem, das ich beseitigt habe."

„Ich will nicht voreilig handeln. Ich überlege ernsthaft, ob ich seinem Werben nicht nachgeben soll", antwortete Penelope nachdenklich. „In meinen Armen werden selbst die klügsten Männer unvorsichtig und verplappern sich. Es wäre doch interessant, zu sehen, wo das hinführt. Ich danke dir vorläufig, Secundus. Du hast gute Arbeit geleistet."

Secundus verbeugte sich und trat in die Nacht hinaus.

Penelope legte sich auf ihr Bett, verschränkte die Hände hinter dem Kopf und dachte über Pomponius nach.

XXIII

Der Einsatz im Anwesen des Vibulanus lief planmäßig ab. Sie fanden das Tor offen und konnten ungehindert eintreten, ohne Aufmerksamkeit zu erregen, während einige Männer die Rückseite des Gebäudes sicherten.

Das Ergebnis der Aktion war enttäuschend. Pomponius stand in der Mitte des Hofes und nahm die Meldung des Herennius entgegen: „Wir haben alle Räume durchsucht", berichtete dieser. „Es war niemand anwesend, außer einem alten Sklaven, der das Haus hütet. Er wusste nicht mehr, als dass sein Herr gestern kurz nach Mittag zu einer Geschäftsreise aufgebrochen ist und erst in einigen Tagen zurückerwartet wird. Ein weiterer Sklave, der sonst den Haushalt besorgt, begleitet ihn. Von Besuchern oder Gästen wusste er nichts. Ich glaube ihm das auch, denn er hat sein Quartier im Stall, wo er sich um die Zugtiere kümmert, und kommt nur ausnahmsweise ins Haupthaus."

„Wohin ist Vibulanus angeblich gereist?"

„Das wusste der Mann nicht."

„Wie ist er unterwegs? Mit einem Wagen?"

„Nein, zu Pferd, mit leichtem Gepäck."

„Dann muss er nicht immer die Straßen benutzen und kommt rasch voran", warf Ballbilus ein. „Er kann überall sein. Es hat also keinen Sinn, ihn durch Reiter auf den Straßen suchen zu lassen."

„Du sagst es", antwortete Pomponius. „Wo ist das übrige Gesinde?"

„Das gibt es nicht. Vibulanus scheint ein sparsamer Mann zu sein. Er heuert bei Bedarf Taglöhner an. Ich fürchte, Herr, unser Einsatz war ein Schlag ins Wasser."

Pomponius war frustriert. Er sah sich um und fragte: „Was ist mit dem Schuppen dort drüben?"

„Dort werden nur die Waren gelagert, die zum Weitertransport bestimmt sind."

„Wurde er gründlich durchsucht?"

„Ich habe nur hineingeschaut", gestand Herennius zögernd.

Pomponius starrte ihn finster an.

„Jawohl, Herr", stieß Herennius hervor, ohne weitere Befehle abzuwarten. Er winkte drei der Soldaten zu sich und verschwand mit ihnen im Schuppen.

„Das wird auch nichts bringen", bemerkte Ballbilus.

„Es wird ihn zumindest lehren, sorgfältig zu arbeiten", erwiderte Pomponius verdrossen. „Es scheint, Vibulanus hat sich unmittelbar nach dem Besuch Marcellas dazu entschlossen, das Weite zu suchen. Dieser Fehlschlag ist meine Schuld. Numerius hatte völlig recht: Ich hätte nicht zögern dürfen, Marcella sogleich verhaften zu lassen, nachdem klar war, dass sie Ipsitilla umbringen lassen wollte. Masculinius wird mir diesen Fehler sicher unter die Nase reiben. Weiß man, was mit Furius geschehen ist?"

„Ich habe heute früh einen Bericht der Stadtkohorte bekommen. Er wurde gestern vor dem ‚Grünen Hintern' tot aufgefunden. Er muss sich mit letzter Kraft dorthin zurückgeschleppt haben. Numerius hat ihm den Schädel eingeschlagen. Schade ist nicht um ihn, nur hätten wir ihn als Zeugen vielleicht noch brauchen können."

„Wir müssen jetzt ganz rasch Marcella festnehmen, ehe sie uns auch noch abhandenkommt", entschied Pomponius. Sobald wir hier fertig sind, und das wird wohl bald sein, wie ich befürchte, holt sie und bringt sie in die Verhörräume. Du hast das Kommando, Ballbilus. Mir wird es nicht erspart bleiben, zwischenzeitig Masculinius Bericht zu erstatten."

Im Schuppen wurden plötzlich aufgeregte Rufe laut.

„Mir scheint, sie haben doch etwas gefunden", sagte Ballbilus überrascht. „Wenn wir Glück haben, ist es Aper, der sich dort versteckt hat."

„So viel Glück habe ich nicht", antwortete Pomponius skeptisch, während sie zu dem Schuppen eilten. „Ich habe den Eindruck, die Götter sind der Meinung, ich hätte das mir zustehende Quantum Glück schon restlos aufgebraucht. Alle Ereignisse der letzten Tage deuten darauf hin."

„Hinter den Säcken liegt einer", berichtete Herennius aufgeregt, als sie in den Schuppen traten. „Er ist aber schon tot."

„Dann war er wahrscheinlich ein wichtiger Zeuge", sagte Pomponius schicksalsergeben. „Wo ist er? Dort hinten?"

Er stieg über einige Säcke und sah in der hintersten Ecke des düsteren Raumes eine Gestalt am Boden liegen.

„Licht", befahl er, „aber achtet darauf, nichts in Brand zu setzen."

Einer der Soldaten zog unter seinem Umhang eine kurze Fackel hervor, schlug Funken und hielt die Flamme hoch.

Licht und Schatten tanzten durch den Raum und verliehen der grausigen Szene eine gespenstische Dimension.

„Wie du sehen kannst, hat man ihm die Kehle durchgeschnitten, Herr", sagte Herennius diensteifrig.

„Das ist wohl unübersehbar", knurrte Pomponius und beugte sich über den Toten. „Der ganze Boden ist mit Blut bedeckt und die Mordwaffe liegt noch neben ihm. Wer ist der Mann?"

Herennius trat an die Leiche und drehte sie soweit um, dass man das Gesicht sehen konnte. Der Hals war so tief durchschnitten, dass der Kopf zurückkippte und eine klaffende Wunde zeigte.

„Da wollte jemand ganz sicher gehen", konstatierte Ballbilus ungerührt. „Kennt ihn jemand?"

Alle Anwesenden schüttelten den Kopf.

„Ich vermute, es ist Aper", sagte Pomponius. „Aber keiner von uns hat ihn je gesehen. Ipsitilla hingegen kennt ihn. Herennius, einige der Männer sollen die Leiche unauffällig zu Claudius in die Gladiatorenschule bringen. Er wird sich wie üblich furchtbar aufregen, also lasst euch nicht einschüchtern. Sagt, er soll den Toten untersuchen, ich hätte es befohlen. Ipsitilla soll sich den Toten ansehen und sagen, ob es Aper ist.

Du, Ballbilus, nimmst dir den Rest der Männer und verhaftest Marcella, so wie ich es bereits angeordnet habe. Du bist mit den Fakten des Falles vertraut und kannst das erste Verhör durchführen. Ich selber habe inzwischen etwas anderes zu tun. Wenn es deine Zeit erlaubt, hole mich wieder von der Theaterprobe ab, ansonsten suche mich am Abend zu Hause auf und erstatte mir Bericht. Bin ich verstanden worden?"

„Jawohl, Herr", bestätigten Ballbilus und Herennius gleichzeitig.

Pomponius wandte sich um, um sich zu entfernen. Dann zögerte er und blickte zurück. „Die Sache mit dem Dolch ist sonderbar", grübelte er. „Warum hat der Mörder seine Waffe zurückgelassen? Das ist ein guter Dolch, ein Armeedolch, wenn ich mich nicht täusche. Hat das etwas zu bedeuten?"

Ballbilus achtete darauf, nicht in die Blutlache zu steigen und nahm den Dolch näher in Augenschein. „Da ist ein ‚A' in den Griff geritzt", stellte er fest.

„Aha", sagte Pomponius. „Das wird wohl ‚Aper' bedeuten. „Er wurde mit seiner eigenen Waffe getötet."

Ballbilus richtete sich langsam auf und sah Pomponius ernst an. „Nein", sagte er. „Dieses ‚A' bedeutet nicht ‚Aper' sondern ‚Aliqua'. Das ist ihr Dolch."

„Wie kommst du darauf?", fragte Pomponius verblüfft.

„Aliqua pflegt alle ihre Sachen mit einem ‚A' zu markieren", erklärte Ballbilus. „Wusstest du das nicht? Sie stickt sogar in die Innenseite ihrer Kleider ein solches ‚A' und sie schreibt es auf eine ganz bestimmte, eigenwillige Art. Das ist ohne Zweifel ihr Dolch. Erinnerst du dich? Sie hat ihren Dolch verloren, als sie bei der Verfolgung des Heckenschützen vom Pferd gefallen ist, und sie hat ihn nicht wiederbekommen. Ich weiß das, weil sie es mir selbst erzählt hat. Jemand anderer muss ihn dort, wo sie gestürzt ist, aufgehoben und mitgenommen haben."

Jemand will uns offenbar verspotten", sagte Pomponius grimmig. „Jemand spielt Spielchen mit uns. Gib mir den Dolch!"

Ballbilus hob die Waffe auf. Es haftete kaum Blut daran. Trotzdem reinigte er die Klinge sorgfältig an den Kleidern des Toten, ehe er sie Pomponius reichte. Dieser steckte sie in seinen Gürtel und schlug den Umhang darüber. „Ihr wisst, was ihr zu tun habt", sagte er. „Ich gehe jetzt zu unserem Kommandanten."

„Die Götter mögen dir beistehen", murmelte Ballbilus.

Pomponius fand Masculinius im Gespräch mit Aliqua vor. „Sieh an, wer uns die Ehre gibt", begrüßte ihn der Centurio ungnädig. „Es ist schön, dass dir deine künstlerischen Ambitionen Zeit gelassen haben, deinen alten Kommandanten zu besuchen, Pomponius."

„Meine künstlerischen Ambitionen haben sich als Schwerarbeit erwiesen", klagte Pomponius. „Ich bin gekommen, um dir Bericht zu erstatten, Herr."

„Sehr vernünftig, dass du mir ersparst, dich herschleppen zu lassen. Du darfst dich setzen. Wir erwarten einen ausführlichen und genauen Bericht. Aliqua hat nämlich den Eindruck gewonnen, du hättest sie bisher nur unzureichend unterrichtet."

„Davon kann keine Rede sein", dementierte Pomponius. „Ich wollte sie in ihrem angegriffenen Zustand nur schonen, aber nun sehe ich mit Freuden, dass sie sich wieder zum Dienst gemeldet hat. Ich habe dir auch etwas mitgebracht, Aliqua."

Er zog den Dolch aus dem Gürtel und legte ihn auf den Tisch.

„Das ist mein Dolch", rief Aliqua erfreut. „Wo hast du ihn gefunden?"

„Neben einem ermordeten Mann", antwortete Pomponius mit Grabesstimme.

„Seit du beim Theater bist, hast du offenbar einen Hang zu billigen, dramatischen Effekten entwickelt", rügte ihn Masculinius. „Lass bitte den Unsinn, Pomponius. Ich erwarte eine ordentliche Berichterstattung, jetzt, sofort!"

Pomponius wollte es nicht auf die Spitze treiben und erzählte langsam und ausführlich, was sich seit seinem letzten Besuch bei Masculinius ereignet hatte.

Dieser nickte, als Pomponius geendet hatte und forderte Aliqua auf: „Jetzt erzähl ihm, was du gestern herausgefunden hast."

Aliqua berichtete gehorsam von ihrem Besuch bei dem Maskenmacher Fuscus.

„Es lässt sich also sagen", resümierte Masculinius, dass wir eine Menge verwirrender Spuren und Hinweise haben. Welche Schlüsse ziehst du aus all dem, Pomponius? Wie willst du diesen Fall lösen?"

Pomponius schüttelte verzagt den Kopf. „Eigentlich sind es ja drei Fälle, die offenbar zusammenhängen. Ich muss gestehen, dass ich am Ende meiner Weisheit bin."

„Mit deiner Weisheit war es ohnehin nie weit her. Ich erwarte Vorschläge! Wie stellst du dir dein weiteres Vorgehen vor, Pomponius?"

„Das hängt davon ab, was wir aus Marcella herausbekommen und davon, was ich bei der Theatertruppe herausfinde. Ich werde mich jetzt auch näher mit Candidus befassen. Der Umstand, dass er einen größeren Posten Masken gekauft hat, gibt mir zu denken. Ich werde versuchen, herauszubekommen, ob sie sich tatsächlich noch im Theaterfundus befinden, oder ob sie andere Wege gegangen sind. Außerdem werde ich veranlassen, dass nach Vibulanus gefahndet wird, obwohl ich mir nicht viel davon erhoffe. Mehr fällt mir im Moment nicht ein. Die Sache mit Aliquas Dolch stellt außerdem eine weitere Komplikation dar."

„Nicht nur eine Komplikation, mein Pomponius, sondern auch einen wertvollen Hinweis. Das ist nämlich eine eindeutige Warnung, die an Aliqua gerichtet ist. Diese Warnung bedeutet, sie solle nicht zu tief graben und Dinge aufdecken, die besser verborgen bleiben sollen. Das bedeutet aber auch, dass Aliqua und nicht du, Pomponius, ohne es zu wissen, der Lösung des Rätsels recht nahe gekommen sein muss. Der Umstand, dass sie gewarnt wurde, kann wiederum zweierlei bedeuten. Entweder will man sie in Furcht versetzen, was – wie jedermann weiß – bei einem Agenten der Frumentarii ein fruchtloses Unterfangen ist, oder – und das ist wahrscheinlicher – jemand, der ihr im Grunde wohlgesonnen ist, will sie davor warnen, dass sie unmittelbar bedroht ist. Du schaust so verwirrt Aliqua. Habe ich mich missverständlich ausgedrückt?"

„Nein, nein", murmelte Aliqua.

„Wir suchen also jemanden", mischte sich Pomponius ein, „der den Dolch an sich bringen konnte. Das konnte nur unmittelbar an der Stelle geschehen sein, an der Aliqua gestürzt ist. Es gibt nur drei Möglichkeiten: Macrinus, ein Mann seiner Begleiteskorte, oder der Heckenschütze, der an den Ort des Zwischenfalls zurückgekehrt ist. Der Mann mit der Satyrmaske hat versucht, Aliqua vom Pferd zu schießen, der ist ihr sicher nicht wohlgesonnen. Den Männern der Begleiteskorte ist Aliqua wahrscheinlich gleichgültig. Macrinus hingegen ist der Einzige, der Aliqua – vorsichtig formuliert – zugetan ist."

Aliqua sah ihn empört an. „Deine Abneigung gegen Macrinus ist völlig unbegründet, Pomponius."

„Meine Abneigung vielleicht, aber nicht mein Verdacht."

„Genug", unterbrach Masculinius das Geplänkel. „Marcus Nonius Macrinus und auch der Statthalter Basseus Rufus sind beide ehrenwerte Männer und dem Kaiser treu ergeben. Ich wünsche nicht, dass sie mit Verdächtigungen belästigt werden. Wir haben gehört, was Pomponius unternehmen will. Was ist mir dir Aliqua?"

„Ich werde wieder Kontakt mit Macrinus aufnehmen", erklärte Aliqua fast trotzig. „Nicht um ihn zu belästigen, sondern weil er sicher über Informationen und Möglichkeiten verfügt, die hilfreich sein können."

„Sei still", unterband Masculinius einen Versuch des Pomponius, zu protestieren. „Sie soll es versuchen, wenn sie sich etwas davon verspricht. Ihr könnt jetzt gehen, denn ihr habt beide viel zu tun. Ich ebenso, denn ich habe mich auch noch um andere Fälle zu kümmern. Ich erwarte euch bald wieder zur gemeinsamen Berichterstattung."

Pomponius und Aliqua stiegen schweigend die Treppen hinunter. Erst am Tor sagte Aliqua: „Dann wünsche ich dir viel Spaß mit deiner neuen Eroberung. Penelope heißt sie, nicht wahr?"

„So heißt sie. Und ich wünsche dir viel Spaß mit deiner alten Eroberung, Macrinus heißt er, nicht wahr?"

„Den werde ich sicher haben", antwortete Aliqua wütend, warf den Kopf in den Nacken und entfernte sich.

XXIV

Pomponius fand sich bereits eine Stunde vor Beginn der Probe im Theater ein. Er nutzte die Zeit, um zwischen den Baracken und Wägen hinter dem Theater umherzuschlendern, um nach dem Fundus der Truppe Ausschau zu halten. Schließlich entdeckte er einen geräumigen Karren, der ihm einer näheren Betrachtung wert schien. Er sah sich um, fand sich unbeobachtet, hob die Plane hoch, setzte den Fuß in die Speichen eines Rades und kletterte in das Fahrzeug. Im Inneren standen Körbe und Truhen, dicht an dicht, teilweise übereinandergestapelt. Er inspizierte den Inhalt eines der Körbe und fand darin diverse Kleidungsstücke. Leise, um keine Aufmerksamkeit zu erregen, machte er sich auf die Suche nach dem Maskenlager. Jene Masken, die für die aktuelle Aufführung bestimmt waren, hatte er auch bald gefunden. Sie befanden sich nahe dem Einstieg in mehreren Körben, sodass sie rasch herausgenommen und verteilt werden konnten. Hingegen fehlte von jenen Masken, die Candidus von Fuscus gekauft hatte, jede Spur. Möglicherweise befanden sie sich in einem der anderen Behälter, die übereinandergestapelt waren. Um auch diese zu durchsuchen, fehlte aber die Zeit. Er entschied sich dafür, Candidus einfach danach zu fragen und von hier zu verschwinden, ehe er beim Herumschnüffeln ertappt wurde.

„Suchst du etwas, Barbatus?", fragte Penelope. Sie musste lautlos wie eine Katze in den Wagen geklettert sein und hockte jetzt auf einem Korb, von wo sie Pomponius musterte. Sie hatte sich bereits für die Probe zurechtgemacht und trug ihr leichtes, freizügig geschnittenes Kostüm.

Pomponius, der zunächst einen ordentlichen Schreck bekommen hatte, antwortete geistesgegenwärtig: „Was für eine freudige Überraschung, schöne Penelope. Ich habe gehofft, dich vor der Probe zu treffen, damit uns etwas Zeit für ein persönliches Gespräch bleibt."

„Und dazu hast du mich in einem finsteren Wagen gesucht? Wenn du schon versuchst, mich näher kennenzulernen, solltest du es geschickter anstellen, Barbatus."

Pomponius senkte beschämt den Kopf. „Du hast recht. In Wahrheit habe ich nach meiner Maske gesucht. Das ändert aber nichts an meiner Freude über dein unerwartetes Erscheinen. Wie hast du mich gefunden?"

„Ich habe dich zufällig beobachtet. Du hast dich wie ein Dieb umgesehen, ehe du in den Wagen geklettert bist. Was suchst du hier wirklich?"

„Ich war einfach nur neugierig." Pomponius erhob sich aus der Hocke und hielt sich dabei an einem Stapel Körbe fest. Die Körbe gerieten aus dem Gleichgewicht, einer fiel herunter und eine Maske kollerte daraus hervor. Pomponius dachte, er habe die Einkäufe des Candidus bei dem Maskenmacher Fuscus doch noch gefunden. Penelope reagierte hingegen unerwartet. Sie stieß einen wenig damenhaften Fluch aus, zog Pomponius beiseite und begann die Körbe, die Pomponius in Unordnung gebracht hatte, zu durchwühlen. Es tauchten aber keine weiteren Masken auf.

„Vermisst du etwas, Penelope?", fragte Pomponius. „Suchst du weitere Masken? Ich fürchte, es sind keine mehr hier."

Sie warf ihm einen scharfen Blick zu und sagte: „Candidus hat es nicht gerne, wenn wir Schauspieler seinen Fundus durcheinanderbringen. Lass uns lieber gehen." Sie steckte die Maske wieder in den Korb und stellte diesen an seinen Platz zurück.

Pomponius kletterte aus dem Wagen und hob die Arme, um Penelope herunterzuhelfen. Obwohl sie seine Hilfe sicher nicht gebraucht hätte, duldete sie, dass er sie herunterhob und einen Augenblick länger festhielt, als nötig gewesen wäre. Dann schob sie ihn entschieden zurück und sagte: „Schone deine Kräfte, Barbatus. Die Probe wird für dich anstrengend genug werden."

Sie gingen dicht nebeneinander zur Arena zurück. Pomponius, im Bemühen seiner Rolle als Verehrer gerecht zu werden, haschte nach ihrer Hand und hielt sie fest.

„Barbatus", sagte Penelope freundlich, „glaubst du wirklich, ich laufe Hand in Hand mit dir durch die Gegend wie ein verliebtes, dummes Mädchen? Glaubst du wirklich, ich mache mich zum Gespött? Lass mich sofort los, oder ich breche dir die Finger."

Pomponius, der argwöhnte, dass sie dazu durchaus imstande und kräftig genug war, ließ sie sofort los und fragte beleidigt: „Ist es dir wirklich so peinlich, mit mir so gesehen zu werden?"

„Mehr als peinlich! Du vergisst, wer ich bin: Ich bin Penelope, die umschwärmte Attraktion, der Stern dieser Aufführung, wenn wir von Accius absehen. Aber der ist eher für ein paar geile Weiber zuständig."

„Außerdem bist du die Geliebte des edlen und ehrenwerten Ratsherrn Zmaragdus", ergänzte Pomponius, und folgte damit seiner Methode, durch unerwartete Äußerungen eine aufschlussreiche Reaktion zu provozieren.

Penelope ließ sich nicht provozieren. Ganz im Gegenteil, sie versuchte ihn zu provozieren: „So ist es. Umso mehr überrascht es mich, dass du dich an mich heranzumachen versuchst. Erkennst du nicht, wie albern und aussichtslos das ist? Wer bist du denn schon! Du bist Barbatus, ein unbegabter, mittelloser Komparse, den Candidus aus Mitleid ein Wildschwein spielen lässt."

„Ja, das sollte ich mir wohl immer vor Augen halten", gab Pomponius ungerührt zu.

Sie warf ihm von der Seite einen Blick zu. „Wenn du es nur einsiehst. Aber anstatt zutiefst beschämt davonzuschleichen, stolzierst du selbstbewusst neben mir her, als ob das Theater dir gehören würde. Wie kommt das? Bist du vielleicht verrückt?"

„Manche Leute halten mich in der Tat für wunderlich", entgegnete Pomponius lächelnd. „Aber in Wahrheit bin ich bloß ein Optimist, der nicht aufhört, auf deine Liebe zu hoffen."

„Siehst du? Da ist sie wieder, deine unbegründete und unerträgliche Arroganz. Weißt du, was ich glaube? Du belügst mich. Einen Barbatus gibt es gar nicht. Wer bist du wirklich? Wie heißt du?"

„Ein Kuss von dir, geliebte Penelope, und ich verrate dir alle meine Geheimnisse."

„Ich soll dich küssen? Da müsste ich ja verrückt sein. Die halbe Truppe beobachtet uns. Sie wundern sich ohnehin schon, weshalb ich mich mit einem wie dir so viel abgebe."

„Dann wirst du auf deine Antworten noch ein wenig warten müssen, schöne Penelope", antwortete Pomponius.

„Penelope, Barbatus!", schrie Candidus. „Wo bleibt ihr denn so lange? Wir beginnen gleich. Er kramte in einem Korb, den Gehilfen inzwischen hergebracht hatten. „Da hast du deine Maske, Barbatus. Penelope, hilf diesem Unglücksraben. Er kann sich ja nicht einmal selbstständig seine Maske umbinden. Wir proben noch einmal den ersten Aufzug: Die Tiere im Wald und dann das Ballett der Diana. Ich erwarte, dass heute alles reibungslos klappt. Nach der Pause nehmen wir uns schon den zweiten Aufzug vor. Alle auf eure Plätze! Seid ihr bereit? Dann lasst uns beginnen: Musik!"

Es darf gesagt werden, dass Pomponius seine Sache wesentlich besser machte, als am Vortag. Candidus musste ihn nur zweimal anschreien, nicht aus dem Takt zu kommen. Lediglich die Schlussszene, in der er über einen Baumstamm springen und mit zwei Purzelbäumen über den Boden der Arena kugeln sollte, misslang ihm. Das erwies sich im Ergebnis aber nicht als Nachteil, denn die wenigen Zuschauer hielten das für gewollt und grölten vor Vergnügen, als er tollpatschig durch den Sand rollte.

„So kann man es auch machen", räumte Candidus widerwillig ein, nachdem er die Pause ausgerufen hatte. „Wenn du keine ordentlichen Überschläge machen kannst, dann bleib dabei. Hauptsache, den Leuten gefällt es und sie lachen."

Pomponius gab lediglich ein Stöhnen von sich und wankte an den Rand der Arena, wo sich Penelope niedergelassen hatte.

„Darf ich mich zu dir setzen?", fragte er.

„Nein", lehnte sie ab. „Es sei denn, du willst mich vor aller Augen noch mehr in Verlegenheit bringen."

„Danke", antwortete Pomponius und setzte sich neben sie. „Bekomme ich noch einen Schluck von deinem Zaubertrank? Ich könnte es brauchen."

„Wozu? Wir sind für heute wahrscheinlich fertig. Wenn es sich Candidus nicht anders überlegt, wird jetzt der zweite Aufzug geprobt. Da kann sich Accius austoben. Wir sind erst wieder im dritten Aufzug dabei. Da hast du trotzdem, du armes Schwein!" Sie reichte ihm ihre Flasche.

„Danke." Pomponius nahm einen tiefen Schluck.

„Warum bist du gestern so rasch verschwunden?", fragte sie unvermittelt. „Ich dachte, du würdest nach der Probe meine Gesellschaft suchen."

„Das hätte ich auch gerne getan, anbetungswürdige Penelope, aber ich hatte in der Stadt noch einige geschäftliche Besprechungen, die ich nicht versäumen durfte."

„Aha. Du bist also Geschäftsmann! Welche Geschäfte sind das, die dir wichtiger sind als ich?"

„Noch hast du mich nicht geküsst, Geliebte, also verrate ich es dir nicht."

„Zweiter Aufzug!" schrie Candidus. „Szene am Hof des Prinzen Actaeon und Aufbruch zur Jagd. Alle Beteiligten auf ihre Plätze!. Die anderen werden heute nicht mehr gebraucht."

„Na also", sagte Penelope, „wir sind tatsächlich für heute fertig." Sie erhob sich und sah auf Pomponius herab. „Wenn deine Kräfte dazu noch ausreichen, darfst du mich zu meiner Unterkunft begleiten und meine Tasche tragen. Aber geh bitte zwei Schritte hinter mir."

„Was?", fragte Pomponius verblüfft.

„Du sollst zwei Schritte hinter mir gehen, damit du dir deiner Unzulänglichkeit bewusst wirst und dir klar wird, wie aussichtslos und vermessen deine Wünsche sind. Oder ist das unter deiner Würde?"

„Nicht im Geringsten", versicherte Pomponius. „Ganz im Gegenteil. Es wird mir ein Vergnügen sein, das Wiegen deines göttlichen Hinterns zu betrachten, während du voranschreitest."

„Dafür bekommst du eine Ohrfeige, sobald wir unbeobachtet sind", drohte Penelope.

Sie erreichten die Baracke, in der Penelope ihre Unterkunft hatte, ohne dass Pomponius geohrfeigt worden wäre.

„Leg meine Tasche auf das Bett", befahl Penelope, als sie die Tür öffnete.

Pomponius verstand das als Aufforderung einzutreten – anders konnte man es ja auch kaum interpretieren – und folgte ihr eilig in die Unterkunft. Die Baracke war spartanisch eingerichtet und hatte abgesehen von zwei Belüftungsschlitzen unter der Decke keine Fenster. Penelope ließ zunächst die Tür offen, um Licht zu haben, und zündete zwei Öllämpchen an. Dann schloss sie die Tür und schob den Riegel vor.

„Besonders gemütlich ist es hier nicht", bemerkte sie, „aber ich habe auf Tournee schon schlechter gewohnt. Außerdem verbringe ich die meisten Nächte ohnehin bei Zmaragdus. Jetzt zu dir: Wer bist du? Ja, ich weiß, was du dafür verlangst."

Sie trat an ihn heran, schlang die Arme um seinen Hals und küsste ihn lange und intensiv. Es war ein versierter, ein gekonnter Kuss. Wenn Pomponius nicht jenen entscheidenden Hauch von Zärtlichkeit vermisst hätte, so wäre er perfekt gewesen. Trotzdem war Pomponius ein wenig außer Atem, als sie zurücktrat und ihn prüfend musterte. „Nun hast du bekommen, was du wolltest", sagte sie. „Jetzt sprich!"

„Mein Name ist Spurius Pomponius", antwortete Pomponius folgsam, wohl wissend, dass er ihr damit kein Geheimnis mehr verriet. „Ich bin Schmuckhändler und Anwalt in Carnuntum und ich bin dir in Liebe verfallen, liebliche Penelope."

Sie ließ sich auf seine Liebeserklärung nicht ein, sondern fragte weiter: „Das ist eine eigenartige Kombination. Bist du so ein schlechter Anwalt, dass du noch einen Nebenerwerb brauchst?"

„Ich halte mich für einen recht guten Anwalt, aber die Umstände waren mir nicht immer günstig."

Penelope setzte sich auf das Bett und begann die Verschnürung ihrer Sandalen zu lösen. „Welche Umstände waren das? Was hat dich nach Carnuntum verschlagen?"

„Ein Verbannungsurteil des Kaisers, das auf einem Missverständnis beruhte. Inzwischen wurde ich zwar begnadigt, aber ich bin trotzdem hier geblieben, aus persönlichen Gründen."

Penelope zog sich mit größter Selbstverständlichkeit das Kleid über den Kopf. Darunter trug sie nur das als Subligaculum bezeichnete Höschen, das aber nicht wie sonst im Alltag üblich aus weichem, dünnem Leder, sondern aus weißem Stoff gefertigt war. Die Brüste hatte sie mit einer Binde aus dem gleichen Material bedeckt.

„So kennst du den Kaiser persönlich?"

„Ja", antwortete Pomponius. „Ich bin ihm mehrmals begegnet."

„Interessant. Ich hatte noch nie die Ehre." Sie nahm die Brustbinde ab, warf sie aufs Bett und seufzte erleichtert. „Ich hasse diese Dinger. Sie engen mich zu sehr ein und ich habe sie auch gar nicht nötig, um meine Brüste zu stützen, wie du sehen kannst. Aber Candidus besteht darauf, dass ich sie trage. Er sagt, das gehört sich so."

„Was für eine irreale Situation", dachte Pomponius. „Sie entblößt sich vor mir, wie eine Frau, die einen Mann verführen will, und gleichzeitig verhört sie mich ganz sachlich, so wie auch ich es mit einem Verdächtigen machen würde."

In der Absicht, seine Rolle als glühender Verehrer aufrecht zu erhalten rief er: „Oh, wunderbare Penelope!, und trat mit ausgestreckten Armen einen Schritt näher an sie heran.

Sie hielt ihn mit einer Handbewegung auf: „Warte! Kennst du auch die Kaiserin persönlich?"

„Ich habe schon einige Male mit ihr gesprochen. Erst unlängst wurde mir die Ehre einer Audienz zuteil."

„Wer hätte das gedacht! Pomponius, ich nehme an, du bist nicht zum ersten Mal mit einer Frau zusammen. Findest du nicht, es wäre an der Zeit, dich deiner Kleider zu entledigen?"

Pomponius war nicht entgangen, dass sie nur eine Rolle spielte und er erlag keinen Augenblick der Vorstellung, sie könne tatsächlich aus Zuneigung oder auch nur aus körperlicher Lust an einem amourösen Abenteuer mit ihm interessiert sein. Aber wer wollte es ihm verübeln, dass er der Versuchung nachgab und eilig begann, seine Kleider auszuziehen. „Denn immerhin", so dachte er, „kann ich ja auch das Angenehme mit dem Nützlichen verbinden und vielleicht auf diese Weise herausfinden, was sie wirklich im Schilde führt."

Penelope sah ihm zu und sagte plötzlich: „Ich glaube, du hast mir die Wahrheit gesagt, aber nicht die ganze Wahrheit. Ich glaube dir zwar, dass du mich begehrenswert findest, denn das tun die meisten Männer, denen das Alter noch nicht alles Begehren geraubt hat, aber ich glaube nicht, dass sich ein Mann wie du zu Narrenpossen hergibt, um eine Frau kennenzulernen. Du hättest sicher andere, weit elegantere Wege finden können. Was treibt dich wirklich an, Pomponius?"

Pomponius, der bereits begonnen hatte die Schnüre seiner Unterhose zu lösen, hielt inne und versicherte: „Das Verlangen nach dir treibt mich an, herrliche Penelope. Du weißt doch, zu welchen Narreteien die Liebe einen Menschen verleiten kann, und ich dachte, du würdest meine Bemühungen originell finden."

Penelope schüttelte den Kopf. „Hör auf, mir etwas vorzumachen. Du hast die Prüfung nicht bestanden, Pomponius. Denn ich fürchte, du wirst mir deine Geheimnisse auch im Bett nicht offenbaren, wie ich gehofft habe. Du willst mich zwar ficken, aber du bist nicht in mich verliebt, dessen bin ich mir jetzt ganz sicher. Du misstraust mir und ich bin dir wahrscheinlich gar nicht besonders sympathisch. Ich werde wohl meine Fragen unter anderen Umständen wiederholen müssen, um die ganze Wahrheit über dich zu erfahren."

Es war nicht nur das, was sie sagte, sondern auch wie sie es sagte, wodurch Pomponius alarmiert wurde. Aber ehe er reagieren konnte, schmetterte ein Schlag gegen seinen Schädel und ließ ihn in Bewusstlosigkeit versinken.

XXV

Der Türsklave des Macrinus hatte Aliqua zu seinem größten Bedauern mitteilen müssen, dass sein Herr nicht anwesend sei. Dieser sei nämlich – so berichtete er – zum Imperator nach Savaria befohlen worden und habe sich unverzüglich auf den Weg gemacht. Er habe aber eine Nachricht für sie hinterlassen. Mit diesen Worten händigte er ihr ein Papyrusröllchen aus, das mit einer goldenen Schnur an einer Schatulle befestigt war.

Zu Hause angekommen, brach Aliqua das Siegel auf und las die Nachricht. Macrinus hatte sie in Versform verfasst und nicht mit Liebesbeteuerungen und eindeutigen Anspielungen gespart. Hätte Pomponius diesen Brief zu Gesicht bekommen, so hätte er sicher voller Spott angemerkt, dass Macrinus Anleihen bei Ovid genommen und ganze Verse abgeschrieben hatte. Aliqua hingegen fehlte dieses literarische Wissen und sie war tief beeindruckt. Denn noch nie hatte ihr ein Mann ein Gedicht geschrieben, noch dazu so ein wundervolles, schon gar nicht Pomponius.

Die Schatulle enthielt Ohrringe aus Gold mit jeweils einer großen, schönen Perle. Auch dieses Geschenk bewies den Geschmack und das Taktgefühl des Schenkers. Es war von erlesener Qualität und kostbar, aber doch nicht so kostbar, dass sich die Beschenkte zu mehr verpflichtet fühlen musste, als von einer ehrbaren Frau erwartet werden durfte. Aliqua war hingerissen. Sie hätte sich gerne mit Calliste ausgetauscht, aber Calliste war – wie wir uns erinnern – zu ihrer Verabredung mit Krixus gegangen. Der Umstand, dass sie noch immer nicht zurück war, legte die Annahme nahe, dass dieses Treffen recht harmonisch und erfreulich verlief. Aliqua lächelte bei dem Gedanken, was Pomponius wohl sagen würde, wenn sich zwischen den beiden eine ernsthafte Beziehung anbahnen sollte.

Im Übrigen war Aliqua ratlos. Da Macrinus, auf den sie ihre Hoffnungen gesetzt hatte, abwesend war, hing sie mit den ihr anvertrauten Ermittlungen in der Luft. Sie hatte keine sinnvolle Idee, was sie als Nächstes unternehmen sollte, und entschloss sich, ins Hauptquartier zu gehen, um den Rat des Ballbilus einzuholen.

Beinahe hätte sie auch diesen verpasst. Sie traf Ballbilus gerade noch, als er den Statthalterpalast verließ.

„Sei gegrüßt Ballbilus", rief sie. „Hast du etwas Zeit für mich?" Genau genommen stand sie im Rang ja über diesem alten Soldaten. Dennoch behandelte sie ihn stets mit dem größten Respekt, was Ballbilus durchaus zu schätzen wusste.

„Für dich habe ich immer Zeit, Aliqua", sagte er freundlich. „Willst du mich begleiten, oder sollen wir ins Hauptquartier zurückgehen?"

„Ich begleite dich. Um ehrlich zu sein, ich habe nichts Besseres zu tun und mir fällt auch nichts ein. Macrinus hat nämlich die Stadt vorübergehend verlassen."

„Wie bedauerlich", antwortete Ballbilus, ohne es wirklich so zu meinen. Insgeheim nahm er nämlich in der von Macrinus verursachten Beziehungskrise zwischen Pomponius und Aliqua für Pomponius Partei.

Aliqua zuckte mit den Schultern und fragte: „Wie ist es euch bei euren morgendlichen Aktionen ergangen?"

„Wir waren erfolglos, wenn man von der Auffindung eines toten Mannes absieht."

„Ja davon habe ich schon gehört. Ich war dabei, als Pomponius unserem Kommandanten berichtet hat. Weiß man schon, wer der Mann war?"

„Das ist inzwischen geklärt. Ipsitilla hat ihn identifiziert. Es ist, – wie wir ohnehin schon angenommen haben – Aper."

„Damit sind alle drei Männer, die die Prägestempel nach Carnuntum bringen sollten, tot. Einer wurde bei dem Überfall auf den Geldtransport getötet, der zweite kurz nach seiner Festnahme durch einen Heckenschützen und der dritte, der vergeblich versucht hat, sich zu verstecken, jetzt. Was soll man davon halten, Ballbilus?"

„Jemand versucht, alle Spuren zu verwischen und alle Zeugen zu beseitigen. Wer nicht umgebracht wird, sucht rechtzeitig das Weite. Vibulanus ist fort und Marcella hat es ihm gleichgetan."

„O Elend! Marcella ist euch auch entwischt?"

„Wir haben sie nur knapp verpasst. Sie hat heute früh den ‚Grünen Hintern' verlassen, angeblich wegen eines überraschenden Todesfalls – ich frage mich, ob sie damit Aper gemeint hat – und ist nicht mehr zurückgekommen. Wir fahnden natürlich nach ihr und Vibulanus."

„Was habt ihr sonst vor?"

„Das muss Pomponius entscheiden. Ich bin auf dem Weg zum Theater, um ihn nach der Probe abzuholen. Ich habe auch Manius und Numerius hinbestellt, für den Fall, dass Pomponius eine Teambesprechung abhalten will."

„Dann schließe ich mich euch an", erklärte Aliqua. „Es ist höchste Zeit, dass wir gemeinsam und koordiniert vorgehen."

„Du Ärmste", dachte Ballbilus. „Masculinius sitzt dir im Nacken und fordert Ergebnisse. Jetzt, da Macrinus nicht mehr da ist, bist du am Ende deiner Weisheit und hoffst, dass Pomponius den Karren wieder aus dem Dreck zieht." Laut erklärte er: „Das ist eine gute Idee", und nach einer kurzen Pause: „Hübsche Ohrringe hast du. Ein Geschenk von Pomponius?"

„Nein", antwortete Aliqua und versuchte, ihre Stimme gleichgültig klingen zu lassen. „Bloß eine kleine Aufmerksamkeit von Macrinus."

„Ach so", sagte Ballbilus, sonst nichts.

Nachdem sie eine Weile einträchtig dahingewandert und über Belangloses gesprochen hatten, griff Aliqua unauffällig nach ihren Ohren, nahm die Ringe ab und steckte sie in die Tasche ihres Kleides. Ballbilus tat, als ob er nichts gemerkt hätte.

Vor dem Theater wurden sie bereits von Manius und Numerius erwartet. „Es wird dir Spaß machen, schöne Amazone", scherzte Manius, „die kunstvollen Darbietungen von Pomponius zu bewundern."

„Das glaube ich nicht", wehrte Aliqua ab. „Ich halte sein Theaterabenteuer nach wie vor für eine alberne Idee, die nichts bringt."

„Unterschätze Pomponius nicht", mahnte Numerius. „Wir kennen ihn schon länger als du. Er macht oft sonderbare Dinge und meist hat er damit auch Erfolg."

„Nur leider gerät er gelegentlich in Gefahr, umgebracht zu werden", ergänzte Manius. „Aber damit das nicht passiert, hat er ja uns. Kommt lasst uns ins Theater gehen, bevor sie beginnen. Der Bursche, der unerlaubterweise Zuschauer einlässt, verlangt einen Dupondius pro Person."

„Von uns verlangt er gar nichts", knurrte Ballbilus. „Er kennt mich und weiß, wer ich bin."

Damit hatte Ballbilus recht. Der Posten, ein Angehöriger der Stadtkohorte, salutierte nur, als ihm Ballbilus bedeutete, sie einzulassen. Sie nahmen ihre Plätze hinter der Loge des Statthalters ein, in die sich keiner der illegalen Probenbesucher zu setzen wagte. Von dort hatten sie eine ausgezeichnete Sicht auf die Arena.

„Schaut, da hinten kommt Pomponius", rief Manius. „Wer ist denn die niedliche Jägerin in seiner Begleitung?"

„Das ist Penelope", erklärte Ballbilus, „die weibliche Hauptdarstellerin. Ihretwegen ist Pomponius eigentlich hier. Er vermutet, dass sie in unsere Fälle verwickelt ist und will ihr unauffällig auf den Zahn fühlen."

„Ganz sicher nicht nur auf den Zahn", kicherte Numerius. „Die beiden scheinen ja schon recht vertraut miteinander zu sein. Schaut nur, jetzt hilft sie ihm sogar, seine Maske anzulegen!" Aliqua räusperte sich missbilligend.

„Entschuldige", sagte Numerius eilig. „Ich wollte nur sagen, dass Pomponius mit vollem Einsatz ermittelt."

„Ist es nicht ungewöhnlich, dass sich die Hauptdarstellerin so um einen Statisten annimmt?", wunderte sich Manius?

Numerius warf einen vorsichtigen Blick nach Aliqua und flüsterte seinem Freund zu: „Du kennst doch unseren Pomponius. Für den ist das kein Problem und wenn es die Göttin Diana persönlich wäre."

„Seid still und führt keine gotteslästerlichen Reden", befahl Ballbilus, der ihnen zugehört hatte. „Schaut lieber zu. Jetzt tanzt Pomponius den Tanz des Wildschweines."

„O Ihr Götter", staunte Manius. „Ich hätte nie für möglich gehalten, dass Pomponius so etwas Blödsinniges macht."

„Sag das nicht", meinte Numerius. „Erinnere dich nur daran, wie er drüben im Barbaricum einen besoffenen Germann zum Zweikampf gefordert hat. Das war wirklich blödsinnig und er hat sogar gewonnen. Warum schreit der Kerl am Rande der Arena eigentlich so und fuchtelt mit den Händen?"

„Das ist der Regisseur", erläuterte Ballbilus. „Er regt sich auf, weil Pomponius aus dem Takt gekommen ist."

„Das Ganze ist unsagbar peinlich", erklärte Aliqua. „Der Mann hat schon vor dem kaiserlichen Gericht plädiert und was macht er jetzt? Habt ihr gesehen, wie er über den Baumstamm gesprungen und unter dem Gelächter der Zuschauer im Staub der Arena herumgerollt ist? Ich will es mir gar nicht weiter ansehen." Sie schlug die Hände vor die Augen.

„Na ja", der schönen Diana oder Penelope, oder wie immer sie auch heißt, macht das offenbar nichts aus", kommentierte Manius die Vorgänge vom Rande der Arena. „Jetzt sitzen sie einträchtig nebeneinander und sie gibt ihm von ihrer Flasche zu trinken."

Aliqua schaute zwischen ihren Fingern durch und sagte: „So eine Schlampe."

„Aber sie plaudern doch nur", versuchte sie Numerius zu beruhigen. „Schaut, jetzt geht es weiter. Andere Schauspieler nehmen Position ein. Ich glaube, Pomponius hat es für heute geschafft. Lasst uns vor das Tor gehen und auf ihn warten."

„Noch nicht", hielt ihn Ballbilus zurück. „Pomponius hat offenbar noch etwas vor. Er folgt Penelope und trägt ihre Tasche."

„Vielleicht will sie ihm etwas zeigen", vermutete Manius.

„Ganz sicher sogar", flüsterte Numerius seinem Freund ins Ohr, „und ich kann mir auch schon vorstellen, was. Siehst du, wie einladend sie mit dem Hintern wackelt? O Ihr Götter, ich bewundere diesen Mann."

„So eine Schlampe", wiederholte Aliqua. Obwohl sie selbst Pomponius mit Macrinus betrogen hatte – im Interesse ihrer Mission, wie sie sich selbst einredete, um ihr schlechtes Gewissen zu beruhigen – war sie nicht bereit, Pomponius Gleiches zuzugestehen. Mit Staunen registrierte sie, wie sehr sie noch immer an ihm hing und wie eifersüchtig sie war.

„Wir warten bis er zurückkommt", entschied Ballbilus. „Lange wird es wohl nicht dauern."

„Etwa eine knappe Stunde, wie ich ihn kenne, und wenn es das ist, was ihr vermutet", sagte Aliqua selbstquälerisch.

Niemand gab ihr eine Antwort.

Die Zeit verstrich. Der zweite Teil der Probe war vorbei. Das Theater leerte sich, die Zuschauer gingen und auch die Schauspieler räumten die Arena. Die vier Gefährten saßen bald einsam und allein auf ihren Plätzen. Von Pomponius war nichts zu sehen.

Aliqua wurde von einer unerträglichen Unruhe befallen. Schließlich hielt sie es nicht mehr aus und sagte entschlossen: „Wir gehen hinunter und suchen ihn."

„Aber Aliqua", mahnte Ballbilus. „Was soll denn das bringen? Wir sollten ihm noch etwas Zeit geben und ihn nicht stören!"

„Hast du Angst, ich wolle ihn mit diesem Miststück im Bett erwischen?", fragte Aliqua zornig. „Nur keine Sorge, das ist es nicht, was ich vorhabe. Pomponius steckt in Schwierigkeiten, das spüre ich ganz genau. Soll ich allein gehen, oder kommt ihr mit?"

„Was fragst du? Du bist hier der Offizier", antwortete Ballbilus. „Du brauchst es nur zu befehlen und ich folge dir."

„Wir kommen natürlich mit", erbot sich Numerius, „obwohl ich nicht glaube, dass Pomponius solche Schwierigkeiten hat, bei denen wir ihm helfen können."

Sie eilten die Treppe zwischen den Tribünen hinunter, sprangen über die Brüstung und eilten durch die Arena, bis sie zu den Baracken und den abgestellten Karren kamen. Niemand war zu sehen, aber man konnte Stimmen und Gelächter aus den Quartieren hören.

„Und wo ist jetzt das Quartier der Penelope?", fragte Ballbilus. „Wir können doch nicht von Tür zu Tür gehen und fragen."

„Habt ihr das auch gehört?", fragte Aliqua aufgeregt. „Mir war, als ob ich einen Schrei gehört hätte. Es hat nach Pomponius geklungen."

Die anderen schüttelten die Köpfe und schauten Aliqua fast mitleidig an.

„Still", zischte Manius. „Dort drüben kommt einer heraus."

Sie drückten sich in den Schatten eines Wagens und versuchten, unsichtbar zu werden.

Aus einer der Baracken war ein Mann getreten und sah sich forschend um. Dann drehte er sich um und ging wieder in das Quartier zurück.

248

„Den kenne ich", flüsterte Ballbilus. „Das ist der Mann, der gestern Pomponius und mir nachgeschlichen ist. Pomponius hat vermutet, dass er das im Auftrag von Penelope tut."

„Er hat einen kurzen Prügel in der Hand gehabt", vermeldete Manius. „Ich habe mich sicher nicht getäuscht."

„Von dort drüben ist der Schrei gekommen, den ihr nicht gehört haben wollt", erklärte Aliqua aufgeregt. Alle sahen sie an und warteten auf ihre Entscheidung.

„Wir gehen da hinein", befahl sie. „Wir haben nicht mehr viel Zeit, das spüre ich mit jeder Faser meines Körpers." Sie zog ihren Dolch aus dem Gürtel.

„Dann wollen wir", bestätigte Ballbilus und eilte mit weiten Schritten auf die fragliche Baracke zu.

Im selben Augenblick ertönte ein weiterer Schrei, den diesmal alle hörten. Ballbilus zögerte keinen Augenblick. Er versetzte der Tür einen gewaltigen Tritt, der Riegel zersplitterte, die Tür flog auf und gab den Blick auf die dahinterliegende Szene frei.

Pomponius saß nur mit einer Unterhose bekleidet am Boden. Das Blut rann ihm über die Stirn. Man hatte ihm die Hände auf den Rücken gebunden. Penelope, die sich wieder ihr Kleid übergezogen hatte, hockte vor ihm und machte Anstalten, ihm mit einem kleinen scharfen Dolch ein Ohr abzuschneiden.

Aufgeschreckt fuhr sie herum, sprang blitzschnell auf und attackierte den in der Tür stehenden Ballbilus. Es mochte ja sein, wie Pomponius vermutet hatte, dass sie im Umgang mit Waffen geübt war, aber es fehlte ihr die Erfahrung des Ballbilus, der in zahlreichen Schlachten dem Feind im Nahkampf gegenübergestanden hatte. Er schmetterte ihren Messerarm mühelos beiseite und schlug ihr die Faust in die Magengrube, nicht allzu fest, denn sie war ja nur eine Frau und kein wütender Germane. Ballbilus war schließlich kein Unmensch.

Penelope brach zusammen und wand sich am Boden, wobei sie krampfhaft nach Luft schnappte.

Secundus, der an der Wand stand, brauchte länger als Penelope, um zu reagieren. Dann aber zog er ein Messer und machte Anstalten, seinerseits auf Ballbilus loszugehen.

„Na, na", sagte Numerius, der neben Ballbilus auftauchte, „das solltest du besser lassen, sonst schlagen wir dir den Schädel ein."

„Oder wir schneiden dir die Kehle durch", ergänzte Manius. „Wir haben uns noch nicht ganz entschieden. Am besten wird sein, du lässt deinen Dolch ganz schnell fallen."

Secundus sah sich plötzlich drei Gegnern gegenüber und resignierte. Er ließ seinen Dolch fallen.

„Setz dich dort drüben auf das Bett", befahl Ballbilus, „und verschränke die Hände auf dem Kopf. „Machst du auch nur einen Mucks, so war er dein letzter."

Aliqua trat ein und schloss die Tür hinter sich. „Draußen ist es ruhig", berichtete sie. „Niemand ist auf uns aufmerksam geworden."

Nachdem die Situation geklärt war, wandte sich die allgemeine Aufmerksamkeit Pomponius zu. „Geht es dir gut?", fragte Ballbilus.

„Es wird mir besser gehen, wenn ihr mich losbindet", stöhnte Pomponius. Numerius machte sich sofort daran, die Schnüre zu lösen und damit Secundus zu fesseln.

Pomponius kam taumelnd in die Höhe. Aliqua betrachtete ihn von allen Seiten und konstatierte: „Er ist noch ganz. Wir sind gerade noch rechtzeitig gekommen. Sie hat ihm keine wichtigen Körperteile abgeschnitten, soweit ich sehen kann. Sag, Pomponius, schämst du dich nicht?"

„Ich schäme mich", gestand Pomponius. „Ich bin direkt in eine Falle gelaufen, das hätte mir nicht passieren dürfen. Dieser Secundus – er deutete auf den am Bett Sitzenden – hat schon hinter dem Vorhang verborgen auf mich gelauert."

„Das meine ich nicht", erwiderte Aliqua streng. „Du läufst ständig in irgendwelche Fallen, das ist nichts Neues. Schämst du dich nicht, in der Arena einen Narren aus dir zu machen und mich dann mit einer billigen Komödiantin zu betrügen?"

„Du tust mir Unrecht", verteidigte sich Pomponius und nestelte an der Verschnürung seiner Unterhose. „Reich mir meine Kleider, damit ich mich anziehen kann. Ja, du tust mir Unrecht, denn ich habe dich nicht mit dieser Person betrogen."

Penelope war inzwischen wieder zu Atem gekommen, schaute zwischen den beiden hin und her und sagte boshaft: „Das ist aber nicht sein Verdienst. Wenn ich es nur gewollt hätte, hättest du uns beim Liebesspiel erwischt."

Aliqua sah Penelope voller Abneigung an. „Dann hast du die falsche Option gewählt, du Miststück. Denn in diesem Fall wäre dir nichts passiert, außer, dass ich dich vielleicht geohrfeigt hätte. So aber schaut die Sache schon ganz anders aus. Los, setz dich neben deinen Komplizen aufs Bett!"

Pomponius war es inzwischen gelungen, seine Kleidung und seine Würde halbwegs wieder herzustellen. „Penelope", sagte er mit trügerischer Sanftmut, „trotz aller Zuneigung und Freundlichkeiten, die ich dir erwiesen habe, hast du nur Böses gegen mich im Sinn gehabt und sogar begonnen, mich mit deinem Messerchen zu quälen, nur damit ich dir Dinge verrate, von denen ich wahrhaft nichts weiß. Ich bin über dein Verhalten sehr befremdet und muss dich um eine Erklärung bitten."

Penelope war der Spott in dieser Rede nicht entgangen und sie empfahl Pomponius eine abwegige und schmerzhafte Form der Selbstbefriedigung.

„So kommen wir nicht weiter", entgegnete Pomponius. „Wie würde es dir gefallen, wenn ich dein Messer nehme und mit dir dasselbe mache, was du mit mir machen wolltest? Dein Gesicht wird dann aber nicht mehr ganz so hübsch aussehen, wie jetzt noch."

Penelope presste die Lippen zusammen und schloss die Augen.

„Sie wird nicht reden", konstatierte Numerius fachmännisch. „Das ist eine ganz Hartgesottene"

„Oh, sie wird reden, wenn sie die Bekanntschaft meines Freundes Alexander gemacht hat", versicherte Pomponius grimmig.

Ballbilus hatte inzwischen begonnen, die wenigen Habseligkeiten Penelopes zu durchsuchen. „Das solltest du dir ansehen", rief er plötzlich überrascht und hielt Pomponius die flache Hand hin. Darin lag eine bronzene Fibel, das Schwert, das von zwei Schlangen umwunden war.

„Sieh an, das Zeichen der Frumentarii"; staunte Pomponius. „Wo hast du das her, Weib? Hast du es gestohlen oder gefälscht?"

Penelope öffnete wieder die Augen und sagte drohend: „Nein, es gehört mir zu Recht. Jetzt wisst ihr, mit wem ihr es zu tun habt. Die Frumentarii werden unerbittlich Jagd auf euch machen, und keiner wird entkommen."

„Die Frumentarii sind bereits auf der Jagd", warf Aliqua ein, „nämlich nach dir und deinesgleichen." Sie schlug ihren Umhang zurück, damit Penelope das silberne Abzeichen sehen konnte, das sie darunter trug.

Penelope starrte sie ungläubig an. „Das ist nicht möglich", stieß sie hervor. „Du bist eine Betrügerin! Keiner Frau wurde je das silberne Abzeichen verliehen."

„Einer schon", belehrte sie Pomponius. „Der Kaiser hat es ihr persönlich gegeben."

„Und du?", fragte Penelope mit stockender Stimme und sah Pomponius an.

„Ich bin ebenfalls Angehöriger der Frumentarii in der Provinz Oberpannonien, ebenso der wackere Ballbilus hier, den du abstechen wolltest."

„Aber dann stehen wir ja auf der gleichen Seite", rief Penelope. „Ich komme nämlich aus dem Hauptquartier der Frumentarii in Rom."

„Das behauptest du! Aber du hast nicht mehr als ein Abzeichen, und das allein überzeugt mich nicht."

„Sie hat mehr als nur ein Abzeichen", verkündete Ballbilus, der nicht aufgehört hatte, in Penelopes Sachen zu wühlen. „Es war zwischen ihrer Unterwäsche verborgen." Er reichte Pomponius eine Schriftrolle.

Pomponius entrollte sie und begann mit wachsendem Staunen zu lesen.

„Sag schon, was ist das?", drängte Aliqua.

„Das ist eine Vollmacht", antwortete Pomponius langsam, „ausgestellt von Basseus Rufus, dem Statthalter Oberpannoniens. Es ermächtigt die Inhaberin dieses Schreibens, im Namen des Kaisers in der Provinz zu ermitteln und dazu allenfalls auch die Unterstützung staatlicher Stellen anzufordern." Er sah Penelope an. „Ich glaube, es ist an der Zeit, die Geheimniskrämerei zu beenden, meine Liebe. Bist du bereit mit uns zu kooperieren?"

„Ja, das bin ich", fügte sich Penelope. „Bindet Secundus los und hört mir zu."

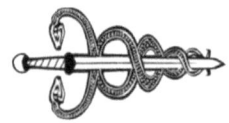

XXVI

„Ihr habt hier in der Provinz ein massives Sicherheitsproblem", begann Penelope. „Das ganze Land ist durch germanische Agenten und Spione infiltriert, wodurch die militärischen Pläne des Imperators stets in Gefahr sind, verraten zu werden."

„Das wissen wir", warf Pomponius ein. „und es ist uns in letzter Zeit auch gelungen, etliche dieser Netzwerke zu zerschlagen."

„Das ist uns bekannt, aber ihr habt die Sache nie richtig unter Kontrolle gebracht. Deshalb haben wir einen Plan entwickelt, um effektiver durchzugreifen."

„Was heißt ‚wir'?"

„Das Hauptquartier in Rom über Anregung des Legaten Marcus Nonius Macrinus, einem Vertrauten des Kaisers."

Aliqua zuckte zusammen.

Pomponius lächelte grimmig und fragte: „Wie sieht dieser Plan aus?"

„Die Germanen haben Schwierigkeiten, ihre Spione zu bezahlen, weil die nur römisches Geld wollen. Also wollten wir diesen Feinden Roms die Möglichkeit geben, selbst römisches Geld zu prägen."

„Ihr steckt dahinter?", rief Aliqua erstaunt. „Ihr wolltet diese Prägestempel ins Barbaricum schaffen?"

„Ihr wisst davon?"

„Ja, wir haben das mit den Prägestempel inzwischen herausgefunden", bestätigte Pomponius. „Aber welchen Sinn sollte das haben?"

„Es war beabsichtigt, das Verteilernetz der Bestechungsgelder zu unterwandern und die Zahlungen bis zu den Empfängern zu verfolgen. Zusätzlich haben wir auch die Prägestempel manipuliert. Sie weisen alle ein unauffälliges Sicherheitsmerkmal auf, das sich auf den damit geprägten Münzen wiederfindet. Wenn ein Verdächtiger im Besitz mehrerer solcher Münzen ist, haben wir einen stichhaltigen Beweis gegen ihn."

„Unglaublich", murmelte Pomponius. „Und wir wussten nichts davon. Wer war hier in der Provinz eingeweiht?"

„Nur drei Männer: Macrinus, dessen Idee es war, und der für die Geldtransporte zuständig ist, Basseus Rufus der Statthalter der Provinz und Masculus Masculinius, euer Kommandant, sonst niemand."

„Wozu diese Geheimnistuerei?"

Penelope zuckte mit den Schultern. „Ihr seid zu nahe dran. Wir konnten nicht ausschließen, dass es in den Reihen der hiesigen Frumentarii Verräter gibt."

„Was ist deine Rolle in diesem Spiel?"

„Ich sollte die Aktion überwachen. Während der Transport der Prägestempel mit dem Geldtransport erfolgte, bin ich auf anderem Weg nach Carnuntum gekommen. Ich und mein Partner Secundus haben uns einer Schauspieltruppe angeschlossen, die Dank der diskreten Unterstützung durch die Frumentarii ein Engagement in Carnuntum bekommen hat. So konnte ich mich unauffällig und unerkannt in der Stadt aufhalten."

„Wie nimmst du Kontakt mit Macrinus und Basseus Rufus auf?"

„Überhaupt nicht. Es ist nämlich etwas furchtbar schief gelaufen. Der Geldtransport wurde überfallen und die Stempel wurden geraubt. Ich habe keine Ahnung weshalb und wer das getan hat. Dann ist dieses rätselhafte Attentat auf Basseus Rufus geschehen, in das unsere Truppe verwickelt war, und schließlich ist auch der Soldat Aper, der dritte Mann in meinem Team, verschwunden."

„Aper war ein Frumentarii?"

„Ja. Er war der einzige in der Begleitmannschaft, der Bescheid wusste. Er sollte ein Auge auf die Stempel haben."

„Ich muss dir leider sagen, dass Aper tot ist", sagte Pomponius. „Wir haben ihn heute früh gefunden. Jemand hat ihm die Kehle durchgeschnitten."

Penelope wurde blass und flüsterte: „Ich habe gut daran getan, meine Tarnung nicht aufzugeben."

„Macrinus und Basseus Rufus wissen also nicht, wer du bist?"

„Nein. Sie wissen nur, dass eine Scantilla mit ihren Leuten von den Frumentarii in Rom nach Carnuntum kommen wird. Auf den Namen Scantilla lautet auch die Vollmacht, die du gesehen hast. Niemand hatte bisher eine Ahnung, wer Penelope wirklich ist."

„Wir wissen, dass die Prägestempel ins Legionslager gebracht werden sollten", fragte Pomponius weiter. „Durch wen?"

„Durch einen ortsansässigen Fuhrwerksunternehmer, der Vibulanus heißt. Aber dazu ist es ja nicht mehr gekommen."

„Wie sollten die Stempel ins Barbaricum gelangen?"

„Ich weiß es nicht genau. Macrinus wollte das organisieren."

„Welche Rolle spielt Zmaragdus?"

„Die des nützlichen Idiotien", antwortete Penelope kalt. „Ich schlafe mit ihm und dafür tut er alles, was ich will."

„Zum Beispiel, Percennius zu allerhand Unfug anzustiften?"

„Du sagst es. Percennius hat dafür gesorgt, dass wir wieder auftreten und länger in der Stadt bleiben durften. Daran war mir gelegen, um weiter unerkannt hier bleiben zu können."

„Hast du Percennius instruieren lassen?"

„Ja. Das Geld kam von Zmaragdus, seine Anweisungen bekam Percennius aber von mir."

„Ich hätte früher darauf kommen müssen, dass hier eine verdeckte Aktion der Frumentarii abläuft", ärgerte sich Pomponius. „Es gab Hinweise. Der Bote, der Percennius deine Anweisungen brachte, gab sich mit einer seltenen Münze zu erkennen, die von den Frumentarii oft als geheimes Erkennungszeichen verwendet wird. Ebenso wollte sich der Mann ausweisen, der die Prägestempel übernehmen sollte." Er wandte sich wieder an Penelope: „Was weißt du über den ‚Grünen Hintern'? "

„Das ist eine üble Spelunke, in der Percennius oft anzutreffen ist. Ich war nie dort und wciß nichts Näheres darüber. Darf auch ich jetzt einige Fragen an dich stellen?"

„Nur zu."

„Wie bist du auf meine Spur gekommen?"

„Ich wurde damit beauftragt, den Anschlag auf den Statthalter aufzuklären. Dazu wollte ich die Schauspieltruppe überprüfen. Auf dich bin ich durch Zufall gekommen. Du wurdest von jemand wiedererkannt, der dich in Rom unter dem

Namen Scantilla kannte. Aus dieser Quelle wusste ich auch, dass du in Rom in einige ungeklärte Todesfälle verwickelt warst. Das hat meine Aufmerksamkeit geweckt, und ich wollte mehr über dich erfahren."

„Deswegen hast du mir den verschrobenen Liebhaber vorgespielt?"

„Es schien mir eine gute Idee zu sein."

„Du warst nicht überzeugend", sagte Penelope. „Was hat diese Frau, die das silberne Abzeichen trägt, damit zu tun? Ist sie deine Geliebte?"

Pomponius beantwortete nur den ersten Teil der Frage. „Sie heißt Aliqua und untersucht mit tatkräftiger Unterstützung des Legaten Marcus Nonius Macrinus den Überfall auf den Geldtransport, bei dem deine Prägestempel geraubt wurden. Was hast du jetzt vor? Deine Mission ist offenbar gescheitert."

Penelope schaute finster entschlossen. „Ich werde nicht nach Rom zurückkehren und melden, dass ich meinen Auftrag in den Sand gesetzt habe, ohne zu wissen, wie das zugegangen ist. Nein, ich werde hierbleiben und ich rechne damit, dass ich euch bei euren Ermittlungen unterstützen darf. Ich will wissen, warum die Prägestempel geraubt wurden und ich möchte sie zurückhaben."

„Ich fürchte, daraus wird nichts", lehnte Pomponius ab. „Wir kommen schon ganz gut allein zurecht. Aber ehe du abreist, will ich noch einiges überprüfen. Bis dahin biete ich dir meine Gastfreundschaft im Statthalterpalast an."

„Du meinst, du inhaftierst mich, obwohl ich ganz offen zu dir war, ich dir meine Zusammenarbeit angeboten habe und wir zur selben Organisation gehören?"

„So könnte man sagen."

„Du bist doch Jurist, Pomponius?"

„Man sagt, ich wäre ein recht guter Jurist", antwortete Pomponius selbstgefällig.

„Dann ruf dir doch bitte die Vollmacht in Erinnerung, die du gelesen hast. Ich handle im unmittelbaren Auftrag des Statthalters, der unser gemeinsamer oberster Vorgesetzter ist, solange wir uns in seiner Provinz aufhalten. Stimmst du mir zu?"

„Dagegen kann man nichts sagen", räumte Pomponius widerwillig ein.

„Ich darf bei sämtlichen staatlichen Stellen in der Provinz Unterstützung anfordern. Zählst du auch die hiesigen Frumentarii zu solchen Stellen?"

„Das muss man wohl so sehen."

„Wie interpretierst du diese Ermächtigung, Pomponius? Muss man sie nicht so verstehen, dass die ersuchten Stellen auch zur Hilfe verpflichtet sind? Sonst wäre diese Ermächtigung ja sinnlos. Was meinst du, Herr Anwalt?"

„Es kommt auf den Einzelfall an."

Penelope lachte. „Das ist die Standardantwort eines Juristen, dem nichts mehr einfällt. Du weißt, dass ich recht habe. Ich ersuche in aller Form, mich bei der Aufklärung des Überfalls auf den Geldtransport zu unterstützen. Mit anderen Worten, ich mache die Ermittlungen Aliquas auch zu meinen eigenen. Glaubst du wirklich im Sinn meiner Vollmacht zu handeln, wenn du mich daraufhin in Arrest setzt?"

Pomponius knirschte hörbar mit den Zähnen. „Was willst du also?"

„Ich habe es dir schon gesagt: vertrauensvolle Zusammenarbeit."

„Nun gut."

„Dazu muss ich alles wissen, was ihr bisher herausgebracht habt."

„Du wirst unterrichtet werden."

„Wann soll das sein, und was hast du als Nächstes vor?"

„Ich muss darüber nachdenken. Die Situation hat sich durch das, was du mir anvertraut hast, entscheidend geändert. Wir sprechen uns morgen bei der Probe."

„Du willst diese Farce tatsächlich aufrechterhalten", wunderte sich Penelope. „Das ist doch gar nicht mehr nötig, nachdem du mich enttarnt hast."

„Es ist die beste Möglichkeit, um unauffällig mit dir in Kontakt zu bleiben." Pomponius erhob sich. „Wir sehen uns morgen. Bis dahin sei gegrüßt." Er gab seinen Begleitern ein Zeichen ihm zu folgen und verließ die Baracke.

Jenseits des Tores zur Arena fragte er Manius und Numerius: „Habt ihr heute Abend noch etwas vor?"

„Nur das, was du uns gleich auftragen wirst", antwortete Numerius lächelnd.

„Sehr gut. Es wird bereits dunkel und jeder vernünftige Mensch bleibt zu Hause. Überwacht die Straße. Ich will wissen, ob Penelope, Secundus oder einer der anderen Schauspieler trotzdem in die Stadt gehen. Wenn ja, folgt ihnen."

„Du traust ihr nicht?", fragte Ballbilus.

„Ich soll einer Frau trauen, die mir Freundlichkeit vorgeheuchelt hat, und mir dann nicht nur die Ohren sondern noch weit edlere Körperteile abschneiden wollte?" fragte Pomponius grimmig. „Das wäre wahrhaftig zu viel verlangt."

XXVII

Trotz der fortgeschrittenen Stunde wurden Pomponius und Aliqua von Masculinius empfangen. „Ich schätze es, wenn meine Agenten diensteifrig sind", sagte der Centurio, „und ich schätze es auch, wenn man mich auf dem Laufenden hält, besonders bei dir Pomponius. Dennoch frage ich mich, ob das nicht auch bis morgen Zeit gehabt hätte."

„Ich wollte mich nicht dem Vorwurf aussetzen, säumig zu sein", antwortete Pomponius, „zumal sich eine erstaunliche Neuerung ergeben hat."

„Dann setzt euch und erzählt mir, was es Neues gibt."

„Für uns war es eine Neuigkeit, Herr. Dich wird es wahrscheinlich weniger überraschen. Wir haben Scantilla gefunden."

Masculinius schwieg eine Weile, dann sagte er: „Ihr seid also auf die Gruppe gestoßen, die aus Rom kommen sollte. Interessant, ich habe mich schon gewundert, weshalb ich nicht von ihnen kontaktiert wurde. Wer und wo ist diese Scantilla?"

„Sie tritt im hiesigen Theater unter dem Namen Penelope auf."

„Also war dein Ausflug in die Welt des Theaters doch nicht vergebens. Penelope, wer hätte das gedacht. Was hat sie gesagt?"

„Sie hat mich in ihre Unterkunft gelockt, mich dazu verleitet, mich meiner Kleider zu entledigen und dann von einem Komplizen niederschlagen lassen. Schließlich hat sie mir gedroht, sie schneidet mir zuerst die Ohren und dann die Eier ab, wenn ich ihr nicht verrate, wer ich wirklich bin, und was ich von ihr will. Nur durch das beherzte Einschreiten Aliquas und meiner Freunde bin ich aus dieser misslichen Lage befreit worden."

Masculinius lachte herzlich. „Das schaut dir ähnlich, Pomponius. Deine Beziehungen zu Frauen sind ja nie unproblematisch gewesen, aber so etwas hatten wir noch nie. Was ist jetzt mit ihr?"

„Nachdem meine Freunde sie und ihren Helfer überwältigt hatten, und wir uns als Frumentarii zu erkennen gegeben haben, war sie immerhin zur Kooperation bereit. Sie hat mir den Zweck ihrer Mission verraten."

„Dann muss sie sehr unter Druck stehen, denn es war strengstes Stillschweigen vereinbart. Nur Basseus Rufus, Macrinus und ich waren eingeweiht."

„Du hast uns im Dunkeln tappen lassen, Herr", sagte Pomponius vorwurfsvoll.

„Weder ihr noch andere Mitglieder meiner Einheit sollten ursprünglich in die Aktion eingebunden werden. Erst nach dem Überfall auf den Geldtransport, als Rufus und Macrinus ihre Pläne plötzlich gescheitert sahen, hat mich Macrinus ersucht, den Fall aufzuklären und die Stempel wieder zu beschaffen. Damit habe ich Aliqua betraut. Nach dem Anschlag auf Rufus ist auch Pomponius ins Spiel gekommen, weil Rufus darauf gedrängt hat, dass wir die Täter ausforschen, und man natürlich auf so ein Kapitalverbrechen angemessen reagieren musste. Danach habe ich euch alles gesagt, was ich euch sagen durfte. Erinnere dich Pomponius, ich habe dir erklärt, wofür die Prägestempel bestimmt sind, und ich habe euch geraten, Basseus Rufus und Macrinus in Frieden zu lassen, weil sie nicht zu den Verdächtigen zählen."

„Macrinus hat mich belogen und den Unwissenden gespielt", sagte Aliqua finster. „Er hat mich hintergangen!"

„Tu dem Mann nicht unrecht", ermahnte sie Masculinius. „Er war genauso wie ich an die Schweigevereinbarungen gebunden, aber er hat dich nach Kräften bei deiner Ermittlungstätigkeit unterstützt, vielleicht weil er dich besonders schätzt, auf jeden Fall aber auch im eigenen Interesse."

„Hat mir Basseus Rufus etwas verschwiegen?", fragte Pomponius. „Besteht ein Zusammenhang zwischen dem Raub der Stempel und dem Anschlag auf ihn?"

„Mag sein", antwortete Masculinius. „Der Gedanke ist mir auch gekommen, wird aber von Rufus in Abrede gestellt. Zusammenfassend können wir sagen, dass ihr gar nichts erreicht habt, außer einer verdeckten Aktion auf die Spur zu kommen. Mit den Aufgaben, die ich euch eigentlich gestellt habe, seid ihr keinen Schritt weitergekommen. Hoffentlich ändert sich das bald, wenn ihr jetzt mit Scantilla und ihren Leuten zusammenarbeitet."

„Von ihren Leuten ist außer Secundus niemand mehr übrig", erwiderte Pomponius. „Die beiden können uns nicht viel helfen, wenn Scantilla ihre Deckung nicht aufgeben will."

„Was ist mit den anderen passiert?", wollte Masculinius wissen. „Mir wurde angekündigt, dass sie mit fünf Mann kommt."

„Sie hat es so dargestellt, als ob nur Secundus und der ermordete Aper zu ihrer Einheit gehört hätten", wunderte sich Pomponius.

„Die vierte Kugel", murmelte Aliqua.

Masculinius sah sie irritiert an. „Was meinst du damit?"

„Ich habe eben an ein Spiel gedacht, das unlängst ein kleiner Junge vorgeführt hat. Man spielt es vor aller Augen und vollbringt mit drei Kugeln unerklärliche Kunststücke. Es funktioniert aber nur, wenn man eine vierte Kugel hat, die niemand sehen darf. Die fehlenden drei Mann sind Scantillas vierte Kugel. Da draußen hat sie noch immer ein einsatzfähiges Team, das auf ihren Befehl hört, und von dem sie uns nichts wissen lassen wollte."

„Ich habe recht daran getan, diesem Luder nicht zu trauen", knurrte Pomponius.

„Wahrscheinlich traut sie euch auch nicht", überlegte Masculinius. „Soll ich sie rufen lassen und zur Vernunft bringen?"

Pomponius überlegte. „Nein", sagte er dann. „Das könnte unliebsame Aufmerksamkeit erregen. Ich halte es für das Beste, wenn ihre Anonymität zunächst strikt gewahrt bleibt. Ich habe nämlich den Eindruck, dass sie um ihr Leben fürchtet, besonders nachdem sie vom Tod des Aper erfahren hat. Ich schlage vor, wir wahren vorläufig ihr Geheimnis, auch Macrinus und Rufus gegenüber. Ich habe keine Lust, auch noch ihren Tod aufklären zu müssen."

„Einverstanden", stimmte Masculinius zu. „Ich erwarte, dass auch du dich daran hältst, Aliqua. Ihr könnt jetzt gehen. Ihr habt noch viel, sehr viel, zu tun."

Im Dunkel des Ganges kam Ballbilus auf sie zu. „Unten wartet eine Eskorte auf euch, die euch nach Hause begleitet", verkündete er. „Hast du weitere Befehle für mich, Pomponius?"

„Ja. Hole mich morgen wieder von der Probe ab. Heute ist es schon zu spät, aber morgen möchte ich mich mit dir beraten."

Begleitet von zwei einschüchternden Soldaten kamen Pomponius und Aliqua wohlbehalten vor dem Haus des Pomponius an. Pomponius nutzte die

Gelegenheit und lud Aliqua ein, die Nacht doch in seinem Haus zu verbringen. Sie lehnte ab und sagte, sie wolle lieber zu Hause schlafen und außerdem habe sie keine Lust. Wozu sie keine Lust habe, sagte sie nicht. Der eine der Soldaten ihrer Eskorte dachte sich sein Teil und grinste verstohlen, schaute aber gleich wieder ernst, als ihn Pomponius empört anstarrte.

Pomponius blickte Aliqua nach, wie sie mit ihren Beschützern in der Dunkelheit verschwand. Dann trat er in sein Haus, registrierte erstaunt, dass Krixus seine üblichen Frechheiten unterließ, sondern nur verklärt schaute, und begab sich zu Bett.

XXVIII

Es hatte auch sein Gutes, dass Aliqua die Nacht über nicht bei Pomponius geblieben war. Denn dadurch blieb ihm ein Zusammentreffen zwischen Valeria und Aliqua, das mit Sicherheit höchst unerfreulich verlaufen wäre, erspart.

Als er beim Frühstück saß und überlegte, wie er den Vormittag verbringen solle, wurde Pomponius in seiner Ruhe durch laute Geräusche und streitende Stimmen gestört.

„Wenn ich in diesem Haus etwas zu sagen hätte", schrie eine Frauenstimme, „würde ich dich aufhängen lassen."

„Wenn du in diesem Haus etwas zu sagen hättest", schrie Krixus zurück, „würde ich mich selber aufhängen."

Die Tür flog auf und Krixus stand schweratmend in der Tür. „Verzeih die Störung, Herr, aber diese Furie …"

Er erhielt einen derben Stoß, der ihn ins Zimmer taumeln ließ. Hinter ihm tauchte Valeria auf und rief zornerfüllt: „Ich verlange, dass du diese Ausgeburt von einem Sklaven bestrafst, Pomponius. Es ist ungeheuerlich, wie er sich mir gegenüber benimmt. Hast du gehört, wie er mich genannt hat? Hältst du mich etwa auch für eine Furie?"

„Ich freue mich, dich zu sehen, Valeria", sagte Pomponius um Beruhigung bemüht. „Krixus, so benimmt man sich nicht einer Dame gegenüber, die uns besucht. Geh hinaus und suche inzwischen die Peitsche."

„Sogleich, Herr", antwortete Krixus. „Man weiß nicht, für wen man sie noch brauchen kann." Dabei musterte er Valeria auf eine Weise, die keinen Zweifel ließ, wer seiner Meinung nach ausgepeitscht werden sollte.

„Es wird immer schlimmer mit ihm", klagte Valeria, nachdem Krixus das Zimmer verlassen hatte. „So darf sich doch kein Sklave benehmen, das ist ja der reinste Sklavenaufstand. Warum lässt du ihm das durchgehen?"

„Weil er mich liebt und loyal ist", antwortete Pomponius.

„Und mich hasst er!"

„Ich habe schon einmal versucht, dir das zu erklären. Zu der Zeit, zu der wir beide noch zusammen waren, hat er auch dich verehrt. Krixus ist trotz seiner Schlauheit ein einfacher Mann, der nur Schwarz oder Weiß kennt, und dessen hervorragendste Eigenschaft eine ausgeprägte Vorstellung von Treue ist. Er hat dir nie verziehen, dass du uns verlassen hast."

„Und du Pomponius? Hast du mir verziehen?"

„Seither ist viel Zeit verstrichen und ich trage dir nichts mehr nach", antwortete Pomponius ausweichend.

Valeria seufzte. „Außerdem hast du dich ja in der Zwischenzeit mit dieser Frau, mit dieser Aliqua, getröstet. Ich fürchte nur, dein Krixus wird Aliqua bald noch mehr hassen als mich."

„Was soll das bedeuten?"

„Weißt du es nicht, Pomponius? Weißt du es wirklich nicht? Weißt du nicht, was zwischen Aliqua und Macrinus läuft? Sie betrügt dich mit ihm!"

„Unsinn! Aus dir spricht nur die Eifersucht und deine Abneigung gegen Aliqua. Die ganze Stadt weiß, und auch ich weiß es, dass du selber die Favoritin des Macrinus bist."

„Nicht mehr. Macrinus hat mich hinausgeschmissen. Das ist nicht wörtlich zu nehmen. Natürlich hat er viele schöne Worte gebraucht und mir ein wertvolles Abschiedsgeschenk gemacht, aber er hat mit mir Schluss gemacht. Der Grund ist ohne Zweifel Aliqua, mit der er in letzter Zeit oft gesehen wurde."

„Aliqua hat sicher nichts damit zu tun, dass sich Macrinus von dir getrennt hat. Da hast du etwas fehlgedeutet. Die beiden arbeiten bloß gemeinsam an einem Fall, an dessen Aufklärung auch Macrinus sehr gelegen ist. Es geht um den Überfall auf den Geldtransport."

„Ist das so? Und damit die Zusammenarbeit harmonisch verläuft, verbringt sie die Nacht in seinem Stadthaus, schläft unterwegs in seinem Zelt und er schickt ihr täglich Geschenke und Liebesbriefchen? Verschließt du die Augen vor der Wahrheit, Pomponius, oder bist du wirklich so naiv?"

„Ich will nichts mehr hören!", rief Pomponius. „Ich glaube dir kein Wort! Bist du bloß hergekommen, um mich mit Verdächtigungen gegen Aliqua zu quälen?"

Valeria schüttelte mitleidig den Kopf. „Nein, ich bin hergekommen, weil mich Faustina schickt. Sie will wissen, ob du ihren Brief schon hast, oder wie lange es noch dauert."

„Ich brauche noch etwas Zeit. Es ist nicht ganz einfach an den Statthalter heranzukommen, und ich wurde durch andere Ereignisse sehr in Anspruch genommen."

„Faustina wird ungeduldig. Du weißt, wie unangenehm sie werden kann, wenn sie nicht bekommt, was sie will. Ihre Gunst kann dann sehr leicht in Zorn umschlagen."

Pomponius wurde bewusst, wie sehr ihm auch von dieser Seite Gefahr drohte, die er bisher völlig aus den Augen verloren hatte. „Ich werde mich bemühen, eine Lösung zu finden", versprach er. „Wie ich schon sagte, ich brauche noch etwas Zeit. Weitere Informationen wären vielleicht hilfreich und könnten einen Ansatzpunkt bieten. Wie sollte dieser Brief an Faustina gelangen? Ich weiß, dass ihre Korrespondenz mit Avidius Cassius über zwei Kanäle läuft. Zum einen über die offizielle kaiserliche Post. Diese Briefe enthalten nur Unwichtiges, Höflichkeiten und den Austausch belangloser Nachrichten. Niemand, der sich heimlich Kenntnis vom Inhalt dieser Briefe verschafft – und ich bin mir sicher, das geschieht regelmäßig – wird etwas Verdächtiges finden. Die anderen Briefe aber, jene, deren Inhalt ich schlichtweg für hochverräterisch halte, werden durch vertrauenswürdige Boten befördert. Wie zum Beispiel durch den christlichen Prediger Stefan von Samaria, mit dem ich vor einiger Zeit zu tun hatte.[10] Wer sollte es diesmal sein, und wie kam Basseus Rufus in den Besitz dieses Briefes? Vielleicht sollte ich Faustina noch einmal näher befragen."

„Davon würde ich abraten. Sie verlangt zwar, dass du ihr hilfst, aber sie wird dabei möglichst wenig von ihren Geheimnissen preisgeben." Valeria zögerte einen Augenblick, dann fuhr sie fort: „Ich will Faustinas Vertrauen nicht missbrauchen, aber ich sehe, dass du Hilfe brauchen kannst. Ich kann dir sagen, wer der Bote war: Der fragliche Brief ist über Rom gelaufen. Dort hat ihn eine

---

[10] Siehe: Die Carnuntum-Verschwörung

Frau übernommen, die ihn nach Carnuntum bringen sollte. Ihr Name ist Scantilla. mehr weiß ich nicht über sie."

„Aber ich", erwiderte Pomponius zutiefst verblüfft, „ich weiß, wer Scantilla ist, ich habe erst gestern mit ihr gesprochen. Das gibt der Sache eine ganz neue Wendung."

„Was soll ich Faustina sagen?"

„Sag ihr, ich bin zuversichtlich, das Problem bald lösen zu können. Ich brauche nur noch etwas Zeit. Du hast mir sehr geholfen, Valeria, dafür danke ich dir."

„Das ist doch gern geschehen." Dann tat Valeria etwas Unerwartetes. Sie beugte sich vor und küsste Pomponius kurz aber zärtlich auf den Mund. Ehe sich Pomponius von seiner Überraschung erholt hatte, war sie schon aus der Tür gehuscht.

Wenig später trat Krixus ein und begann, den Frühstückstisch abzuräumen. „Sie ist gegangen", bemerkte er einsilbig.

„Ich weiß. Hast du die Peitsche gefunden?"

„Ich hatte noch keine Zeit, sie zu suchen."

„Natürlich nicht, denn du hast die ganze Zeit über an der Tür gelauscht."

„Aber nur, damit ich dir beistehen kann, falls dir diese Person etwas antun will."

„Du weißt, Krixus, dass ich auf dein Geschwätz keinen Wert lege, an deiner Meinung nicht interessiert bin und auf deine Ratschläge verzichten kann?"

„Du hast es mir oft genug gesagt."

„Heute will ich eine Ausnahme machen: Was hältst du von der Sache?"

Krixus sah seinen Herrn ernst an und erwiderte: „Ich fürchte, Valeria hat recht."

„In welcher Hinsicht?"

„Zunächst was Aliqua anlangt."

„Das kannst du nicht wissen", klammerte sich Pomponius an einen Strohhalm. „Woher denn auch!"

„Ich weiß es. Ich hatte gestern mit Aliquas Vertrauter, mit Calliste, ein langes vertrauensvolles Gespräch. Wir haben uns über viele Dinge unterhalten, auch über Aliqua. Was Valeria behauptet hat, stimmt."

Krixus wartet vergeblich auf eine Reaktion des Pomponius, dann fuhr er fort: „Es kommt noch schlimmer: Valeria will dich zurückhaben. Die Anzeichen sind unübersehbar, auch wenn ich es zunächst nicht wahrhaben wollte."

„Das wird nicht geschehen", erklärte Pomponius heftig.

„Es kommt noch schlimmer", fuhr Krixus unerbittlich fort. „Wenn du Faustina diesen Brief nicht verschaffen kannst, lässt sie dich wahrscheinlich einen Kopf kürzer machen. Wenn es dir aber trotzdem gelingt, beteiligst du dich am Hochverrat. Erwischt man euch, ist auch in diesem Fall dein Kopf ab."

Pomponius verbarg das Gesicht in den Händen.

„Ich bin noch nicht fertig", setzte Krixus nach. „Der Anschlag auf den Statthalter ist etwas anderes, als die Fälle die du bisher bearbeitet hast. Das ist nämlich eine hochpolitische Sache. Wenn du den Tätern und ihren Hintermännern auf die Spur kommst, wird man dich wahrscheinlich sehr rasch umbringen. Versagst du aber, wird dich Masculinius fallen lassen und opfern. Basseus Rufus wird dann nämlich nach einem Verantwortlichen schreien und Masculinius wird das nicht sein wollen."

Pomponius flüsterte: „Was soll ich tun?"

„Niedergermanien", antwortete Krixus, „wir haben schon darüber gesprochen. Jetzt ist es endgültig so weit. Du bist ein findiger Mann und schaffst es sicher, uns rechtzeitig bei Nacht und Nebel verschwinden zu lassen. Hier hält uns nichts mehr, denn wir haben Aliqua verloren und mit Valeria wollen wir uns nicht mehr abgeben. Würdest du mir erlauben, Calliste mitzunehmen?"

„Du und Calliste?", fragte Pomponius verblüfft. „Seid ihr schon soweit? Das ist aber schnell gegangen!"

„Ja", nickte Krixus. „Sie hat gesagt, auch wenn ich nur ein Sklave bin, so will sie mir doch überall hin folgen, wohin ich auch gehe."

„Mein getreuer Krixus", sprach Pomponius, der sich gefasst hatte. „Natürlich würde ich dir erlauben, Calliste mitzunehmen, wenn wir fortgehen. Das wird aber nicht der Fall sein. Ich habe mich wahrhaftig nicht um den Dienst bei den Frumentarii gerissen, das weißt du. Trotzdem bin ich jetzt – nolens volens – römischer Offizier, und will mich auch wie ein solcher verhalten. Ich habe es oft genug an Diensteifer fehlen lassen – Masculinius wirft mir das regelmäßig vor – aber mitten im Gefecht davonlaufen, nein, das werde ich nicht tun."

„Ich habe befürchtet, dass du so etwas sagen könntest", klagte Krixus enttäuscht.

„Ich kann dir aber ein Angebot machen, das dich von deinen Ängsten befreit. Ich werde dir und Mara die Freiheit schenken und euch mit genügend Geld ausstatten. Dann könnt ihr gehen wohin ihr wollt, und du kannst Calliste als freier Mann mit dir nehmen. Niemand wird euch aufhalten."

„Dieses Angebot muss ich ablehnen", erklärte Krixus. „Ich bin ein getreuer Sklave und will mich auch so verhalten. Ich werde meinen Herrn in der Stunde der Not nicht im Stich lassen. Mara brauchst du erst gar nicht damit zu kommen. Sie wird dich nie freiwillig verlassen."

„Dann wird euch nichts anderes übrigbleiben, als auf meine Umsicht und Geschicklichkeit zu vertrauen", sagte Pomponius gerührt und fügte im Versuch zu scherzen hinzu: „Willst du mir jetzt nicht ein paar Frechheiten an den Kopf werfen, wie du es sonst tust?"

„Heute nicht", erwiderte Krixus, „heute ist mir nicht danach zumute. Vielleicht morgen wieder, wenn wir dann noch leben."

Wenig später trafen Manius und Numerius ein. „Wir haben die Straße überwacht, so wie du es uns befohlen hast", berichtete Manius. Penelope hat tatsächlich gestern Abend noch das Lager der Schauspieler verlassen. Sie wurde von einer Sänfte und einer kleinen Eskorte abgeholt. Wir haben mitbekommen, dass sie zu Zmaragdus gebracht werden soll, und haben daher darauf verzichtet, ihr zu folgen. Heute früh wurde sie zurückgebracht. Sonst hat niemand während der Nacht das Lager verlassen, aber dafür ist jemand gekommen. Du wirst staunen. Kurz nachdem Penelope fort war, ist Percennius ins Lager geschlichen."

„Jetzt staune ich wirklich. Sich nach Sonnenuntergang auf der Straße zum Lager herumzutreiben ist nicht ungefährlich, zu viel Gesindel lauert im Dunkel der Nacht."

„Percennius hat vorgesorgt. Er hatte drei Männer bei sich, mit denen sich so schnell niemand anlegt. Wir konnten Genaueres nicht sehen, aber wahrscheinlich waren sie bewaffnet. Den einen glaube ich an der Stimme erkannt zu haben. Er ist aus dem ‚Grünen Hintern‘ und gehört zum harten Kern der sogenannten Theaterpartei. Sie haben sich vor den Toren des Theaters versteckt und gewartet. Nach etwa einer halben Stunde ist Percennius zurückgekommen und die vier sind in die Stadt zurückgekehrt."

„Percennius", murmelte Pomponius. „Ich war mir nie sicher, ob ich ihm trauen kann. Jetzt wird mir einiges klar."

„Bist du mit uns zufrieden", fragte Numerius hoffnungsvoll.

„Ihr habt mir sehr geholfen, ich danke euch", antwortete Pomponius und ließ Krixus die Schatulle bringen, aus der er den beiden ihren Lohn zuzählte. „Geht jetzt nach Hause und schlaft euch aus. Ich lasse euch holen, sobald ich euch wieder brauche."

Der Rest des Vormittags verlief ereignislos. Pomponius nahm nur ein bescheidenes Mittagessen zu sich, weil er sich nicht mit vollem Magen bei der Probe abplagen wollte.

Dann ging er ins Lager der Schauspieler und suchte Candidus auf. „Du bist aber früh dran, Barbatus", wunderte sich der Prinzipal, „beginnst du etwa am Schauspielerleben Gefallen zu finden, oder zumindest an den Schauspielerinnen?" Er kicherte.

„Weder das eine noch das andere", antwortete Pomponius. „Ich bin nur in dienstlicher Eigenschaft hier, wie du weißt, und ich habe ein oder zwei dienstliche Fragen an dich."

„Frag mich nur, ich habe nichts zu verbergen."

„Ich habe in Erfahrung gebracht, dass du bei dem Maskenmacher Fuscus einen größeren Posten Theatermasken gekauft hast. Stimmt das?"

„Das stimmt, Herr."

„Wo sind diese Masken jetzt? Sind sie in deinem Fundus?"

„Nein, ich habe sie weitergegeben."

„An wen?"

„An den edlen Basseus Rufus. Als ich mit meiner Truppe in die Stadt gekommen bin, habe ich dem Statthalter einen Antrittsbesuch abgestattet, um ihn meiner Ergebenheit zu versichern und ihm zu danken. Er fungierte ja in

Abwesenheit des Kaisers als Veranstalter unseres Spieles. Bei der Gelegenheit hat er mich gefragt, ob ich ihm Theatermasken besorgen könne. Das habe ich auch getan."

„Wozu braucht der Statthalter Theatermasken?", fragte Pomponius, obwohl er schon eine konkrete Vorstellung davon hatte.

„Nun, ja, du bist doch sicher ein Mann von Welt", antwortete Candidus verlegen. „Aber vielleicht hast du trotzdem noch nicht davon gehört. Es ist eine neue Mode. In Rom feiern zurzeit manche Leute Feste, bei denen die Teilnehmer und Teilnehmerinnen nur solche Masken tragen, sonst nichts, wenn du verstehst, was ich meine."

„Du meinst Orgien."

„So wird man es wohl nennen müssen. Ich glaube, Basseus Rufus wollte die Masken für diesen Zweck haben, zumal er mir aufgetragen hat, darüber Stillschweigen zu bewahren. Dir gegenüber gilt das sicher nicht, denn du gehörst in Wahrheit ja zu den Frumentarii."

„Das ist die richtige Einstellung", lobte Pomponius. „Jetzt erzähl mir etwas über Penelope."

„Sie ist noch nicht lange bei unserer Truppe", berichtete Candidus. „Sie ist erst vor wenigen Wochen zu uns gestoßen. Sie hat behauptet, sie sei eine Schauspielerin, trotzdem hatte sie vom Theater wenig Ahnung. Das habe ich gleich gemerkt. Aber sie ist schön, durchtrainiert und hat ein natürliches Talent für den Tanz. Also habe ich es gewagt, die Rolle der Diana mit ihr zu besetzen. Die Darstellerin, die vorher diese Rolle gespielt hat, ist nämlich schwanger geworden, und eine schwangere Diana geht ja gar nicht. Dafür spielt sie jetzt im Gefolge der Diana die Nymphe Callisto, die von Zeus ein Kind erwartet. Bei ihr war es natürlich kein Gott, sondern höchstwahrscheinlich dieser Accius, was, wie manche törichte Weiber meinen, fast ebenso gut ist. Trotzdem ist es ein Ärgernis. Ich habe meine Schauspielerinnen immer wieder ermahnt ..."

„Halt ein!", unterbrach Pomponius den Redefluss des Prinzipals. „Ich glaube dir schon, dass du es auch nicht immer leicht hast. Jetzt erzähl mir etwas über die drei Schauspieler, die den Anschlag auf den Statthalter verübt haben."

„Dazu wurde ich doch bereits mehrfach vernommen."

„Trotzdem will ich noch etwas wissen, das du bisher wahrscheinlich nicht gefragt worden bist. Hast du dich nicht über den glücklichen Umstand gewundert, dass, wie aus dem Nichts, drei fremde Schauspieler zur Verfügung standen, als drei aus deiner Stammmannschaft plötzlich verschwunden waren?"

„Ich war ja zunächst auch skeptisch, weil die drei sehr unerfahren waren, obwohl sie behauptet haben, Schauspieler zu sein. Aber dann hat Penelope gemeint, sie glaube, den einen zu kennen, weil sie ihn schon im Theater von Virunum eine kleine Rolle spielen gesehen habe. Also habe ich mich dazu entschlossen, sie aufzunehmen. Man muss schließlich auch Anfängern eine Chance geben." Candidus blickte zum Himmel „Die Stunde der Probe ist angebrochen. Wenn du keine weiteren Fragen hast, so würde ich gern beginnen."

„Ist gut", antwortete Pomponius. „Ich habe erfahren, was ich wollte." Er wandte sich um und sah in einiger Entfernung Penelope stehen, die ihn aufmerksam beobachtete. Er ging rasch auf sie zu und begrüßte sie freundlich.

„Du hast dich ja sehr ausführlich mit Candidus unterhalten", sagte sie.

„Ich habe mir Instruktionen für meinen heutigen Part geholt", log Pomponius.

Sie hatten die Arena erreicht. Penelope lud ihn mit einer Handbewegung ein, neben ihr am Rande der Bühne Platz zu nehmen und bemerkte: „In dieser Szene sind wir noch nicht dabei."

„Wir beginnen!", schrie Candidus. „Wir wiederholen den zweiten Aufzug: Am Hofe des Prinzen Actaeon und Aufbruch zur Jagd! Alle die dabei sind, auf ihre Plätze! Seid ihr soweit? Musik!"

Das kleine Orchester begann zu spielen und das Ballett setzte sich präzise in Bewegung.

„Viel brauchen sie eigentlich nicht zu proben", meinte Penelope. „Bei diesem Aufzug sind nur Darsteller der Stammtruppe dabei, und die kennen die Inszenierung ganz genau. Aber Candidus ist halt ein Perfektionist. Hast du schon neue Erkenntnisse in unseren Ermittlungen gewonnen?"

„Ich habe zumindest einen konkreten Verdacht, wer deine Prägestempel geraubt hat."

„So sag schon", rief Penelope aufgeregt. „Wer ist es?"

„Würde es dich überraschen zu hören, dass ich den Statthalter Basseus Rufus in Verdacht habe?"

„Basseus Rufus?", staunte Penelope. „Wie kommst du denn darauf? Welchen Grund sollte er haben, sein eigenes Projekt zu sabotieren?"

„Basseus Rufus verdächtige ich deswegen, weil er sich heimlich Theatermasken besorgt hat, solche, wie sie von den Räubern verwendet wurden. Der Angriff wurde mit militärischer Präzision verübt und nicht von irgendwelchen Strauchdieben. Ich glaube daher, dass die Tat auf Befehl des Basseus Rufus von Angehörigen der Ala prima Thracum victrix aus Aequinoctium ausgeführt wurde. Alle Indizien weisen darauf hin. Du hast recht: Es ist schwer zu glauben, dass er euer gemeinsames Projekt auf so drastische Weise beendet haben soll. Es müssen schwerwiegende Gründe gewesen sein, die ihn dazu veranlasst haben. Ich kann natürlich nicht zu ihm gehen, ihm meinen Verdacht an den Kopf werfen und ihn danach fragen. Er ist schließlich unser oberster Vorgesetzter, wie du gestern richtig bemerkt hast."

„Nein, das kannst du nicht", stimmte Penelope zu. „Hast du schon jemanden meine wahre Identität offenbart?"

„Die kennen nur die Leute, die gestern dabei waren, und die schweigen", behauptete Pomponius und verschwieg seinen Bericht an Masculinius. „Das schien mir im Interesse deiner Sicherheiten geboten zu sein."

„Dafür danke ich dir. Wie willst du jetzt weiter vorgehen?"

„Der Schlüssel zu all den Vorfällen, die uns beschäftigen, ist das Motiv des Basseus Rufus. Sobald ich das kenne, werde ich auch wissen, wer den Anschlag auf ihn verübt hat, und wer den Mord an Aper zu verantworten hat."

„Wie aber willst du das erfahren, wenn Rufus selbst schweigt, und du ihn auch nicht zu fragen wagst?"

„Ich glaube, eine Möglichkeit gefunden zu haben. Morgen am Nachmittag, nach der Probe, erwarte ich Boten zurück, die für mich etwas herausfinden sollen. Solange werden wir uns noch gedulden müssen."

„Verrätst du mir, was deine Boten herausfinden sollen?"

„Ich will erst ganz sicher gehen. Bis dahin vertrau mir, so wie auch ich dir vertraue."

„Morgen nach der Probe", murmelte Penelope. „Das wird wahrscheinlich schon die Generalprobe sein. Schau, sie sind fertig. Nach der Pause sind wir dran. Da werden hauptsächlich ich und Accius gefordert sein. Dein Part ist nur klein und nicht so anstrengend."

„Keine Pause!", schrie Candidus. „Ihr habt heute ohnehin noch nichts getan und ich will fertig werden. Die Darsteller für den dritten Aufzug auf die Bühne! Wir proben gleich alle drei Szenen: Jagdausflug des Actaeon, Bad der Diana und Tod des Actaeon. Barbatus, du Unglücksrabe, warum hast du deine Maske nicht auf. Penelope, hilf ihm. Barbatus, du hörst genau auf meine Anweisungen, die anderen wissen ohnehin, was sie zu tun haben."

Wie Penelope gesagt hatte, war der Einsatz des Pomponius bei weitem nicht so anstrengend wie im ersten Aufzug. Außerdem hatte er inzwischen schon Routine gewonnen. Während der Jagd des Actaeon musste er ein flüchtendes Wildschwein darstellen, wurde aber nicht allzu sehr gefordert, weil sich die Aufmerksamkeit des Actaeon bald auf die badende Diana richtete. Danach konnte er sich darauf beschränken, gemeinsam mit den übrigen Tieren des Waldes – mehr oder weniger gekonnt – mimisch sein Entsetzen über die folgenden Ereignisse und den schrecklichen Tod des Actaeon zum Ausdruck zu bringen.

Candidus war nicht zufrieden, aber auch nicht verzweifelt, was man als Erfolg ansehen musste. „Das muss noch besser werden", verkündete er. „Ich erwarte, dass morgen alle ihr Bestes geben werden. Morgen ist Generalprobe und wir spielen das ganze Stück durch. Also geht rechtzeitig zu Bett und achtet darauf, dass ihr ausgeruht seid. Ich verlange, dass ihr alle im Lager bleibt." Er sah Penelope streng an. „Du hast heute ein wenig übernächtig gewirkt, meine Liebe. Sorge dafür, dass das morgen anders ist!"

„Dann wünsche ich dir noch angenehme Nachtruhe", sagte Pomponius zu Penelope, obwohl es noch heller Tag war. „Wir sehen uns morgen bei der Generalprobe wieder." Er winkte Candidus zu und verließ die Arena, wobei er hoffte, keiner der anderen Schauspieler werde fragen, weshalb er gehen durfte und sie nicht.

Vor dem Tor erwartete ihn Ballbilus. „Du wirst immer besser", lachte er. „Hoffentlich verlieren wir dich nicht ans Theater."

„Diese Gefahr besteht nicht. Ich denke, morgen wird mein letzter Auftritt sein. Ich habe nämlich eine Falle gestellt und einen Köder ausgelegt."

„Welchen Köder? Du sprichst in Rätseln, Pomponius."

„Der Köder werde ich sein. Anders geht es leider nicht. Es kann ja sein, dass gar nichts passiert. Dann wurde die Falle entweder durchschaut, oder ich liege falsch und muss meine Annahmen noch einmal überdenken. Andernfalls ist die Lösung unseres Falles, unserer Fälle, sollte ich wohl sagen, zum Greifen nahe."

„Weißt du, was du tust, Pomponius", fragte Ballbilus besorgt.

„Nicht wirklich. Deshalb habe ich auch einen Auftrag für dich, Ballbilus. Hör mir gut zu, und mache genau alles so, wie ich es dir sage. Mein Leben kann davon abhängen."

XXIX

Für Aliqua hatte der Tag damit begonnen, dass ihr ein Sklave des Macrinus ein kleines Päckchen und einen weiteren Brief brachte. Macrinus selbst weilte noch immer in Savaria. Was für ein umsichtiger Mann er auch in Dingen der Liebe war, konnte man daran erkennen, dass er sogar für die Zeit seiner Abwesenheit dafür gesorgt hatte, Aliqua einen täglichen Beweis seiner Liebe zukommen zu lassen. Selbst wenn Aliqua schon an den Anfangsworten seines Briefes: ‚*Lass, Mädchen, leben uns und lieben*‘, erkannt hätte, dass er diesmal Anleihen bei Catull genommen hatte, so hätte sie ihm das nicht übel genommen. Ganz im Gegenteil, sie fand es rührend, dass ihm trotz der Eile vor seiner Abreise noch Zeit dafür geblieben war. In der Schachtel war eine weitere Liebesgabe, nicht wieder ein Schmuckstück, so einfallslos war Macrinus nicht. Diesmal war es ein Stylus, ein Schreibgriffel, gefertigt aus Bronze und mit feinsten Einlegearbeiten aus Gold geschmückt. Es war ein Gebrauchsgegenstand, der durch seine aufwendige Gestaltung zu einem kleinen Kunstwerk wurde. Als ganz besonderes Zeichen seiner Aufmerksamkeit hatte Macrinus in das abgeplattete Ende ein eigenwillig gestaltetes ‚A‘ eingravieren lassen, so wie es Aliqua gerne zur Markierung ihrer Sachen verwendete. Aliqua war abermals tief gerührt, dann erstaunt und schließlich besorgt. So vertraut war sie nämlich mit Macrinus noch nicht, dass er um diese Eigenheiten wusste. Sie nahm von einem Regal ihren Dolch und legte ihn neben den Stylus. Das Ergebnis war eindeutig. Die Gravur auf dem Stylus war sicher nicht nur aus dem Gedächtnis entstanden, sondern es sah so aus, als hätte der Dolch dem Handwerker als Vorlage gedient. Der Buchstabe war mit geradezu akribischer Genauigkeit nachgeformt worden.

Sie hätte gerne gewusst, was Pomponius dazu meinte. Sie empfand jedoch Scheu davor, ihn aufzusuchen. Sie erinnerte sich nämlich daran, wie sie ihn am Vortag abgewiesen hatte, und wurde sich bewusst, dass sie unter ähnlichen Umständen nicht gezögert hätte, Macrinus in sein Haus und sein Bett zu folgen. „Ich beschäftige mich mehr mit meinem Liebesleben, als es meiner Arbeit zuträglich ist“, dachte sie über sich selbst empört. „Es ist doch nicht so, dass ich ohne die Hilfe von Macrinus oder Pomponius nichts weiterbrächte." Sie fasste den Entschluss, der Sache selbst auf den Grund zu gehen, wenngleich ihr Vorhaben mehr Ungelegenheiten erwarten ließ, als dass es erfolgversprechend war.

Sie begab sich in den Statthalterpalast und ließ Herennius zu sich kommen. Gemeinsam suchten sie das Legionslager auf und wurden anstandslos eingelassen, denn Herennius machte in seiner glänzenden Rüstung und mit seinem Abzeichen auf der Brust einen vertrauenserweckenden und respektgebietenden Eindruck. Aliqua selbst ließ der Posten als Anhängsel des Herennius durchgehen. Aliqua dachte, dass dies wahrscheinlich die Geringste der Demütigungen war, die ihr noch bevorstanden.

Sie ließ Herennius im Torbereich warten und ging zu jenem Trakt, in welchem Faustina mit ihrem Gefolge untergebracht war. Sie kam nicht weiter als bis in den Eingangsbereich. Es war aussichtslos, an den Prätorianern vorbeizukommen, dabei hätte ihr auch ihr Abzeichen nichts genützt. Also wartete sie bis ein Bediensteter aus dem Inneren des Gebäudes kam, um einen der Bittsteller hineinzuführen. Sie trat an ihn heran, drückte ihm eine Münze in die Hand und flüsterte: „Bestelle Valeria, der Gefährtin der erhabenen Faustina, dass Aliqua um eine Unterredung bittet."

Der Bedienstete betrachtete diskret die Münze in seiner Hand, fand sie ausreichend und nickte hoheitsvoll.

Es dauerte gar nicht lang, bis sich eine Tür öffnete und Valeria herauskam. Sie ging direkt auf Aliqua zu und sagte triumphierend: „Was für eine Überraschung! Ich bin nur deswegen so rasch gekommen, weil ich es gar nicht erwarten kann, dir meine Meinung zu sagen, du Schlampe. Was ist? Willst du mir gar keine Szene machen, damit ich dich hinauswerfen lassen kann? Dein silbernes Abzeichen wird dir gar nichts nützen, denn hier befindest du dich auf meinem Territorium."

„Ich widerspreche dir ja gar nicht, abgesehen davon, dass ich nie billig war."

„Nanu? So demütig und einsichtig?"

„Es bleibt mir nichts anderes übrig. Ich möchte dich etwas fragen. Es ist dienstlich."

„Schickt dich Pomponius?"

„Er weiß nicht, dass ich zu dir gegangen bin. Er hat mich nicht geschickt."

„Natürlich nicht, denn ich komme eben von ihm. Ich habe ihm bei dieser Gelegenheit die Augen geöffnet, damit er einige Wahrheiten über dich erfährt, du Miststück. Er verdient es nicht, von einer wie dir betrogen zu werden."

Aliqua wurde blass, aber sie bewahrte Haltung. „Das war wohl auf die Dauer unvermeidlich", murmelte sie. „Ich hätte es ihm nur lieber selber gesagt."

„Dazu ist es jetzt zu spät. Nur weil ich neugierig bin: Was willst du mich fragen?"

„Es geht um Macrinus."

„Du, gerade du, willst mich über Macrinus etwas fragen? Weißt du, dass ich Lust hätte, dich zu ohrfeigen?"

„Ich kann es mir vorstellen. Gibt es hier einen Platz, wo wir ungestört sprechen können?"

Valeria schüttelte den Kopf. „Hier nicht. Hier haben nicht nur die Menschen, sondern auch die Wände aufmerksame Ohren. Folge mir."

Man hätte sie für Freundinnen halten können, wie sie dicht nebeneinander über das Areal spazierten und sich schließlich auf einer der abseits gelegenen Bänke niederließen, die man als Konzession an die Anwesenheit der Kaisergattin und ihres teilweise weiblichen Gefolges auf dem Gelände des Lagers aufgestellt hatte.

„Ich bin ein Offizier der Frumentarii", eröffnete Aliqua das Gespräch, „und ich habe eine Aufgabe zu erfüllen."

„O ja, unterbrach sie Valeria, du bist ein Offizier, so kurios das auch bei einer Frau klingen mag. Du genießt es, wenn Männer vor dir salutieren und dich Herrin nennen. So sehr ich dich auch verabscheue, Aliqua, imponiert mir das durchaus. Und dennoch, Frau Offizier, sobald dir ein Mann wie Macrinus Avancen macht, verlässt dich deine Überlegenheit und du bist nicht imstande, deine Beine zusammenzuhalten."

„Bist du denn besser als ich?", fragte Aliqua heftig, die begann, die Geduld zu verlieren. „Hast du keine Liebhaber gehabt?"

„Wage es nicht, dich mit mir zu vergleichen", antwortete Valeria hochmütig. „Ich bin die Tochter eines Senators und du bist, was du eben bist. Eines lass dir aber gesagt sein: Ich habe niemals einen meiner Liebhaber betrogen, auch nicht Pomponius." Sie seufzte. „Es war mein größter Fehler, mit Pomponius zu brechen. Ich habe das mehr als einmal bereut. Jetzt, da sich die Dinge so entwickelt haben, bin ich aber fest entschlossen, diesen Fehler wieder gut zu machen, und du wirst mir dabei nicht mehr in die Quere kommen. Dafür werde ich sorgen. Dir ist gelungen, mir Macrinus abspenstig zu machen, gut, erfreue dich deines Sieges. Die Freude wird nur von kurzer Dauer sein. Macrinus wird deiner sehr bald überdrüssig werden, das ist immer so bei ihm. Am Ende hast du beide verloren, Pomponius und Macrinus. Du schweigst? Was solltest du auch sagen! Du weißt, dass ich recht habe! Nun, nachdem gesagt wurde, was es zwischen uns zu sagen gab, darfst du deine Fragen stellen."

Aliqua zog ihren Dolch hervor. Valeria zuckte zusammen.

„Nur keine Angst", beruhigte sie Aliqua. „Ich werde dir nichts tun. Ich will dich nur fragen, ob du diesen Dolch schon einmal gesehen hast, beispielsweise im Haus des Macrinus."

„Du könntest ihn doch selbst fragen", sagte Valeria erstaunt. „Ermittelst du nun mit Macrinus, wie Pomponius meint, oder gegen ihn?"

„Beides", antwortete Aliqua und legte Valeria den Dolch in den Schoß. „Sieh ihn dir an."

„Unglaublich", entrüstete sich Valeria. „Ist dir denn deine sogenannte Mission wichtiger als der Mann, den du zu lieben glaubst?"

„Ich versuche, Liebe und Beruf zu trennen", entgegnete Aliqua. „Sieh dir den Dolch an. Erkennst du ihn?"

Valeria nahm die Waffe mit spitzen Fingern hoch und drehte sie hin und her. „Ja", sagte sie zögernd. „Ich glaube schon. Ich habe Macrinus dabei angetroffen, wie er ihn aufmerksam betrachtet und dann auf ein Regal gelegt hat. Weil ich neugierig war, habe ich mir die Waffe später genau angesehen. Es war ein ganz gewöhnlicher Dolch, nur das Initial am Knauf war auffällig."

„Es ist mein Initial. Ich habe den Dolch verloren, als ich bei der Verfolgung eines Mörders vom Pferd gestürzt bin. Später hat Pomponius die Waffe wiedergefunden. Man hat sie neben einem ermordeten Mann, nach dem ich gefahndet habe, liegen lassen. Mein Vorgesetzter meint, das sei als Warnung an mich gedacht gewesen."

Aliqua war ganz bewusst so schockierend offen, weil sie die Reaktion Valerias studieren wollte. Diese Technik hatte sie Pomponius abgeschaut.

Valeria schlug die Hand vor den Mund und schrie leise auf.

„Stellst du dir jetzt dieselben Fragen wie ich?", fragte Aliqua.

„Ich war mir nicht bewusst, wie deine Arbeit wirklich aussieht", flüsterte Valeria. „Du existierst ja ständig am Abgrund und bist deines Lebens keinen Tag sicher."

„So schlimm ist es auch wieder nicht. Unsere Verlustraten werden meist überschätzt. Ich habe bei diesen Ermittlungen erst einen Mann, der unter meinem Kommando stand, verloren."

Valeria schüttelte abermals den Kopf. „Was für ein elendes Leben. Du bezahlst einen hohen Preis für deine Stellung, die doch nicht von Dauer sein kann. Was erwartet dich am Ende? Armut, Elend, oder ein früher Tod?"

„Das ist das Schicksal des Soldaten", antwortete Aliqua. „Ich danke dir, dass du mit mir gesprochen hast."

„Ich bedaure, dass uns die Umstände zu Feindinnen gemacht haben", erwiderte Valeria und stand auf. „Was willst du jetzt unternehmen?"

„Das, was offenbar alle Welt von mir erwartet. Ich werde zu Macrinus eilen, sobald er wieder in der Stadt ist, ich werde das Zusammensein mit ihm genießen und ich werde versuchen, herauszubekommen, welche Rolle er wirklich in dem Fall spielt, den ich zu untersuchen habe."

„Viel Glück", sagte Valeria leise und entfernte sich raschen Schrittes.

Aliqua blieb auf der Bank sitzen, stützte das Kinn in die Hände und dachte nach. Plötzlich fiel ein Schatten über sie. Sie blickte auf und sah einen älteren Mann vor sich stehen, der in einen dunklen Umhang gehüllt war.

„Meister Arnouphis", rief Aliqua überrascht und erfreut. „Wie schön, dich zu sehen."

Arnouphis galt als Magier und Sterndeuter und er war Vertrauter und Berater des Kaisers. Manche bezeichneten ihn als den grauen Schatten hinter dem Thron.

Er pflegte zwar stets bescheiden abzuwinken, wenn man ihn als Wahrsager bezeichnete, aber er wusste ohne Zweifel über viele Geheimnisse Bescheid und hatte selbst wohl noch mehr Geheimnisse.

„Auch ich freue mich", lächelte Arnouphis. „Darf ich mich zu dir setzen? Erinnerst du dich? Als wir zuletzt auf dieser Bank saßen, hast du mir voller Stolz das silberne Abzeichen gezeigt, das dir der Kaiser für deine Verdienste verliehen hat.[11] Haben sich damit deine Wünsche erfüllt? Bist du jetzt glücklich?"

Aliqua seufzte. „Das sollte ich wohl sein. Aber wie sich zeigt, ist dieses Abzeichen auch eine schwere Last. Das Leben war viel einfacher, als mir Pomponius noch gesagt hat, was ich tun soll."

„Das könnte noch immer so sein, aber du hast dich inzwischen weit von Pomponius entfernt und gehst eigene Wege. Wege, die ich nicht immer billigen kann. Ich habe dich schon einmal davor gewarnt, leichtfertig mit den Gefühlen des Pomponius umzugehen. Ob du es nun wahrhaben willst oder nicht, dieser Mann ist dein Schicksal und Macrinus ist ein trügerischer Irrweg."

„Pomponius soll mein Schicksal sein?", fragte Aliqua. „Hast du das in den Sternen gelesen? Und wie soll dieses Schicksal aussehen?"

„Dazu brauche ich die Sterne nicht. Wie dein Schicksal aussehen wird, ist allerdings noch ungewiss: So oder so." Dabei bewegte Arnouphis die flachen Hände auf und ab wie die Schalen einer Waage.

„Vielleicht sollte ich einen Wahrsager befragen."

Arnouphis lachte. „Zumindest hast du dir deinen Humor bewahrt. Wie ich gesehen habe, hattest du eine Unterhaltung mit Valeria. Es hat sicher viel Mut bedurft, sich ihr zu nähern. Zurzeit ist sie gelaunt wie eine verwundete Löwin."

„Das habe ich gemerkt. Am Ende war sie aber recht friedlich."

Arnouphis lachte abermals. „Die gute Valeria. Sie ist kein schlechter Mensch, aber sie hat ein heftiges Temperament und Nachsicht zu üben, gehört nicht zu ihren hervorragendsten Eigenschaften. Sie war schon immer wegen Pomponius auf dich eifersüchtig. Das hat gar nichts damit zu tun, dass sie es war, die ihn

---

[11] Siehe: Carnuntum im Zeichen Saturns

verlassen hat. Und dann bist du ihr auch noch bei Macrinus in die Quere gekommen. Da darfst du dich nicht wundern, wenn sie dich nicht mag. Aber weil sie auch eine kluge und sehr berechnende Person ist, versucht sie, die Situation für sich auszunutzen und Pomponius wiederzugewinnen. Einerseits, weil sie wirklich noch etwas für ihn empfindet und andererseits, weil sie meint, sich so an dir rächen zu können."

„Woher weißt du all diese Dinge, Meister Arnouphis?"

„Weil ich in den Sternen und den Herzen der Menschen lesen kann", raunte Arnouphis geheimnisvoll und fügte verschmitzt hinzu: „Und weil es kaum ein Gerücht gibt, das mir entgeht."

„Das mit Macrinus habe ich nicht geplant", sagte Aliqua verlegen. „Ich habe es nicht einmal gewollt. Es hat sich einfach von selbst ergeben."

„Solche Verwirrungen ergeben sich meist einfach von selbst. Eines will ich dir aber schon weissagen: Deine Beziehung mit Macrinus wird dich persönlich nicht glücklich machen, und sie wird dich der Lösung deines Falles keinen Schritt näher bringen. Man kann über Macrinus denken wie man will, aber er ist kein Verräter. Er hat mit dem Überfall auf den Geldtransport nichts zu tun und tappt diesbezüglich genauso im Dunkeln wie du."

„Welchen Rat kannst du mir dann geben."

„Rat habe ich keinen für dich, aber einen Orakelspruch: Wenn du dem Fluss seinen Lauf lässt, bringt er dich sicher ans Ziel. Mit anderen Worten: Wenn du gar nichts tust, wird dir die Lösung von selbst in den Schoß fallen."

„Wie kannst du das wissen?", fragte Aliqua verblüfft.

„Weil ich vielleicht ja doch ein Magier und Wahrsager bin, du Kleingläubige. Jetzt leb wohl, Aliqua, wir werden uns sicher bald wiedersehen."

XXX

Pomponius fand sich pünktlich zur Generalprobe ein. „Es gibt bei uns Theaterleuten eine Redensart", vertraute ihm Candidus an. „Wenn die Generalprobe schief geht, so wird die Premiere gelingen."

„Dazu kann ich sicher etwas beitragen", meinte Pomponius.

„Mach dir keine Sorgen", ermunterte ihn Candidus. „Du kommst beim Publikum ganz gut an. Obwohl die Proben ja eigentlich nicht öffentlich sind, so habe ich es doch geduldet, dass sich immer etliche Zaungäste hereinschwindeln. Das ermöglicht es mir, die Reaktion der Zuschauer auf einzelne Szenen zu testen. Es macht nichts, dass du unbeholfen wirkst und keine ordentlichen Überschläge zustandebringst, sondern nur am Boden herumkugelst. Die Leute glauben, das sei so gewollt und halten es für eine besondere mimische Leistung." Candidus schüttelte den Kopf. „Es ist schon sonderbar. Wenn seriöse, künstlerische Leistungen geboten werden, ist die Kritik der selbsternannten Theaterkenner unerbittlich, und sie wissen eine Menge auszusetzen. Wenn aber die Darstellung dilettantisch ist und nicht einmal den bescheidensten künstlerischen Ansprüchen genügt, so vermuten sie dahinter einen innovativen Geniestreich und sind voller Lob. Weil die anderen, die sich eigentlich über diesen Unfug ärgern, nicht als Banausen dastehen wollen, stimmen sie dann bald in den Beifall ein. Ja, mein lieber Barbatus, auf diese Weise könntest sogar du es beim Theater zu etwas bringen."

„Davor mögen mich die Götter bewahren", wehrte Pomponius entsetzt ab. „Mein Auftrag ist bald erfüllt und mein Ausflug in die Welt des Theaters nähert sich seinem Ende, so interessant es auch war, echte Theaterleute kennenzulernen."

„Damit meinst du wahrscheinlich hauptsächlich die schöne Penelope", antwortete Candidus lächelnd. „Die ganze Truppe fragt sich, wie es dir gelingen konnte, ihre Aufmerksamkeit zu erringen. Du bist mit allem Respekt gesagt, kein besonders stattlicher Mann, zumindest nicht im Vergleich zu einem Adonis wie Accius. Und du machst eher den Eindruck eines armen Schluckers, weshalb wir dich erst gar nicht mit Zmaragdus vergleichen wollen. Schließlich bist du auch in der Rolle des Schauspielers, die du dir gewählt hast, eine eher klägliche Erscheinung. Was ist dein Geheimnis bei Frauen, Barbatus?"

„Meine einnehmende Wesensart", erklärte Pomponius selbstbewusst. „Und kaum haben wir ihren Namen genannt, so erscheint auch schon Penelope und schaut erwartungsvoll zu mir herüber. Ich will sie nicht unnötig warten lassen, Candidus, entschuldige mich."

Pomponius vermied es im letzten Moment, Candidus wohlwollend auf die Schulter zu klopfen, weil das für den Geringsten unter den Komparsen ein unangemessenes Verhalten gegenüber dem Prinzipal gewesen wäre.

„Du hast dich ja sehr ausführlich mit Candidus unterhalten", meinte Penelope.

„Er hat mir einige Theaterweisheiten verraten", vertraute ihr Pomponius an, „und er hat sich gefragt, wie es mir gelungen ist, die Aufmerksamkeit einer so begehrten Frau wie der schönen Penelope zu erringen."

„Aha, was hast du ihm gesagt?"

„Es müsse mein einnehmendes Wesen sein."

„Das am allerwenigsten. Hast du schon Nachricht von deinen Boten?"

„Dazu ist es zu früh. Sie werden wohl nicht vor Abend eintreffen."

„Sehr gut! Bist du noch immer der Meinung, dass Basseus Rufus hinter dem Überfall auf den Geldtransport steckt, und glaubst du wirklich, noch heute seine Beweggründe zu erfahren."

„Das hoffe ich zuversichtlich."

„Hast du dich deinen Leuten anvertraut, wissen sie Bescheid?"

„Vorläufig weiß niemand außer dir Bescheid, Penelope. Ich will meinen Vorgesetzten immer die komplette Lösung eines Falles präsentieren. Das ist eine meiner kleinen Eitelkeiten."

„Sehr gut", wiederholte Penelope. „Schau, Candidus fuchtelt mit den Armen. Ich glaube, er will beginnen. Gehen wir auf unsere Plätze, ehe er uns auszankt."

„Heute proben wir die Aufführung in einem Stück", rief Candidus. „Ich erwarte, dass jeder sein Bestes gibt! Barbatus, du Plage meines Alters, setz deine

Maske auf! Ist jeder auf seinem Platz? Wir setzen erstmals bei den Proben das gesamte Orchester ein! Musik!"

Die Arena war leer. Die Schauspieler hielten sich hinter Leinensegeln verborgen, die am Rande der Arena gegenüber der Loge des Statthalters aufgespannt waren. Die Klänge einer Orgel erfüllten die Arena. Es handelte sich um eines jener modernen, tragbaren Exemplare, die sich aus der Wasserorgel entwickelt hatten, aber bereits mit Blasebälgen versehen waren. Die Flöten nahmen die Melodie auf und schließlich auch die Hörner, deren triumphierender Klang alle anderen Instrumente überstrahlte. Schließlich setzten die Trommeln ein und unterstrichen den Rhythmus des Musikstückes, das zu einem klangvollen Finale kam.

„Jetzt", stieß Candidus aufgeregt hervor. Er hatte nahe der Statthalterloge Position bezogen, um die Wirkung des Auftrittes vor allem von den bevorzugten Plätzen her zu beobachten.

Als ob sie ihn gehört hätten, sprangen jene Schauspieler, die die Tiere des Waldes darstellten auf die Bühne und begannen mit ihrem Ballett.

Die Musik wechselte das Thema und unterstrich den fröhlichen Aspekt dieser Szene. Pomponius gab – wie es Candidus verlangt hatte – sein Bestes. Dies war der anstrengendste Teil seines Parts und er dachte, wenn er den gut überstand, würde er auch den Rest der Aufführung schaffen, falls es überhaupt dazu kam.

Nach einer Zeit, die ihm endlos erschien, und in der er sich schwitzend bemühte, das Ballett nicht durcheinanderzubringen, änderte sich die Musik neuerlich. Sie wurde leiser, abwartend, als bahne sich etwas an. Die Flöten übernahmen die Führung und wurden von Orgelklängen unterstützt. Plötzlich schmetterten die Hörner eine Fanfare und Diana tanzte mit ihrem Gefolge von Nymphen auf die Bühne. Die Musik nahm einen hymnischen Charakter an. Der Tanz der Diana verschaffte Pomponius eine Atempause. Er konnte sich darauf beschränken, gemeinsam mit den anderen Waldgeschöpfen, die Göttin zu bestaunen. Bald aber war es mit der Ruhepause vorbei. Der Hymnus ging in eine fröhliche Weise über und verdeutlichte, dass die Göttin gekommen war, um zu jagen. Die Tiere des Waldes schreckten auf und ergriffen die Flucht.

Die jungfräulichen Jägerinnen – abgesehen von jener Callisto, die von Zeus oder auch nur von Accius ein Kind erwartete – schwärmten tanzend, hüpfend und sich drehend aus, um sie zu verfolgen. Pomponius registrierte zufrieden, dass man seiner Anweisung gefolgt war und die Sehnen der Bögen entfernt hatte. Es kam ihm allerdings vor, als ob Penelope ihren Tanz geändert hätte und ihn vor allen anderen Tieren verfolgte und bedrängte. Er machte, dass er davonkam und flüchtete in grotesken Tanzschritten über die Arena. Vor ihm lag der Baumstamm, dieser verdammte Baumstamm, über den er springen musste. Er nahm seine ganze Kraft zusammen, setzte über den Stamm und versuchte einen Überschlag, der ihm erwartungsgemäß auch diesmal misslang. Er rollte unter dem Gelächter der Zuschauer über den staubigen Boden und richtete sich mühsam auf.

Dann sah er sie, drei Mann, das Gesicht mit Masken bedeckt. Sie kamen aus dem Dunkel jenes Ganges, der unter der Statthalterloge ins Innere des Theaters führte. Sie bewegten sich mit gleichmäßiger Präzision, so als ob auch sie Teil eines Ballettes wären. An ihren Bögen fehlten die Sehnen allerdings nicht. Im Gleichklang der Bewegung hoben sie die Waffen und ließen die Pfeile von den Sehnen schnellen. Später fragte sich Pomponius oft, wie ihm das hatte gelingen können. Er machte nämlich einen gewaltigen Satz, der in zwei perfekten Überschlägen mündete und ihn außer Gefahr brachte. Die drei Pfeile verfehlten ihn und blieben zitternd im Boden der Arena stecken.

Die Schützen griffen in ihre Köcher und legten neuerlich Pfeile auf. „Wo bleibt Ballbilus nur", dachte Pomponius verzweifelt und setzte zu einem Sprint durch die Arena an, deren Weite ihm doch keinen Schutz bieten konnte. Verschwommen hörte er die Schreckensrufe der anderen Schauspieler und der Zuschauer.

„Waffen fallen lassen!", schrie Ballbilus. Auf einmal wimmelte der Gang von Bewaffneten. Legionäre drangen von allen Seiten mit gezückten Schwertern auf die Mordschützen ein. Diese waren tapfere Männer, das muss man ihnen lassen, und sie wussten wohl auch, was ihnen drohte, wenn man sie lebend zu fassen bekam. Sie ließen zwar die Bögen fallen, zogen aber unter ihren Umhängen

Schwerter hervor und setzten sich erbittert zur Wehr. Das Gefecht war kurz und blutig. Zwei von ihnen wurden von der Übermacht niedergehauen, der dritte überlebt. Ballbilus hatte nämlich eingedenk des Befehls, den ihm Pomponius erteilt hatte, einem der Männer nur die flache Schwertklinge gegen den Kopf geschmettert, um ihn lebend zu fangen.

Penelope hatte das Gemetzel, ebenso wie die übrigen Schauspieler, mit aufgerissenen Augen verfolgt. Als es zu Ende war, wollte sie unauffällig weggehen und prallte gegen Pomponius, der hinter sie getreten war. „Ich verhafte dich, Penelope", sagte er. „Ich verhafte dich wegen Verschwörung zum Hochverrat und wegen Anstiftung zum Mord in mehreren Fällen."

Penelope starrte in die abstoßende Schweinemaske vor ihrem Gesicht und zischte – nicht ganz unpassend – „Du elendes Schwein."

„Wie recht du doch hast", erwiderte Pomponius. „Ich bin wahrhaftig ein elendes, armes Schwein. Aber nicht mehr lang. Er wandte sich an Ballbilus, der mit einigen Bewaffneten herangelaufen kam. „Wo warst du nur so lange? Ich dachte schon, es ist vorbei mit mir. Hilf mir, diese verdammte Schweinemaske abzunehmen. Du kannst ruhig die Schnüre durchschneiden. Ich brauche das Ding nicht mehr."

„Es tut mir leid", entschuldigte sich Ballbilus, während er Pomponius von der Maske befreite. „Die drei Schurken kamen überraschend aus einem Seitengang, von dem wir dachten, er sei leer und führe nirgends hin. Einen von ihnen haben wir lebend gefangen, die beiden anderen sind tot."

Pomponius sah sich um und fragte: „Wo ist Secundus? Eben war er noch hier!"

„Dort", antwortete Ballbilus und deutete über die Arena. Secundus hatte sich schon früher als Penelope zur Flucht entschlossen und beinahe den Gang erreicht, durch den man am anderen Ende die Arena verlassen konnte. Plötzlich traten Herennius und vier Legionäre hinter den dort aufgespannten Segeln hervor. Sie hatten blanke Schwerter in den Händen und kreisten Secundus ein. Dieser warf einen gehetzten Blick zurück und sah, dass Penelope bereits festgenommen war. Er tastete unter seine Kleider, als wolle er eine Waffe ziehen. Herennius ging nicht das Risiko ein, dass sich Secundus in einem verzweifelten

Akt selbst ums Leben brachte. Auf ein Zeichen von ihm warfen sich zwei hünenhafte Soldaten auf Secundus und rangen ihn zu Boden, ehe er von seinem Messer Gebrauch machen konnte.

„Gut gemacht", lobte Pomponius, warf die Maske in den Staub der Arena und wischte sich mit der Hand über sein verschwitztes Gesicht.

„Bringt Penelope weg, und schafft sie in den Statthalterpalast. Ebenso die Gefangenen. Die beiden Toten bringt vorläufig zu Claudius in die Gladiatorenschule. Wir müssen sie dann später spurlos verschwinden lassen. Sollten wir noch Zuschauer, die nicht davongelaufen sind, auf den Tribünen haben, so jagt sie davon. Schick Herennius sofort los. Percennius ist unverzüglich festzunehmen. Wahrscheinlich findet er ihn im ‚Grünen Hintern'. Ich muss jetzt unseren Statthalter aufsuchen. Du kannst inzwischen mit den Verhören beginnen. Nimm dir zuerst Secundus vor. Er wird wahrscheinlich eher reden, als Penelope."

Penelope sah ihn hasserfüllt an und spuckte ihm ins Gesicht.

„Darauf kommt es jetzt auch nicht mehr an", sagte Pomponius resignierend und wischte sich neuerlich über sein staub- und schmutzverschmiertes Gesicht. „Bringt das Weib weg. Halt!" Er beugte sich zu Ballbilus und flüsterte ihm zu: „Noch etwas: Ich will wissen, wo sich Aliqua heute Abend aufhält, weil ich vielleicht mit ihr Kontakt aufnehmen muss. Schick einen vertrauenswürdigen Mann, der sie sucht und ihr erforderlichenfalls folgt. Er soll in Zivil sein und sich nicht zu erkennen geben. Bin ich verstanden worden?"

„Ja, Herr. Ich bin mir sicher, du weißt, was du tust."

„Ich wollte, ich wäre es auch", antwortete Pomponius.

Als er die Arena verlassen wollte, sah er Candidus an deren Rand sitzen. Der Prinzipal hatte das Gesicht in den Händen verborgen und weinte bitterlich. Obwohl er in Eile war, brachte es Pomponius nicht übers Herz, den Ärmsten ungetröstet zurückzulassen. Er trat an ihn heran und sagte: „Gräm dich nicht so, Candidus. Das ist alles halb so schlimm."

Candidus hob sein tränenüberströmtes Gesicht. „Was ist halb so schlimm? Dass meine Hauptdarstellerin davongeschleppt wird? Dass auch Secundus verhaftet wurde? Dass es in meiner Aufführung schon wieder einen Mordanschlag gegeben hat? Dass es am Rande meiner Aufführung ein Gemetzel gegeben hat? Dass die wenigen Zuschauer schreiend davongerannt sind?" Er streckte seine mageren Arme klagend gegen Himmel. „Haben dich die Götter der Unterwelt geschickt, um mich zu verderben? Ich bin erledigt. Ich muss mich aufhängen." Er schrie mit zittriger Stimme über den Platz: „Einen Strick!. So bringe mir doch jemand einen Strick, damit ich meinem Elend ein Ende mache!"

„Du darfst dich nicht aufhängen", mahnte Pomponius erschrocken.

„Und was soll ich deiner Meinung nach sonst tun? Du bist ein edler Römer, du kannst dich in dein Schwert stürzen, oder dir von Sklaven die Pulsadern öffnen lassen, wenn dir danach zumute ist. Unsereinem bleibt nur der Strick. So bringt mir doch endlich einen Strick!"

„Candidus", sagte Pomponius eindringlich. „Hör mir zu. Du wirst dein Stück aufführen, so wie es geplant war. Bei der Aufführung wird vielleicht sogar der Kaiser persönlich anwesend sein und dir applaudieren. Du brauchst dir wegen Penelope keine Gedanken machen. Sie ist zwar schön, aber eine besonders gute Schauspielerin war sie nie. Das wissen wir doch beide. Ich habe in deinem Ballett ein, zwei Mädchen gesehen, die können die Diana wahrscheinlich besser tanzen. Du musst sie nur entsprechend anleiten. Das kannst du doch, darin bist du Meister. Unter deiner Führung wird das Stück neu und besser werden als je zuvor. Über meinen Verlust wirst du sicher nicht klagen. Das Wildschwein kann jeder von deinen Leuten besser spielen als ich. Niemand wird dir wegen dem, was eben geschehen ist, einen Vorwurf machen. Schon morgen kannst du die Proben mit geänderter Besetzung wieder aufnehmen. Nur Mut! Denke doch auch an deine Truppe. Was sollen denn diese Leute ohne dich machen? Sie vertrauen auf dich. Also vertrau auch du auf meinen Rat. Alles wird gut werden. Ich freue mich schon darauf, deinen Erfolg auf der Zuschauertribüne mitzuerleben."

„Meinst du?", fragte Candidus, der schön langsam begann, den Schock zu überwinden und wieder Mut zu fassen, zögernd.

„Ich bin mir ganz sicher", antwortete Pomponius und half Candidus auf die Beine. „Jetzt geh zu deinen Leuten und sprich ihnen Mut zu."

Candidus sah ihm ins Gesicht und sagte: „Ich danke dir, Barbatus. Du schaust schrecklich aus, wenn ich mir die Bemerkung gestatten darf."

„Was hast denn du erwartet?", gab Pomponius leicht verdrossen zur Antwort. „Ich musste über diesen Platz rennen und springen und mich im Dreck wälzen. Dabei habe ich erbärmlich geschwitzt und wurde am Ende noch angespuckt. Dass man mich auch noch abmurksen wollte, erwähne ich erst gar nicht. Das Schauspielerleben ist wahrhaftig beschwerlicher als ich es mir vorgestellt habe und ich bin froh, dass es vorbei ist."

An dieser Stelle verlässt der vielgeplagte Candidus unsere Geschichte. Denjenigen, die aber trotzdem Interesse an seinem weiteren Schicksal haben, sei verraten, dass alles so kam, wie es Pomponius vorhergesagt hatte. Mehr noch: Der Kaiser war von der Aufführung so angetan, dass er Candidus und seine Truppe nach Rom einlud, wo sie im Marcellustheater spielen sollten. Bedauerlich ist nur, dass es Pomponius selbst nicht mehr vergönnt war, diesen denkwürdigen Triumph des Candidus im Amphitheater von Carnuntum mitzuerleben.

XXXI

Pomponius eilte zum Statthalterpalast und begab sich in seine Unterkunft in der Kaserne, wo er sich, so gut es ging, an einem kleinen Wasserbecken säuberte. Bei dieser Gelegenheit fiel ihm auf, dass er noch immer die borstenbesetzte Tunika trug, die zu seiner Rolle als Wildschwein gehört hatte. Das erklärte auch die befremdeten Blicke mancher Passanten und die großen Augen des Postens, der ihn eingelassen hatte. Verärgert über sich selber dachte er: „Diese Sache hat mich doch sehr mitgenommen. Am liebsten würde ich jetzt einen Becher Wein trinken, mich hinlegen und ausruhen." Aber das ging natürlich nicht, denn noch gab es einiges zu tun.

Er stellte fest, dass auch seine übrige Kleidung verschmutzt war. So konnte und wollte er nicht vor dem Statthalter erscheinen. Er kramte in einer Truhe und fand darin lediglich militärische Kleider. Pomponius seufzte tief und schrie nach dem diensthabenden Rekruten, der den Offizieren zur Verfügung stand. „Ich muss vor dem Statthalter erscheinen", erklärte er dem jungen Mann, während er in die rote Militärtunika schlüpfte. „Hilf mir, meine Rüstung anzulegen."

„Jetzt noch das Cingulum", sagte der Junge, nachdem Pomponius den Brustpanzer, die Beinschienen und die Militärstiefel am Leib hatte. Er half Pomponius den Militärgürtel umzuschnallen, dessen lange, metallbesetzte Lederstreifen in der Leibesmitte herabbaumelten. Pomponius dachte, dass sie wohl geeignet wären, jene Leibesfülle, die ihm zunehmend Sorge bereitet, zu kaschieren.

Er sah sich vergeblich nach einem Spiegel um und fragte: „Wie sehe ich aus?"

„Du schaust prächtig aus, Herr", versicherte der Rekrut. Der Nachdruck, mit dem er es sagte, ließ Pomponius an der Aufrichtigkeit dieser Erklärung zweifeln.

Klirrenden Schrittes begab er sich zum Quartier des Statthalters und befahl einem der Posten, dem edlen Basseus Rufus zu melden, dass Spurius Pomponius um eine dringende Unterredung bitte. Der Mann salutierte formvollendet und eilte davon. Pomponius nahm zur Kenntnis, dass der Soldat auf eine Offiziersuniform, im Zusammenhang mit der silbernen Nadel, ganz anders reagierte, als es Pomponius gewohnt war, wenn er in Zivil auftrat. Den flüchtigen Gedanken, seine Rüstung öfter zu tragen, verwarf er trotzdem rasch wieder.

Wenig später wurde er zu Basseus Rufus geführt. Der Statthalter hatte eine rosige Gesichtsfarbe und saß an seinem Arbeitstisch, mehrere Schriftstücke und Landkarten vor sich. Er hatte offenbar die Folgen des Anschlages weitgehend überwunden.

Pomponius schlug die Faust auf seinen Brustpanzer, dass es nur so schepperte, und sagte zackig: „Ich grüße dich, edler Basseus Rufus!"

„Nanu", staunte Rufus. „Du bist ja gerüstet, als ob du in den Krieg ziehen wolltest. Was bringst du mir?"

„Ich komme auch aus einer Art Gefecht", antwortete Pomponius, „und ich bringe frohe Kunde. Jene ruchlosen Meuchelmörder, die auf dich geschossen haben, und ihre Anführerin konnten gestellt werden."

Rufus schien das nicht unbedingt für eine frohe Kunde zu halten. Sein Gesicht nahm einen besorgten Ausdruck an und er fragte: „Ich nehme an, sie haben ihr wohlverdientes Schicksal erlitten und sind tot?"

„Nicht alle, Herr. Zwei haben wir lebend gefangen, ebenso ihre Anführerin, eine gewisse Scantilla, die sich hier Penelope genannt hat. Ich zweifle nicht, dass ich dir bald berichten kann, was sie zu diesem beispiellosen Verbrechen getrieben hat."

Rufus schwieg nachdenklich.

„Es sei denn", fuhr Pomponius fort, nachdem er einige Augenblicke zugewartet hatte, „du kennst das Motiv dieser Verbrecher ohnehin schon, und wünscht, es für dich zu behalten."

„Das könnte sein", entgegnete Rufus und sah Pomponius aufmerksam an.

„Trotzdem ist mir einiges bekannt geworden, das ich dir nicht verschweigen will. Ich bin bei meinen Ermittlungen auf jenen Plan gestoßen, den du gemeinsam mit dem Legaten Marcus Nonius Macrinus ersonnen hast, um die germanischen Netzwerke in der Provinz zu zerschlagen. Ich weiß auch, dass die erwähnte Scantilla ursprünglich Teil dieses Planes war. Aus Gründen, die mir unbekannt sind, hast du aber erkannt, dass dieser Person nicht zu trauen ist, und du hast dich daher dazu entschlossen, die Aktion vorläufig zu stoppen, ohne allerdings deren Geheimhaltung aufzugeben. Zu diesem Zweck haben Angehörige der thrakischen Reitereinheit aus Aequinoctium auf deinen Befehl hin und getarnt mit Theatermasken, die du ihnen durch den Prinzipal Candidus besorgt hast, den Konvoi überfallen und sich der Prägestempel bemächtigt.

Scantilla muss durchschaut haben, dass du dahintersteckst und hat versucht, dich ermorden zu lassen. Warum sie sich zu so einer drastischen Aktion hinreißen hat lassen, ist mir noch nicht ganz klar."

„Du kennst viele Geheimnisse, Pomponius", sagte Rufus langsam und fast drohend.

Pomponius senkte demütig den Kopf und erwiderte: „Ich bin nur ein einfacher Soldat, Herr, der Befehle ausführt. Ich maße mir nicht an, Befehle zu hinterfragen, oder den Sinn politischer Entscheidungen, die meinen Horizont übersteigen, ergründen zu wollen. So sehr ich mich aber auch bemühe, meine Augen von Angelegenheiten, die geheim bleiben sollen, abzuwenden, gelingt mir das nicht immer."

„Sprich weiter", befahl Rufus. „Welches weitere Vorgehen scheint dir jetzt angemessen zu sein?"

„Ich darf vorschlagen, den Anschlag auf dich als geklärt zu betrachten. Wie sich herausgestellt hat, haben germanische Attentäter den Anschlag auf dich verübt, in der Absicht, Furcht und Schrecken zu verbreiten und die Provinz zu destabilisieren."

„So war es ohne Zweifel auch", stimmte Rufus zufrieden zu. „Du bist ein umsichtiger Mann, Pomponius, der erkennt, was nötig ist und was nicht. Sprich weiter."

„Die Ermittlungen können daher sofort eingestellt werden. Da jetzt die Gefahr, die von Scantilla und ihren Komplizen ausgegangen ist, beseitigt wurde, spricht nichts dagegen, den ursprünglichen Plan wieder aufzunehmen. Dazu brauchen wir die Prägestempel, nach denen meine Kollegin Aliqua sucht. Dabei gilt es zu vermeiden, dass sie Dinge erfährt, die ihr nur unnötige Sorgen verursachen könnten."

„Was schlägst du vor?"

„Wir lassen sie wissen, wo die Prägestempel zu finden sind und teilen ihr gleichzeitig mit, dass damit ihre Ermittlungen abgeschlossen und sofort zu beenden sind, weil die Schuldigen entdeckt wurden, und von dir persönlich zur Verantwortung gezogen werden. Ich nehme an, dass die Stempel noch immer in Aequinoctium verwahrt werden. Ein schriftlicher Befehl an Abrenus, dem dortigen Kommandanten, die Stempel an Aliqua auszufolgen, wäre hilfreich."

„Abrenus ist nicht eingeweiht", antwortete Rufus. „Die Sicherstellung der Stempel wurde von Cossus, seinem Stellvertreter, dem ich völlig vertraue, durchgeführt. Er hat zu diesem Zweck mit einer ihm ergebenen Einheit unter dem Vorwand einer Übung das Kastell verlassen. Er war es auch, der kurz darauf auf den Hilferuf der Eskorte reagiert und sie zum Kastell geleitet hat. Diesmal natürlich unmaskiert."

„Das erklärt einiges", murmelte Pomponius.

„Was meinst du?"

„Ich hatte mich gewundert, weshalb Abrenus geduldet hat, dass Aliqua den einen Stempel entdeckte, der offenbar der Aufmerksamkeit deiner Männer entgangen ist. Natürlich, wenn er nicht eingeweiht war ... War es auch Cossus, der den Soldaten Aulus von einem Heckenschützen töten ließ, nachdem ihn Aliqua in Aequinoctium festgenommen hatte?"

Rufus zuckte mit den Schultern. „So war es. Cossus befürchtete offenbar, Aulus habe etwas mitbekommen, das meinen Plänen abträglich sein könne. Das war wohl eine voreilige Entscheidung, aber ich will ihn deswegen nicht tadeln, denn er hat gedacht, in meinem Interesse zu handeln."

„Wo sind die Stempel jetzt?"

„In Vindobona. Ich habe Cossus mit seinen Leuten samt den Stempeln dorthin beordert. Ich wollte sie aus eurer Reichweite bringen, nachdem Aliqua und Macrinus in Aequinoctium ermittelt hatten."

„Macrinus war nicht eingeweiht?"

„Nein. Er wusste nicht, dass ich entschieden habe, die Aktion abzubrechen. Ich hätte es ja vorgezogen, wenn der Überfall irgendwelchen Banditen zugeschrieben würde, die längst auf und davon sind. Aber Macrinus hat zu meinem Verdruss darauf bestanden, euch, die Frumentarii, einzuschalten. Das hat die ganze Situation erheblich kompliziert."

„Wir können sie jetzt bereinigen. Dazu schicken wir Aliqua mit den entsprechenden Befehlen nach Vindobona."

„So sei es." Rufus machte Anstalten, nach seinem Sekretär zu rufen, dann entschied er sich anders und fertigte die verlangten Schriftstücke selbst aus. Nachdem er sie gesiegelt hatte, schob er sie Pomponius über den Tisch und ordnete an: „Du veranlasst das Weitere."

„Zu Befehl, Herr. Was soll mit den Gefangenen geschehen, die ich gemacht habe?"

„Ein guter Offizier weiß selbst, was zu tun ist, ohne wegen jeder Kleinigkeit einen Befehl seines Vorgesetzen zu verlangen. Ich halte dich für einen guten Offizier, Pomponius, also veranlasse auch hier alles Nötige, aber bitte unauffällig und ohne Spuren zu hinterlassen."

„Jawohl, Herr."

„Eines würde mich noch interessieren: Ist dir bei deinen Ermittlungen der Name ,Aper' untergekommen?"

„In der Tat, Herr. Er gehörte zu jener Gruppe von Soldaten, welche die Prägestempel transportiert haben, und er ist kurz nach seiner Ankunft in Carnuntum desertiert. Dadurch hat er sich verdächtig gemacht. Aliqua und ich haben daher nach ihm suchen lassen. Es ist mir auch tatsächlich gelungen, ihn zu finden, aber da war er schon tot. Jemand hat ihm die Kehle durchgeschnitten. Ich vermute, das ist auf Befehl Scantillas geschehen."

„Wie bedauerlich", murmelte Rufus. „Er war ein guter Mann. Nun, vielleicht ist es im Interesse der Geheimhaltung besser so. Gibt es sonst noch etwas zu besprechen?"

Pomponius wollte nicht unversucht lassen, auch der Lösung eines anderen Problems näherzukommen. Also sagte er mit unschuldiger Mine: „Nur eine wahrscheinlich belanglose Kleinigkeit, die ich mir aber nicht erklären kann, bewegt mich, Herr. Jener Albus, den dein Mann getötet hat, erwähnte vor seinem

Tod, dass sich bei den Prägestempeln auch ein Brief befunden habe, der mit besonderer Sorgfalt zu behandeln war. Ist deinen Leuten dieser Brief zufällig in die Hände gefallen?

„Brief? Was weißt du von einem Brief?", fragte Rufus, während sich seine Augen zu bedrohlichen Schlitzen zusammenzogen.

„Gar nichts, Herr. Ich wollte bloß nichts übersehen, das wichtig sein könnte."

Rufus starrte ihn finster an. Dann griff er überraschend in eine kleine Truhe, die auf seinem Schreibtisch stand, nahm einen Brief heraus und warf ihn über den Tisch. „Da hast du den Brief. Lies!"

Zögernd nahm Pomponius den Brief in die Hand. Das Siegel war aufgebrochen. Er entfaltete den Papyrus und begann zu lesen: *„Beeile dich ohne schweres Gepäck zu reisen, gib die leeren Hoffnungen auf und hilf dir selbst, wenn dir etwas an dir liegt, solange es möglich ist ...* Was ist das?"

„Erkennst du es nicht? Ein Zitat aus den philosophischen Abhandlungen unseres Kaisers. Der ganze sogenannte Brief enthält nichts anderes."

„Der Brief bei den Prägestempeln war bloß ein Ablenkungsmanöver", flüsterte Pomponius.

„Was murmelst du da?", fragte Rufus scharf.

„Ich meinte, es lohne sich nicht, der Sache nachzugehen", erwiderte Pomponius.

„Das denke ich auch. Du kannst jetzt gehen, Pomponius. ich werde nicht versäumen, Masculus Masculinius gegenüber deinen Diensteifer, deine Diskretion und deine löbliche Kooperationsbereitschaft zu erwähnen."

„Ich danke dir, Herr". Pomponius unterließ es zu salutieren, sondern entfernte sich unter mehreren tiefen Verbeugungen.

Auf dem Weg zu seinem Quartier stieß er auf Ballbilus, der aus dem Keller des Palastes kam und fragte ihn: „Was gibt es Neues?"

„Du hast Secundus richtig eingeschätzt. Er ist eingeknickt, ohne dass wir die Hilfe von Alexander in Anspruch nehmen mussten. Er hat uns alles erzählt, was er wusste. Wie ist es dir bei Basseus Rufus ergangen?"

„Der war auch geständig."

„Geständig?", fragte Ballbilus erstaunt.

Pomponius lachte. „Das war nur ein Scherz. Er hat zugestanden, was er nicht abstreiten konnte, wünscht aber, dass seine Rolle in dieser Affäre möglichst nicht bekannt wird, und er hat praktisch mir die ganze Verantwortung aufgehalst. Mit anderen Worten, er selber wäscht seine Hände in Unschuld. Das gilt ganz besonders für das weitere Schicksal unserer Gefangenen. Was ist mit Percennius?"

„Den haben wir auch. Herennius hat ihn vor kurzem im Verlies abgeliefert."

„Sehr gut. Der Mann ist gar nicht so untüchtig, wenn man ihm nur klare Anweisungen gibt. Hast du Neuigkeiten von Aliqua?"

„Ich wurde informiert, dass sie ihr Haus verlassen hat. Macrinus, der heute Nachmittag wieder zurückgekommen ist, hat sofort nach ihr geschickt. Eine Sänfte hat sie abgeholt und zu ihm gebracht. Sie hält sich jetzt in seinem Haus auf und wird nach der unmaßgeblichen Vermutung des Mannes, der sie beobachtet hat, auch die Nacht über dort bleiben. Es tut mir leid, Pomponius."

„Es wird nichts geschehen, was nicht ohnehin schon längst geschehen ist", antwortete Pomponius und versuchte, sich seinen Kummer nicht anmerken zu lassen. „Begleite mich in meine Unterkunft, mein Freund, es gibt einiges zu erledigen und noch mehr zu besprechen."

In seinem selten benutzten Quartier angekommen, stellte Pomponius fest, dass es hier nicht einmal Schreibzeug gab. Er schrie nach dem diensthabenden Rekruten und verlangte, dieser möge ihm Tinte, Papyrus, Siegelwachs und eine Feder bringen, es sei eine Schweinerei, dass solches in einer Offiziersunterkunft fehle.

„Geh in die Schreibstube", sagte Ballbilus zu dem erschrockenen, ratlosen Jungen. „Sag, es gehört für den edlen Spurius Pomponius. Los, lauf!"

Wenig später tunkte Pomponius das gespaltene Ende einer beinernen Schreibfeder in das Tintenfäßchen und verfasste mit seiner schönsten Schrift einen Brief. Dann faltete er den Papyrus zusammen, steckte den Befehl des Rufus dazu, verschloss das Ganze, indem er heißes, gefärbtes Wachs darauf tropfte und presste seinen Siegelring in die erkaltende Masse. „Schick einen Mann zum Haus des Macrinus“, bat er Ballbilus, „er soll den Brief dort abgeben. Noch etwas: Schick einen zweiten Mann zu meinem Haus. Krixus soll ihm ordentliche Kleider für mich mitgeben. Ich muss sehen, dass ich aus dieser Rüstung herauskomme. Sie ist mehr als unbequem und zwickt mich. Dann komm zurück, damit ich dir erzähle, was ich bei Rufus erfahren habe, und du mir erzählen kannst, was du aus Secundus herausgequetscht hast.“

XXXII

Aliqua war von Macrinus mehr als begeistert begrüßt worden. Man hätte meinen können, er habe ihre Gesellschaft wochenlang entbehren müssen und nicht bloß zwei Tage. Aliqua hatte den stürmischen Bekundungen seiner Zuneigung wenig entgegengesetzt. Jetzt lag sie bäuchlings auf seinem Bett und wurde von ihm am ganzen Körper mit einer dezent duftenden Salbe eingerieben. Sie genoss die sanften Berührungen seiner kundigen Hände. Wäre sie eine Katze gewesen, so hätte sie ganz laut geschnurrt.

„Es ist trotzdem nicht möglich", sagte sie. „Ich kann nicht in dein Haus ziehen. Man würde mich für deine Konkubine halten."

„Was schert uns das Gerede der Leute!"

„Dich vielleicht nicht, aber mich schon. Du darfst nicht vergessen, dass ich Offizier bin. Von einem Offizier erwartet man ein untadeliges Verhalten."

„Ich kenne genug Offiziere, die mit ihren Geliebten zusammenleben, ohne dass man sich daran stößt."

„Das mag so sein, aber wird diese Toleranz auch weiblichen Offizieren gegenüber geübt? Es gibt keine Präzedenzfälle dafür. Ich habe nicht nur Freunde bei den Frumentarii, Macrinus. Meine Neider würden nicht zögern, mir unmoralisches Verhalten vorzuwerfen."

„Wäre das mit Pomponius anders gewesen? Soviel ich weiß, hast du zeitweise bei ihm gewohnt."

„Pomponius ist einer von uns", antwortete Aliqua, „ein gleichrangiger Offizier und kein Außenstehender. Das wäre tatsächlich etwas anderes gewesen. Aber das Kapitel Pomponius ist für mich abgeschlossen, und ich wünsche, dass du ihn nicht mehr erwähnst. Außerdem habe ich ja noch meinen Laden, um den ich mich kümmern muss. Er dient mir dazu, meine Zugehörigkeit zu den Frumentarii zu verschleiern."

„Deinen Laden hast du in letzter Zeit doch nur vernachlässigt. Wenn du bei mir bleibst, hast du es nicht mehr notwendig zu arbeiten. Das würde sich auch gar nicht ziemen für meine ..."

„Mätresse ist das Wort, das du suchst", sagte Aliqua. „Mehr kann ich nicht sein, denn du bist verheiratet. Siehst du das Problem? Als Nächstes wirst du dann von mir verlangen, dass ich meine Arbeit bei den Frumentarii aufgebe. Aber was soll aus mir werden, wenn du mich satt hast und mich verstößt, wie die arme Valeria?"

„Das wird nie geschehen!", rief Macrinus, und wir wollen ihm zubilligen, dass er es in diesem Augenblick auch ernst meinte, so wie er es stets ernstgenommen hatte, wenn er einer Frau ewige Liebe schwor.

„Wir belassen unsere Beziehung am besten so, wie sie ist und gehen keinen Schritt weiter", erklärte Aliqua entschieden. „Bitte bedränge mich nicht mehr, mein Freund."

Macrinus küsste sie zärtlich im Nacken. Aliqua schauderte wohlig zusammen, war aber zu keinen weiteren Zugeständnissen bereit.

„Ich werde nicht aufhören, um dich zu werben", flüsterte Macrinus.

„Dann hör wenigstens auf, mir ständig Geschenke zu schicken."

„Haben sie dir nicht gefallen?"

„Sie haben mir sehr gefallen. Ich fand es besonders aufmerksam, dass du mein Monogramm auf diesem wunderschönen Stylus anbringen hast lassen. Von wo hattest du den Schriftzug?"

„Von deinem Dolch, den du bei Aequinoctium verloren hast", antwortete Macrinus. Es entging ihm nicht, dass sich Aliquas Schultermuskeln plötzlich anspannten. „Was hast du? Stimmt etwas nicht?"

„Ich bin nur überrascht", antwortete Aliqua. „Du hast meinen Dolch damals also aufgehoben und mitgenommen? Warum hast du ihn mir nicht zurückgegeben?"

„Ich habe in dem ganzen Trubel zunächst darauf vergessen und ihn dann als Erinnerungsstück an unsere denkwürdige Reise behalten."

„Willst du ihn mir nicht wenigstens jetzt zurückgeben?", fragte Aliqua lauernd.

„Natürlich, wenn du so viel Wert darauf legst." Macrinus küsste sie neuerlich auf die Schulter, trat an ein Regal, nahm den Dolch und legte ihn vor Aliqua auf das Bett.

Sie setzte sich auf und betrachtete die Waffe. „Ist das wirklich der Dolch, den ich damals verloren habe?"

„Natürlich! Weshalb zweifelst du?"

„Sieh selbst!" Sie deutete auf ihre Kleider, die am Boden lagen.

Zögernd untersuchte Macrinus das Kleiderbündel und förderte schließlich einen Gürtel hervor, in dessen Scheide ein Dolch steckte. Er zog die Waffe heraus und sagte: „Wie ich sehe, hast du dir inzwischen einen neuen Dolch besorgt."

„Nein, das habe ich nicht. Diesen Dolch habe ich von Pomponius bekommen. Er hat ihn neben der Leiche eines ermordeten Mannes gefunden. Welcher ist nun jener Dolch, den ich bei Aequinoctium verloren habe?"

„Selbstverständlich der, den ich dir gegeben habe, Aliqua. Ich würde dich nie belügen, oder dir etwas verschweigen. Das schwöre ich dir!"

Hinter der Lust, die Aliqua empfand, wenn sie mit Macrinus zusammen war, hatte stets auch ein vages Unbehagen gelauert, das teils ihrem schlechten Gewissen gegenüber Pomponius, teils einem unbestimmten Verdacht gegen Macrinus entsprang. Jetzt brach es sich plötzlich Bahn.

„Du bist ein Lügner, der auch vor Meineiden nicht zurückschreckt, Macrinus", sagte sie heftig. „Ich weiß längst, welche Pläne du mit dem Statthalter geschmiedet hast und wozu die Prägestempel dienen sollten. Du hast dich mir gegenüber unwissend gestellt, mich zum Narren gehalten und so getan, als würdest du mir helfen, bloß um mich zu verführen."

„Das ist doch etwas anderes!", rief Macrinus. „Ich bitte dich, zweifle nicht an meiner aufrichtigen Liebe. Ich habe nur aus Gründen der Staatsraison geschwiegen. Was den Dolch anlangt, den dir Pomponius gegeben hat, so muss er ihn der Leiche untergeschoben haben, damit du falsche Schlüsse daraus ziehst und an mir zweifelst! Ich bin mir sicher, er hat das nur aus schnöder Eifersucht getan!"

Aliqua stand auf und griff nach ihren Kleidern. „Vielleicht, vielleicht auch nur, weil er keine andere Möglichkeit mehr sah, um mich vor deiner Unaufrichtigkeit zu warnen. Ich werde das klären. Wir werden uns vorläufig nicht mehr wiedersehen, Macrinus. Bitte schicke mir auch keine Briefe und Geschenke mehr."

Einen kurzen Augenblick neigte sich die Waage ihres Schicksals Pomponius zu, und die Geschichte wäre wahrscheinlich anders ausgegangen, als sie es schließlich tat, wenn nicht plötzlich an der Tür geklopft worden wäre.

Auf den unwilligen Ruf des Macrinus trat ein Sklave ein und reichte ihm einen Brief, wobei er es demonstrativ unterließ, die halbbekleidete Aliqua anzusehen.

„Nanu", staunte Macrinus, „der Brief ist für dich."

„Gib her." Aliqua nahm ihm den Brief aus der Hand und erbleichte, als sie die Anschrift sah und die Handschrift erkannte.

„Was hast du?", fragte Macrinus. „Wer schreibt dir?"

„Pomponius", antwortete Aliqua mit zornerfüllter Stimme. „Er schreibt an die ,Dame Aliqua, aufhältig im Hause des edlen Marcus Nonius Macrinus' als ob ich tatsächlich deine Mätresse wäre. Er hat mich bespitzeln lassen, sonst wüsste er nicht, dass ich hier bin."

„Nun ja", bemerkte Macrinus ein wenig ratlos. „Dann weiß er wenigstens Bescheid. Was schreibt er denn?"

Aliqua brach das Siegel auf und begann zu lesen. Ihre Unterlippe zitterte und Tränen traten ihr in die Augen.

„Aber Aliqua", sagte Macrinus tröstend. „So schlimm kann es doch nicht sein. Was will der Bursche noch von dir?"

Mit tonloser Stimme begann Aliqua zu lesen: „*An Aliqua, Offizier der Frumentarii und Trägerin des silbernen Abzeichens. Im Namen des erhabenen Imperators Marcus Aurelius Antoninus Augustus und mit Ermächtigung des edlen Basseus Rufus, Statthalter der Provinz Oberpannonien teile ich dir mit, dass sowohl der Anschlag auf Basseus Rufus als auch der Überfall auf den Geldtransport, den du untersucht hast, geklärt sind. Die Schuldigen sind tot, oder werden ihrer gerechten Strafe noch zugeführt werden. Sämtliche Ermittlungen in diesen Sachen sind mit sofortiger Wirkung einzustellen. / Die Prägestempel wurden sichergestellt. Mit Ermächtigung des edlen Basseus Rufus befehle ich dir, dich unverzüglich nach Vindobona zu begeben, wo sie dir von Cossus, dem Truppenführer der dorthin beorderten thrakischen Reitereinheit ausgefolgt werden. Die von Basseus Rufus gefertigten Anweisungen an Cossus liegen bei. / Du bist ermächtigt, in unserem Hauptquartier einen entsprechenden Begleitschutz anzufordern. Solltest du es aber vorziehen, mit dem edlen Marcus Nonius Macrinus wieder eine kleine Reise zu unternehmen, so ist es auch gut, vorausgesetzt Macrinus stellt die Eskorte zur Verfügung und kann für die Sicherheit der Stempel garantieren. / Vollzugsbericht ist unmittelbar an Masculus Masculinius zu erstatten. Für allfällige Rückfragen steht dir Ballbilus zur Verfügung. Eine weitere Kontaktaufnahme mit mir ist nicht erforderlich. / Geschrieben am elften Tag vor den Kalenden des Mai[12], im Jahr des Konsulates des Lucius Aurelius Gallus in Carnuntum. / Spurius Pomponius.“*

„So fasse dich doch“, sagte Macrinus und versuchte, sie in die Arme zu nehmen.

„Lass mich!“, schrie Aliqua und stieß ihn zurück. „Ich bin noch nie so gedemütigt worden! Erkennst du nicht in jeder Zeile die Verachtung, die er mir entgegenbringt? Er stellt mich hin, als ob ich deine willige Gespielin wäre, er lässt mich wissen, dass er mit mir nichts mehr zu tun haben will, und was noch schlimmer ist, er behandelt mich, als ob wir beruflich nicht gleichberechtigte Partner wären. Er hat unsere Fälle offenbar im Alleingang gelöst und er hält es nicht für nötig, mir Näheres darüber mitzuteilen. Er befielt mir lediglich die Stempel zu holen, was mit der entsprechenden Ermächtigung jeder Laufbursche erledigen könnte. Ich hätte es nicht für möglich gehalten, dass er mich je so behandelt.“

„Mag sein, dass er glaubt, dafür einen Grund zu haben“, sagte Macrinus und setzte rasch hinzu, als er merkte, für wie deplatziert sie diese Bemerkung hielt: „Was willst du jetzt tun?“

„Das was er angeordnet hat. Mir bleibt nichts anderes übrig. Es ist ein Befehl. Ich muss sofort ins Hauptquartier, um eine Begleitmannschaft zusammenzustellen. Morgen früh breche ich auf.“

„Das ist nicht dein Ernst“, sagte Macrinus entschieden. „Natürlich begleite ich dich mit meiner Eskorte, die ebenso tüchtig ist, wie eure Leute. Wenn Pomponius

---

[12] Das ist der 21. April

mit seiner hämischen Bemerkung versucht haben sollte, dich davon abzuhalten, so soll er sich getäuscht haben."

Aliqua wusste, dass ihre Wut auf Pomponius ungerecht war, und sie wusste auch, dass Macrinus recht hatte, wenn er meinte, Pomponius habe für seine kalten Worte Grund genug gehabt. Dennoch konnte sie ihre Gefühle nicht unter Kontrolle bringen und der Wunsch, Pomponius weh zu tun, überwog schließlich. „Gut", sagte sie zu Macrinus. „Wenn du es so willst, dann bleibe ich heute Nacht bei dir und wir reisen morgen früh gemeinsam. Ich werde dir deine Freundlichkeit zu danken wissen."

„Davon bin ich überzeugt", flüsterte Macrinus und nahm sie in die Arme.

Wenngleich wir später noch kurz von ihnen hören werden, so verlassen an dieser Stelle auch Aliqua und Macrinus unsere Geschichte, und wir können endlich unsere ungeteilte Aufmerksamkeit Pomponius zuwenden.

XXXIII

Zur selben Stunde, an der Aliqua und Macrinus nach Vindobona aufbrachen, stieg Pomponius die Treppe zu den Verliesen hinunter und suchte Scantilla auf.

Wenn er geglaubt hatte, die Nacht in einer finsteren, kalten Zelle habe sie etwas gefügiger gemacht, so wurde er enttäuscht. Als er die Fackel hob, die ihm ein Wachposten reichte, sah er sie an der Rückwand der Zelle hocken. Man hatte sie angekettet. Die Kette war gerade lang genug, damit sie den Eimer erreichen konnte, den man ihr hingestellt hatte. Es war sonst nicht üblich, dass man Gefangene in den Verliesen des Statthalterpalastes ankettet, denn die Zellen im zweiten Keller galten als ausbruchssicher. Tat man es doch, so nur, um den störrischen Sinn ihrer Insassen zu brechen, oder um sie zu bestrafen.

„Wie hast du die Nacht verbracht, Scantilla?", fragte Pomponius und steckte die Fackel in einen Halter an der Wand.

Die Ausdrücke, mit denen sie ihn bedachte, überraschten in ihrer drastischen Bildhaftigkeit selbst den belesenen Pomponius. In der Literatur gab es keine Beispiele dafür.

„So verbesserst du deine Lage nicht", mahnte Pomponius. „Willst du dich nicht zu einem vernünftigen Gespräch herablassen?"

„Ich habe dir nichts zu sagen", zischte Scantilla. „Aus mir bekommst du nichts heraus, auch nicht, wenn du mich foltern lässt."

„Das ist gar nicht notwendig. Deine Komplizen haben geredet, und was sie nicht gesagt haben, kann ich mir zusammenreimen. Die Ermittlungen sind eingestellt, es finden keine weiteren Verhöre mehr statt."

Scantilla wurde ihrem Vorsatz, mit Pomponius nicht reden zu wollen, untreu: „Was geschieht jetzt?", fragte sie und ein Hauch von Sorge war in ihrer Stimme zu hören.

„Morgen zur selben Stunde wird man dir ein Getränk bringen. Ich rate dir, den Becher auf einen Zug zu leeren."

„Werde ich dann sterben?"

„Du wirst einschlafen und vielleicht noch Zeit für einen letzten Traum haben. Ja, du wirst sterben. Mehr kann ich für dich nicht tun. Ich erspare dir so, von einem der Wärter auf brutale Weise erwürgt zu werden."

Scantilla versuchte Haltung zu bewahren, aber das Zittern in ihrer Stimme war unüberhörbar: „Wer hat meinen Tod befohlen? Der Statthalter?"

„Der Statthalter hat dein Schicksal in meine Hände gelegt."

„So liegt es auch in deiner Macht, mich zu verschonen?"

„Scantilla", antwortete Pomponius mit ernster Stimme, „du warst eine von uns, und du hast deinen Eid verraten. Du weißt, was du getan hast, und du weißt, dass es keine Rettung für dich geben kann. Ich erspare dir die Folter und ein grausames Ende. Sei dankbar dafür."

„Bist du nur gekommen, um mir mein Todesurteil zu verkünden?"

Pomponius sah traurig auf sie hinab. „So ist es. Ich lasse dir die Fackel hier. Leb wohl zu sagen, wäre wohl fehl am Platz."

„Warte!", rief Scantilla, als sich Pomponius abwandte, um zu gehen.

„Was willst du noch?"

„Verschone mich!"

„Du bist eine mutige Frau, Scantilla, und du warst bis zu deinem Verrat gewiss ein würdiges Mitglied unserer Einheit. Also ertrage dein unabwendbares Schicksal mit Fassung und flehe nicht vergebens um Gnade."

„Ich flehe nicht, ich schlage dir einen Handel vor. Ich kann dir etwas geben, das du sicher haben willst."

„Beleidige mich nicht. Ich bin nicht bestechlich, und du hast auch nichts, das für mich von Interesse sein könnte."

„Ich glaube schon. Du denkst, du hättest den Fall gelöst. Das stimmt aber nur zum Teil. Ich kann dir ein Beweisstück verschaffen, das die endgültige Lösung beinhaltet."

„Was sollte das sein?"

„Ein Brief, Pomponius. Ein Brief des Statthalters von Syrien an Faustina."

„Ich weiß längst von diesem Brief. Du kannst ihn mir nicht geben. Basseus Rufus hat ihn."

„Basseus Rufus hat gar nichts", sagte Scantilla verächtlich. „Der Brief, den er erbeutet hat, ist wertlos. Er enthält nur philosophische Ergüsse unseres verehrten Imperators. Ich allein weiß, wo der echte Brief verborgen ist. Niemand kann ihn finden. Ich allein weiß, wo er ist. Wenn ihr morgen meinen Kadaver vor der Stadt verscharrt, ist er für immer verloren."

„Das scheint mir eine gute Lösung zu sein", antwortete Pomponius, „denn dann kann er wenigstens keinen Schaden mehr anrichten."

Er wandte sich neuerlich zum Gehen.

„Warte!", schrie Scantilla.

Pomponius hörte ein reißendes Geräusch und drehte sich rasch um. Scantilla hatte ihr Kleid zerfetzt und zog zwischen Stoff und Futter etwas hervor. „Da hast du!"

Sie warf ihm einen Brief vor die Füße.

Pomponius wich zurück, als ob sie ihm eine Schlange vor die Füße geworfen hätte.

„Was hast du?", fragte Scantilla. „Fürchtest du die Macht, die dir dieser Brief verleiht? Du weißt, was er beinhaltet, das sehe ich dir an: In deinen Augen ist es Hochverrat. Du kannst ihn dem Imperator zuspielen, aber ich bin mir nicht sicher, ob er es dir zu danken weiß, denn er liebt seine Frau. Du kannst ihn Faustina geben und dir damit ihr Wohlwollen erkaufen, aber dann mußt du dich selbst für einen Hochverräter halten, der nicht besser ist als ich. Du kannst ihn auch Basseus Rufus geben. Wozu ihn der haben wollte, habe ich nie herausbekommen. Er wird dir dankbar sein und sich überlegen, ob du nicht zu viel weißt und eine Gefahr für ihn darstellst. Du kannst den Brief natürlich auch selbst behalten und überlegen, ob er dir nicht auf andere Weise von Nutzen sein könnte. Was ist Pomponius? Willst du den Brief nicht aufheben? Er ist mein Abschiedsgeschenk an dich. Du kannst es nicht zurückweisen. Mach das Beste daraus."

„Das ist infam", sagte Pomponius, „aber mich kannst du nicht in Versuchung führen. Mir ist endlich klar geworden, wie ich aus diesem Dilemma herauskomme. Eine andere Lösung gibt es nicht."

Er hob den Brief auf und betrachtete ihn. Dann brach er das Siegel auf, trat unter die Fackel und begann zu lesen.

„Das war nicht sehr klug", bemerkte Scantilla. „Wem immer du den Brief auch gibst, er oder sie wird es nicht gutheißen, dass du seinen Inhalt kennst. Man wird dich wahrscheinlich umbringen."

„Du denkst zu kompliziert", antwortete Pomponius. „Das ist das Problem mit euch Intriganten."

Er hielt den Brief an die Fackel, ließ ihn fallen und sah zu, wie er zu seinen Füßen zu Asche verbrannte.

Scantilla schrie leise auf: „Du Narr! Was hast du getan?"

„Ich habe dein Geschenk angenommen, Scantilla. Ich gebe dir dafür drei Tage Vorsprung, an denen dich niemand verfolgen und nach dir suchen wird. Drei Tage! Am Morgen des vierten Tages lasse ich meine Bluthunde auf dich los. Sie werden Befehl haben, dich auf der Stelle zu töten, wenn sie dich zu fassen bekommen, denn mein Todesurteil gegen dich ist nicht aufgehoben."

Er rief die Wache. „Macht die Gefangene los", befahl er, „und führt sie nach oben vor das Tor. Sie kann hingehen wo sie will und niemand soll ihr folgen."

Scantilla taumelte hoch und starrte Pomponius ungläubig an. „Damit habe ich nicht gerechnet", sagte sie. „Ich hatte mit meinem Leben schon abgeschlossen. Du bist ein bemerkenswerter Mann, Pomponius, und ich habe eine Ahnung, dass wir uns wiedersehen werden."

„Du solltest hoffen, dass das nicht geschieht. Und jetzt laufe um dein Leben!"

Pomponius gab mit der Hand ein Zeichen und sah zu, wie Scantilla weggeführt wurde. „Jetzt muss ich mir nur noch überlegen, was ich Faustina sagen soll", murmelte er nachdenklich.

Bereits am frühen Nachmittag begab sich Pomponius ins Legionslager, um Faustina seine Aufwartung zu machen, nachdem er sie durch Valeria um eine Unterredung gebeten hatte.

Diesmal verzichtete Faustina darauf, ihn im Rahmen einer Audienz zu empfangen. Das wäre so kurz hintereinander auch zu auffällig gewesen. Sie erwartete ihn in ihren Privatgemächern. Auch das blieb selbstverständlich nicht unbemerkt, aber es hatte sich das Gerücht verbreitet, sie habe sich nun doch entschlossen, zwischen ihm und Valeria zu vermitteln. Valeria unterstrich diese Legende, indem sie sich bei Pomponius unterhakte und ihn mit schmachtenden Augen ansah, während sie ihn zu den Gemächern der Kaiserin führte. So wurde dieser Besuch des Pomponius zwar zum Gegenstand des Hofklatsches, sein eigentlicher Grund blieb aber verborgen.

Faustina empfing Pomponius huldvoll. Sie winkte ab, als er zu einem Kniefall ansetzte, und bedeutete ihm, auf einem Schemel Platz zu nehmen.

„Ich nehme an, du kommst nicht grundlos, Pomponius, oder bloß, um mich zu ärgern", sagte sie. „Das nächste Mal zieh dir gefälligst eine Toga an, wenn du bei Hof erscheinst, und nicht eine einfache Tunika, die, wie ich sehen muss, auch noch geflickt ist."

„Ich verdiene es, getadelt zu werden, Erhabene", sagte Pomponius demütig. „Ich bitte um Verzeihung."

„Dann gib mir einen Grund, um dir zu verzeihen. Was hast du mir zu berichten? Du darfst offen sprechen. Ich habe vor Valeria keine Geheimnisse."

„Es ist wegen dieses Briefes."

„Hast du ihn? Wie ist es dir gelungen, ihn Basseus Rufus abzunehmen?"

„Basseus Rufes hatte ihn gar nicht, Erhabene. Er glaubte, ihn zu haben, aber als er ihn geöffnet hat, musste er erkennen, dass es nicht der richtige Brief ist. Ich habe ihn selbst gesehen. Er enthält nur Weisheiten aus den philosophischen Werken deines Gatten."

Faustinas Antlitz verdüsterte sich. „Das ist gut, andererseits aber auch fatal. Wo ist mein Brief jetzt?"

„Er ist verloren, Erhabene. Ich habe selbst gesehen, wie er vernichtet wurde."

„Wie ist das zugegangen?"

„Den Brief sollte dir eine junge Frau namens Scantilla überbringen. Sie ist mit der Theatertruppe nach Carnuntum gekommen und unter dem Namen Penelope aufgetreten. Sie hatte auch mit dem Anschlag auf Basseus Rufus zu tun. Nachdem ich mit meinen diesbezüglichen Ermittlungen begonnen hatte, hat sie sich nicht mehr aus der Deckung gewagt, weshalb sie den Brief zunächst auch nicht zugestellt hat. Ich habe sie aber schließlich überführt und wegen Anstiftung zum Anschlag auf Basseus Rufus festgenommen. Sie wurde in unsere Verliese gebracht und dort ist es geschehen. Sie wusste ja nicht, dass ich in deinem Auftrag nach diesem Brief suche, und sie hat befürchtet, er könne in unrechte Hände fallen. Während eines Verhöres hat sie ihn plötzlich vor meinen Augen aus ihrem Kleid gezogen und in die Flammen einer Fackel gehalten. Er ist so schnell verbrannt, dass ich nicht mehr rechtzeitig einschreiten konnte. Es waren nur mehr ein paar angekohlte Fragmente übrig, die ich vernichtet habe. Es tut mir leid, Erhabene."

„Das ist schade", sagte Faustina. „Aber andererseits ist es die zweitbeste Lösung. Es werden ohnehin weitere Briefe folgen. Was hast du mit Scantilla gemacht?"

Pomponius senkte das Haupt. „Ich hoffe, ich habe keinen Fehler begangen, Erhabene. Nachdem ich erkannt hatte, dass sie nur versucht hat, in deinem Sinn zu handeln, habe ich sie entkommen lassen."

„Ich bin froh, dass du so gehandelt hast. Sollte dir Masculinius deswegen Schwierigkeiten machen, so lass es mich wissen, damit ich ihn besänftigen kann."

Plötzlich öffnete sich die Tür und zwei Hofdamen traten ein. Faustina reagierte sofort und sagte, um den Schein aufrechtzuerhalten mit salbungsvoller Stimme: „Wenn das so ist, dann dürft ihr euch jetzt küssen, Kinder."

Valeria schlang sofort die Arme um den Hals des Pomponius und küsste ihn hingebungsvoll.

„Ihr könnt jetzt aufhören", befahl Faustina nach einer Weile. „Diese kichernden Gänse sind längst wieder draußen. Du darfst dich entfernen Pomponius. Ich sage es nur ungern, aber du hast deine Sache gut gemacht und ich bin zufrieden mit dir."

Valeria führte Pomponius hinaus und begleitete ihn vor das Tor. „An deiner Geschichte hat irgendetwas nicht gestimmt", sagte sie. „Streite es erst gar nicht ab. Wir waren lange genug zusammen, und ich kenne dein Gesicht, wenn du schwindelst. Faustina hat es dir aber abgenommen. Ich glaube fast, sie findet langsam Gefallen an dir. Wenn du Pech hast, verlangt sie wirklich, dass wir heiraten. Manchmal gefällt sie sich nämlich in der Rolle der Ehestifterin." Sie gab ihm einen leichten Stoß in den Rücken. „Schau nicht so verstört. Jetzt geh schon und überleg dir unterwegs, wie du dich dann herausreden willst."

Valeria schaute ihm zufrieden lächelnd nach. So selbstbewusst er auch über den Platz schritt, so wusste sie doch, dass sie ihn innerlich gründlich aus dem Gleichgewicht gebracht hatte.

Pomponius spürte noch immer ihre Lippen auf den seinen und er hatte ihren betörenden Geruch in der Nase. Die alte Verliebtheit, die er für sie empfunden hatte, und die nie völlig erloschen war, begann wieder aufzuflammen. Es wurde ihm bewusst, wie sehr er all die Jahre ihren schalkhaften Übermut vermisst hatte. Sie war so ganz anders als die ernsthafte Aliqua. Er seufzte und versuchte, sich auf das Nächstliegende zu konzentrieren. Eines blieb noch zu tun. Er musste seinem Kommandanten berichten und sich seinem abschließenden Urteil stellen.

XXXIV

„Obwohl noch einiges unaufgeklärt ist und wir auf Vermutungen angewiesen sind", sagte Pomponius, „so lassen sich die Ereignisse in ihren wesentlichen Abläufen rekonstruieren. Eine Schlüsselrolle spielte der Soldat Aper, der in Wahrheit ebenso wie Scantilla und Secundus zu den Frumentarii aus Rom gehörte.

Nachdem Basseus Rufus und Macrinus gemeinsam mit unserer römischen Zentrale den Plan, den wir bereits hinlänglich erörtert haben, ausgeklügelt hatten, wurde Aper bereits im Vorjahr nach Carnuntum geschickt, um Vorarbeiten zu leisten. Das Mädchen Ipsitilla hat mir den entscheidenden Hinweis gegeben. Sie meinte, sie habe Aper bereits damals im ‚Grünen Hintern‘ gesehen, nur habe ich das zunächst für einen Irrtum gehalten und nicht ernst genommen. Es gab auch einen zweiten Hinweis: Aliqua hat in Aequinoctium durch den kurz darauf ermordeten Aulus erfahren, dass Aper erst kurz vor dem Aufbruch des Geldtransportes aus Rom zu dessen Begleitmannschaft gestoßen war. Sie hat das in ihrem Bericht erwähnt. Aper hat hier eine kleine Organisation aufgebaut, zu welcher der angebliche Theaternarr Percennius, die Wirtin Marcella und der Fuhrwerksunternehmer Vibulanus gehörten. Marcella und Vibulanus sind noch immer flüchtig. Ob wir sie je zu fassen bekommen, wage ich zu bezweifeln.

An dieser Stelle ist Kritik angebracht. Die ganze Aktion, die unter dem Decknamen ‚Germanengold‘ lief, war in ihrer Grundidee zwar nicht schlecht, aber sie wurde dilettantisch vorbereitet und vor allem wurden unzuverlässige Leute mit ihrer Durchführung beauftragt. Wir hier vor Ort hätten das weit effizienter umsetzen können. Es scheint, dass sich ein paar Leute, die von Geheimdienstarbeit nichts verstehen, profilieren wollten, indem sie uns einfach übergehen."

„Damit meinst du Basseus Rufus und Macrinus", unterbrach ihn Masculinius. „Willst du etwa auch mich kritisieren, weil ich ja immerhin eingeweiht, wenn auch nicht beteiligt war?"

„Das maße ich mir nicht an, Herr."

„Auch meine Möglichkeiten haben ihre Grenzen", entgegnete Masculinius unwillig. „Ich hätte natürlich protestieren und mich an den Kaiser wenden können. Das hätte aber bedeutet, sich die Feindschaft von Rufus und Macrinus, beides sehr einflussreiche Männer, zuzuziehen. Wir unterstehen zwar direkt dem Kaiser, aber in dessen Abwesenheit ist der Statthalter unser unmittelbarer Vorgesetzter. Ich habe es daher vorgezogen, den Dingen ihren Lauf zu lassen. Genug, ich habe es nicht nötig, mich vor dir zu rechtfertigen. Sprich weiter! Was hat sich deiner Meinung nach dann ereignet?"

Aper muss bei seinem ersten Besuch auch Kontakt mit Basseus Rufus gehabt haben. Rufus, dieser Amateurintrigant, hat ihn dazu veranlasst, ihm heimlich Nachrichten zu geben und so seine eigene Organisation zu überwachen und auszuspionieren. Dass es so war, schließe ich aus Äußerungen des Rufus, der sich bei mir nach Aper erkundigt und ihn als ‚guten Mann' bezeichnet hat, sowie aus den folgenden Ereignissen:

Jetzt kommen nämlich Faustina und ihr Brief ins Spiel. Wir beide wissen um die problematische Beziehung zwischen Faustina und Avidius Cassius, dem Statthalter von Syrien, und den Plänen, die sie für den Fall des Todes unseres Imperators schmieden. Faustina muss, um den reibungslosen, geheimen Kontakt mit Avidius Cassius zu gewährleisten, einen Botendienst installiert haben. Dafür hat sie auch Scantilla rekrutiert. Wie sie das angestellt hat, weiß ich nicht. Es wird wohl während eines ihrer regelmäßigen Aufenthalte in Rom geschehen sein. Ich habe so eine Ahnung, dass ihre Vertraute Valeria dabei die Hand im Spiel hatte. Ein Hinweis darauf, dass Scantilla diesen Brief nach Carnuntum schaffen wollte, findet sich bereits in der Aussage des Aulus, wonach sich bei den Prägestempeln auch ein Begleitschreiben befunden hat. Dann hat mir Faustina gesagt, dass einer dieser Briefe abgefangen worden sei, und ihn vermutlich Basseus Rufus habe. Schließlich hat mir Valeria anvertraut, dass der Bote dieses Briefes eine gewisse Scantilla sein sollte.

Scantilla wurde nämlich von den Frumentarii in Rom dazu bestimmt, die Aktion ‚Germanengold' zu leiten. Es hat mich überrascht, dass auch unsere Leute in Rom Agentinnen einsetzen. Ich dachte immer, Aliqua sei eine Ausnahme, aber man hat scheinbar erkannt, dass sich Frauen für verdeckte Operationen besonders gut eignen, weil niemand auf die Idee kommt, sie könnten im behördlichen Auftrag handeln. Scantilla hat sich also mit ihrem Team nach Carnuntum begeben. Dazu haben sie verschiedene Wege gewählt, um keine Aufmerksamkeit zu erregen. Die Prägestempel sind mit dem Geldtransport gekommen und wurden von Aper bewacht. Scantilla und Secundus sind mit der Theatertruppe gekommen, der man ein Engagement in Carnuntum verschafft hat, wobei Scantilla unter dem Namen Penelope aufgetreten ist. Schließlich sind auch drei Agenten, die am unauffälligsten waren, als ganz normale Reisende eingetroffen.

Jetzt hat sich – aus seiner Sicht – ausgezahlt, dass sich Basseus Rufus der Dienste des Aper versichert hat. Aper, dieser Spion unter Spionen, hat ihn nämlich benachrichtigt, dass sich bei den Stempeln ein Brief befindet, der an Faustina gerichtet ist.

Ich kann nur vermuten, dass Basseus Rufus von den Umtrieben Faustinas wusste. Jedenfalls hat er beschlossen, sich dieses Briefes zu bemächtigen. Wozu? Ich weiß es nicht und wir können ihn wohl auch nicht danach fragen, wenn wir den Deckel auf dem Topf lassen wollen. Ich will annehmen, dass er als treuer Gefolgsmann des Kaisers dazu beitragen wollte, Faustinas suspekte Pläne zu stören. Ich habe allerdings den Verdacht, er hat eigene Ziele damit verfolgt und wollte ein Druckmittel gegen Faustina in die Hand bekommen.

Was hat Basseus Rufus also unternommen? Ich kann über so viel Ungeschick nur staunen. Hätte er sich uns anvertraut, so hätten wir eine rasche, elegante Lösung gefunden, den Brief abzufangen. Aber das wollte er nicht, was mich in der Ansicht bestärkt, er habe unlautere Pläne mit diesem Brief gehabt. Er hat auf eigene Faust gehandelt. Basseus Rufus ist in erster Linie Militär. Also tut er das, was ein einfallsloser Militär eben tut, wenn er ein Problem hat. Er schickt eine Armeeeinheit los, um es zu bereinigen. Er hätte nichts Besseres tun können, wenn er Aufsehen erregen hätte wollen: Militärisch agierende Banditen, mit albernen Theatermasken versehen, überfallen einen Geldtransport! Natürlich war Macrinus, den Basseus Rufus wohl aus gutem Grund nicht informiert hat, aufs Höchste alarmiert und hat dich dazu gedrängt, den Vorfall zu untersuchen, womit du dann ja auch Aliqua beauftragt hast.

Scantilla war nicht dumm und in der Geheimdienstarbeit erfahren. Es muss ihr klar gewesen sein, dass nicht Banditen am Werk waren, sondern eine militärische Einheit. Ebenso wie wir hat sie wahrscheinlich rasch durchschaut, dass Basseus Rufus dahintersteckt.

Ihre Reaktion war drastisch. Sie konnte sich aus ihrer Position beim Theater keinen rechten Überblick über die Situation verschaffen, sah ihren primären Auftrag, die Aktion 'Germanengold', gescheitert und musste befürchten, im Rahmen einer für sie undurchschaubaren Intrige in eine Falle gelockt worden zu sein. Ihr Vorteil war, dass Basseus Rufus zwar den Namen Scantilla kannte, aber nicht, wer sich dahinter verbarg. Also befahl sie ihren drei Agenten, die sich unerkannt in der Stadt aufhielten, Basseus Rufus zu töten.

Wie der Anschlag, bei dem sich die Attentäter als Schauspieler tarnten, ablief, wissen wir, und auch, dass er fehlschlug. An diesem Punkt bin ich ins Spiel gekommen, als du mich beauftragt hast, diesen Anschlag aufzuklären.

Zuerst beschäftigte ich mich mit der Spelunke, die der ‚Grüne Hintern‘ genannt wird. Dort schienen mir etliche Fäden zusammenzulaufen.

Dabei bin ich auf den ersten von Scantillas Leuten gestoßen, nämlich auf den Theaternarren Percennius. Zuerst habe ich versucht, ihn für meine eigenen Zwecke einzusetzen und ihm als Kontaktperson das Mädchen Ipsitilla genannt. Kurz darauf wurde ein Mordanschlag auf Ipsitilla verübt, den Manius und Numerius gerade noch verhindern konnten. Percennius hat zwar versucht, meinen Argwohn zu zerstreuen, indem er mich von dem geplanten Anschlag informiert hat, aber erst zu einem Zeitpunkt, als er damit rechnen konnte, dass Ipsitilla bereits tot war.

Zwischenzeitig sind zwei Dinge passiert: Faustina hat mich rufen lassen und mit der Suche nach ihrem verschwundenen Brief beauftragt und Aper wurde ermordet.

Spätestens zu diesem Zeitpunkt war ich davon überzeugt, dass Basseus Rufus hinter dem Anschlag auf den Geldtransport steckte. In dieser Überzeugung wurde ich bestärkt, als ich erfuhr, dass Basseus Rufus durch den Prinzipal Candidus Theatermasken, wie sie für den Überfall verwendet wurden, beschaffen ließ. Gleichzeitig wurde mir klar, dass es bei dem ganzen mörderischen Maskenspiel immer nur um diesen verdammten Brief gegangen ist. Ein anderes Motiv für das Verhalten des Basseus Rufus konnte ich nämlich nicht erkennen.

Scantilla ihrerseits muss dahintergekommen sein, dass sie von Aper, der sich bei dem Fuhrwerksunternehmer Vibulanus versteckt hielt, verraten wurde. Sie hat mit der ihr eigenen Brutalität reagiert. Sie hat Aper ermorden lassen."

„An dieser Stelle habe ich eine Frage", unterbrach ihn Masculinius. „Was hat es mit dem Dolch auf sich, den du bei seiner Leiche gefunden hast, dem Dolch Aliquas?"

„Das war nicht Aliquas Dolch", gestand Pomponius. „Ich hatte ursprünglich die Absicht, ihr einen neuen Dolch zu schenken und habe dazu ihr Monogramm auf dem Griff der Waffe anbringen lassen. An dem Tag, an dem wir das Anwesen des Vibulanus durchsuchen wollten, habe ich diesen Dolch zu mir gesteckt, weil ich keine andere Waffe im Haus hatte. Als ich dann vor der Leiche des Aper stand, habe ich getan, als sei der Dolch dort gelegen. Später habe ich ihn Aliqua gegeben. Du warst dabei."

„Darf ich fragen weshalb?"

„Es war eine spontane Eingebung. Ich wollte eine Reaktion provozieren. Manchmal muss man mit dem Stock auf den Busch schlagen, um zu sehen, was darunter hervorkriecht."

„Mit anderen Worten, du hast Aliqua nicht mehr getraut."

„Ich habe sie nicht mehr für objektiv gehalten. Sie war durch ihre Beziehung mit Macrinus persönlich zu sehr involviert und ich war mir über die Rolle des Macrinus in diesem Verwirrspiel nicht im Klaren."

Masculinius schüttelte missbilligend den Kopf und befahl: „Berichte weiter!"

„Ich glaubte nun zwar zu wissen, auf wessen Befehl und aus welchem Grund der Geldtransport überfallen worden war, aber nicht mehr. Denn ich wusste ja noch nichts von der Aktion ‚Germanengold' und die Gründe für den Anschlag auf den Statthalter waren mir rätselhaft, wenngleich ich einen Zusammenhang mit dem Überfall auf den Geldtransport vermutete.

In dieser Situation kam mir der Zufall zu Hilfe. Mein Sklave Krixus hatte nämlich erfahren, dass die Schauspielerin Penelope in Rom den Namen Scantilla geführt hat und in mehrere verdächtige Todesfälle verwickelt war. Das schien mir denn doch sehr seltsam zu sein und ich ging – wie du weißt – zum Theater, um Penelope näher kennenzulernen. Sie war eine erfahrene Agentin und fiel nicht auf mich herein. Es endete damit, dass mich ihr Komplize Secundus überwältigte und Scantilla begann, mich zu foltern, um meine Absichten zu erfahren. Nur durch das beherzte Einschreiten meiner Freunde, die durch mein plötzliches Verschwinden beunruhigt waren, konnte ich befreit werden. Als Scantilla erkannte, dass sie in die Hände der Frumentarii gefallen war, unternahm sie einen verzweifelten Versuch, sich zu retten. Sie gab sich gleichfalls als Agentin unserer Organisation zu erkennen, offenbarte mir die Aktion 'Germanengold' und ersuchte um Kooperation. Damit wurde das Bild für mich vollständig. Es konnte für mich keinen Zweifel mehr geben, dass sie auch den Anschlag auf den Statthalter befohlen hatte, aber es fehlten mir die Beweise. Ich ließ sie also glauben, ich erwarte Nachrichten, die mir endgültige Klarheit über die Attentäter bringen würden. An sich war das eine durchsichtige Falle, aber Scantilla sah sich inzwischen so in die Enge getrieben, dass sie wie eine gereizte Schlange reagierte. Sie mobilisierte ihre Attentäter, um auch mich zu beseitigen. Diesmal war ich vorbereitet. Der Anschlag auf mich wurde vereitelt, Scantillas Leute wurden getötet oder festgenommen. Sie selbst habe ich persönlich verhaftet."

„Ballbilus hat mir darüber schon berichtet. Er meint, du wärst nur um Haaresbreite dem Tod entronnen. Er sagt, er habe noch nie einen Mann so springen gesehen wie dich, als sie ihre Pfeile auf dich abgeschossen haben."

„Das Training beim Theater hat sich ausgezahlt."

Masculinius lächelte. „Jetzt erzähl mir von dem Brief."

„Basseus Rufus hat mir bei meinem letzten Besuch praktisch zugestanden, dass er den Geldtransport überfallen hat lassen. Er hat mir auch den Brief gezeigt, der ihm dabei in die Hände gefallen ist. Es war nicht der Brief, den wir gesucht haben. Immerhin hat er mir gesagt, wo die Prägestempel sind. Mit seinem Einverständnis habe ich Aliqua losgeschickt, um sie zu holen."

„Erzähl mir mehr von dem Brief."

„Nachdem mir Basseus Rufus den falschen Brief gezeigt hatte, war klar, dass die schlaue Scantilla vorsichtshalber eine doppelte Spur gelegt hatte. Sie musste wissen, wo der echte Brief ist. Also habe ich sie in unserem Verlies etwas unter Druck gesetzt und tatsächlich den Brief von ihr bekommen. Sie hatte ihn in ihrem Kleid verborgen. Wir müssen in Hinkunft dafür sorgen, dass Häftlinge bei ihrer Einlieferung besser visitiert werden."

„Ich will dir nicht verschweigen, dass ich eben erst ein kurzes Gespräch mit Faustina hatte", sagte Masculinius. „Ich dachte, ich höre nicht recht. Sie hat dich als vortrefflichen Mann bezeichnet. Du, ein vortrefflicher Mann! Dass ich nicht lache! Die Geschichte mit dem Brief hat sie allerdings etwas anders erzählt als du."

„Es hat mir widerstrebt, ihr den Brief zu geben, aus Loyalität dem Imperator gegenüber. Ich habe ihn verbrannt und Faustina gegenüber behauptet, Scantilla sei es gewesen."

„Aha. Was hast du mit Scantilla gemacht?"

„Ich habe sie laufen lassen und ihr drei Tage Vorsprung gegeben, ehe ich wieder nach ihr fahnden lasse."

„Bist du verrückt?", rief Masculinius. „Warum denn das?"

„Faustina hat es gefallen. Sie wusste ja nichts von Scantillas anderen Verbrechen. Ich dachte meine Version der Geschichte gewinnt dadurch an Glaubwürdigkeit."

„Aliqua hat mir am Morgen vor ihrer Abreise nach Vindobona eine Abschrift deines Befehles an sie übermittelt. Mir scheint, du machst Anstalten, alle weiteren Untersuchungen abzuwürgen und die Angelegenheit unter den Teppich zu kehren."

„Das stimmt und ich bitte um deine Zustimmung dafür. Es gibt keine andere Möglichkeit. Nichts von dem, was Basseus Rufus getan hat, darf bekannt werden, ebensowenig darf die Briefaffäre Erwähnung finden. Die Folgen könnten fatal sein. Letztlich soll ja auch die Aktion 'Germanengold' nicht aufgedeckt werden."

„Selbst wenn ich dazu bereit wäre, deinem Vorschlag zu folgen: Welche Ergebnisse unserer Ermittlungen soll ich dann vorlegen?"

„Das ist einfach. Den Anschlag auf den Statthalter haben germanische Attentäter verübt. Sie hatten die Absicht, die Stadtbevölkerung zu demoralisieren. Zu diesem Zweck haben sie auch noch einen zweiten Anschlag im Theater durchgeführt, wurden dabei jedoch erwischt und ihrer gerechten Strafe zugeführt."

„Manchmal ist es recht praktisch, dieses Germanenpack vor der Tür zu haben", meinte Masculinius. „Wer aber hat den Überfall auf den Geldtransport durchgeführt? Doch nicht etwa auch Germanen? Das wären wohl zu viel Germanen auf einmal."

„Wir lassen uns auf keine komplizierten Erklärungen ein, sondern greifen die ursprüngliche Version auf: Es war eine lokale Räuberbande, wie es viele entlang der Grenze gibt. Sie hielten sich für besonders schlau und wollten durch ihre Masken Schrecken und Verwirrung stiften. Das ist ihnen gründlich misslungen. Sie wurden von der wackeren Begleitmannschaft in die Flucht geschlagen und haben nichts erbeutet. Inzwischen haben sie sich wahrscheinlich schon zerstreut und sind über alle Berge."

„Nun gut, damit könnten wir durchkommen. Wie willst du aber das Verschwinden der Schauspielerin Penelope erklären? Sie war im Gegensatz zu deinen anderen Gefangenen, um die kein Hahn kräht, eine stadtbekannte, populäre Person."

„Wir brauchen es nicht zu erklären. Das war nämlich ein weiterer Grund, weshalb ich sie freigelassen habe. Es gibt genug Zeugen, die gesehen haben, wie sie den Statthalterpalast verlassen hat und zu Zmaragdus geeilt ist. Ich habe keine Ahnung, was sie ihm erzählt hat. Jedenfalls war er verblendet genug, ihr zur Flucht zu verhelfen. Sie wurde kurz darauf dabei beobachtet, wie sie auf einem schnellen Pferd die Stadt verlassen hat. Warum sie das getan hat? Wie sollen wir das wissen? Wir haben sie doch nur als Zeugin befragt. Vermutlich sind diesem sensiblen Geschöpf die schrecklichen Ereignisse um ihre Theatergruppe zu viel geworden, und sie wollte nur rasch fort."

„Auch damit können wir durchkommen", stimmte Masculinius zu. „Wo sie wohl hin ist?"

„Ich denke, sie wird erste Zwischenstation auf einem der Landgüter des Zmaragdus machen und dann sehr rasch weiterreisen. Ich an ihrer Stelle würde mich nach Niedergermanien durchschlagen. Ich habe mir das auch schon überlegt."

„Gut, dass du es nicht versucht hast", sagte Masculinius drohend. „Es wäre dir nicht gut bekommen. Ein Problem bleibt aber bestehen: Wie wollen wir unseren Leuten in Rom klar machen, dass ihr Team verschwunden ist? Wir können das nicht plausibel erklären!"

„Natürlich können wir es nicht erklären. Wir haben uns auch schon gefragt, wo sie bleiben. Soviel wir wissen, ist dieses Team nie in Carnuntum angekommen. Die Identität dieser Leute war uns ja nicht bekannt, und keiner von ihnen hat sich je bei uns gemeldet." Pomponius schaute bekümmert. „Wir leben in unsicheren Zeiten und es kann viel passieren auf dem langen Weg hierher."

„Du meinst, sie glauben uns?"

„Was bleibt ihnen anderes übrig? Wenn man etwas verheimlichen will, besteht der größte Fehler darin, Zuflucht zu komplizierten Erklärungen zu nehmen. Dabei kann man sich leicht in Widersprüche verwickeln und Argwohn erwecken. Am besten ist es allemal, sich unwissend zu stellen und alles abzustreiten. Dann braucht man auch nichts zu erklären."

Masculinius nickte nachdenklich. „Was hast du mit den anderen Gefangenen gemacht?"

„Sie sitzen noch immer im Gefängnis. Basseus Rufus hat mich zwar ermächtigt, über ihr Schicksal zu entscheiden, aber ich habe noch keine diesbezüglichen Anordnungen getroffen. Ich wollte zuerst mit dir sprechen."

„Das heißt, du hast dich davor gescheut, sie hinrichten zu lassen, wie es Rufus ohne Zweifel von dir erwartet."

„Ich bin kein Richter, Herr", sagte Pomponius bedrückt. „Ich will nicht …"

Masculinius unterbrach ihn mit einer Handbewegung. „Und doch hast du sie eben zum Tode verurteilt. Denn wenn wir es so machen, wie du es vorgeschlagen hast, darf es keine unnötigen Zeugen geben, und den Tod haben sie ohnehin verdient. Du brauchst dich nicht weiter darum zu kümmern. Ich werde selbst die nötigen Befehle erteilen. Du hast anderes zu tun. Du wirst dich in dein Quartier begeben und einen Abschlussbericht anfertigen. Die Wahrheit hat viele Gesichter, Pomponius, und eines ist trügerischer als das andere. Dein Bericht wird eine allgemein verträgliche Wahrheit enthalten, mit der jedermann zufrieden sein kann. Hast du mich verstanden?"

„Ja, Herr."

„Gut, du kannst gehen. Halte dich aber zu meiner Verfügung. Ich werde dich in den nächsten Tagen rufen lassen. Es gibt noch etwas zu besprechen."

Epilog

Die Nacht senkte sich über das Land. Masculus Masculinius stand am Fenster seines Arbeitszimmers und blickte über den großen Strom hinüber in die dunklen, endlosen Wälder des Barbaricums. Er trug noch immer seine Paradeadjustierung, die er nur zu besonderen Anlässen anzulegen pflegte.

Hinter ihm öffnete sich leise eine Tür und Apollonarius trat ein. „Ich habe den Schlaftrunk neben dein Bett gestellt, Herr", sagte er.

„Ich danke dir." Masculinius drehte sich um. „Es war ein anstrengender Tag, aber alle sind zufrieden. Der Imperator ist zufrieden, Faustina ist zufrieden und sogar Basseus Rufus, nachdem ich ihm erklärt habe, weshalb die Entlassung Scantillas notwendig war. Dieser Pomponius versteht es, umfangreiche Berichte zu schreiben, in denen er mit überzeugenden Worten nichts erklärt."

„Pomponius und Aliqua haben es also wieder geschafft", meinte Apollonarius. „Wirst du sie in Zukunft gemeinsam einsetzen?"

„Wohl nicht. Aliqua hat sich dazu entschlossen, mit Pomponius endgültig zu brechen. Sie sucht nur nach einer passenden Gelegenheit, um es ihm beizubringen."

„Hat sie dir das gesagt?"

„Natürlich nicht. Ich weiß es von Calliste. Aber dazu wird es nicht mehr kommen. Pomponius verlässt uns nämlich. Schon morgen reist er ab."

„Du schickst ihn weg? Wohin geht er?"

„Nach Rom. Es hat sich so ergeben. Vor wenigen Tagen hat mich ein Hilferuf aus Rom erreicht. Mein ehemaliger Legionskommandant, der jetzt in Rom als Privatmann lebt, hat mir geschrieben. Er ist in eine unangenehme und gefährliche Angelegenheit verwickelt. Er hat mich gefragt, ob ich als Geheimdienstchef einen Mann wüsste, der ihm beistehen kann. Also habe ich mich dazu entschlossen, Pomponius zu beurlauben und nach Rom zu schicken. Er war damit einverstanden. Ich glaube, er war sogar froh, Carnuntum verlassen zu können."

„O weh! Dann werden wir ihn wahrscheinlich gänzlich verlieren. Er wird nicht mehr zurückkommen."

„Er wird zurückkommen. Er reist nämlich im Gefolge Faustinas, die nach Rom zurückkehrt. Und wer befindet sich ebenfalls im Gefolge? Valeria, seine ehemalige Geliebte! Es würde mich gar nicht wundern, wenn die beiden wieder zusammenkommen. Faustina meint nämlich, dass es Valeria darauf anlegt. Im Herbst wird Faustina aber wieder nach Carnuntum zurückkehren. Sie wird darauf bestehen, dass ihre Vertraute Valeria mitkommt. Pomponius wird sie nicht allein reisen lassen. Eine Frau wie Valeria behält man nämlich besser im Auge. Also wird auch er wieder zurückkommen." Masculinius lachte. „Pomponius kommt mir vor wie ein Fisch, dem ich einen Köder vor die Nase gehängt habe, um ihn zu fangen."

„Was aber, wenn der Fisch den Köder doch nicht schnappen will?"

„Dann kommt er trotzdem zurück. Pomponius ist ein verantwortungs-bewusster Mann. Er wird sich um seine beiden Sklaven kümmern wollen, die während seiner Abwesenheit das Haus hüten, und er wird wissen wollen, wie es Aliqua geht."

„Dann steht ihm eine Enttäuschung bevor. Wenn stimmt, was man hört, wird er sie als ständige Geliebte des Macrinus wiederfinden."

Masculinius lachte abermals. „Auch Macrinus wird uns verlassen. Der Senat hat ihm zum zweiten Mal das Prokonsulat der Provinz Asia angeboten. Der Kaiser hat entschieden, dass Macrinus dieses Amt unverzüglich antreten soll. Unser Freund Arnouphis hat ihm nach einem forschenden Blick in die Sterne nämlich dazu geraten. Macrinus wollte ja tatsächlich Aliqua mitnehmen, aber das hat der Kaiser kurzerhand unterbunden. Er hat mit strenger Stimme gesagt, das schicke sich nicht, und damit jede weitere Diskussion unterbunden."

„Die arme Aliqua", bemerkte Apollonarius. „Das wird sie hart treffen."

„Unsere Aliqua hat eine eigenartige Vorstellung von der Gerechtigkeit der Götter. Sie glaubt nämlich, die Götter hätten nichts Besseres zu tun, als das Treiben der Menschen zu beobachten und ihre Sünden ungesäumt zu strafen. Sie wird den Verlust des Macrinus als gerechte Strafe für ihre echten oder auch nur eingebildeten Verfehlungen hinnehmen. Ich habe solche Gedanken nie verstanden. Ich selbst habe nämlich in meinem Leben wahrhaftig viele Dinge getan, die manche höchst tadelnswert finden mögen. Aber haben es die Götter je für nötig gehalten, mich dafür zu strafen?"

„Vielleicht schon", antwortete Apollonarius. „Denn als du dachtest, du könntest endlich Frieden finden und deinen Lebensabend im schönen, sonnigen Italien verbringen, haben sie dafür gesorgt, dass du auf diesen schwierigen Posten in einem kalten, kriegsgebeutelten und pestverseuchten Land berufen wurdest, ein Land, das du wahrscheinlich nie mehr verlassen wirst."

„Meine Berufung war eine Ehre", erklärte Masculinius, „und keine Strafe der Götter, auch wenn es mir manchmal so vorkommen mag. Was nun Aliqua anlangt, so wird sie keine Zeit haben, Trübsal zu blasen. Wir werden nämlich jetzt die Aktion ‚Germanengold‘ selbst durchführen. Die Prägestempel haben wir ja, und ich werde ihr die Leitung übertragen. Ballbilus und Herennius werden sie dabei unterstützen."

„Aemilius wird nicht dabei sein?"

„Aemilius will den Dienst quittieren und ich habe zugestimmt. Obwohl er anscheinend wieder völlig hergestellt ist, hätte ich Bedenken, ihn einzusetzen. Seine Verletzung war doch zu schwer. Er bekommt ein Stück Land vor der Stadt und eine Abfertigung. Damit kann er eine Familie gründen."

„Er will eine Familie gründen?"

„Stell dir vor, eine hübsche junge Frau pflegt hingebungsvoll einen hübschen jungen Mann, der im heldenhaften Kampf verwundet wurde, und das noch dazu im Frühling. Das Ergebnis ist unvermeidlich. Ja, Aemilius und das Mädchen Ipsitilla wollen eine Familie gründen."

„Ich bin neugierig, wie die Geschichte weitergeht", sagte Apollonarius nachdenklich. „Ich würde zu gerne wissen, was Pomponius in Rom erlebt."

„Er wird es uns erzählen, wenn er im Herbst wiederkommt", antwortete Masculinius. „Du kannst dich zurückziehen, mein getreuer Apollonarius. Für heute ist es genug und ich will schlafen gehen."

Ende

Vom selben Autor sind bisher erschienen

Carnuntum 172 n. Chr.

Der Anwalt Spurius Pomponius gehört zu den kommenden Männern Roms, als ihn der Zorn des Imperators an die Grenze des Reiches verbannt. Auch in Carnuntum, der Hauptstadt der Provinz Oberpannonien, ließe es sich gut leben, wären nur die Germanen jenseits der Donau nicht so kriegslüstern. Die Situation am Limes wird schließlich so bedrohlich, dass Kaiser Mark Aurel persönlich an die Grenze eilt und ausgerechnet in Carnuntum sein Hauptquartier aufschlägt. In seiner Begleitung befindet sich seine Frau Faustina, die den Kopf des Pomponius am liebsten auf eine Lanze gespießt sehen möchte. Zu allem Überfluss wird Pomponius vom neu ernannten Leiter der Frumentarii, dem militärischen Geheimdienst der Legionen, zwangsrekrutiert und soll einen verdächtigen Todesfall aufklären. Unterstützt von seinem vorlauten Sklaven und einer jungen Frau mit zweifelhaftem Ruf macht er sich ans Werk. Nach kurzer Zeit erkennt Pomponius, dass er mit seinen Ermittlungen in ein Wespennest von Verschwörern gestochen hat. Es bleibt ihm nur mehr wenig Zeit, um seinen eigenen Hals zu retten.

Verlag: Books on Demand
ISBN-10: 3743191229
ISBN-13: 978-3743191228

Carnuntum 173 n. Chr.

Zwei Jahre sind seit dem verheerenden Germanensturm vergangen. Nun ist Rom bereit zurückzuschlagen. Kaiser Marc Aurel hat in den Donauprovinzen Legionen zusammengezogen und bereitet eine Invasion des Barbaricums jenseits des Flusses vor. Aber ein unerwarteter Schlechtwettereinbruch verzögert den Beginn des Feldzuges und ungünstige Vorzeichen mehren sich. Eine Serie rätselhafter Morde beunruhigt die Bevölkerung. Es kommt das Gerücht auf, die Getöteten seien den Lamien zum Opfer gefallen, blutsaufenden Dämonen, die von den Göttern gesandt wurden, um ihren Unmut über das Vorhaben des Kaisers zu bekunden. Abergläubische Furcht beginnt sich auszubreiten und droht, auf die Truppen überzugreifen. In dieser Situation bekommt Spurius Pomponius, unfreiwilliger Mitarbeiter des militärischen Geheimdienstes, den Auftrag, die Morde aufzuklären und den Mörder ehestens zur Strecke zu bringen. Schon bald nachdem er seine Ermittlungen aufgenommen hat, wird er selbst von nächtlichen Spukgestalten gejagt und beginnt daran zu zweifeln, dass er es bloß mit einem menschlichen Serientäter zu tun hat.

Verlag: Books on Demand
ISBN-10: 3746069122
ISBN-13: 978-3746069128

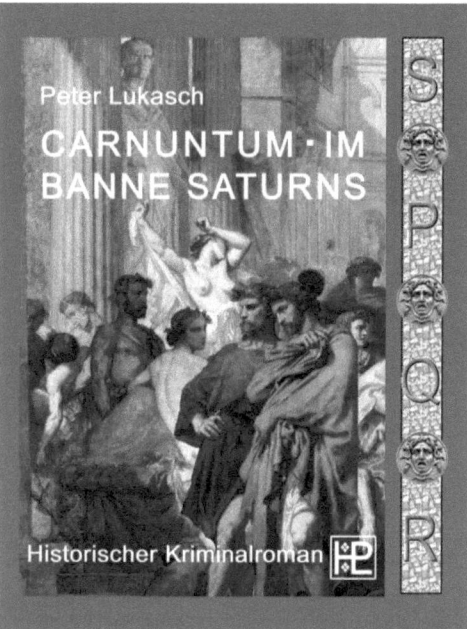

Carnuntum 173 n. Chr. (Spätherbst)
Der Krieg am Limes ist vorübergehend zum Stillstand gekommen. Kaiser Marc Aurel hat die unruhigen Germanenstämme jenseits der Donau weit ins Landesinnere zurückgeworfen. Die Bewohner von Carnuntum genießen den trügerischen Frieden und feiern ausgelassen die unlängst ausgerufenen Saturnalien, als der Sohn eines wichtigen Legionskommandanten ermordet aufgefunden wird. Die rätselhaften Umstände seines Todes veranlassen den Kaiser persönlich, eine genaue Untersuchung anzuordnen. Spurius Pomponius, unfreiwilliger Mitarbeiter des militärischen Geheimdienstes, erhält den Auftrag, gemeinsam mit seiner Partnerin Aliqua diesen Mord aufzuklären. Unter dem Vorwand, als Anwalt des Toten dessen Vermächtnis zu verwalten, beginnt Pomponius mit verdeckten Ermittlungen. Bald darauf wird er zum Ziel von Mordanschlägen. Es scheint, dass er mit seinen Fragen die Kreise eines Spionagenetzes gestört hat, welches die Germanen mit brisanten Informationen über die vom Kaiser geplante Frühjahrsoffensive versorgt. Dennoch wird Pomponius den Verdacht nicht los, dass der junge Mann gar nicht von diesen Verschwörern ermordet wurde, sondern dass hinter seinem Tod noch etwas ganz anderes steckt..

Verlag: Books on Demand
ISBN- 10: 3735760635
ISBN- 13: 978-3735760630

An einer Universität in den USA existiert eine geheime Gruppe von Mentoren, die ausgewählte Studenten in der Kunst des Zeitreisens unterweisen.
Der Zeitreiseschüler Francis macht die Erfahrung, dass das höchst eigenwillige Zeitportal nicht nur über einen skurrilen Humor verfügt, sondern auch komplizierte Regeln und Hindernisse bereithält, um Zeitreisende daran zu hindern, an der Vergangenheit herumzufuschen.
Als sich Francis auf die Suche nach einer Mitschülerin machen will, die auf einer Zeitreise verschollen ist, warnt ihn das Portal, dass er dabei ums Leben kommen könnte. Trotzdem geht er das Wagnis ein und strandet im römischen Pompeji, einen Tag vor dem großen Ausbruch des Vesuvs. Er muss erkennen, dass ihn das Portal manipuliert hat, um diese Situation herbeizuführen und ihn zu prüfen.

Verlag: Books on Demand
ISBN-10: 3746097541
ISBN-13: 978-3746097541

Chefinspektor Hagenberg vom Landeskriminalamt wird an den Ort eines bedenklichen Leichenfundes im Stadtgebiet von Hainburg beordert. Schatzgräber haben ein Skelett aus der Völkerwanderungszeit freigelegt, aber einer von ihnen ist mit eingeschlagenem Schädel zurückgeblieben.

Was Hagenberg zunächst für eine simple Auseinandersetzung im Raubgräbermilieu hält, entpuppt sich als historisches Rätsel, das auf die Spur einer verschollenen Delegation des Burgunderkönigs Gundahar führt, die im Jahre 436 n. Chr. versucht hat, den Hof des Hunnenkönigs Attila zu erreichen.

Hagenberg gerät bei seinen Ermittlungen in das Visier einer international agierenden Bande, die sich auf Kunstdiebstahl spezialisiert hat und vor keinem Mittel zurückschreckt; auch nicht vor Mord.

Beunruhigenderweise ist diese Bande über jeden seiner Schritte informiert und vermutet offenbar, dass Hagenberg auf Informationen gestoßen ist, die einen konkreten Hinweis auf den Verbleib des sagenhaften Nibelungenschatzes geben könnten.

Plötzlich ist Hagenberg selbst vom Jäger zum Gejagten geworden.

Verlag: Books on Demand
ISBN-10: 3734769647
ISBN-13: 978-3734769641

Zu Beginn des Dreißigjährigen Krieges verhilft ein kaiserlicher Offizier einem wegen Hexerei angeklagten Mädchen zur Flucht aus der von den aufständischen Ungarn bedrohten Grenzfestung Hainburg.

Sobald es ihm möglich ist, folgt er ihr nach Paris. Im Gepäck hat er ein Zauberbuch, dessen bloßer Besitz ausreichen würde, ihn auf den Scheiterhaufen zu bringen.

Fast drei Jahrhunderte später taucht dieses Buch wieder in Hainburg auf. Es hat sich im Besitz einer jungen Französin befunden, die gemeinsam mit ihrem Begleiter am Schlossberg ermordet aufgefunden wird.

Chefinspektor Hagenberg vom Landeskriminalamt wird mit den Ermittlungen beauftragt und sieht sich bald mit weiteren rätselhaften Mordanschlägen konfrontiert, denen auch einer seiner Mitarbeiter zum Opfer fällt.

Als Hagenberg schließlich die Wahrheit hinter diesen Ereignissen erkennt, kommt er zu der Auffassung, dass so manche Fakten des Falles in der Öffentlichkeit besser nicht bekannt werden sollten.

Verlag: Books on Demand
ISBN-10: 3734770432
ISBN-13: 978-3734770432

Weil Flaute im Morddezernat herrscht, bekommen Chefinspektor Hagenberg und seine neue Partnerin den Auftrag, einen alten Fall aufzuarbeiten. Sie sollen klären, was mit einem Mädchen geschehen ist, das vor fast dreißig Jahren bei der Besetzung der Hainburger Au durch Umweltaktivisten spurlos verschwunden ist. Ihre Ermittlungen führen sie in die Pornoszene und ins Rotlichtmilieu und kreuzen sich schließlich mit den Spuren eines alten, längst vergessenen Mordfalls, der sich im Jahre 1908 in Hainburg ereignet hat, und der im Zusammenhang mit dem Brand des Ringtheaters in Wien steht.

Verlag: Books on Demand
ISBN-10: 3842381069
ISBN-13: 978-3842381063

Im Jahre des Herrn 1697, vierzehn Jahre nach dem großen Türkensturm, entsendet der kaiserliche Feldmarschall Prinz Eugen von Savoyen einen Kundschafter nach dem von den Türken verwüsteten Hainburg, um den Verbleib eines seither verschollenen Mädchens, das im Besitz eines Staatsgeheimnisses sein soll, zu klären.
Freiherr von Hegenbarth, ein hochbezahlter Spion in kaiserlichen Diensten, kehrt in jene Stadt zurück, in der Jahrzehnte zuvor sein Großvater einem wegen Hexerei angeklagten Mädchen zur Flucht verholfen hat (Peter Lukasch: 'Teufelsliebchen') und zeichnet genau alle Stationen seiner gefährlichen Mission auf.
Mehr als dreihundert Jahre später geraten seine Erinnerungen in die Hände von Chefinspektor Hagenberg und erweisen sich als Schlüssel zur Lösung eines aufsehenerregenden Mordes, der sich in der Blutgasse in Hainburg ereignet hat.

Verlag: Books on Demand
ISBN-10: 3746061393
ISBN-13: 9783746061399

In der Nacht hatte er von ihr geträumt. Das hatte er schon lange nicht mehr getan, seit Jahren nicht mehr. Er konnte sich kaum mehr an ihr Gesicht erinnern. Im Traum war es überdeutlich gewesen, aber auch der Traum wurde rasch zu einem Schemen und drohte, aus seiner Erinnerung zu verschwinden. Lediglich das Ende, das ihn aus dem Schlaf gerissen hatte, stand ihm noch deutlich vor Augen: Ein dunkler Keller, ein Geruch nach Moder und Verwesung und Schreie, Schreie, die nicht aufhören wollten.

Ein Brief aus der Vergangenheit erreicht den Versicherungsdetektiv Amadeus Heinrich. Lisa, seine Jugendliebe, hat nach vielen Jahren ihr Schweigen gebrochen. Er folgt ihrem Ruf und ist bald in einen alten und in einen neuen Mordfall verwickelt. Die Wurzeln für diese turbulenten Ereignisse liegen weit zurück, in jener Zeit, in der er selber als zwölfjähriger Junge mit Lisa unvergessliche Ferien in dem kleinen Dorf Grafenhotter verlebt hat.

Verlag: Books on Demand
ISBN-10: 3738639268
ISBN-13: 978-3738639261

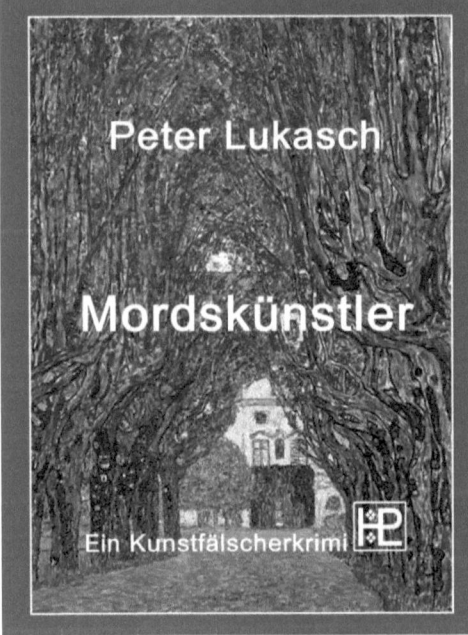

Sie betrachtete den Toten und versuchte, das Zittern in ihrer Stimme zu unterdrücken und kaltblütig zu wirken. „Was für eine Schweinerei! Hättest du ihn nicht einfach erwürgen können, wie den anderen auch?"
„Ich habe daran gedacht", gestand der Meister, „aber dann konnte ich nicht widerstehen. Frisches Blut hat so eine wunderbare Farbe. Es lässt sich mit nichts anderem vergleichen, es ist so inspirierend, findest du nicht auch?"

Die Sensation ist perfekt, als ein bisher unbekanntes Portrait aus der Hand von Gustav Klimt entdeckt wird. Noch während die Fachwelt über dessen Echtheit diskutiert, wird es aus der Galerie geraubt, in der es ausgestellt werden sollte. An Stelle des Bildes wird von den Tätern der tote Galeriebesitzer an die Wand gehängt.
Der Privatdetektiv Amadeus Heinrich erhält von der Versicherung den Auftrag, das Bild wieder zu beschaffen. Dabei bekommt er es nicht nur mit einem Meisterfälscher, sondern auch mit einem meisterhaften Mörder zu tun.

Verlag: Books on Demand
ISBN-10: 3739241578
ISBN-13: 978-3739241579

Kinderbücher, so wie wir sie kennen und unseren Kindern gerne zum Lesen geben, sind heiter, bunt, manchmal geheimnisvoll und abenteuerlich und vermitteln das Bild einer heilen Welt. Wenn wir aber den Spuren der Kinderliteratur durch die Jahrhunderte folgen, geraten wir bisweilen in beängstigende Bereiche, in denen die Kriegstrommel dröhnt und der Tod zum allgegenwärtigen Begleiter wird, manchmal in der Maske eines munteren Gesellen, der Abenteuer verspricht, manchmal die Fahne des Vaterlandes schwingend und ewigen Ruhm und Ehre dem versprechend, der ihm folgt.

Diesen dunklen Unterströmungen folgt der Autor und spannt den Bogen von der Kinder- und Jugendliteratur der späten Aufklärung bis in unsere Zeit, wobei seine Darstellung über weite Strecken auch zu einem Abriss der deutschen Geschichte wird. Nicht nur Kinder- und Jugendliteratur im engeren Sinn werden behandelt, sondern auch Filme und Spiele, bis hin zu den Kriegsspielen am Computer, denen das abschließende Kapitel gewidmet ist.

Zahlreiche, teils farbige Abbildungen ergänzen den Text und machen das Thema anschaulich.

Verlag: Books on Demand
ISBN-10: 3842372736
ISBN-13: 978-3842372733

Seit dem letzten Viertel des 18. Jahrhunderts gibt es sie: Zeitschriften, die sich direkt an Kinder und Jugendliche wenden. Seither haben sie eine zentrale Rolle in der Kinderliteratur gespielt und das Leseverhalten und die kindliche Vorstellungswelt von Generationen beeinflusst. Der Autor umreißt vor dem Hintergrund der wechselvollen Zeitläufe die Geschichte dieser speziellen Printmedien, stellt sie in den Gesamtkontext der Jugendliteratur und zeigt Entwicklungslinien und Problemstellungen auf, die nicht nur heute intensiv diskutiert werden, sondern schon vor Jahrhunderten erkannt wurden und schon damals Streitpunkte waren. So wird der Bogen gespannt von den periodischen Jugendschriften des 18. Jahrhunderts, die "zur Aufklärung des Verstandes und Bildung des Herzens der Jugend" dienen sollten, über Comics bis hin zu jenen, die "coolen Megaspaß" versprechen oder Ratschläge für den ersten Sex geben.

Zahlreiche, teils farbige Abbildungen ergänzen den Text und machen das Thema anschaulich.

Verlag: Books on Demand
ISBN-10: 3839170052
ISBN-13: 978-3839170052

Von einem Buch, das millionenfach verkauft wurde, in dutzenden Sprachen erschienen ist, hundertfach fortgeschrieben, variiert, parodiert und kommentiert wurde und das sich nach mehr als 150 Jahren noch immer großer Bekanntheit und Beliebtheit erfreut, lässt sich mit Fug und Recht behaupten, dass es nicht nur ein Bestseller ist, sondern auch der Weltliteratur zugerechnet werden darf. Diesen Anspruch kann neben Werken der Hochliteratur auch ein schlichtes Bilderbuch von knapp zwanzig Seiten, der Struwwelpeter von Heinrich Hoffmann, erheben. Der Autor bietet in einer Reihe von Beiträgen einen Überblick über die Geschichte des Struwwelpeter und seine Wirkung durch die wechselvollen Zeitläufe, von den Warn- und Straf-geschichten der Aufklärung über die Nachfolger des Struwwelpeter, den sogenannten Struwwelpeteriaden, bis hin zu den politischen Satiren, die sich den Struwwelpeter zum Vorbild nehmen, vom revolutionären Struwwelpeter des Jahres 1848 bis ins 20. Jahrhundert. Besondere Aufmerksamkeit widmet der Autor der seit Erscheinen des Buches nie abgerissenen Diskussion um die pädagogische Wertigkeit des Struwwelpeter und seine psychologische Deutung und bricht dabei eine Lanze für den Struwwelpeter. So mag für den Struwwelpeter frei nach einem Zitat von Goethe gelten:
„Bewundert viel und viel gescholten: Der Struwwelpeter."

Verlag: Books on Demand
ISBN-10: 3734744040
ISBN-13: 978-3734744044

Wien im Jahre 1905. Die Kaiserstadt erlebt eine letzte glanzvolle Hochblüte, aber der große Krieg, der eine Epoche beenden sollte, wirft seine Schatten bereits voraus. Wien ist zu einem Zentrum innenpolitischer Unruhen und internationaler Militärspionage geworden.
Während die Donaumonarchie von Nationalitäten-konflikten zerrüttet wird, ist der Prater mit seinen zahlreichen Vergnügungsstätten ein beliebter Treffpunkt der lebenslustigen Residenzstadt. Eines Nachts wird dort eine junge Frau ermordet. Kurz vor ihrem Tod hat sie versucht, mit dem ehemaligen Rittmeister Manfred Hagenberg, der den Armeedienst unehrenhaft quittieren musste, Kontakt aufzunehmen. Hagenberg fühlt sich trotz des Widerstandes der Polizei und einflussreicher Armeekreise verpflichtet, die Hintergründe ihres Todes aufzuklären.

Verlag: Books on Demand
ISBN-10: 3738633499
ISBN-13: 978-3738633498